W0396460

Zorn und Liebe

Zorn und Liebe

Im Gespräch mit Isabel Allende

Herausgegeben von John Rodden

Aus dem Amerikanischen
von Michaela Link

Herder
Freiburg · Basel · Wien

Die deutsche Ausgabe ist eine gekürzte Ausgabe der amerikanischen Originalausgabe.

Originally published as „Conversations with Isabel Allende" edited by John Rodden, © 1999 by the University of Texas Press. All rights reserved.

Der Abdruck von Interview Nr. 3, „Die Frau hinter den Geschichten", erfolgt mit freundlicher Genehmigung von Mother Jones Magazine (Nov./Dec. 1998), © 1998, Foundation for National Progress.

Der Abdruck von Interview Nr. 6, „Erzählen aus Leidenschaft", erfolgt mit Genehmigung der University of Wisconsin Press. © 1992. Reprinted by permission of the University of Wisconsin Press.

S. 9-11 wurde übersetzt von Anne-Katrin Seeber; S. 245-259 von Christina Kotte.

Gedruckt auf umweltfreundlichem, chlorfrei gebleichtem Papier

Alle Rechte vorbehalten – Printed in Germany
© der deutschen Ausgabe: Verlag Herder Freiburg im Breisgau 2000
Satz: Barbara Herrmann, Freiburg
Druck und Bindung: Freiburger Graphische Betriebe 2000
ISBN 3-451-27442-6

Para Pablo

Inhalt

Vorwort
von Isabel Allende ... 9

„Ich erfinde mich ständig neu" – Isabel Allende in ihren Interviews
Einleitung von John Rodden ... 12

1. Isabel Allende: Piratin, Geisterbeschwörerin und Feministin ... 51

2. Chiles Troubadourin ... 61

3. Die Frau hinter den Geschichten ... 87

4. Frauengeschichten, meine Geschichten ... 98

5. Schreiben aus Verantwortung ... 109

6. Erzählen aus Leidenschaft ... 127

7. Liebe und Tränen ... 147

8. „Es gibt etwas Magisches beim Geschichtenerzählen" ... 167

9. Schreiben aus dem Bauch heraus ... 190

10. Schmerz in Kunst verwandeln ... 208

11. Nach Paula ist alles anders ... 226

12. „Ich überlasse meine Bücher ihrem Schicksal" ... 240

13. Die Schriftstellerin im Exil und ihre Suche nach einem Zuhause ... 245

14. „Ich erinnere mich an Gefühle, und ich erinnere mich an Augenblicke“ 260

Anhang 287

Quellenverzeichnis 287
Zur Auswahl der Interviews 289
Zeittafel 290
Anmerkungen 295
Dank 304

Vorwort

von Isabel Allende

Als mir der Briefträger das Manuskript dieses Buches brachte, ergriff mich ein Gefühl der Panik. Mit Presseinterviews verbinde ich als ehemalige Journalistin, dass sie sehr kurzlebig sind und spurlos wieder verschwinden. Eine Sammlung von Interviews in einem Band zusammengefasst zu sehen, war mir richtiggehend unheimlich. Ein solches Buch musste ganz unvermeidlich viele Widersprüche enthalten. War ich für jedes Wort verantwortlich, das aus diesen Interviews veröffentlicht wurde? Oder dafür, wie die Journalisten meine Äußerungen interpretierten? Was habe ich 1983 gesagt? Das gleiche wie 1997? Unmöglich. Meine Ideen sind nicht sonderlich systematisch und folgerichtig, aber ich glaube, dass meine Prinzipien und Gefühle es sind.

Ich weiß nicht, warum man genau diese Interviews ausgesucht hat, oder was sie über mich aussagen. Ich habe dieses Buch aus demselben Grund nicht gelesen, aus dem ich nicht stundenlang in den Spiegel schaue: Was ich sehe, könnte mir nicht gefallen. Aber ich bin sehr dankbar, dass man mir die Gelegenheit gab, ein Vorwort zu schreiben und damit einige Dinge zu erklären, nach denen mich noch niemals jemand gefragt hat.

Zu schreiben ist für mich in den meisten Fällen der Versuch, den Schein einer Ordnung ins natürliche Chaos des Lebens zu bringen, die Geheimnisse der Erinnerung zu entschlüsseln und meiner eigenen Identität nachzuspüren. Ich habe dies nun schon einige Jahre lang getan und nichts von alledem geschafft. Mein Leben ist genauso chaotisch, wie es immer war; mein Erinnerungsvermögen funktioniert noch immer, ohne dass ich verstehe, wie – und außerdem verliere ich es! – und ich habe noch immer keine Ahnung, wer ich eigentlich bin. Wir entwickeln uns, verändern uns, altern. Wir sind nicht aus Stein gehauen und daher wandelbar – außer den Wichtigtuern und Selbstgerechten unter uns. Darum ist es beängstigend, das Objekt so genauer Beobachtung zu sein. In den letzten Jahren habe ich mit wachsendem Schrecken beobachtet, wie sich auf meinem Schreibtisch Hausarbeiten von

Studenten, Dissertationen, unzählige Rezensionen und sogar Handbücher zum Verständnis meiner Werke auftürmen. Es war schon schlimm genug, als in einem Fernsehquiz eine Frage über mich gestellt wurde. Zum Thema eines Seminars gemacht zu werden, ist noch viel schlimmer. Nichts, was ich schreiben könnte, ganz zu schweigen von dem, was ich tun oder was ich sein könnte, würde all diese Erwartungen erfüllen können. Als ich meinen ersten Roman *Das Geisterhaus* schrieb, hatte ich keine Ahnung, dass Literatur an Universitäten gelehrt wurde und dass Leute, die nie ein Buch geschrieben hatten, über den Wert der Werke anderer urteilten. Ich dachte einfach, wenn eine Geschichte die Macht hatte, einigen Lesern nahezugehen, wenn sie neue Ideen in ihnen weckte, wenn sie wahr erscheinen und das Leben anderer Menschen beeinflussen würde, dann wäre sie wertvoll. Wie die meisten normalen Menschen hatte ich noch nie eine Buchrezension gelesen. Ich las Bücher dann, wenn sie mir von anderen empfohlen wurden.

Ich hatte nie angenommen, dass die sonderbare Kunst des Schreibens die Öffentlichkeit interessieren könnte oder dass eine Schriftstellerin eine Art Berühmtheit werden könnte und von ihr erwartet würde, dass sie sich wie eine benähme. Schreiben ist eine sehr private Angelegenheit, die in Stille und Einsamkeit stattfindet – introvertiert zu sein, ist für diese Arbeit ein Vorteil. Schreiben nimmt unglaublich viel Zeit und Energie in Anspruch; für andere Dinge bleibt wenig übrig. Aber die Verlage zwingen die Schriftsteller zunehmend, Personen des öffentlichen Lebens zu werden und über ihre Bücher zu sprechen, sie vorzulesen, zu signieren und sogar zu verkaufen. Wie kann man im Rampenlicht stehen und gleichzeitig weiter schreiben? Bücher verdienen es, dass man sich auf sie einlässt. Sie sind empfindliche Geschöpfe, die dazu gemacht sind, als Ganze angenommen oder abgelehnt zu werden; die Obduktion durch einen Pathologen ertragen sie nicht. Die meisten Schriftsteller sind so verletzlich wie ihre Werke. Wenn man sie in die Enge treibt und zwingt, das Unerklärliche zu erklären, läuft man Gefahr, sie zu zerbrechen. Ich fürchte, dass dies mit mir geschieht. Ich gebe ein Vermögen für Therapiestunden aus, um mit dem Gefühl umgehen zu lernen, ausgesetzt, nackt und verwundbar zu sein!

Warum schreibe ich? Das ist eine Frage, die ich mir oft selbst stelle, obwohl ich ebenso gut versuchen könnte, zu erklären, warum ich atme. Schreiben ist für mich eine Frage des Überlebens: Wenn ich nicht schreibe, vergesse ich, und wenn ich vergesse, ist es, als wenn ich nicht gelebt hätte. Das ist einer der Hauptgründe, warum ich schreibe: Um zu verhindern, dass die Zeit die Erinnerungen auflöst, zu feinem Sand werden lässt, bis der Wind sie fortträgt. Ich schreibe, um Ereignisse festzuhalten und allem einen Namen zu geben. Ich schreibe für diejenigen, die ebenfalls die Verpflichtung verspüren, eine Welt mitzugestalten, in der die Liebe zu unseren Mitmenschen und die Liebe für diesen schönen, aber verletzlichen Planeten sich durchsetzen wird. Ich schreibe für diejenigen, die keine Pessimisten sind und die an ihre eigene Kraft glauben; für diejenigen, die sich sicher sind, dass ihr Kampf für das Leben gegen alle schlechten Vorzeichen die Hoffnung auf Erden erhalten wird. Aber vielleicht ist das zu hoch gegriffen … Als ich jünger war, dachte ich, dass ich nur um derentwillen schrieb, die mir am Herzen lagen: die Armen, die Unterdrückten, die Misshandelten, die wachsende Mehrheit der Leidenden und Verzweifelten dieser Welt, die keine Stimme haben oder zum Schweigen gebracht worden sind. Aber heute bin ich bescheidener. Ich halte mein Schreiben für eine demütige Gabe, die ich mit offenem Herzen und einem Gefühl des Staunens der Außenwelt darbringe. Wenn das Glück es will, nimmt jemand die Gabe an und gönnt mir einige Stunden ihrer oder seiner Zeit, so dass wir eine Geschichte miteinander teilen können. Und diese Geschichte muss nicht immer von furchtbar ernsten und überragenden menschlichen Erlebnissen handeln. Oft stelle ich fest, dass ich aus demselben Grund schreibe, aus dem ich lese: aus Spaß!

Geschichten zu erzählen, ist eine elementare Erfahrung, wie die, Mutter zu sein, oder wie eine vollkommene Liebeserfahrung; es ist eine Leidenschaft, die mein Dasein bestimmt. Ich bin süchtig nach Geschichten. Ich will wissen, was wem warum und wo passiert ist. Zu schreiben war für mich sehr heilsam, denn es ermöglicht mir, einige meiner Dämonen auszutreiben und den größten Teil meines Schmerzes und meiner Trauer in Stärke umzuwandeln. Und sicherlich schreibe ich, weil ich das Schreiben liebe, denn wenn ich es nicht täte, würde meine Seele austrocknen und sterben.

„Ich erfinde mich ständig neu" – Isabel Allende in ihren Interviews

Einleitung von John Rodden

Im September 1972, ein Jahr vor seinem Tod, lud Pablo Neruda die dreißigjährige Isabel Allende, damals in Chile eine nationale Berühmtheit als Fernseh- und Zeitschriftenjournalistin, zu einem Besuch in seinem Haus am Meer auf Isla Negra ein. Neruda lobte als großzügiger Gastgeber ihre amüsanten Beiträge. Er erzählte ihr, dass er diese sogar fotokopiere und Freunden zeige. Sie ihrerseits, wie sich Allende in *Paula* erinnert, hatte sich auf das Treffen sorgfältig vorbereitet: „Ich kaufte mir ein neues Aufnahmegerät, notierte mir ganze Listen von Fragen, las zwei Biografien und ging einen Teil seiner Werke noch einmal durch – ich hatte sogar den Motor meines alten Citroën nachsehen lassen, damit er mich bei einer derart wichtigen Mission nicht im Stich ließe." Aber ach – die Mission war von Anfang an zum Scheitern verurteilt:

> Nach dem Essen fing es an zu regnen, das Zimmer füllte sich mit Schatten ... Da begriff ich, dass der Dichter müde und mir der Wein zu Kopf gestiegen war und dass ich mich beeilen musste.
> „Wenn es Ihnen recht ist, machen wir jetzt das Interview", schlug ich vor.
> „Was für ein Interview?"
> „Na ja, deswegen bin ich doch gekommen, oder?"
> „Mit mir? Niemals würde ich zulassen, dass man mich einer solchen Folter unterwirft!" sagte er lachend. „Sie müssen die schlechteste Journalistin dieses Landes sein, Tochter. Sie sind außerstande, objektiv zu sein, stellen sich bei allem in den Mittelpunkt, und ich vermute, Sie lügen ziemlich viel, und wenn Sie keine Neuigkeit haben, erfinden Sie eine. Warum setzen Sie sich nicht lieber hin und schreiben Romane? In der Literatur sind diese Mängel echte Tugenden."[1]

Tatsächlich: Das sind sie. Und glücklicherweise folgte Isabel Allende schließlich Nerudas Rat: Ein Jahrzehnt später wandte sie sich vom Journalismus der Romanliteratur zu und betrachtet seither ihr Gespräch mit Neruda als „Wendepunkt" in ihrem Leben. Für ihre Leser ist es ein Glück – und für das vorliegende Buch von besonderem Nutzen –, dass Isabel Allende sich in den letzten zwölf Jahren der „Folter" Hunderter von Interviews „unterworfen" hat, in einer Zeit, die von ihrem steilen Aufstieg zur führenden Stimme der Frauenliteratur Lateinamerikas und zur meistverkauften Schriftstellerin der Welt gekennzeichnet war.

Ende 1994 erschien Allendes sechstes Buch innerhalb von zwölf Jahren, ihre autobiografischen Erinnerungen mit dem Titel *Paula*, geschrieben als Abschiedsbrief an Paula Frías, ihre kurz zuvor verstorbene Tochter. Allendes Bücher haben die Bestsellerlisten in Europa, Lateinamerika und den Vereinigten Staaten angeführt; insgesamt wurden schätzungsweise 11 Millionen Exemplare in dreißig Sprachen verkauft (einschließlich der Raubdrucke auf Türkisch, Vietnamesisch und Chinesisch). Ihre ersten beiden Romane, *Das Geisterhaus* und *Von Liebe und Schatten*, sind inzwischen verfilmt worden. Isabel Allende hat, wie diverse Interviews in diesem Band zeigen, eigentlich seit dem fernen Tag ihres schicksalsschweren Treffens mit Pablo Neruda in gewissem Sinne nur die Rollen getauscht: Sie ist von einer Prominenteninterviewerin zu einer prominenten Interviewten geworden.

*

Isabel Allende ist bei Interviews entwaffnend und oft ausgelassen – und ihr Humor, den die Kritiker ihrer Romane nur selten ansprechen, kommt im Gespräch voll zum Tragen. Sie gibt zum Beispiel ihre „Leidenschaft" für das Schreiben zu und sagt, dass sie es allen anderen Tätigkeiten vorziehe. Dann schränkt sie ein: „Na ja – am allerliebsten mache ich Liebe. Aber an zweiter Stelle kommt gleich das Schreiben. Das Schreiben mag ich auch!" Später antwortet sie in etwas ernsterer Stimmung auf eine Frage zur kritischen Einschätzung ihres Werkes: „Ich weiß nicht, wie ich auf eine intelligente, akademische und gelehrte Weise antworten soll. Ich kann Ihnen nur sagen, was ich empfinde. Und die Bücher, die ich schreibe – ich schreibe sie mit Gefühlen ..." (Nr. 5)

Eine Figur in Eva Luna formuliert es in einer Bemerkung über Geschichten und das Geschichtenerzählen so: „Wenn du anfängst, sie zu analysieren, nimmst du ihnen die Wirkung und machst sie kaputt."[2]

Nach ihrem literarischen Durchbruch in den frühen achtziger

Jahren hat sich die Zahl der Interviews mit Allende vervielfacht, und sie ist in der Rolle der Befragten zunehmend gewitzter geworden. Dennoch ist ihre elementare Offenheit und Aufrichtigkeit in allen Gesprächen dieses Bandes erkennbar. Sie bilden in ihrer Gesamtheit eine Art „hautnaher Biografie", zeigen sie doch Allendes Reaktion auf das, was jeweils aktuell und vergänglich ist, ebenso wie ihre rasch sich wandelnden Lebensumstände. Als solche sind die Gespräche eine unschätzbare Ergänzung zu *Paula* und entwerfen ein zwangloses Selbstporträt mit zusätzlichen Schlaglichtern auf Allendes Leben und ihre Kunst. Wir erleben darin eine ganz andere, spontanere, mündliche Form des Geschichtenerzählens durch eine meisterhafte Erzählerin.

Allende selbst hat sich dazu geäußert in einem Interview von 1994. Sie legte im Zuge dieses Interviews dar, wie unentbehrlich ihr ihre als Journalistin erworbenen Fähigkeiten in der Kunst des Interviewens als Romanschriftstellerin sind und dass sie gelegentlich immer noch Interviews macht[3], um die Figurenwelt ihrer Romane zu bereichern und die einzelnen Charaktere lebendiger porträtieren zu können: „In Interviews stößt man auf Dinge, die man in einem Buch niemals finden wird."[4]

Auch auf vieles aus Allendes Leben trifft das zu, wie die Interviews des vorliegenden Buches zeigen. Sie bieten verschiedentlich biografische Details, ausführlichere Selbstinterpretationen und Einblicke in Gemütszustände und Gefühle, die in Allendes eigenen Büchern nicht zu finden sind: beispielsweise über ihr aufregendes Leben als chilenische Berühmtheit in den frühen siebziger Jahren, ihren Kampf gegen ihren Zorn und Perfektionismus oder ihre neugewonnene Spiritualität nach dem Tod ihrer Tochter 1992. In diesem Sinne ergänzen und vervollständigen die hier versammelten Interviews *Paula* und füllen manche „Lücke", die in den Erinnerungen ausgespart blieb und Dinge betrifft, die noch nicht – als Kunst gestaltet – in Allendes Fiktion erscheinen.

*

Aber können wir alles, was Allende in ihren Interviews sagt, für bare Münze nehmen? Die erste Auflage von *Paula* wurde in Deutschland und den Niederlanden als „Roman" herausgebracht; vielleicht ist sich sogar Allende selbst nicht ganz sicher, um welches Genre es sich handelt. In einem vor der Veröffentlichung von *Paula* gegebenen Interview meinte sie: „Es handelt sich um so etwas wie Erinnerungen. Ich denke, dass es nicht-fiktional ist, auch wenn es sich wie Fiktion liest." Und Allende warnt den Fragesteller: „Wenn Sie mich bitten, Ihnen mein Leben zu erzählen, werde ich es versuchen und Ihnen wahrscheinlich einen Sack Lügen auftischen, weil ich mich ständig neu erfinde – und dabei erfinde ich gleichzeitig Fiktion, und durch diese Fiktion enthülle ich mich selbst."[5]

Der Leser ist gewarnt.

Wir sollten diese Warnung beherzigen und ein Interview mit Isabel Allende weniger als prosaische journalistische Reportage, sondern eher als eigenständiges literarisches Genre begreifen, in dem „Isabel Allende" als Protagonistin herausgestellt wird.[6] Für Allende bedeutet ein Interview nicht nur, Erinnerungen zu schildern und Meinungen kund zu tun, sondern auch, sich in fantasievolle Selbstverwandlungen zu stürzen: Diese sind ein Teil des schauspielerischen Repertoires der Prosaerzählerin und unprosaischen Fantastin.

Tatsächlich ist Allendes Empfänglichkeit für Mythen – ihre Mythomanie (der „Sack voller Lügen", wie sie es nennt) – Teil ihres durch und durch romantischen Projekts endloser Selbst-Neuerfindung. Dabei mag selbst ihr Geständnis zu „lügen" eine „Lüge" sein, ein weiterer Kunstgriff der Geschichtenerzählerin. Wie um Pablo Nerudas Urteil zu bestätigen, hat Allende in Interviews bereitwillig ihren unwiderstehlichen Drang zur Ausschmückung zugegeben und sich dabei an ihre Erfahrung als Übersetzerin von Romanen im Stile Barbara Cartlands für einen Verlag in Santiago erinnert: „Ich änderte am Anfang den Dialog ein wenig, damit die Heldin nicht so dumm wirkte. Dann änderte ich die Handlung ein wenig. Und am Ende hatte ich den Mann in Kalkutta, wo er Mutter Teresa half, während die Heldin in Algerien Waffen verkaufte!"[7]

Allende berichtet verschiedenen Fragestellern mitunter unterschiedliche Versionen wichtiger Ereignisse ihres Lebens – Versionen, die sich auch von ihrem Bericht in *Paula* unterscheiden. Ein Beispiel dafür sind ihre „verschiedenen Geschichten" darüber, wie sie ihren zweiten Mann, William Gordon, kennen lernte. Sie reichen von einer Fassung, in der sie von der Golden Gate Bridge springt, um ihn vor dem Ertrinken zu retten, bis zu einer anderen, wo sie in einem Restaurant an seinen Tisch tritt und ihn bittet, mit ihr zu essen.[8] In *Paula* sagt Allende (es geht um die erste Nacht, in der sie mit ihm geschlafen hat): „Ich bin immer versucht, wilde erotische Riten zu erfinden, um meine Erinnerung auszuschmücken, so, wie es vermutlich auch andere tun, aber auf diesen Seiten versuche ich ehrlich zu sein." Und sie fügt hinzu: „Wir können uns Erinnerungen ausdenken, die zu unseren Fantasien passen … [Paulas Tod] hat mir das Schweigen gegeben, in dem ich meinen Weg durch die Welt prüfen kann … um Erinnerungen wiederzuentdecken, die von anderen vergessen sind, um mich dessen zu erinnern, was niemals geschehen ist und was immer noch eintreten kann."[9]

So sollte Allendes Anspruch, dass sie eigentlich die lateinamerikanische Scheherazade sei – „Auf seltsame Weise ist Eva Luna ich oder bin ich Eva Luna"[10] – nicht nur als bloß biografische Aussage (Eva Luna – *C'est moi*! Oder *Soy yo*!) verstanden werden. Er ist ebenso sehr eine weitere Warnung an den unvorsichtigen oder naiven Interviewer. Um es mit Eva Lunas Worten zu sagen: „Ein Wort von mir, und schon verwandelte sich die Wirklichkeit."[11]

Sollte *Zorn und Liebe* mithin der fiktionalen Literatur zugerechnet werden? Auch wenn diese Frage eine bedeutsame ist, darf sich der sorgfältige Leser, denke ich, die Antwort aufsparen und zunächst einmal einfach genießen, wie Isabel Allende sich als Interviewte präsentiert. Zu welchem Genre sie auch gehören mögen – die Interviews in diesem Band bieten zum Mindesten reiche Einblicke in das Panorama der Bilder, die Isabel Allende von sich selbst entwirft: als Geschichtenerzählerin, als Märchenfrau, als Exilantin, als Schriftstellerin, als Verfasserin von Erinnerungen, als Frau, Ehefrau und Mutter. Ich hoffe, dass sie darüber hinaus das Verständnis für die Beziehung zwischen Allendes Leben und ihrer Arbeit bei Wissenschaftlern und Kritikern fördern und dem Wunsch des allgemeinen Publikums entgegenkommen, mehr über das Leben von Schriftstellern zu erfahren: die Autorin als Heldin im Drama ihres eigenen Lebens. Die Interviews des vorliegenden Buches dienen beiden Zwecken: Sie verhelfen uns zu einer besseren Würdigung der autobiografischen Aspekte von

Allendes Kunst, und sie zeigen uns die Frau hinter den Romanfiguren.

Chronologisch nach dem Datum der Veröffentlichung angeordnet – um den Werdegang von Allendes literarischer Laufbahn und die Entwicklung ihres politischen und sozialen Denkens herauszustellen –, lassen sich die 14 Interviews in *Zorn und Liebe* grob vier verschiedenen Perioden zuteilen.

Der erste Zeitabschnitt umfasst die Mitte der achtziger Jahre und wird hier repräsentiert von zwei literarischen Interviews durch kenntnisreiche akademische Lehrer der lateinamerikanischen Literatur, die beide ihre Bewunderung nicht verhehlen und von Allendes Aufstieg zu internationalem Erfolg fasziniert sind. Während dieses Zeitraums lebte Isabel Allende in Venezuela im Exil und veröffentlichte *La casa de los espíritus* (1982; *Das Geisterhaus*, 1984) und *De amor y de sombra* (1984; *Von Liebe und Schatten*, 1986).

Die zweite Gruppe von Interviews fällt in die späten achtziger Jahre bis 1991 – man könnte diese Zeit die „Eva-Luna-Jahre" nennen. In diese Jahre fällt das Erscheinen von *Eva Luna* (1987; *Eva Luna*, 1988) und *Cuentos de Eva Luna* (1989; *Geschichten der Eva Luna*, 1990), Allendes zweite Heirat, ihre Übersiedlung nach San Rafael in Kalifornien und der Übergang zum nordamerikanischen Leben. Die nordamerikanischen Interviewer stellen ihr in dieser Zeit, da sie nicht nur eine literarische Berühmtheit, sondern auch in den USA ansässig geworden ist, zunehmend persönliche, biografische Fragen.

Die Phase der dritten Gruppe von Interviews beginnt 1992 und setzt sich bis Mitte der neunziger Jahre fort. Schwerpunkte bilden Allendes Verhältnis zu ihrer Tochter Paula sowie die Veröffentlichung von *El plan infinito* (1991; *Der unendliche Plan*, 1992) und *Paula* (1994; *Paula*, 1995). In dieser Periode richten ihre Gesprächspartner den Blick vor allem auf Isabel Allendes Beziehung zu Paula, die im Dezember 1992 an einer seltenen Stoffwechselstörung starb. Die Interviews aus diesen Jahren sind häufig nicht nur biografisch, sondern sehr persönlich, wenn nicht intim; Allende offenbart, dass sie *Paula*, die herzzerreißenden Erinnerungen einer Mutter über ihr Leben vor und nach dem Tod ihrer einzigen Tochter, teilweise schrieb, um anderen Familien zu helfen, die von ähnlich schlimmen Verlusten betroffen sind, und dass sie es als mögliche Hilfe für ihr Publikum ansieht, wenn sie in ihren Interviews und öffentlichen Auftritten andere an ihrem Schicksal und ihren Gefühlen teilhaben lässt.

Schließlich beginnt 1995 mit Allendes Rückkehr von ihrer Lesereise für *Paula* in ihr Zuhause nach San Rafael und ihrem Versuch, mit dem großen Verlust zurechtzukommen, den der Tod ihrer Tochter bedeutet, die Zeit der vierten Gruppe von Interviews. Allende fürchtete, vielleicht nie wieder schreiben zu können, zumindest nie wieder erzählende Literatur. Schließlich fand sie wieder zu ihrer Lebenslust zurück und konnte sich auch ihre literarischen Gaben wieder zu Nutze machen. Sie schrieb ein weiteres nicht-fiktionales Buch: *Afrodita: Cuentos, recetas y otros afrodisiacos* (1997; *Aphrodite – Eine Feier der Sinne,*1998). Dessen schlüpfrige Mischung aus Speisen und Sex regt ihren kreativen Appetit an. Sie überwindet ihre Schreibblockade mit einem säbelrasselnden Epos im Stil einer historischen Romanze des 19. Jahrhunderts, *Daughter of Fortune* (1999; *Fortunas Tochter*, 1999). Ihre eigene glückliche Wiederherstellung ist abgeschlossen, als der Roman von der TV-Talkmasterin Oprah Winfrey als Buch des Monats März 2000 für „Oprah's Book Club" ausgewählt wird.

1984 bis 1987: Ein neuer Stern am literarischen Himmel Lateinamerikas

Isabel Allendes erstes Buch, *Das Geisterhaus*, löste in der internationalen literarischen Szene der frühen achtziger Jahre sofort eine Sensation aus, und als 1984 die deutsche und Mitte 1985 die englische Übersetzung erschien, behauptete Allendes Roman bereits über ein Jahr lang seinen Platz auf den Bestsellerlisten in Spanien und Lateinamerika. In Deutschland wurde der Roman sofort vom *Spiegel* als großer Wurf begrüßt; in den Vereinigten Staaten wurde er für den „Book of the Month"-Club ausgewählt, und die *New York Times* bereitete ihm einen wahrhaft königlichen Empfang: „Mit diesem Aufsehen erregenden Erstlingsroman", schrieb Alexander Coleman in seiner überschwänglichen Besprechung, „wird Isabel Allende als erste Frau Mitglied im bislang nur Männern vorbehaltenen Klub lateinamerikanischer Romanciers."[12] Während dieser Jahre war Allende zwar häufig auf Reisen und nahm für ein Semester sogar eine Gastprofessur am Montclair State College in New Jersey an, lebte aber im Übrigen noch in Venezuela.

Da die meisten Interviews aus der Mitte der achtziger Jahre von Akademikern geführt wurden und in literarischen oder wissenschaftlichen Zeitschriften erschienen, herrschte eher das literarische als das persönliche oder Prominenten-Interview vor.

Grob gesagt ziehen sich zwei verwandte Themen durch die Interviews dieser ersten Periode der Allende-Rezeption: Allendes Status als erfolgreiche weibliche Autorin einerseits und als Verwandte des chilenischen Präsidenten Salvador Allende andererseits.

Beispielsweise betont Allende selbst in dem ersten Interview dieses Bandes, dass es eines ihrer großen Ziele sei, an und für Frauen zu schreiben – und zwar als lateinamerikanische Frau. Im Gespräch mit der in Chile geborenen Marjorie Agosín, einer Lyrik-Kritikerin und Professorin für lateinamerikanische Literatur am Wellesley College[13], betont Allende die Weiblichkeit ihrer weiblichen Figuren: „Ich habe außerordentliche Frauen gewählt, die verdeutlichen können, was ich mir unter *weiblichen* Charakteren vorstelle, die das Schicksal der Frauen in Lateinamerika illustrieren können." Agosín stellt unter Hinweis darauf, dass die spanische Ausgabe des *Geisterhauses* bis 1984 bereits zwölf Nachdrucke erlebt hat, Isabel Allende genaue Fragen zu ihrem familiären Hintergrund und ihrer literarischen Imagination, so dass ihr Interview für die immer zahlreicher werdende internationale Leserschaft eine exzellente Vorstellung der Schriftstellerin bildete.

In diesem Gespräch enthüllt Allende wie auch in einigen späteren Interviews die autobiografische Dimension des *Geisterhauses*; sie verliert sich in die Erinnerung an ihre Kindheit im Haus ihrer Großeltern und stellt Überlegungen dazu an, dass ihre Großmutter mütterlicherseits als Vorbild für die Clara de Valle aus dem *Geisterhaus* diente. Auch mit politischen Äußerungen hält Allende sich hier nicht zurück; sie sagt voraus, dass „Pinochet und die schlechten Menschen, die ihn umgeben, nur ein Unfall im langen Leben" ihres Heimatlandes sind. „Sie werden in die Geschichte eingehen als ein Unglück, das den Himmel verdüsterte, aber sie werden nicht von Dauer sein."

Politische Aussagen dieser Art bilden die umstrittensten Elemente in Allendes Interviews Mitte der achtziger Jahre – vor der Volksabstimmung von 1988, durch die General Augusto Pinochet Ugarte in Chile die Macht verlor. In diesen Interviews kreist Allendes ideologisch-feministische Kritik lateinamerikanischer Machtpolitik um eine Reihe von Attributen, zu denen „weibliche Solidarität", „militärische Mentalität" und *machismo* gehören.[14] In ihren Äußerungen zu Themen, die dann in ihrem zweiten Roman *Von Liebe und Schatten* im Vordergrund stehen, geht Allende in einem 1986 veröffentlichten Interview auf diese Zusammenhänge ein: „Ich habe zwei fixe Ideen, zwei Phantome, die mir keine Ruhe lassen: Liebe und Gewalt, Licht und Dunkelheit ... Sie sind in meinem Leben ständig gegenwärtig, wie zwei gegeneinander gerichtete Kräfte." Allende versichert an dieser Stelle auch, dass ihre „natürliche Neigung" in „Richtung Sozialismus" gehe. Als Angehörige „einer privilegierten sozialen Klasse", wie sie betont, spüre sie „eine doppelte Verantwortung", sich für soziale Gerechtigkeit einzusetzen.[15]

1987 erschien *Von Liebe und Schatten*, und Allende beendete ihre fünfundzwanzigjährige Ehe mit dem chilenischen Ingenieur Michael Frías. Sie wurde in dieser Zeit für Interviews besser verfügbar, und ihre Interviewpartner aus den USA widmeten sich ihrer politischen Verantwortung, die sich aus ihrem Status als Mitglied der Familie Allende und als inzwischen berühmte Schriftstellerin ergab. Mehr und mehr sehen ihre Gesprächspartner Allende nicht nur als Stimme des Feminismus, sondern als Sprecherin Lateinamerikas. 1987 erwidert sie auf die provokative Frage zweier konservativer studentischer Journalisten, wie die Jugend der Vereinigten Staaten sich die Kultur und Politik Lateinamerikas nähern solle: „Versuchen Sie sich zu öffnen ... Ich bin ein sehr intoleranter Mensch. Tolerant bin ich erst durch das geworden, was ich durchgemacht habe. Und wahrscheinlich werden Sie niemals so viel ertragen müssen."[16]

Wie diese Äußerung nahe legt, ging Allende gelegentlich auf die Aufforderung ihrer Interviewer ein, als politische Autorität oder als Stimme Lateinamerikas zu sprechen. Die Fragestellung zeigt im Übrigen die Faszination, die sowohl von ihrem Familiennamen Allende ausging – der sie durch Blutsverwandtschaft als eine Art

Markenzeichen mit der Aura des Revolutionärs umgab – als auch davon, dass Allende das politische Vermächtnis annahm, das ihr damit zugefallen war. Kritiker und Rezensenten begegneten ihr mitunter allein aufgrund der Tatsache, dass sie eine „Allende" war, mit Ehrfurcht; ihr Werk wurde überschwänglich als dem eines Cervantes, eines James Joyce und einer Edith Wharton vergleichbar gepriesen, von Gabriel García Márquez ganz zu schweigen.[17] Oder man behandelte Isabel Allende wie eine Inkarnation Salvador Allendes persönlich, einen Phönix, der aus der Asche aufgestiegen war, um seine verbalen Donnerkeile auf die mörderische Tyrannei Pinochets herabzuschleudern.[18]

Die meisten Gesprächspartner aus dem Bereich der Hochschulen behandelten Allende nicht mit dieser Ehrfurcht. Völlig zutreffend stellten sie sie als neues Mitglied und einzige Frau in dem bis dahin „exklusiv männlichen Klub" der besten lateinamerikanischen Schriftsteller des Nachkriegs-"Booms" vor, einer literarischen Bewegung, deren Protagonisten Realismus und Fantasie zu dem vereinten, was dann als „magischer Realismus" bekannt wurde (z. B. Jorge Luis Borges, Alejo Carpentier, Julio Cortázar, Carlos Fuentes, Gabriel García Márquez und Mario Vargas Llosa). Allerdings tendieren, vor allem in den späteren Jahren, als Journalisten sie verschiedenen Varianten des Prominenten-Interviews unterzogen, die Fragen vieler Gesprächspartner dazu, Allende weniger als seriöse Schriftstellerin denn als „Persönlichkeit" zu behandeln – eine berühmte Exilantin, die „Nichte" eines gefallenen marxistischen Helden[19], die erste und einzige Schriftstellerin in Lateinamerika, die es zu internationaler Berühmtheit gebracht hat, oder die einzige lateinamerikanische feministische Schriftstellerin, die mit den Mitteln des magischen Realismus die Geschichte ihres Kontinents schildert.

Es kann als Indikator für Allendes Status als Medienstar gelten, dass Dutzende populärer Magazine und Zeitschriften – von *Spiegel* und *Focus* bis hin zu amerikanischen Blättern wie *Vanity Fair* – sie ihren Lesern im Gespräch vorgestellt haben. Unzweifelhaft haben diese Artikel Allendes Wirkungskreis vergrößert und sie einem breiten internationalen Lesepublikum näher gebracht. Sie haben – absichtlich oder auch nicht – zu dem überlebensgroßen, ja sogar mythischen Bild beigetragen, mit dem sich jetzt auch die Wissenschaftler und ernsthaften Leser auseinanderzusetzen haben. Denn in diesen populären Darstellungen erscheint Isabel Allende größer als im wirklichen Leben, wird ihre Geschichte vor dem Hintergrund des großen historischen Ereignisses ihres wirklichen Lebensdramas interpretiert und die Abfolge der Ereignisse in ihrem Leben erzählt, als handele es sich dabei um die Saga des *Geisterhauses*.

Erwähnenswert ist, dass Allende selbst in den literarischen Interviews in diesem Band oft das Thema ihres Bildes in der Öffentlichkeit anspricht (siehe Nr. 5). Bereits Mitte der achtziger Jahre galt Isabel Allende nicht nur als führende weibliche Stimme Lateinamerikas, sondern in einigen Kreisen – völlig überzogenerweise – als Sprecherin des Sozialismus (oder gar eines Quasi-Marxismus) und feministische Revolutionärin.

Die Vergleiche, die ihre Gesprächspartner zwischen Allende und den Schriftstellern des lateinamerikanischen „Booms" ziehen, führen zum interessanten Thema ihrer Schreibgewohnheiten und zu der Frage, wem sie im literarischen Sinne etwas verdankt. Allende führte darüber Mitte der achtziger Jahre mehrere ausführliche Gespräche. Während eines Gespräches in Caracas 1986 kam sie auf den Einfluss zu sprechen, den García Márquez oder Familensagas wie die des in Russland geborenen Henri Troyat und Neruda auf sie gehabt hätten. Auf die Frage, ob die häufigen Vergleiche zwischen ihrem Erstlingsroman und García Márquez' *Cien años de soledad* (1967; *Hundert Jahre Einsamkeit*, 1970) sie „ärgerten", erwiderte Allende: „Nicht im mindesten. Ich bewundere ihn. Ich liebe ihn sehr."[20] Allerdings wurde der Vergleich mit García Márquez später derart häufig strapaziert, dass sie es irgendwann leid wurde, damit konfrontiert zu werden.

Mitte der achtziger Jahre macht sich Allende auch – mit gemischten Gefühlen – Gedanken dazu, was ihr frisch errungener literarischer Ruhm für ihr Arbeitsleben bedeutete. Freudig erregt und zweifelnd zugleich gesteht sie sich ein, dass die vielen Einladungen zu Reisen sie vor die Herausforderung stellen, das Schreiben mit anderen Aktivitäten ins Gleichgewicht zu bringen. „Literatur ist wie Liebe – sie ist eine Vollzeitbeschäftigung. Sie duldet keine Ablenkungen."[21] Sie geht auch auf ihre handwerkliche, journalistische Einstellung ein und stellt fest, dass sie vor einer Schreibblockade keine Angst hat. Und sie erwähnt Schreibtechniken, die sie beim Schreiben von *Von Liebe und Schatten* benutzt habe – Schreibgewohnheiten, die ihre Gesprächspartner heute noch faszinieren. Dazu gehört auch, was sie ihr „Recherche-Verfahren" nennt – nämlich bizarre Geschichten aus Zeitungen und Illustrierten auszuschneiden –, und natürlich der von ihr selbst eingestandene „Aberglaube", dass der 8. Januar – an diesem Datum schrieb sie den ersten Satz des *Geisterhauses* und später den ersten Satz all ihrer anderen Bücher – ihr „Glückstag" sei (Nr. 3).[22]

Bei dieser Gelegenheit kommt Allende noch einmal auf das Interviewen selbst zu sprechen und betont, welche Bedeutung das Interview für das Sammeln von Material, für ihre „Recherche" zum Aufbau ihres fiktionalen Universums habe. Für *Das Geisterhaus* und *Von Liebe und Schatten* machte sie in unterschiedlichem Maße Gebrauch von Briefen an ihre Mutter, alten Tagebüchern und Notizheften ihrer Großmutter, journalistischen Beiträgen und Aufzeichnungen aus ihrer Zeit als Journalistin und Gesprächen mit anderen chilenischen Exilanten in Venezuela.

Sie hatte also Nerudas Rat befolgt und war Romanschriftstellerin geworden, war aber gleichwohl Journalistin – und sogar Interviewerin – geblieben.

1987 bis 1991: Die Eva-Luna-Jahre

„Ich versuche mein Leben so zu leben, wie ich es gern … gern in einem Roman hätte", sagt die Titelheldin von *Eva Luna*, die Hauptdarstellerin einer Fernseh-Seifenoper, gegen Ende des Romans.

Evas Schöpferin hat oft gesagt, ihr eigenes Leben sei wie ein Roman – oder, noch besser, eine magisch-realistische *telenovela* [Seifenoper] –, und dies traf niemals mehr zu als in dem bemerkenswerten Jahr 1988, in dessen Verlauf die Handlung eine Wendung erfährt und mit einem entschlossenen Schritt die Rollen neu verteilt werden. Und wieder wirken sich die Ereignisse der großen Politik dramatisch auf ihre persönliche Geschichte aus. „Out of Venezuela" wäre ein passender Titel für Allendes Leben während dieser Jahre.

Inwieweit Allende die „erzählerische Kontrolle" über diese Sprünge im Gang ihrer Erzählung behielt, ist schwer zu sagen, aber der Motor für die sich überstürzenden Änderungen war jedenfalls ihr Liebesleben: Nur ein paar Monate vor der chilenischen Volksbefragung, die Pinochets Herrschaft beendete, verliebte sie sich in William Gordon, einen Rechtsanwalt aus San Francisco. Obwohl sie nun ohne weiteres in die Heimat hätte zurückkehren und dort in einem freundlicheren politischen Klima im Kreise ihrer Großfamilie und alter Freunde hätte leben können, schien es ein Leben für sie jetzt nur noch an einem anderen Ort zu geben: in *El Norte* in Kalifornien. Sie stellte Liebe über Politik und heiratete Gordon im Juli 1988 (nachdem sie dem Anwalt „einen Vertrag mit der Liste all meiner Forderungen und der wenigen Zugeständnisse, die ich zu machen bereit war", zugeschickt und ihm vierundzwanzig Stunden Bedenkzeit eingeräumt hatte).[23] Und dann beschloss Allende – ungeachtet der Befürchtungen ihrer Verleger, dass ihre Vorstellungskraft in einer kalifornischen Vorstadtsiedlung versiegen könnte –, sich in den Vereinigten Staaten ein neues Leben als Schriftstellerin, Ehefrau und Stiefmutter von Gordons zwei Söhnen aufzubauen.

Allendes Übersiedlung in die Vereinigten Staaten gab dem Interesse an ihrer Biografie neue Nahrung. Eine Tendenz in diese Richtung hatte sich bereits seit der Veröffentlichung ihres dritten Romans *Eva Luna* auf Spanisch gezeigt. Angeregt durch die Parallelen zwischen Allendes eigener, leidenschaftlicher Liebesgeschichte und den epischen Liebesabenteuern ihrer Titelheldin – der ja ebenfalls das Geschichtenerzählen im Blut liegt –, galt die Autorin bei den Kritikern bald als „die chilenische Scheherazade"[24]. Allendes Leben änderte sich damals radikal, und entsprechend verlagerte sich der Brennpunkt der Fragen, die ihr gestellt wurden. Dieser Zeitabschnitt – den ich die Eva-Luna-Jahre nenne –, ist gekennzeichnet durch das Erforschen der Beziehung zwischen Allende und ihren Romanfiguren, unter ihnen vor allem der Eva Luna[25], und den internationalen Beifall, mit dem Allendes erste Sammlung von Erzählungen, *Die Geschichten der Eva Luna*, 1989 bis 1991 begrüßt wurden. Die Interviewer sehen ihre Werk als „Frauenliteratur" und richten ihr Augenmerk auf Allendes Umgang mit der komplexen Beziehung zwischen Feminismus und Weiblichkeit. Die amerikanischen Journalisten, die sie jetzt interviewen – das ist nicht länger allein Sache der Fachleute für lateinamerikanische Literatur –, schätzen ihr Werk ebenso sehr wegen seiner Botschaft an die Leser und vor allem die Leserinnen (die den größten Teil von Allendes Leserschaft ausmachen, wie sie selbst in diesen Interviews bemerkt) wie wegen seiner Bezüge auf Politik und Geschichte Lateinamerikas.

Weil ihr Übergang zum Leben in Amerika auf so hektische Weise erfolgt war und ihre beruflichen und familiären Verpflichtungen allzu zahlreich wurden, versuchte sich Allende nicht sofort an einem weiteren Roman, sondern beschränkte sich auf Erzählungen, die sie in kurzen Phasen der Konzentration zu Papier brachte. Sie begann mit den exotischen Geschichten, aus denen schließlich die *Geschichten der Eva Luna* wurden. Nachdem sie sich nun auf Dauer in den USA niedergelassen hatte, empfand sie Einladungen, an nordamerikanischen Universitäten zu unterrichten und Vorträge zu halten, nicht mehr als ein so großes Arbeitshindernis.

Ein zentrales Thema ihrer Interviews sind die Konsequenzen ihres Lebens in Nordamerika in Bezug auf ihren internationalen Status als Stimme Lateinamerikas. In einem Interview für die Zeitschrift *Mother Jones* Ende 1988 (Nr. 3) – das Gespräch wurde geführt, als sie die *Geschichten der Eva Luna* zur Hälfte fertig hatte – zählt Allende drei wesentliche praktische Änderungen ihres Alltagslebens auf, die sich aus ihrer Übersiedlung in die USA ergeben hatten und die allesamt eine unverzügliche und zwingende Reorganisation ihres Arbeitslebens erfordert hätten: ihre neue Rolle als Vorstadthausfrau und Mutter ohne eine preiswerte, mit im Haus wohnende Hilfe, wie sie sie in Santiago und Caracas gehabt habe; die Tatsache, dass sie nunmehr für die nordamerikanischen Medien und Hochschulen viel besser erreichbar war; ihr sprachlich „geteiltes Leben", d. h. ihr Alltagsleben, in dem sie Englisch sprach, neben ihrem literarischen Leben als spanisch schreibende Autorin.

Allende beschloss, sich speziell der letzten beiden Punkte anzunehmen und die Möglichkeiten, die darin lagen, beim Schopf zu fassen. Sehr viel überlegter und gezielter als zuvor nahm sie die Rolle an, die das Schicksal ihr bot, und wandte sich mit politischen und sozialen Themen an die nordamerikanische Öffentlichkeit. Ihr literarischer Ruhm wurde für sie zum Podium auf der

Weltbühne, von dem aus sie den Themenkreis „die Schriftsteller und die Politik" in einem lateinamerikanisch-nordamerikanischen Kontext ansprechen konnte.[26]

Ein repräsentatives Beispiel dafür ist ihre Stellungnahme unmittelbar nach der chilenischen Volksbefragung 1988. Auf die Frage, ob sie ihren nordamerikanischen Lesern „etwas Besonderes" zu sagen habe, antwortet Allende:

> Ja. Ihr lebt nicht in einer Seifenblase. Ihr seid nicht privilegiert. Ihr seid sehr verwöhnt. Ihr glaubt, ihr würdet gerettet werden, wenn dieser Planet explodiert. Werdet ihr nicht. Wir leben alle auf demselben Planeten; es ist ein einsamer Felsbrocken im Weltraum. Wir gehören alle dazu. Es gibt keine überlegenen Rassen ... [Die Lateinamerikaner] leben nicht auf einem anderen Planeten. Sie sind nicht auf dem Mars. Es ist unser gemeinsamer Planet. Es ist unser gemeinsames Land, und die Grenzen zwischen den Ländern sind nichts als Illusionen. Wir zeichnen sie auf einer Landkarte nach, aber sie existieren nicht. Wir teilen uns alle denselben Planeten. (Nr. 5)

Diese politische Offenherzigkeit hat scharfe und mitunter herablassende Zurechtweisungen nach sich gezogen, vor allem von einigen konservativen Kritikern, die Allendes politische Vorstellungen als Schwarzweißmalerei und simplizistisch verspotten. Es ist unschwer zu erkennen, wie ihre Zusammenfassung etwa der Geschichte des Pinochet-Regimes derartige Verurteilungen begünstigte: „Diese ganze Gewalt, die Unterdrückung und Brutalität ging vom Militär aus. Und die Menschen reagierten darauf mit gewaltfreien, pazifistischen Protesten, mit Solidarität und Organisation."[27] Aber Allende lässt sich durch Feindseligkeiten, die Kritiker gegen ihr Werk äußern, nicht einschüchtern, mögen diese politischer oder literarischer Natur sein. Auf Vorwürfe, ihre Bücher seien kitschig, entgegnete sie: „Was fange ich mit meiner Wahrheit an? Ich schreibe sie." (Nr. 5) Sie geht sogar so weit, den Katalog der vernichtenden Vorwürfe ihrer Kritiker Punkt für Punkt abzuhaken:

> Ich höre ständig widersprüchliche Dinge. Ich kann unmöglich allen gefallen, und ich sollte das gar nicht erst versuchen ... Zu den „schlechten" Dingen, die die Leute sagen, zählt der Vorwurf, ich hätte eine sehr ansprechende Mischung aus Melodrama, Politik, Feminismus und magischem Realismus gefunden und würde nun alles zusammenkippen ... Aus der gleichen Richtung kommt der Vorwurf, ich sei sehr sen-

timental und hätte nicht genug Distanz zu den Dingen, ich sei nicht kalt; daher könne ich sehr kitschig sein, überzogen altmodisch bisweilen. An welche negativen Bemerkungen kann ich mich noch erinnern? O ja, dass meine Bücher denen von García Márquez ähneln. (Nr. 3)[28]

Ungeachtet ihrer Kooperationsbereitschaft dem einzelnen Kritiker gegenüber macht Allende keinen Hehl daraus, dass sie von der Species als solcher nicht viel hält:

Kritiker sind schreckliche Menschen. Sie hängen dir ein Etikett an, komme da was wolle, und dann musst du irgendwo eingeordnet werden. Ich will nicht, dass man mich eine feministische Schriftstellerin nennt, eine politische Schriftstellerin, eine soziale Schriftstellerin, eine Schriftstellerin des magischen Realismus oder eine lateinamerikanische Schriftstellerin. Ich bin einfach eine Schriftstellerin. Ich bin eine Geschichtenerzählerin.[29]

Allende gesteht in den Interviews nach 1988 ein, dass ihre Übersiedlung nach Nordamerika sowohl eine geistige als auch eine geografische Distanz zu den politischen Ereignissen in Lateinamerika zur Folge gehabt habe. Aber sie glaubt, dass das Leben im „Exil" für das Schreiben durchaus Vorteile bringt. Und zwar, weil es Raum schaffe für die Imagination und zu einer größeren Vielfalt der Perspektiven führe – aber auch, weil es einen zu verstehen lehre, „dass man seine Wurzeln in sich selbst hat." Allende selbst verfügt über eine „doppelte Perspektive" – sie lebt in den Vereinigten Staaten und schreibt von ihrer lateinamerikanischen Vergangenheit; sie sagt, sie habe jetzt eine ihr kostbare Distanz von beiden Orten. Ein anderer Vorteil des Lebens im „Exil" besteht, wie paradox es auch klingen mag, in dem Durcheinander, das dadurch in ein Leben hineingetragen wird. Erst ihre Lebenskrisen hätten ihre Sorglosigkeit erschüttert und sie nachdenklicher gemacht, sich ihrer selbst bewusster als Person und Künstlerin (Nr. 13).

Nicht nur nordamerikanische Interviewer, sondern auch ihre lateinamerikanischen Gesprächspartner haben Allendes Anpassung an das Leben in Kalifornien thematisiert. Es ist interessant zu vergleichen, wie einige lateinamerikanische Interviewer nach der Übersiedlung in die USA auf Allende reagieren. In manchen Fällen betrachten sie sie kaum noch als eine der ihren, sondern eher als kulturelle Vermittlerin und für die Beziehung der USA zu Lateinamerika zuständige Sprecherin, d. h., sie behandeln sie in vielem so, wie es die nordamerikanische Presse in den frühen achtziger Jahren getan hatte. So wird sie zum Beispiel nach ihrer Meinung zu nicht literarischen Themen wie der Zukunft Lateinamerikas gefragt. Allende erwiderte darauf, dass dem Kontinent eine wichtige Rolle bei der Entwicklung eines „kollektiven Bewusstseins" der Welt zukomme.[30]

In enger Beziehung zum Thema Lateinamerika steht während dieser zweiten Periode der Allende-Interviews der Themenkreis Feminismus und das, was man ihre „persönliche Mythologie" nennen könnte. Durch die Veröffentlichung der beiden Eva-Luna-Bücher eröffnete sich die Möglichkeit, Allendes Fantasieleben als Scheherazade des wirklichen Lebens, als Spinnerin des magischen Garns lateinamerikanischer Geschichten zu erkunden. Ihre Gesprächspartner interessieren sich daher nicht nur für Allendes familiären Hintergrund, sondern auch für ihre kraftvolle und überzeugende Identifikation mit ihrer autobiografischen Heldin Eva Luna.

Wie wir bereits gesehen haben, gesteht Allende freimütig ein, dass sie sich mit Eva Luna identifiziert. Sie hat oft beschrieben, wie sie heimlich Literatur las, die nach dem Diktum der Familie „verboten" war – vor allem die arabische Romanze *Tausendundeine Nacht* –, die in der Kammer ihres Stiefvaters lagerte, zu der ihr der Zugang verboten war. (In *Eva Luna* hat die Heldin selbst ein Exemplar dieses Werks bei sich, das sie als »unentbehrliches Gepäck für meine Reisen durchs Leben« betrachtet, und die *Geschichten der Eva Luna* beginnen und enden mit Zitaten aus *Tausendundeiner Nacht.*) Einigen Interviewern mag Allendes tumultuarisches Leben in der Tat wie eine endlose Geschichte vorkommen, in die sich die Realität verwandelt hat – als Kind *las* sie von Scheherazade, und als erwachsene Frau *wurde* sie selbst zur Geschichtenerzählerin.

Allende ist sich wohl bewusst, dass ihr heiter-frivoles, gewagtes Image als lateinamerikanische Scheherazade teilweise für ihre immense internationale Anhängerschaft verantwortlich ist. Schüchtern, doch gleichwohl ehrlich erklärt sie, dass ihre große Popularität in den Vereinigten Staaten „teilweise auf das große Interesse zurückgeht, das man dort der Frauenliteratur entgegenbringt", während ein Teil der angelsächsischen und nordeuropäischen Allende-

Faszination dem magischen Realismus zuzuschreiben ist sowie der Tatsache, dass ihre Werke nicht „barock" und deshalb „im Vergleich zu anderen lateinamerikanischen Romanen leicht zu lesen sind" – das zusammengenommen habe dazu geführt, dass ihre Bücher „an den Universitäten gelesen und analysiert" würden.[31]

Bis zum Jahre 1991 hatte Allende fünf Bestseller veröffentlicht, die in insgesamt siebenundzwanzig Sprachen erschienen waren. Als sie später gebeten wurde, Gründe für diese phänomenale internationale Rezeption zu nennen, schrieb Allende sie großzügig und mit einem Anflug von Humor ihren ausgezeichneten Übersetzern zu, denen sie die Verbesserung ihrer Bücher verdanke (Nr. 12). Zu ihrer Popularität in Deutschland und Skandinavien, wo ihre Bücher nacheinander die Bestsellerlisten anführten, scherzt Allende:

> Was soll man in Oslo oder Hamburg schon anderes tun, als zu lesen! Die nördlichen Länder schätzen meine Bücher im Allgemeinen besonders, mit Ausnahme von Großbritannien ... Aber, ja, wenn ich in Deutschland oder Skandinavien lebte, wäre ich eine nationale Berühmtheit. Die meisten meiner Tantiemen kommen aus diesen Ländern. Ich werde da wirklich viel gelesen.
> Warum? Wahrscheinlich weil die Menschen dort Lateinamerika für exotisch halten – und im Falle von Deutschland trägt wahrscheinlich die Tatsache dazu bei, dass es während der kommunistischen Ära zwischen Ostdeutschland und Chile enge Beziehungen gab. Ich signiere meine Bücher für deutsche Buchhändler – 4000 Exemplare. Die Leute in Deutschland lesen wirklich! (Nr. 12)

Die Interviewer der frühen neunziger Jahre befassen sich zwar hauptsächlich mit Allendes derzeitigen Gefühlen und ihrer Anpassung an das Leben in den USA, loten aber gleichwohl ihre Vergangenheit tiefer aus als die Gesprächspartner des vorangegangenen Jahrzehnts. Ein großer Teil ihrer Neugier entspringt dem simplen Wunsch zu wissen, wer Isabel Allende war, bevor sie sich – Abrakadabra! – in die Eva Luna von San Rafael verwandelte und ihre Fantasien zu spinnen begann, die anmuten, als kämen sie aus *Tausendundeiner Nacht.*

Woher kam diese außerordentliche Frau? Das wollten die Leser jetzt wissen. Einige Interviewer konzentrieren sich daher auf Allendes Herkunft, befragen sie zu ihrer Zeit in Chile, d. h. den Jahren vor ihrem internationalen Ruhm. Beispielsweise wird sie nach ihrer schriftstellerischen Tätigkeit vor dem Staatsstreich von 1973 gefragt, zu der ja auch das Schreiben von Theaterstücken gehörte. Oder man widmet sich ihrer Mitarbeit an Zeitschriften wie dem *Magazine Ellas* und *Paula* – letztere war das erste chilenische Blatt, das gesellschaftliche Tabuthemen wie Abtreibung, Scheidung und Drogen ansprach – und der Kinderzeitschrift *Mampato* sowie ihren TV-Programmen und Kurzfilmen. Bereits 1971 war ein viel diskutiertes Stück der damals Neunundzwanzigjährigen mit dem Titel *El embajador* [Der Botschafter] in Santiago aufgeführt worden, zusammen mit einem Stück des Titels *La balada del medio pelo* [Die Ballade vom Emporkömmling]. Diese Interviewer ziehen eine breite Vielfalt expressiver Begabungen ans Licht, die Isabel Allende entwickelt hatte, lange bevor sie mit *La casa de los espíritus* berühmt wurde, und in deren Mittelpunkt diejenigen theater- und literaturbezogenen Aktivitäten stehen, die sie selbst später detailliert in *Paula* behandeln sollte.

Das wichtigste Ergebnis der Eva-Luna-Jahre für Allende selbst bestand darin, dass sie sich als Frau und Schriftstellerin wohler fühlte. Wie sie in einem Interview von 1988 gesteht, verhalf ihr das Schreiben von *Eva Luna* zu „einer neuen Einstellung zum Frau-Sein": „Ich hatte mich endgültig damit abzufinden, dass ich immer würde in diesem Körper leben müssen, mit diesem Gesicht, und die Person sein, die ich bin."[32] Und sie hatte einige wichtige Schritte getan, um ihrem „Zorn" auf ihren Großvater und das bedrückende Patriarchat ihrer Zeit in Chile zu begegnen und ihn zu überwinden. (Nr. 3) In einem Interview von 1991 spricht sie von einer „zornerfüllten Nähe" zwischen ihr selbst und ihrem Großvater mütterlicherseits (dem Vorbild für Esteban Trueba, den Familienpatriarchen aus dem *Geisterhaus*). „Wir waren uns in nichts einig, aber wir bewunderten einander. Solange ich in Chile war, sah ich ihn jeden Tag, bis 1975." Aus diesem Zorn heraus hatte sie auch abgelehnt, den Familiennamen ihres Ehemannes anzunehmen. „Meine Wut auf die männliche Autorität ... setzte sich sogar nach meiner Heirat noch fort. Und sie hält auch heute noch an."[33] Auch dies ist ein Thema, auf das Allende nach Paulas Tod ausführlicher zurückkommt (Nr. 13).

Allende bestätigt auch, dass *Eva Luna* sie dazu gebracht habe, sich als Geschichtenerzählerin zu akzeptieren und anzuerkennen, dass eine „Geschichtenerzählerin" eine respektable, professionelle, kreative Schriftstellerin sein könne. Mit *Eva Luna* und den *Geschichten der Eva Luna* erachtet Allende schließlich ihre Lehrzeit als Romanschriftstellerin für beendet – sie beginnt zu dieser Zeit gerade den *Unendlichen Plan.* Mit zunehmendem Selbstvertrauen äußert sie sich zu einer ganzen Reihe literarischer Themen und analysiert ihre eigene Entwicklung als Schriftstellerin. Sie räumt die zugegebenermaßen begrenzten Möglichkeiten von Schriftstellern ein, Einfluss auf den Gang der Welt zu nehmen und stellt sich feministischen Kritikern, die ihre weiblichen Figuren stereotyp oder schwach finden. In einem Interview von 1991 gesteht sie auch zu, dass das Leben in einer englischsprachigen Umgebung sich auf ihr Schreiben auswirkt: „Meine Sätze sind jetzt kürzer, es gibt weniger Beiwerk, weniger Adjektive. Die Sprache ist geradliniger und ... der Text ist straffer."[34] Bei der Arbeit an *Der unendliche Plan* stellt Allende 1991 fest, dass sie sich mit dem Wechsel des Schauplatzes von Lateinamerika und der Karibik in ihren ersten vier Büchern nach Kalifornien in diesem fünften Buch auch vom magischen Realismus entfernt und einem geradlinigeren literarischen Realismus annähert.

Eine letzte Aussage Allendes zu ihrer Arbeit verdient hier Beachtung, eine Aussage, die den Leser anspringt und wieder einmal den Anschein erweckt, Allendes tumultuarisches Leben sei eine endlose Geschichte, die dem sorgfältigen Plan eines Geschichtenerzählers folgt. Als ob Allende das tragische Schicksal ihrer Tochter Paula und ihre eigene Entscheidung, nicht zuletzt zur Bewältigung dieses Verlustes *Paula* zu schreiben, bereits voraussehen würde, spricht sie im Mai 1991 – fünf Monate bevor Paula erkrankt und ins Krankenhaus eingeliefert wird, und ohne Kenntnis der bevorstehenden Erkrankung ihrer Tochter – über das Schreiben (in den Worten ihrer Interviewer) als einen „Akt des Erinnerns, um den Tod zu verhindern". So wird das Thema, das die Interviews von Mitte der neunziger Jahre an beherrschen soll, hier zum ersten Mal explizit genannt: die Spiritualität. „Ich glaube, dass alles um mich herum ... von einem Geist beseelt ist, einem Geist des Lebens", sagt Allende. „Und ich versuche, mit diesem Geist Kontakt zu halten." (Nr. 6)

1991 bis 1995: Paula und was danach kam

Aber zuerst sollte der Geist des Todes Isabel Allende und ihre Familie umhüllen. Am 8. Dezember 1991 erhielt sie auf einem Empfang zum Erscheinen der spanischen Ausgabe von *El plan infinito (Der unendliche Plan)* die Nachricht von der Katastrophe, die ihr Leben abrupt ändern sollte: Paula, ihre siebenundzwanzigjährige Tochter, die am 6. Dezember erkrankt war und in einem Krankenhaus in Madrid behandelt wurde, war ins Koma gefallen. Paula sollte auf den Tag genau ein Jahr später sterben. Wie Alba im *Geisterhaus* – die dem Rat des Geistes ihrer Großmutter Clara folgte und schrieb, um das Martyrium ihrer Vergewaltigung zu „überleben" – versuchte Allende, Paulas Tod zu bewältigen, indem sie sich die Worte ihrer Mutter vergegenwärtigte: „Du kannst wenigstens darüber schreiben und versuchen, es zu verstehen."[35] Allende sagt im Hinblick auf die Notizen, die schließlich zu *Paula* führten: „Ich dachte nicht daran, etwas zu veröffentlichen ... mein einziges Ziel war zu überleben; das war das einzige Mal, dass ich etwas geschrieben habe, ohne an einen Leser zu denken."[36]

Die Interviews aus dieser dritten Periode kreisen um Allendes persönliches Leben und den Verlust ihrer Tochter; selbst die vor dem Erscheinen von *Paula* 1994/1995 geführten Interviews richten ihr Augenmerk darauf. Angesichts der Tatsache, dass Allendes zwei während dieser Periode erschienene Bücher auf dem Leben ihres Ehemannes (William Gordon ist das Vorbild für Gregory Reeves, die Hauptfigur von *Der unendliche Plan*) und auf ihrem Verhältnis zu ihrer Tochter beruhen, überrascht es nicht, dass die Interviewer Allendes Rolle als Ehefrau und Mutter besonders beleuchten. Was auf diese Weise sichtbar wird, ist nicht das überlebensgroß heldenhafte, ja „magisch-realistische" Portrait der Feministin und Sozialistin aus der Mitte der achtziger Jahre oder die exotische chilenische Scheherazade der späten achtziger und frühen neunziger Jahre, sondern eine verhaltenere, wieder zum normalen Menschen gewordene Gestalt.

Mit anderen Worten: Es ist, als ob wir in dieser jüngsten Runde von Interviews Allende in Nahaufnahme sehen statt auf einem gewaltigen Wandbild lateinamerikanischer Geschichte oder durch das feine Gewebe der Fantasie Eva Lunas. Man könnte die

Mitte der neunziger Jahre auch als die „Familienphase" der Allende-Interviews bezeichnen. Einige von ihnen sind in familiärem, sogar vertraulichem Ton gehalten, was sie wirklich zu „Gesprächen" macht; mehr als in den Jahren zuvor begegnen wir hier der privaten Frau hinter der öffentlichen Person. Allende sagt in diesen Interviews mehrfach, dass der Tod ihrer Tochter sie „verändert" habe; einer der Interviewer bemerkt, dass Allendes jüngste Erfahrungen sie verwandelt habe durch das „Auslöschen all der unnötigen Barrieren, die die menschlichen Wesen voneinander trennen".[37] Bei meinen eigenen Interviews mit ihr im April und Mai 1995 (Nr. 11, 12 und 13) erschien mir Allende als eine deutlich andere Frau als die, die ich in meinem früheren Interview 1988 gesprochen hatte – nachdenklicher, weniger zielstrebig, eher geneigt, etwas von sich preiszugeben, nicht mehr so sehr darauf bedacht, sich keine Blöße zu geben. Mit zweiundfünfzig Jahren schien Isabel Allende sich plötzlich der Mystik zugewendet und ein neues Haus der Geister entdeckt zu haben.

Mit dieser Entdeckung gingen die „Lektionen" einher, die das qualvolle Jahr von Paulas Krankheit sie lehrte: die Worte „Schicksal", „Vertrauen", „annehmen" und „Offenheit" tauchen in ihren Interviews nach Paulas Tod immer wieder auf. In der Tat verlagert sich der Tenor ihrer Gespräche zum Bereich des Spirituellen hin:

> Ich habe das Gefühl, dass das Leben wie eine sehr kurze Etappe auf der langen Reise der Seele ist. Es ist lediglich eine Erfahrung, die wir durchlaufen müssen, weil der Körper bestimmte Dinge erfahren muss, die für die Seele wichtig sind. Aber wir sollten uns nicht allzu sehr an das Leben und an die Welt klammern: Wir sollten uns nicht an die materiellen Aspekte der Welt klammern, weil man sie nicht mitnehmen kann. Man wird sie verlieren, ganz egal, was passiert; man wird seinen eigenen Körper verlieren. (Nr. 9)[38]

Während ihrer gesamten Lesereisen von 1994/1995, auf denen sie dem Publikum *Paula* vorstellte, sprach Allende von der „Lehre des Loslassens" (Nr. 13). In einem Interview drückte sie es folgendermaßen aus: „Als ich *tot* sagte, wurde [Paulas Tod] real, und ich konnte damit umgehen." (Nr. 8)

An anderer Stelle hat Allende von einer anderen, weltlicheren Art von „Tod" bzw. einer Form des „Festklammerns" gesprochen, die ihr noch zu schaffen mache: der literarische Ehrgeiz. „Ehrgeiz ist wie ein Fass ohne Boden", sagt Allende. Nach der Veröffentlichung des *Geisterhauses* „hatte ich das Gefühl, dass ich in meinem Leben etwas geschafft hatte und nun in Frieden sterben konnte", aber bald erhob sich die vielköpfige Hydra des Ehrgeizes wieder, um ihr weiter zuzusetzen: „Man wird ehrgeizig und will immer mehr."[39]

Darum gebeten, zusammenzufassen, was sie aus Paulas Tod gelernt habe, erläutert Allende ihre spirituelle Entdeckung in anderen Interviews noch ausführlicher:

> Ich habe mich ungezählte Male gefragt: Warum sie? Warum sie und nicht ich? Wenn ich bete, vielleicht wird es dann *mir* widerfahren und nicht ihr – dieser Gedanke ist mir manchmal durch den Kopf gegangen. Ich habe gefragt, warum ist sie nicht gleich am Anfang gestorben? Warum hat sie ein Jahr im Koma gelegen?
> Es war eine Tragödie, aber ich habe in dieser Zeit viel gelernt. Es wäre viel leichter gewesen, wenn sie nicht ins Koma gefallen wäre. Der Schmerz war umso größer, weil sie noch ein Jahr bei uns blieb.
> Weil Paula noch bei uns blieb, habe ich eine Lektion gelernt. Mein Schicksal war es, ein Kind zu verlieren ... Ich habe alles in meinen Kräften Stehende getan, um Paula zu retten, und ich konnte sie weder vor ihrer Krankheit noch vor der Welt schützen. Ich glaube daran, dass wir nicht nur Körper und Geist sind. Wir sind auch spirituelle Wesen ... Ich bin heute weniger leidenschaftlich, als ich es früher war ... ich habe mich bereits sehr stark verändert. Ich lasse die Dinge mehr auf mich zukommen, statt sie zu forcieren. Ich bin nicht mehr so zielorientiert wie früher ... Früher habe ich viel in der Zukunft gelebt, mit Plänen und Träumen und Zielen. Aber ich habe begriffen, dass das Leben jetzt stattfindet. (Nr. 11)

Oder, wie Allende es in einem anderen Interview formulierte:

> Ich habe endlich verstanden, was es mit dem Leben auf sich hat; dass Leben bedeutet, alles zu verlieren. Den Säugling zu verlieren, aus dem ein Kind wird, das Kind zu verlieren, aus dem ein Erwachsener wird, so wie die Bäume ihre Blätter verlieren. Deshalb müssen wir jeden Morgen feiern, was wir noch haben.[40]

Allende spricht davon zu lernen, in einer anderen Art von Exil zu leben – in einer Art „Auszeit" von dieser Welt –, und es scheint, dass sie sich so dem Geist des Friedens und des Sich-Fügens nähert, der in den Worten angesprochen wird, die Eva Luna unmittelbar nach dem Tod ihrer Mutter zu hören bekommt: „Jeder stirbt mal, das ist nichts Besonderes."[41] Für Allende war Paulas Tod dann schließlich gleichzeitig von überragender Wichtigkeit und „nichts Besonderes". Der Widerspruch ist nur scheinbar: Es ist ein Paradox, das durch Verzicht und Sich-Fügen aufgelöst wird. Allende beschließt *Paula* mit einem positiven Ausgang: „Leb wohl, Paula, meine Tochter. Sei gegrüßt, Paula, Geist." Paula Frías ist lediglich in ihr spirituelles Zuhause zurückgekehrt und hat sich den anderen unerschrockenen Frauen zugesellt, die im Herrenhaus der Trueba das Regiment führen – oder, besser noch, den wohltätigen Geistern, die über diese Frauen wachen.

Vielleicht aber ist Allendes spirituelle Wende gar nicht so plötzlich erfolgt, wie es den Anschein haben mag, und auch nicht allein von Paulas Tod ausgelöst worden. Denn Allende entdeckte in ihren Büchern bereits die „Lektionen", die die qualvolle Zeit 1991/1992 dann schließlich für sie bereithielt. Tatsächlich sind die Lehren, die Allende in ihren Interviews aus Paulas Tod zieht – vom Schicksal, vom Vertrauen, vom Annehmen und von der Offenheit – alle bereits (allerdings aus eher skeptischer Perspektive) in dem Pseudo-New-Age-Christentum thematisiert, das der Prediger Charles Reeves in *Der unendliche Plan* verkündet. (Allende entlehnte den Titel einem gleichnamigen Buch des Vaters ihres Ehemannes, der als mystischer Wanderpriester umherzog und auf dem die Figur des Charles Reeves basiert.) Reeves predigt und verkauft „Der Unendliche Plan, oder Der Weg, der dein Leben ändern wird«, einen Band mit Predigten, die den Zuhörer oder Leser in Harmonie mit den kosmischen Kräften bringen soll. Die Zuhörer laufen Reeves scharenweise zu und gehen „getröstet heim in der Gewissheit, dass ihr Unglück Teil eines göttlichen Planes [ist], so wie ihre Seelen Partikel der allumfassenden Energie [sind]".[42] Und wenn Allende in ihren Interviews von „Karma" und „Schicksal" spricht, könnte man mitunter denken, sie zitiere Charles Reeves – aber nun im Ernst und nicht mehr ironisch oder parodistisch. Es ist, als bereite sie sich auf die Nachricht von Paulas Krankheit vor – und auf das Schreiben von *Paula*.

„Ich glaube, dass es eine schicksalhafte Bestimmung gibt. Und ich glaube auch, dass man viel tun kann, um sie zu beeinflussen", bemerkt Allende in einem Interview.[43] Und so kommt sie letzten Endes zu der entgegengesetzten Schlussfolgerung wie ihr Protagonist, Reeves' Sohn Gregory, der am Ende des Romans der Allende-ähnlichen Ich-Erzählerin sagt:

> Ich begriff, dass nicht das Überleben oder das Erfolghaben das Wichtigste gewesen war, wie ich es mir früher einbildete, sondern die Suche nach meiner Seele ...
> [Ich hätte nie gedacht,] dass ich dich kennen lernen und dir diese lange Lebensbeichte ablegen würde ... Nun schau dir an, wie viele Wege ich gegangen bin, um bis hier zu kommen und festzustellen, dass es keinen unendlichen Plan gibt, sondern nur den ewigen Hickhack des Lebens ...[44]

Ich habe den Eindruck, dass Isabel Allende heute stattdessen vielleicht sagen würde: „Wie viele Wege, nur um zu begreifen, dass es im Leben um mehr geht als nur den Kampf des Lebens – vielleicht gibt es sogar irgendeinen Unendlichen Plan!" Ich finde ihr Offensein für einen spirituellen Gesinnungswandel ebenso mutig wie erfrischend.

Allendes „Mut" beruht vermutlich auf ihrer gewachsenen Bewusstheit und ihrer Bereitschaft, auf strikte Selbstkontrolle zu verzichten und sich der Möglichkeit eines vorherbestimmten Plans zu öffnen, der jenseits ihres eigenen Willens liegt. Solch eine Veränderung scheint eher im „Herzen" denn im „Kopf" vor sich zu gehen, oder besser gesagt: Sie scheint eine Art inneres Wachstum zu sein, das es ermöglicht, Kopf und Herz besser miteinander zu vereinen. Denn schon während der Niederschrift des *Unendlichen Plans* scheint Allende die Existenz eines Unendlichen Plans verstandesmäßig erfasst zu haben. Gregory Reeves berichtet, dass die Allende-ähnliche Figur der Autorin-Erzählerin seiner geläuterten Schlussfolgerung, „es gibt keinen unendlichen Plan, sondern nur den Hickhack des Lebens", mit Worten der Hoffnung begegnet sei: „Vielleicht trägt jeder seinen Plan in sich, aber er ist eine halb verwischte Landkarte und schwer zu entziffern, deshalb machen wir so viele Umwege und verirren uns bisweilen."

Allendes Mut und Offenheit brachten auch eine höhere Bereitschaft zur Selbstenthüllung mit sich, was ihre privaten Dämonen betrifft. Frei von Angst gibt sie jetzt in ihren Interviews ihre Zurückhaltung auf und spricht über ihre Kämpfe beim Versuch, ihren Perfektionismus abzulegen und Nähe zuzulassen und sowohl ihr strenges, unnachgiebiges Gewissen als auch ihre autoritären „inneren Stimmen" zum Schweigen zu bringen.

> Trotz allem, was ich über das Loslassen-Lernen gesagt habe, nachdem ich *Paula* fertig geschrieben hatte, kämpfe ich immer noch mit dieser kritischen Stimme in mir. Sie hat mit meinem Drang nach Erfolg zu tun und damit, wie ich immer höhere Ansprüche an mich selbst stelle ...
> Dabei spielt meine Erziehung eine große Rolle ...Ich habe inzwischen erkannt, dass meine Erziehung die Quelle meines Erfolges ist, aber gleichzeitig möchte ich auch mehr Distanz zu den Prinzipien meiner Erziehung gewinnen. Ich möchte lernen, nicht mehr so viel Verantwortung zu übernehmen und meinen Drang nach Unabhängigkeit ein Stück weit zu bremsen. Beides hängt mit meinem Widerwillen zusammen, jemand anders zu vertrauen. (Nr. 13)

Allendes Interviews aus der Mitte der neunziger Jahre verschaffen dem Leser ein tieferes Verständnis für die widersprüchliche Frau hinter dem Werk: eine Frau, die nicht öffentlich sein, aber gesehen und bemerkt werden will; die in Einsamkeit schwelgt und gleichwohl über eine reiche, extrovertierte Empfänglichkeit verfügt und ihr Leben intensiv lebt; die sorgfältig plant und doch im Augenblick schwelgen kann; die beständig und mit eisernem Willen arbeitet und doch auch ein spontanes Gefühlsleben hat und den Hang, impulsiv zu handeln; und deren weltkluger Pragmatismus und ausgeprägtes Verantwortungsgefühl sich doch damit vertragen, dass sie von Leidenschaften bestimmt ist und nicht wartet, was das Leben ihr bringt, sondern lieber selbst ihr Schicksal herausfordert.

Und doch: Wie steht es mit der anderen Allende – der Schriftstellerin hinter der Frau? Wie betroffen war sie „nach Paula" – und nach *Paula*?

„Alle Sorgen sind erträglich", schrieb Isak Dineson einmal, „wenn du sie in eine Geschichte packst oder eine Geschichte darüber erzählst." Es scheint, als habe Allendes Mutter Dinesons Einsicht intuitiv erfasst, als sie ihrer Tochter riet, über Paulas schmerzhaften Tod zu schreiben. Und tatsächlich führte das Niederschreiben dessen, was sie in der Auseinandersetzung mit Paulas Tod erlebte, Isabel Allende nicht nur zu ihrer spirituellen Wandlung, sondern veränderte für sie auch die Erfahrung des Schreibens. Die schlagendste Änderung, merkt sie an, bestehe darin, dass sie die Tätigkeit des Schreibens selbst mehr genieße und sich weniger Sorgen um das literarische „Produkt" mache. (Nr. 13)

> In der Vergangenheit wollte ich immer, dass etwas *fertig wurde*. Schnell und gut. Ich wollte immer ein *fertiges* Buch haben. Ich wollte ans Ende kommen und etwas in der Hand halten. Jetzt finde ich viel mehr Gefallen an dem Prozess selbst. Ich habe auf eine viel tiefere Weise die Freude am Schreiben erfahren. Ich habe wirklich gelernt, das Schreiben zu genießen, was bedeutet, dass ich das Leben genieße und mir seiner bewusst bin.
>
> ... Statt mich auf das fertige Produkt zu konzentrieren, koste ich jeden Augenblick seiner Entstehung aus ...
>
> Nichts wird jemals von größerer Bedeutung sein als dieser Verlust. Und jetzt weiß ich: Ich könnte morgen sterben. (Nr. 11)

In mehreren Interviews aus der Mitte der neunziger Jahre begegnet uns eine Isabel Allende, die verständlicherweise in sich gekehrt ist, die rückwärts schaut – und das nicht nur, weil es im Gespräch um *Paula* geht, sondern auch, weil sie inzwischen auf ein beträchtliches Werk, sechs Bücher in zwölf Jahren, zurückblicken kann, ein Œuvre, um dessen Einschätzung es ihr zu tun ist, vor allem jetzt, da sie sich selbst die ehrenvolle Bezeichnung „Schriftstellerin" zugesteht. Sie zieht die Bilanz der ersten Dekade ihrer literarischen Entwicklung und erklärt einem Interviewer, dass jedes ihrer Bücher „einem sehr starken Gefühl" entspreche. *Das Geisterhaus* assoziiert sie mit „Sehnsucht", mit dem Verlangen, eine verlorene Welt wiederzuerlangen; *Von Liebe und Schatten* mit „Zorn" angesichts der Missetaten der Diktatur; und *Eva Luna* mit dem Gefühl, „mich selbst anzunehmen, endlich, als Person und als Schriftstellerin".[45]

Die frühen und mittleren neunziger Jahre waren auch die Zeit, in der Allende in ihren literarischen Interviews sowohl über ihre Berufung als Schriftstellerin als auch über ihre literarischen Erfolge und Schwächen nachdachte. Mit einem impliziten Zugeständnis an die Stichhaltigkeit mancher Kritik, die ihren zweiten Roman für politisch zu aufdringlich hielt, meinte Allende: „Wenn ich *Von Liebe und Schatten* noch einmal zu schreiben hätte, würde ich es anders machen. Es ist nicht subtil genug geworden, ich habe das Gefühl, dass es zu direkt ist."[46] Obwohl sie einräumt, dass es in den Vereinigten Staaten leichter sei, eine Frau zu sein als in Lateinamerika – da die feministische Bewegung in den USA weiter entwickelt sei –, erklärt sie ihren feministischen Kritikerinnen: „Ich erfinde Figuren nicht als Modell für radikale Feministinnen oder junge Frauen, die Feministinnen werden wollen, sondern ich erzähle einfach, wie das Leben ist. Das Leben ist voller Widersprüche."[47] Ausführlicher als zuvor diskutiert sie auch den autobiografischen Hintergrund von *Der unendliche Plan*, vor allem die Parallelen zwischen ihrem Ehemann William Gordon und dem Protagonisten des Romans, Gregory Reeves. Gordon diente ihr als Modell für Reeves, der „ein typischer Überlebenskünstler ist. Im wirklichen Leben ist Willie das auch ... Die Menschen, die sich biegen, ohne zu brechen, haben mich immer schon fasziniert." (Nr. 8)[48]

In der Nachfolge der Veröffentlichung der *Geschichten der Eva Luna* in den USA 1991 wurde Allende häufig gefragt, ob sie plane, noch mehr Kurzgeschichten zu schreiben. Einem Interviewer sagte sie, sie werde keine Kurzgeschichten mehr verfassen. „Ich schreibe lieber einen langen Roman von tausend Seiten als eine einzige Kurzgeschichte."[49] Und weiter: „Ich habe Angst vor Kurzgeschichten, große Angst." (Nr. 8) Allende gibt zu, dass sie Schwierigkeiten hat, „erotische" Szenen zu schreiben. „Jeder Romanschriftsteller", stellt sie fest, „sollte sich diesen drei Herausforderungen stellen: Kurzgeschichten schreiben, einen erotischen Roman schreiben, und Kinderbücher verfassen."[50] Allende hat bereits eine Sammlung von Kurzgeschichten und ein Kinderbuch geschrieben; obwohl es aber sicherlich einige erotische *Szenen* in ihren Romanen gibt und sie ein ganzes Buch aus dem Bereich des Nicht-Fiktionalen (*Aphrodite*) dem Sex und dem Essen gewidmet hat, verbleibt noch die Herausforderung eines erotischen Romans. „Ich würde wirklich gern erotische Romane schreiben. Aber unglücklicherweise wurde ich katholisch erzogen, und meine Mutter lebt noch, so dass es schwierig ist. Allerdings empfinde ich einen Teil meiner selbst als extrem sinnlich und sexuell."[51] (Siehe auch Nr. 8) Wie so oft ist Allendes Ton hier oberflächlich ganz nüchtern – und hat doch etwas leicht Spielerisches. Der Leser weiß nicht, wie ernst er sie nehmen soll – was sie zweifellos beabsichtigt.

Ein verwandtes Thema, das die Interviewer beschäftigt hat, war Allendes Meinung zu den Verfilmungen von *Das Geisterhaus* und *Von Liebe und Schatten*. Anders als viele Kritiker vor allem in den deutschsprachigen Ländern bewunderte und genoss Allende beide Produktionen.[52]

Ein Grund dafür, dass Allende diese Filme so sehr mochte, war, dass es ihr anders als den Kritikern weniger um die künstlerischen Feinheiten der Adaption als vielmehr um die Höhenflüge ihrer eigenen Fantasie ging, die durch ihre Kontakte zu den mitspielenden Filmstars entfesselt wurde. Allendes Bemerkung dazu, wie sie die Verfilmung von *Das Geisterhaus* sah, beweist einmal mehr ihr an Zauberei erinnerndes Spürvermögen:

> Das Buch hat die reale Erinnerung der Familie ersetzt. Jetzt reden sie so, als wären diese Dinge wirklich passiert. Aber Filme sind noch mächtiger als Bücher, und sobald der Film in den Kinos ist, werden alle glauben, dass Meryl Streep und Jeremy Irons meine Großeltern sind. (Nr. 9)

Wie Eva Luna sagte auch Allende von sich, dass sie eines Tages einmal selbst ein Drehbuch schreiben wolle. Aber im Augenblick sei ihr Prosa (in Romanlänge) genug. Und bei aller Unbeständigkeit ihres Liebes- und Familienlebens wurde ihr dank ihrer neu gewonnenen Fähigkeit, das Schreiben ganz gelassen zu nehmen, die Arbeit an ihren Romanen zu einem wichtigen Trost und Tonikum. „Das Schreiben ist niemals eine Last", meint sie. „Es ist die reine Freude. Das Leben ist oft eine Last, weil es so ernste Augenblicke gibt, mit einem sehr schweren Karma." Aber scherzhaft fügt sie hinzu, dass sie dabei bleibe, niemals darüber zu reden, woran sie gerade schreibe – als ob ein solcher Mangel an Zurückhaltung eine karmische Vergeltung nach sich ziehen würde: „Es ist so, als würde man mit seinem Freund angeben – vielleicht schnappt ihn dir dann eine weg."[53]

Leben heißt Verlust, räumt Allende ein, besteht aber gleichzeitig darauf, dass sie keinen Verlust kampflos hinnehmen werde.

Obwohl das Leitmotiv dieser dritten Periode von Interviews

weniger literarisch als spirituell ist, weniger heiter als besinnlich, haben die „Lehren", die Allende aus dem Verlust von Paula zieht, auch mit Liebe zu tun. Während Allende in früheren Interviews das Wort „Liebe" ständig im Zusammenhang mit sexueller Leidenschaft benutzte, spricht sie nach Paulas Tod auch von mütterlicher und kindlicher Liebe. Beispielsweise sagt sie, dass sie vor Paulas Tod nur bedingte Liebe praktiziert habe und erst nachdem Paula nicht mehr da gewesen sei, wahre „Liebe" im Sinne von „Geben" gelernt habe:

> Selbst einem Geliebten vertraue ich nur selten ... Es fällt mir sehr schwer, mich zu öffnen, mich in einer intimen Beziehung vollkommen hinzugeben. Ich gehe immer von der Prämisse aus, dass ich betrogen werde ...
> Bis zu diesem Zeitpunkt [den letzten Tagen von Paulas Krankheit] hatten all meine Beziehungen, auch die Beziehungen zu meinen Kindern, auf Gegenseitigkeit beruht ... Aber ich hatte den unzerstörbaren Schatz der Liebe, die ich ihr schenkte, und das Wissen, dass ich solcher Liebe fähig war. (Nr. 7)

Dieses Wissen hatte Allende um einen sehr schmerzhaften Preis erworben, und aus diesem Grunde misst sie selbst dem Schmerz seinen Wert bei: „Ich möchte diesen Schmerz nicht verlieren", sagt sie. „Er macht mich zu einem besseren Menschen." (Nr. 7)

Wenn sie von sich selbst als einem „besseren Menschen" spricht, denkt Allende nicht an Tugenden im gewöhnlichen Sinne, sondern eher daran, dass sie bescheidener, klarsichtiger, versöhnlicher und einfühlsamer geworden ist. Paulas Verlust hat Allende auch gelehrt, den Drang fahren zu lassen, ihr Leben zu planen; ihre neue, furchtlose und offene Einstellung zur Zukunft markiert eine tief greifende Veränderung:

> Ich habe keine Pläne für die Zukunft ... Wenn man keine Pläne für die Zukunft hat, braucht man sie nicht zu fürchten. Man hat keine Angst, dass man nicht in der Lage sein könne, diese Pläne in die Tat umzusetzen. Ich versuche, das Heute zu leben, so gut ich kann. Auf diese Weise habe ich das Gefühl, dass ich alles fertig bekomme. (Nr. 7)

1995 bis 2000: Die neue Lust am Leben

Paula stieg nach seinem Erscheinen in den wichtigsten europäischen Sprachen im Jahre 1995 an den Spitzenplatz der Bestsellerlisten für Sachbücher verschiedener Länder auf. Die Rezensenten, vor allem die deutschen Kritiker, nahmen das Buch unterschiedlich auf. Die *Süddeutsche Zeitung* zum Beispiel lobte *Paula* um seiner „ungeschützten Offenheit" willen, und der *Focus* rühmte es als einen „atheistischen Kreuzweg ... einen Hymnus an das Leben". Auf der anderen Seite verwarf *Der Spiegel* das Buch unter Hinweis darauf, dass Suhrkamp es als Roman bezeichne, als kitschige Fiktion und als eine „unreflektierte Mischung aus Geisterbeschwörung, Naivität und Esoterik", der das Buch zu einem „Dokument der Realitätsverweigerung" mache.[54]

Allende jedoch war in genau diesen Kampf verwickelt: sich der Realität stellen, ohne von ihr überwältigt zu werden. Eigentlich kämpfte sie Mitte der neunziger Jahre mit der überwältigenden Last zweier familiärer Tragödien: Sie und ihr Mann mussten nicht nur mit Paulas Tod, sondern auch mit dem furchtbaren Tod von Gordons noch nicht zwanzigjähriger Tochter (die an einer Überdosis Rauschgift gestorben war) fertig werden. Ihre Ehe war eine Zeit lang nicht immer ganz einfach; sie und ihr Mann unterzogen sich einer Therapie und arbeiteten zusammen Schritt für Schritt daran, sich ihren Dämonen zu stellen.

Als 1997 die spanische Ausgabe von *Aphrodite – Eine Feier der Sinne* erschien, fühlte sich Allende nicht länger „gefangen in der Trauer" um Paulas schlimmen, tragischen Tod. Obwohl sie mindestens einem Interviewer 1995 gesagt hatte, sie werde vielleicht nie wieder schreiben (Nr. 13), half ihr die Arbeit an *Aphrodite,* wie sie auf ihrer Lesereise durch die USA im Frühjahr 1998 erklärte, ihre Fähigkeit, in der Gegenwart zu leben, wiederzuentdecken. Sie hatte ihre Erinnerungen an den Tod ihrer Tochter niedergeschrieben; jetzt schrieb sie an einer Feier des Lebens: einer „Feier der Sinne". *Aphrodite* ist, wie sie in einem Interview sagte, ihre „gesunde Reaktion auf die Trauer und die Schreibblockade" nach dem Tod Paulas.[55]

Allendes Kampf, sich aus dem „langen Tunnel" ihres Trauerns zu befreien[56] bildet in *Aphrodite* eines der Hauptthemen.[57]

Nach Allendes eigenem Bericht erlangte sie ihre künstlerische Kraft und ihr Gefühl für die Sinnlichkeit der Sprache wieder, indem sie sich mit Freude in die Welt der Liebe und des Appetits stürzte. Belebe deine Sinne und deine Vorstellungskraft neu, dann wirst du auch den Geist neu beleben, rät Allende. Also bekennt sie sich zum Leben, indem sie sich den zwei erdverbundensten Genüssen hingibt, dem der Liebe und dem des Essens, und zwar auf eine leichte, zarte, feminine, spielerisch poetische Weise. „Als ich *Paula* schrieb, über ihren Tod schrieb, weinte ich jeden Tag", enthüllt Allende. „Als ich dann *Aphrodite* zusammenstellte, lachte ich endlich wieder. Reichlich ..."[58] Durch die Mischung des Fleischlichen mit dem Kulinarischen verbindet *Aphrodite* Allendes Liebe zum Schreiben mit den primären Trieben, die das Leben schaffen, aufrechterhalten und angenehm machen – und stellt dadurch die Verbindung der Autorin zu der tiefsten Quelle ihrer Kreativität als Geschichtenerzählerin wieder her.

Aphrodite entzieht sich jeder literarischen Klassifizierung.[59] Aus biografischer Perspektive dagegen ist klar, dass dieses reich illustrierte Kochbuch als literarisches Aphrodisiakum für Allendes ruhende literarische Fähigkeiten diente. Wir werden hier Zeuge, wie die lateinamerikanische Scheherazade die Gestalt der griechischen Göttin der Liebe und Schönheit annimmt. Und in der Tat handelt es sich bei dem neuen Werk um die persönlichen Rezepte der Autorin zur Beschwörung der Liebesgöttin im Inneren, um ein Selbsthilfebuch dazu, wie man einen gesunden Appetit auf die süßen Dinge des Lebens – ja, und auch auf die bittersüßen – wiederbelebt.

Wie bei ihren früheren Büchern verdankt Allende auch bei *Aphrodite* einiges ihrer Familie – und dem familieneigenen Geisterhaus – die meisten Rezepte stammen von ihrer Mutter, Panchita Llona. Und wie sie versichert, haben sie auch ihr durch den „Tunnel der Trauer" hindurch zurück „ins Licht" geholfen:

> Ich glaube nicht an Geister. Aber ich glaube an die Erinnerung. Wenn ich sage, jemandes Geist helfe mir, meine ich damit, dass ich, wenn ich eine poetische Inspiration benötige, an meine Großmutter denke und daran, was für eine verrückte Person sie war. Wenn ich etwas brauche, was von Herzen kommt, dann denke ich an Paula, die so überaus großzügig war. Wenn ich Mut brauche, dann kommt mir

mein Großvater in den Sinn, dieser sture Baske, und er hilft mir weiter. Ich habe überall Fotos von ihnen.[60]

Die Erinnerung ist natürlich von entscheidender Bedeutung, wenn man über sein Leben schreibt. Und es ist bezeichnend, dass die beiden Bücher Allendes von Mitte der neunziger Jahre Erinnerungen waren, das heißt, dass Allende nach *Paula* ein Buch aus dem Bereich des Nonfiktionalen schrieb und keine Fiktion. Zwar war mit Hilfe ihrer Familiengeister die Erinnerung zurückgekehrt, jedoch noch nicht die imaginative Kraft, aus der ihre Romane hervorgegangen waren. Sie konnte einfach, wie Allende einem Interviewer gestand, Mitte der neunziger Jahre keine Fiktion schreiben, weil „sich einfach nichts einstellte":

Bei mir ist Fiktion etwas, das einfach passiert; ich lasse die Geschichten sich selbst entfalten. Ich denke nicht über einen Plot nach, über einen Entwurf, über die Figuren. Ich gestatte ihnen einfach, vor mir zu erscheinen. Nachdem Paula gestorben war, funktionierte es aber nicht mehr so. Also schrieb ich etwas Nicht-Fiktionales: zuerst schrieb ich über ihre Krankheit und ihren Tod. Und jetzt das hier [*Aphrodite*].[61]

Allende hat stets betont, dass ihre nicht-fiktionalen Arbeiten – ebenso wie ihr Journalismus – aus einem Willensakt hervorgehen, während ihre Fiktion „einfach kommt", ungebeten und nach eigenem Plan erscheint, ein Geschenk des Jenseits. Das Geschenk der Fiktion hat in Allendes Leben lange gefehlt. Aber schließlich „kam es einfach". Im Oktober 1999, als sie „das Licht" erreicht hatte, schloss Allende ihren sechsten Roman ab, *Fortunas Tochter*.

Die Art und Weise, wie Allende hier Bezug nimmt auf ihr eigenes Geschick – das unauflöslich mit dem tragischen Verhängnis des Todes ihrer Tochter verknüpft ist –, macht für den informierten Leser eine der Hauptattraktionen des neuen Romans aus. *Fortunas Tochter* markiert in der Tat ein fortgeschrittenes Stadium in Allendes bemerkenswertem Programm der Selbsttherapie durch Schreiben. Schon in Erwartung des neuen Jahrtausends wendet Allende den Blick zurück ins 19. Jahrhundert und schreibt, um selbst wieder zum Leben zurückzufinden, einen Bildungsroman über eine viktorianische Jungfrau. Zugleich ist es aber auch ein Rückblick auf ihr eigenes Leben: es gibt in dem neuen Roman zahlreiche autobiografische Töne. So ist es nicht verfehlt, ungeachtet der offensichtlichen Unterschiede in den Lebenswegen der Hauptfigur des Romans und Allendes selbst *Fortunas Tochter* einen weiteren Band mit Erinnerungen zu nennen – der diesmal in der Form einer historischen Liebesgeschichte erscheint, die in groben Zügen Allendes eigene Jugend neu erfindet. Einige der Parallelen zwischen Allende und Eliza Sommers, der Heldin von *Fortunas Tochter*, sind sehr offensichtlich; in einem Interview vergleicht Allende ausdrücklich ihre eigene Erziehung und ihre Unterwürfigkeit in ihrer ersten Ehe mit der Elizas, die ihren chinesischen Liebhaber mit übertriebener Aufmerksamkeit umwirbt:

> Meine Mutter und ich waren die einzigen Frauen, zusammen mit den Dienstmädchen, die Frauen waren und alle anderen bedienten. Das war das Vorbild, mit dem ich aufwuchs. Aber ich war extrem rebellisch und fand mich niemals mit dieser Situation ab ... Ich arbeitete, ich hatte verschiedene Jobs, und ich habe als verheiratete Frau nie den Namen [meines ersten Mannes] benutzt. Aber ich habe ihn bedient wie eine Geisha. Jeden Abend legte ich ihm seine Kleider über einen Stuhl. Wenn es beispielsweise auf einer Party ein Buffet gab, lud ich ihm alles auf den Teller. Im Rückblick mag ich das alles selbst nicht glauben. Ich habe ihm auch die Nägel und das Haar geschnitten.[62]

Allende hat darüber hinaus ihre eigene leere Verzweiflung und sexuelle Taubheit in der Nachfolge von Paulas Krankheit mit der Identitätskrise verglichen, die Eliza erleidet, nachdem sie Chile verlassen und eine Fehlgeburt gehabt hatte:

> Eliza muss aus ihrem Zuhause fliehen, und ihr gesamtes Leben ändert sich. Sie verliert ihre Mitte, und ich glaube, es folgt eine emotionale und körperliche Reaktion darauf – sie macht dicht. Ich habe mich so gefühlt, als meine Tochter krank wurde. Ich hatte meine Menstruation, als ich sie auf der Intensivstation sah, und dann dachte ich, ich komme in die Menopause. Es kam sehr plötzlich, und mein Körper verschloss sich und blieb drei oder vier Jahre lang verschlossen, bis ich mich selbst zwang, zurückzukommen.[63]

Fortunas Tochter kann in diesem Sinne als (durchaus offenkundiges) fiktionales Gegenstück zu *Paula* gelesen werden; beide Bücher umspannen den gleichen physischen Raum und ein vergleichbares soziales und emotionales Terrain. Gleichzeitig steht ihr jüngstes Werk aber auch in der Nachfolge ihres letzten Romans, *Der unendliche Plan*, der ebenfalls in Kalifornien spielt; während *Der unendliche Plan* eine imaginative Umgestaltung der Lebensgeschichte ihres zweiten Mannes, William Gordon, ist, handelt es sich bei *Fortunas Tochter* um eine Aufarbeitung von Allendes eigenem Leben. Dementsprechend wird die dunkelhaarige Eliza Sommers als romanhaft gestaltete Vorfahrin von Allende selbst erkennbar. Eliza, eine temperamentvolle, dickköpfige und abenteuerlustige adoptierte junge Frau aus der Oberschicht, emigriert ebenfalls von Chile nach Kalifornien, weil sie dem Mann folgt, den sie liebt. In einem Interview äußerte sich Allende zu ihren eigenen Erfahrungen im Exil und bringt uns damit sowohl Elizas Charakter als auch ihr (Allendes) eigenes Mitgefühl für die Kämpfe der besitzlosen Immigranten aus Lateinamerika in unseren Tagen näher:

> Sie kommen, weil sie verzweifelt sind, und deshalb habe ich das Gefühl, dass ihre Situation ein klein wenig das widerspiegelt, was ich erlebt habe, als ich nach Venezuela ging. Natürlich war ich nicht so arm, wie es diese Menschen sind, und ich hatte eine bessere Ausbildung, aber ... ich bin vor irgendetwas davonlaufen. Deshalb kann ich mich in ihre Situation hineinversetzen.
> [Aber in die USA bin ich übergesiedelt], weil ich mich verliebt habe ... Ich kam nicht aus Verzweiflung. Ich kam, weil ich mit einem Mann zusammen sein wollte. Aber dennoch musste ich mich anpassen. Ich musste eine neue Sprache lernen, mich auf einen anderen Lebensstil einstellen, und ich hatte sofort sehr schwierige Stiefkinder – eine ziemlich ruinierte Familie ...[64]

Fortunas Tochter ist in gewissem Sinne eine Studie in Sachen Grenzkultur, die die Leser herausfordert, über die Komplexität sowohl zeitlicher als auch geografischer Grenzen nachzudenken und darüber, welche zahllosen Parallelen für das Leben einer jungen lateinamerikanischen Frau es im 19. und 20. Jahrhundert gibt. Die ersten Szenen des Romans haben als Schauplatz den chilenischen Hafen Valparaiso in den 1840er Jahren. Eliza ist ein Findelkind und wird von einem englischen Geistlichen und dessen unverheirateter Schwester aufgenommen. Sie wird zu einer ordentlichen und sittsamen jungen englischen Dame erzogen, mit steifen Korsetts und regelmäßigen Klavierstunden (mit dem obligatorischen Stock im Rücken, damit sie gerade sitzt) und allem anderen, was dazugehört. Elizas unabhängiger Geist reibt sich an den Formalitäten und strengen Vorschriften des britischen Klublebens in Valparaiso, dem sie sich entzieht, wann immer sie kann, um sich in der freundlichen und zwanglosen Gesellschaft der abergläubischen indianischen Köchin deren Geschichten von Legenden und Traditionen der chilenischen Kultur erzählen zu lassen. Mit sechzehn verliebt sich Eliza in Joaquin Andieta, einen leidenschaftlichen Intellektuellen aus der chilenischen Arbeiterklasse. Als die Nachricht vom „Goldrausch" in Kalifornien Chile erreicht, wandert Elizas Geliebter aus, in der Hoffnung, genug Geld nach Hause schicken zu können, um seine in Armut lebende Mutter zu versorgen – und lässt das Mädchen schwanger zurück. Sie macht sich auf die Suche nach Joaquin, reist als blinder Passagier im Laderaum eines Schiffes, erkrankt, verliert ihr Kind und wird von einem chinesischen Heilkundigen namens Tao Chi'en geheilt. In Kalifornien entspinnt sich vor dem bunten Hintergrund von Banditen, Saloonbesitzerinnen und Prostituierten des Wilden Westens schließlich eine zweite Liebesgeschichte zwischen Eliza und Tao Chi'en.

Fortunas Tochter ist ein ausgelassenes Spiel in der pikaresken Tradition, die bei den spanischen Dichtern von Cervantes bis Galdos so beliebt ist, ein Buch, das ohne jede Rücksicht auf die Wahrscheinlichkeit atemlos von einer dramatischen Szene zur nächsten hastet. Schamlos, sorglos und überschwänglich unterwirft sich Allende all den stereotypen Konventionen des trivialen Liebesromans und des elisabethanischen Dramas: Eliza, das Findelkind, entdeckt, dass sie in Wirklichkeit die uneheliche Tochter eines Kapitäns zur See ist, des Bruders des Geistlichen, der sie aufgenommen hat; die Schwester des Geistlichen hütet das Geheimnis ihrer skandalösen Vergangenheit – einer Affäre mit einem verheirateten Mann; die als Mann verkleidete Eliza verbirgt erfolgreich ihre weibliche Identität – selbst dann noch, als sie mit einer Schauspieltruppe umherzieht und auf der Bühne eine Frauenrolle spielt; sie ist mit einer großherzigen Bauersfrau befreundet und mit den leichten Mädchen, die alle das sprichwörtliche Herz aus Gold haben. All das gelangt schließlich an ein Ende im Stile Dickens', als Eliza den guten Doktor heiratet, dem sie ihr Leben verdankt und der die ganze Zeit über geduldig auf sie gewartet hat. Die Namen der Figuren sind von durchsichtiger Symbolik: die

Hauptfigur lässt sowohl an die auf märchenhafte Weise aus Lumpen zu Reichtum gelangte Eliza Doolittle von Bernard Shaw denken als auch an Jane Austens steife Esther Summerson; der Name des chinesischen Heilkundigen deutet auf seine ausgewogene Energie dynamischer Gelassenheit hin, die ihn in einen perfekten Kontrast zu dem impulsiven, revolutionären Joaquin stellt.

Auch die Sozialgeschichte des bewegten Jahrzehnts von 1843 bis 1853 packte Allende in ihr übermütiges Epos: das Leben britischer Expatriierter „in den Kolonien", Stammesgebräuche der Mapuche-Indianer in Chile, die Erfahrungen amerikanischer Einwanderer und den kalifornische Goldrausch von 1849, Tao Chi'ens Jugend in Hongkong in der Zeit nach dem Opiumkrieg und vieles mehr. Manchmal sind die historischen Anspielungen sehr spezifisch: Joaquin Andieta beispielsweise ist offensichtlich der chilenische Freiheitskämpfer Joaquin Murieta, der die Täler Kaliforniens unsicher machte und Räubereien im Stile Robin Hoods beging.

Die Rezensenten auf beiden Seiten des Atlantiks begrüßten *Fortunas Tochter* als Anzeichen dafür, dass Allendes Fähigkeiten als Romanschriftstellerin völlig wiederhergestellt waren. „Eine der großen Schriftstellerinnen unserer Zeit" nannte *Hispanic* Allende. „Eine üppige Abenteuergeschichte vor dem Hintergrund des Entstehens der amerikanischen Nation", tönte der *New Statesman* aus Großbritannien. „Vielleicht ist es ihr bislang bester Roman."[65]

Bis Januar 2000 hatte *Fortunas Tochter* die Bestsellerlisten der meisten europäischen als auch nord- und lateinamerikanischen Länder erklommen. Aber das eigentliche Fieber des „Goldrauschs", den die Medien mit ihrem überschwänglichen Lob initiiert hatten, sollte in den USA erst noch kommen.

Am 17. Februar erklärte Oprah Winfrey, die populärste Talkshow-Masterin der Vereinigten Staaten, *Fortunas Tochter* zum Buch des Monats März ihres Buchklubs. Oprahs gewaltiges Fernsehpublikum machte sich schleunigst daran, Allendes neuen Roman zu kaufen, der daraufhin noch in der gleichen Woche den Spitzenplatz der Bestsellerliste der *New York Times* erreichte (und innerhalb von acht Stunden die Verkaufsliste der Internet-Buchhandlung amazon.com anführte). Mehr als eine Million

Exemplare allein der amerikanischen Ausgabe wurden im Februar und März 2000 verkauft.

Am 28. März war Allende zu Gast in Oprah Winfreys Show zu einem Gespräch über *Fortunas Tochter*. Oprah lädt traditionellerweise den Autor des Monats ihres Buchklubs zusammen mit vier seiner Fans zu einem im Fernsehen übertragenen Abendessen ein. Die vier geladenen Allende-Fans waren eine Studentin aus North Carolina, eine Hausfrau aus Panama, ein *a-capella*-Sänger und eine junge Geschäftsfrau und Mutter von drei Kindern. Allende sprach mit ihnen über das, was sie „aus dem Verlust Paulas gelernt hatte", und über die Rituale, mit denen sie „jeden Tag des Geistes ihrer Tochter gedenkt". Als sie ein paar Wochen später um eine Stellungnahme zu den alle Rekorde brechenden Verkaufszahlen ihres neuen Romans gebeten wurde, antwortete Isabel mit nur zwei Worten: „Dank Oprah."[66]

In Wahrheit allerdings wusste Isabel Allende sehr wohl, dass sie ihren phänomenalen literarischen Erfolg zuallererst und am meisten ihrem Vertrauen in sich selbst – und in ihre Familie und ihre Bestimmung – zu danken hat. Genauso wie sich Eliza Sommers viele Male selbst neu definierte und an der Bucht von San Francisco ein neues Leben begann, hat es auch Isabel Allende gemacht. Wie Eliza ist Allende eine bevorzugte Tochter Fortunas – mit dem Mut gesegnet, durch ihre Krisen zu wachsen. Die Stärke sowohl der Autorin als auch ihrer Heldin ist, wie Allende es – unter Bezug auf das Geheimnis der sexuellen Liebe und auf Elizas Staunen über das Abenteuer des Lebens – beschreibt, „ein ehrliches Verlangen, Rätsel zu entschlüsseln".

Was Allende einst über Eva Luna gesagt hatte, ist gut geeignet, diese jüngste Phase ihres Lebensweges zusammenzufassen: auf eine merkwürdige Weise *ist* Isabel Allende ihre neueste Heldin. „Eliza Sommers, soy yo." In der Zeit nach Paulas Tod hat Allendes Reise wie diejenige Elizas nach Kalifornien ihre strenge Ausrichtung auf ein bestimmtes Ziel verloren, aber nicht ihren Geist und ihren Schwung. Man erinnert sich der Worte, die Tao Ch'ien zu Eliza spricht: „Du gehst im Leben nirgendwo hin, Eliza, du gehst einfach nur immer weiter."

Was mag also der nächste Meilenstein auf Isabel Allendes eigener leidenschaftlicher Pilgerreise sein?

„Ich will einiges ändern", erklärte sie einem Interviewer. „Ich will wieder mehr Privatsphäre. Mehr Stille. Ich habe zu viel draußen in der Welt getan."[67]

Aber Allende schwört, dass sie weiter schreiben wird – angeblich hat sie einen weiteren Roman bereits weitgehend fertig gestellt. Wir können also für das kommende Jahr erwarten, dass Isabel Allende mit ihrer traditionellen, privaten Zeremonie mit Kerzen und Meditation in ihrem Haus voller Blumen in San Francisco direkt am Wasser wieder ein neues Buch in Angriff nehmen wird – wie immer am 8. Januar.

1. Isabel Allende: Piratin, Geisterbeschwörerin und Feministin

Interview mit Marjorie Agosín

Das Geisterhaus, Isabel Allendes erster Roman, war kaum zwei Jahre nach seiner Veröffentlichung ein Erfolg bei Kritikern wie Lesern – das spanische Original ging seinerzeit bereits in die zwölfte Auflage und war schon ins Französische, ins Deutsche, ins Italienische und ins Norwegische übersetzt worden.

Es scheint, als stünde *Das Geisterhaus* unter dem Schutz eines wohlwollenden und gütigen Schicksals, ähnlich wie die Hauptfigur des Buches, Clara del Valle. Isabel Allende sagt, ihr Roman sei „unter einem guten Stern geboren"[1], und sie fügt hinzu: „Als das Buch vor einigen Monaten in Spanien erschien, sah ich es zum ersten Mal auf einem Tisch in einer Buchhandlung liegen. Schüchtern und verängstigt drückte ich mich in eine Ecke. Ich hatte Angst um meinen Roman. Ich wusste, dass er nicht länger mir gehörte; ich konnte nichts tun, um ihm zu helfen. Aber mit der Zeit habe ich mich beruhigt, und jetzt glaube ich, dass es irgendwo einen Geist gibt, der über das Buch wacht."[2]

Wer das magische, verzauberte Reich des *Geisterhauses* betritt, wer sich daran gewöhnt, die hellseherisch begabte, klarsichtige Clara in ihren weißen Gewändern durch die Räume schweben zu sehen, wer miterlebt, wie sie dem geschlossenen Klavier wunderschöne Melodien entlockt, wer sie an einem Tisch aus hellem Holz sitzen sieht, wie sie Einträge in die Notizbücher des Lebens schreibt, der wird ein Teil dieses unsichtbaren Fadens, bei dem eine frei sich entfaltende Fantasie mit einer klaren, wahren Geschichte verwoben wird.

Das Geisterhaus ist die imaginäre Welt seiner pittoresken Charaktere; es ist die Welt des Esteban Trueba, des gefürchteten, aber zu guter Letzt wohlwollenden Patriarchen, eines Mannes, der im Bann einer außer Kontrolle geratenen Sexualität steht. Es ist die Welt der Schwestern Mora, die nach Lavendel und Limonen duften und Omen von guten und bösen Neuigkeiten überbringen. Der Roman ist darüber hinaus die Geschichte eines lateinamerikanischen Landes, das gegeißelt wird von der Tyrannei einer monströsen Diktatur. Das Land wird nicht namentlich genannt, aber wir wissen, dass es sich um Chile handelt. Wir erkennen sein Gebirge, die Kordilleren, und seine klaren Meere und auch die Erdbeben, die diese verlorene Grenze unseres Planeten bedrängen. Auf meisterliche Weise führt uns die vollendete Schriftstellerin Isabel Allende Seite um Seite durch die verschlungenen Labyrinthe der chilenischen Geschichte vom Ende des letzten Jahrhunderts bis hinein in die Gegenwart.

Zwischen den Zeilen wird, den Text überlagernd, die jahrhundertelange Beherrschung des Landes durch die Oligarchie deutlich; dann erkennt man die ersten Zeichen der Agrarreformen der sechziger Jahre, die mit dem Triumph Salvador Allendes enden. Diesem Triumph folgt sein Sturz, der das Ergebnis einer Verschwörung war und von den Kräften der politischen Opposition von außen wie von innen herbeigeführt wurde. Auf den annähernd 400 Seiten des Buches wird die Geschichte Chiles deutlich erkennbar umrissen, beginnend mit der Ära der großen Landeigner bis zu den Revolutionären, die besiegt von Angst, Ungerechtigkeit und Ohnmacht und deren Leben in den Zellen der Gefängnisse endete.

Das Geisterhaus ist damit auf zwei Ebenen zu verstehen. Auf der einen Ebene wird die Geschichte der Familie Trueba und ihrer unvergesslichen Nachkommen erzählt, der ehelichen wie außerehelichen. Auf der anderen Ebene die politische und soziale Geschichte Chiles, beginnend mit dem Ende des letzten Jahrhunderts bis hin zur Tyrannei Pinochets.

Unter den herausragenden Protagonisten des Romans nimmt die liebreizende Clara eine herausragende Position ein – Clara, die aus freiem Willen neun Jahre lang schwieg. Sie entschied sich bewusst zu schweigen, nicht aus Passivität oder Angst, sondern eher deshalb, weil es ihre einzige Möglichkeit war, sich einen eigenen Raum zu schaffen. Dieser Raum bestand aus versteckten Zeichen und Signalen, aus dreibeinigen Tischen, die frei zu schweben vermochten, genau wie Clara selbst. Aber abgesehen vom Zauber ihrer Hellsichtigkeit steht Clara im Mittelpunkt einer Dynastie von Frauen, die sich dafür einsetzen, den Besitzlosen zu helfen, eines weiblichen Horts von Zärtlichkeit und Nächstenliebe für all die Mittellosen, die auf ihrem Lebensweg auch das große Eckhaus passieren.

Der Vergleich Claras mit Ursula, einer der Hauptfiguren aus Gabriel García Márquez' Roman *Hundert Jahre Einsamkeit* drängt sich förmlich auf. Beide Frauen führen eine uralte Familiendynastie fort und sorgen für Ordnung in der Familie, nicht nur mit Hilfe ihrer häuslichen Fähigkeiten, sondern auch mit Hilfe von Geistern, deren unbesiegbare Kräfte sie nutzen. Aus der Verbindung von Clara mit Esteban Trueba geht Blanca hervor; in der nächsten Generation kommt dann Alba, Blancas Tochter, die die Fähigkeiten ihrer Großmutter erbt und so die Familientradition fortführt: Sie schreibt in dicken, mit bunten Bändern verschnürten Notizbüchern die Ereignisse ihres Lebens auf, „nach Ereignissen getrennt und nicht nach der chronologischen Ordnung".[3]

Die aus weiblicher Sicht verfasste Geschichte dieser drei Frauen umfasst auch die Geschichte des Landes. Im Roman sind verschiedene Familienmitglieder ständig unterwegs zwischen Stadt und Land. Dieses kaleidoskopische Hin und Her verwischt die Grenze zwischen der ungebremsten Fantasie der fiktionalen Charaktere des Romans und der wahren, von Wahnsinn geprägten Geschichte des Landes: die beiden Ebenen werden miteinander verflochten.

Isabel Allende beschreibt nicht nur die ungezähmte Geografie Chiles mit seinen unfruchtbaren Wüsten und seinen Erdbeben; sie schildert gleichzeitig auch den Hass und die Gewalttätigkeit, die die wohlhabende Oberklasse wieder und wieder gegen das einfache Volk des Landes entfesseln. Gegen Ende des Romans erwähnt sie auch den Sieg und die Niederlage der vom Volk gewählten Regierung Salvador Allendes.

Das Geisterhaus liefert zahlreiche Fakten über die Militärdiktatur, die Chilenen und Lateinamerikanern wohlbekannt sind. Zu diesen wahren Ereignissen, die gleichfalls Ereignisse des Romans bilden, gehört der Tod Pablo Nerudas, der im Buch als der Dichter bezeichnet wird, „dessen Werke die am meisten übersetzte Dichtung der Welt sind". Im fiktionalen Charakter des Pedro Tercero, dem Geliebten Blancas und dem Vater Albas, erkennen wir den Folkloresänger Victor Jara, dessen Hände verstümmelt wurden, bevor man ihn einige Tage nach dem Militärputsch ermordete. Für den Leser ist es sehr ernüchternd, hinter diese Ereignisse zu blicken und zu erkennen, dass sie keine Erfindungen sind. Sie sind Teil der wahren Geschichte Chiles. Der Hass und die Folterkammern sind real. Als Gefängnisinsassin beschwört Alba den Geist ihrer Großmutter Clara herauf, die ihr rät, ihr Leben aufzuschreiben; zur Orientierung soll Alba Claras eigene Notizbücher benutzen, die fünfzig Jahre realer und imaginärer Ereignisse festhalten. Von nun an wird Alba, genau wie Clara, die Vergangenheit wiederentdecken, und sie wird das Grauen des zeitlich begrenzten Alptraums überleben.

Das Geisterhaus gelangte auf verschlungenen Wegen nach Chile. Einige Monate später, als die Zensoren gestatteten, dass gefährliche Bücher ins Land kamen, kehrte der Roman an seinen Geburtsort zurück, zu den Vulkanen und Wäldern, in dieses Land, „das an die Würde des Schmerzes gewöhnt ist"[4] und dessen Glaube an Wunschbilder, Magie und Freiheit das Ende von Diktatur, Tod und Verbannung ermöglichen wird. Zweifellos wird Alba in die Notizbücher des Lebens schreiben, dass der Alptraum der Tyrannei wie ein Verderben bringender Sturm über das Land hereingebrochen ist – ein Sturm jedoch, der für alle Zeit besiegt werden wird.

Das folgende Interview wurde geführt, als Isabel Allende im venezolanischen Exil gerade mit der Korrektur der Druckfahnen ihres zweiten Romans beschäftigt war. Die Fragen an sie kreisen um ihren ersten Roman und um dessen Geister – Geister, die auch uns zu eigen sind.

*

Wenn Chilenen oder Lateinamerikaner Ihren Roman Das Geisterhaus *lesen, stoßen sie darin auf wahre Ereignisse: den Tod Allendes und Nerudas und die Ermordung Victor Jaras im Nationalstadium. Alle diese Menschen sind auch Figuren, die in Ihrem Buch erscheinen. Wie haben Sie im* Geisterhaus *die historische Ebene mit der fiktionalen verknüpft?*

Es fällt mir schwer, in der Literatur eine Grenze zwischen Fiktion und Realität zu ziehen. Ein Roman besteht teils aus Wahrheit, teils aus Fantasie. Der Autor benutzt Dinge, die er aus Erfahrung und aus eigenem Wissen kennt, und Dinge, die seine oder ihre persönlichen Engel und Dämonen ihm eingegeben haben. Mit diesen

Dingen schafft er oder sie eine persönliche Version des Lebens, eine persönliche Vision von der Welt. Wenn es dem Autor gelingt, die Geschichte glaubwürdig zu machen, selbst innerhalb der Grenzen des Unmöglichen, hat er eine literarische Wahrheit geschaffen. Im *Geisterhaus* sind die Phantome der Vergangenheit so sehr mit den Ereignissen verwoben, die mein Land gezeichnet haben, dass es mir sehr schwer fällt, Realität und Fiktion voneinander zu trennen. Durch meine tiefe innere Verbindung zu Büchern – zuerst als Leserin und später als Autorin – bin ich zu dem Schluss gekommen, dass es die Mühe nicht lohnt, eine Grenze zu ziehen zwischen den Ereignissen im Buch und jenen, die außerhalb des Buches stattfinden. Das alltägliche Leben ist voller fantastischer Dinge, und gleichzeitig sind Bücher immer auch von Realität durchdrungen. Meinem Empfinden nach schweben alle Dinge im Reich des Möglichen. Als Leserin lasse ich mich vom Zauber einer Geschichte mitreißen, ohne mir allzu sehr den Kopf über ihre Authentizität zu zerbrechen. Als Schriftstellerin überlasse ich mich auf dieselbe Weise der Notwendigkeit des Erzählens, und zwar in der festen Überzeugung, dass etwas, das in diesem Augenblick nicht unbedingt wahr ist, schon morgen wahr sein kann. So ist es mir jedenfalls bei meiner Arbeit ergangen.

Wie und wo würden Sie Ihren Roman innerhalb der gegenwärtigen chilenischen Erzählliteratur ansiedeln, vor allem im Hinblick auf die Exilliteratur?
Vielleicht sollten andere, die mehr von Literatur verstehen als ich, diese Frage beantworten. Ich komme mir vor wie eine Piratin, die ein Schiff geentert hat, das voller Buchstaben steckt – und das in einem Alter, in dem andere Frauen sich um ihre Enkelkinder kümmern. Ich schreibe aus einem inneren Impuls heraus, weil es mir Freude macht. Ich habe keine Ahnung, wo meine Arbeit einzuordnen ist.

Hätten Sie je gedacht, dass Das Geisterhaus *bei Kritikern wie auch bei Lesern so erfolgreich sein würde? Wie stehen Sie innerlich zu Ihrem Roman, der einen so weiten Weg gemacht hat?*
Als ich *Das Geisterhaus* schrieb, dachte ich mir zwar schon, dass es veröffentlicht würde, aber in meiner Familie wurden viele Wit-

ze darüber gemacht. Meine Kinder sagten, sie würden durch die Stadt ziehen und das Buch in Bussen zum Verkauf anbieten, und mein Mann war davon überzeugt, dass er für die Veröffentlichung würde bezahlen müssen. Es hat uns alle sehr überrascht, dass den Geistern des Buches so viel Glück beschieden war.

Hatten Sie von Anfang an die Absicht, eine Familiensaga zu schreiben? Mit anderen Worten: Wie sind Sie zu der Entscheidung gekommen, Ihre Geschichte auf diese Weise zu erzählen, und sehen Sie selbst eine Verbindung zwischen dem Geisterhaus *und* Hundert Jahre Einsamkeit? *Hat* Hundert Jahre Einsamkeit *Sie beeinflusst?*
Als ich von Chile wegging, nach dem Militärputsch, habe ich auf einen Schlag meine Familie, meine Vergangenheit und mein Zuhause verloren. Ich kam mir vor wie ein Baum ohne Wurzeln, vom Schicksal dazu bestimmt, auszutrocknen und zu sterben. Ich litt viele Jahre lang unter einem Gefühl der Benommenheit, und ich war von Heimweh wie gelähmt, aber eines Tages im Januar 1981 beschloss ich, mir zurückzuholen, was ich verloren hatte. Ich setzte mich hin, um die Geschichte einer Familie aufzuschreiben, die der meinen ähnlich war, die Geschichte eines Landes, das meines hätte sein können, eines Kontinents, der Ähnlichkeit mit Lateinamerika hatte ... Es war fast eine Art Heraufbeschwören. Ich hatte immer schon ein Faible für Familiensagas, vor allem für die von französischen und nordamerikanischen Autoren, die auf diesem Gebiet Herausragendes geleistet haben. *Hundert Jahre Einsamkeit* hat mich beeinflusst, wie es fast alle Schriftsteller meiner Generation in Lateinamerika beeinflusst hat, aber als ich die Geschichte der Truebas niederschrieb, war ich mit meinen Gedanken keineswegs bei den Buendías, also der Familie aus *Hundert Jahre Einsamkeit*.

Das Geisterhaus *beginnt und endet mit demselben Satz. Könnten Sie etwas dazu sagen, warum Sie dies so gehandhabt haben?*
Vor meinem inneren Auge war das Buch eine Perlenschnur. Jede Anekdote, jede Figur war eine Perle, die neben einer anderen Perle aufgefädelt war. Deshalb wollte ich das Buch dort beenden, wo es begonnen hatte, so als verschließe man das Schloss einer Kette.

Außerdem wollte ich zeigen, dass das Leben sich im Kreis bewegt, dass die Ereignisse miteinander verwoben sind und dass die Geschichte sich wiederholt. Es gibt keinen Anfang und kein Ende.

Wie haben sich Ihr Exil, Ihr Heimweh und Ihre Erinnerungen auf die Konzeption Ihres Romans ausgewirkt?
Ich glaube, diese Frage habe ich schon mit meiner Erwiderung auf eine ihrer früheren Fragen beantwortet. Ich könnte vielleicht nur noch hinzufügen: Wenn es das Exil nicht gegeben hätte, den Schmerz und den Zorn, der sich in den Jahren fern von meinem Land in mir aufgestaut hat, dann hätte ich wahrscheinlich nicht dieses Buch geschrieben, sondern ein anderes.

Clara, Blanca und Alba sind außerordentliche Frauen von großer Klarheit. Glauben Sie, dass jede dieser Frauen einen Aspekt der lateinamerikanischen Frau verkörpert, und wenn ja, welche Aspekte wären das?
Im Allgemeinen sind fiktionale Charaktere besondere Menschen. Ganz normale Menschen liefern einfach kein gutes Material für Romane. Daher habe ich außerordentliche Frauen gewählt, die verdeutlichen können, was ich mir unter *weiblichen* Charakteren vorstelle, die das Schicksal der Frauen in Lateinamerika illustrieren können. Sie alle haben es irgendwie geschafft, dem alltäglichen Einerlei zu entfliehen, den Beschränkungen, denen sie als Frauen unterworfen waren. Clara findet Erfüllung in der spirituellen Welt und in ihrer Wohltätigkeit; sie hilft anderen Menschen. Blanca wird durch eine große Liebe vor dem Mittelmaß gerettet, einer Liebe, die sie als Tragödie empfindet und die jeden ihrer Schritte bestimmt. Alba gehört der jüngeren Generation an und wendet sich mehr der äußeren Welt zu, der Arbeit, der Politik, den Themen unserer modernen Gesellschaft. Alle drei Einstellungen sind bei den Frauen auf unserem Kontinent durchaus üblich und sind es immer gewesen. Ich habe nichts erfunden. Ich habe mich lediglich für die augenfälligsten Beispiele entschieden.

Warum hat Clara sich entschieden, so viele Jahre lang zu schweigen?

Die Figur der Clara del Valle basiert auf meiner Großmutter. Sie war eine Frau mit großer Ausstrahlung, extravagant und gleichzeitig auch ein spirituelles Wesen. Aber die kleinen Widrigkeiten des Alltags langweilten sie, sie konnte Gemeinheit nicht ausstehen; vor Gewalttätigkeit und Gewöhnlichkeit schreckte sie zurück. Wenn sie das Gefühl hatte, dass die Atmosphäre um sie herum von negativen Einflüssen aufgeladen war, tauchte sie in ihrer inneren Welt unter, zog die Brücken hoch, die sie mit der Außenwelt verbanden, und schwieg. Sie konnte tagelang schweigen. Dies scheint mir ein schöner Gedanke zu sein, und deshalb habe ich Clara mit der Fähigkeit ausgestattet, durch Schweigen der Welt zu entkommen.

Ihre Welt ist durchdrungen von der magischen Atmosphäre der Kindheit. Erzählen Sie uns doch etwas über Ihre eigene Kindheit.
Ich bin in dem großen, schattigen Haus meiner Großeltern aufgewachsen, umringt von exzentrischen Onkeln und alten Jungfern. Ich war ein trauriges und einzelgängerisches Kind, aber meine Kindheit war voller magischer Dinge, starker Gefühle, Veränderungen und Wirrungen, voller Geister, die durch die Räume streiften und durch die Spiegel entkommen konnten. Ich hatte einen wunderbaren, eigenbrötlerischen Onkel, der in einem Zimmer voller Bücher schlief. Seine Bücher vermehrten sich wie von selbst, wie Kaninchen, und ergossen sich über das Zimmer meines Onkels hinaus in die Korridore, auf den Speicher, in den Keller und in sämtliche andere Räume des Hauses. Ich las aufs Geratewohl alles, was mir in die Hände fiel, in Übereinstimmung mit der Theorie meines Großvaters, dass niemand etwas liest, das ihn nicht interessiert, und wenn es ihn interessiert, ist er auch alt genug dafür, es zu lesen. Diese Lektüre gab meiner Fantasie Nahrung. Meine Mutter war eine ausnehmend schöne und einzelgängerische Frau, an der ich sehr hing (was ich bis heute tue), und das Band, das mich mit ihr verbindet, ist stärker als die Nabelschnur. Außerdem drückte sie mir mit ihrer bedingungslosen Liebe ihren Stempel auf. Die Jahre meiner Kindheit sind ein kostbarer Schatz, den ich stets in mir trage und den ich über die Zeit retten konnte, um ihn im *Geisterhaus* wieder aufleben zu lassen.

Sehen Sie Clara als Feministin, die in ihrer eigenen Sphäre lebt, und ist das der Grund, warum sie Zuflucht zu Hellseherei und Zauberei nimmt, also typischen Mitteln, einer patriarchalischen Gesellschaft zu entfliehen?
Alle Frauen in meinem Buch sind auf ihre Weise Feministinnen; das heißt, sie verlangen, freie und vollständige menschliche Wesen zu sein, sie verlangen danach, sich verwirklichen zu dürfen, ohne von Männern abhängig zu sein. Jede dieser Frauen führt ihre eigenen Kämpfe ihrem Charakter gemäß und innerhalb der Möglichkeiten der Epoche, in die sie hineingeboren wurde. Clara lebte zu Beginn des Jahrhunderts, als eine Scheidung ebenso undenkbar war wie die Vorstellung, außerhalb des eigenen Hauses zu arbeiten. Sie war mit einem despotischen Ehemann geschlagen, den sie nicht liebte, und sie befreite sich von ihm auf die einzige Weise, die ihr möglich war: durch ihr spirituelles Leben und ihr Engagement für die Armen, die Hilflosen. Jede Form der Ungerechtigkeit erfüllte sie mit natürlicher Empörung, aber sie verfügte nicht über ausreichende Informationen und besaß weder die Macht noch die Mittel, die für die „Befreiung der Frau" vonnöten waren, wie wir diesen Ausdruck heute, ein halbes Jahrhundert später, begreifen.

Was bedeutet das Wort Chile *für Sie?*
Pablo Neruda sagte, Chile sei ein großes Blumenblatt ... Dieses Wort erweckt für mich die Landschaft meiner Heimat zum Leben: die Kordilleren mit ihren Purpurgipfeln, das Meer, das so wild und kalt ist, einen schweigenden, leidenden Menschenschlag, den Duft von blühenden Kiefern und von Äpfeln. Ich liebe dieses Land, und wenn ich das Wort *Chile* ausspreche, bricht meine Stimme. Aber nach so vielen Jahren des Exils weiß ich, dass mein Land ganz Lateinamerika ist, dass wir alle, die wir auf diesem Kontinent leben, Brüder und Schwestern sind. Unsere Geschichten gleichen sich; unsere Erde ist dieselbe.

Halten Sie eine Rückkehr Chiles zu demokratischen Werten für möglich?
Die demokratischen Werte sind in Chile nie ganz untergegangen. Wir dürfen die chilenische Nation nicht mit der Diktatur verwechseln, die jetzt dort herrscht. Chile ist das Volk, das Land;

Chile ist seine Vergangenheit, seine Gegenwart und seine Zukunft. Pinochet und die schlechten Menschen, die ihn umgeben, sind nur ein Unfall im langen Leben meines Heimatlandes. Sie werden in die Geschichte eingehen als ein Unglück, das den Himmel verdüsterte, aber sie werden nicht von Dauer sein.

Was empfinden Sie, wenn Sie Das Geisterhaus *in andere Sprachen übersetzt sehen?*
An den Übersetzungen meines Buches erstaunt mich die Tatsache, dass Esteban Trueba und sein extravaganter Clan auf ihrer Reise um die Welt verschiedene Sprachen sprechen. Ich kann mir zum Beispiel nicht vorstellen, wie sie sich auf Norwegisch lieben und hassen. Andererseits ist mir natürlich klar, dass menschliche Wesen überall gleich sind; die Unterschiede sind gar nicht so groß. Die Geschichte der Familie Trueba hätte sich überall ereignen können.

Inwiefern hat Ihre Erfahrung als Journalistin Sie beim Schreiben Ihres Romans beeinflusst?
Meine Arbeit als Journalistin war für meine literarischen Werke stets von fundamentaler Bedeutung. Der Journalismus hat mich gelehrt, Worte zu verstehen und zu lieben, und Worte sind die Werkzeuge meines Gewerbes, der Rohstoff meines Handwerks. Der Journalismus hat mich gelehrt, nach Wahrheit zu suchen und mich um Objektivität zu bemühen; er hat mich gelehrt, wie ich den Leser fesseln kann, wie ich ihn festhalte und ihn nicht wieder entwischen lasse. Er hat mich gelehrt, Ideen miteinander zu verbinden und präzise zu sein. Vor allem aber hat der Journalismus mir die Angst vor der leeren Seite genommen.

2. Chiles Troubadourin

Interview mit Magdalena García Pinto

Wie beginnt Ihre persönliche Chronologie, Isabel Allende?
Ich wurde in Lima geboren (weil meine Eltern Diplomaten waren), aber eigentlich bin ich Chilenin. Ich war so klein, als meine Eltern sich trennten, dass ich mich an meinen Vater gar nicht erinnern kann, und als ich ihn fünfundzwanzig Jahre später im Leichenschauhaus identifizieren sollte, konnte ich das nicht, weil ich ihn nie gesehen hatte. Aufgewachsen bin ich im Haus meiner Großeltern – einem sehr düsteren Haus. Es war ein riesiges, zugiges, wunderbares Haus. Und ich bin mitten unter exzentrischen Erwachsenen groß geworden. Ich war wohl kaum ein glückliches Kind, aber ich hatte die bedingungslose Liebe meiner Mutter und immense intellektuelle Freiheit. Ich habe sehr jung lesen gelernt, und während meiner ganzen Kindheit waren Bücher meine Gefährten. Davon gab es so viele in diesem Haus, dass man sie nicht zählen, nicht ordnen und auch nicht sauber halten konnte. Ich hatte Zugang zu all diesen Büchern, daher kann ich nicht sagen, welche mich am meisten beeinflusst haben. Mein Kopf ist voll von geschriebenen Worten, Autoren, Geschichten, Figuren, alles wild durcheinander gemischt.

Was für eine Beziehung haben Sie heute zu Ihrer Familie, insbesondere zu Ihrer Mutter?
Meine Mutter war in meiner Kindheit der wichtigste Mensch für mich, und sie ist in meinem Leben der wichtigste Mensch geblieben. Sie ist meine Freundin, meine Schwester, meine Gefährtin. Wir lachen über dieselben Dinge; wir weinen zusammen; wir erzählen uns unsere Geheimnisse und teilen das Vergnügen, Romane zu schreiben. Sie hat mich sehr stark beeinflusst. Ihre Liebe hat mir immer Kraft gegeben, und ich bin sicher, dass ich nicht die wäre, die ich bin, wenn ich nicht so eine außergewöhnliche Beziehung zu ihr gehabt hätte.

War Ihre Großmutter auch etwas Besonderes für Sie?

Ja. Auch meine Großmutter hat ihren besonderen Platz bei mir. Sie war der Schutzengel meiner Kindheit, und sie wacht immer noch über mich, obwohl sie vor fünfunddreißig Jahren gestorben ist. Sie war eine tolle Frau, ein kultivierter Geist, und alles Vulgäre war ihr fremd; sie war absolut bestrickend, hatte einen wunderbaren Sinn für Humor, und Wahrheit und Gerechtigkeit waren ihr so unendlich wichtig, dass sie sich in einen Wirbelsturm verwandelte, wann immer diese Prinzipien verteidigt werden mussten. Sie starb, als ich noch sehr jung war, aber dennoch begleitet sie mich noch heute. Sie hat mich nie verlassen. Sie ist die Clara del Valle in *La casa de los espíritus (Das Geisterhaus).*

Gibt es bestimmte Kindheitserinnerungen, die Sie noch heute begleiten und die Ihr Leben auf eine besondere Weise geprägt haben?
Eine meiner lebhaftesten Erinnerungen betrifft den Keller meiner Großeltern, in dem ich bei Kerzenlicht Bücher las, von Zauberschlössern träumte, mich als Gespenst verkleidete, mir schwarze Messen ausdachte und aus einer ganzen Serie von Büchern, die einer meiner Onkel über Indien geschrieben hatte, Festungen baute und schließlich inmitten von Spinnen und Mäusen einschlief. Dieser dunkle, feuchte Keller war voll von ausrangierten Gegenständen, zerbrochenen Möbelstücken, abgenutzten Dingen und Gespenstern. Da unten war die Zeit außer Kraft gesetzt, eingefangen in einer Seifenblase. Es herrschte eine höhlenartige Stille, und selbst mein zaghaftester Seufzer klang so laut wie ein Sturmwind. Es war eine wunderbare Welt, in der die Fantasie keine Grenzen kannte.

Welche Rolle spielen Ihr Mann und Ihre Kinder in Ihrem Leben?
Mein Mann heißt Miguel Frías. Wir haben uns kennengelernt, als er neunzehn war und ich fünfzehn; wir waren die reinsten Kinder, absolut aufrichtig und ohne Geheimnisse. Wir schworen einander ewige Liebe, mit der Gewissheit dessen, der nichts vom Leben weiß. Wir waren immer zusammen, und es war nicht immer leicht. Wir haben gestritten und uns versöhnt, wir haben zerstört und neu aufgebaut, wir haben uns von Illusionen verabschiedet und Kindern Leben gegeben. Wir werden zusammen alt. Er unter-

stützt mich, schenkt mir Loyalität, Liebe, Zuversicht, Zärtlichkeit und Freiheit. Ich bringe ihn zum Lachen.[1]

Im Jahre 1985 waren zwei Titel von Ihnen veröffentlicht. Der erste, La casa de los espíritus (Das Geisterhaus), *hat im Spanischen siebzehn Auflagen erlebt und wurde in fast jede Sprache Westeuropas übersetzt. Der zweite,* De amor y de sombra (Von Liebe und Schatten), *ist im Spanischen bereits in der fünften Auflage erschienen. Der Name Isabel Allende ist inzwischen also gleichbedeutend mit dem enormen Erfolg lateinamerikanischer Literatur. Außerdem sind Sie wahrscheinlich die erste lateinamerikanische Schriftstellerin, die über Nacht zu einem Bestseller-Autor geworden ist – zwei Tatsachen, die mich zur Frage nach den Anfängen Ihrer literarischen Betätigung führen. Wann haben Sie zum ersten Mal darüber nachgedacht, Schriftstellerin zu werden?*
Die Wahrheit ist, dass ich Journalistin bin, und ich habe immer als Journalistin gearbeitet. Ich habe nie die Berufung verspürt, Literatur zu schreiben, bis ich Chile, mein Land, verließ. Ich denke, dass der Wunsch zu schreiben immer dann in mir erwacht, wenn ich ein sehr starkes Gefühl für irgendetwas entwickle. Manche Menschen sagen, sie brauchen ein Bild oder ein Ereignis, bevor sie mit dem Schreiben anfangen können. Ich brauche ein sehr starkes Gefühl. Im Falle von *La casa de los espíritus (Das Geisterhaus)* war es das Wissen, dass mein Großvater bald sterben würde. Nachdem ich mein Land verlassen hatte, fühlte ich mich über viele lange Jahre wie gelähmt. Ich hatte das Gefühl, dass ich meine Wurzeln verloren hatte. Ich hatte mein Heimatland verloren, ich hatte meine ganze Welt verloren. Meine Freunde waren in alle Winde zerstreut: Viele waren verschwunden, viele andere waren tot. Eines Tages bekam ich dann einen Telefonanruf aus Chile, und man teilte mir mit, dass mein Großvater im Sterben liege; er hatte der Familie erklärt, er habe beschlossen zu sterben. Er hörte einfach auf zu essen und zu trinken, und er saß in seinem Sessel, um auf den Tod zu warten. In diesem Augenblick verspürte ich den übermächtigen Drang, ihm zu schreiben und ihm zu sagen, dass er niemals sterben würde, dass er irgendwie immer in meinem Leben gegenwärtig sein würde, denn er hatte eine Theorie, nach der es den Tod nicht gab, nur ein Vergessenwerden.

Er glaubte, dass Menschen, die man im Gedächtnis behielt, ewig leben würden. So hatte er es mit meiner Großmutter gehalten. Daher begann ich, ihm einen langen Brief zu schreiben, der aus dem schrecklichen Gedanken erwuchs, dass er sterben würde.

Sehen Sie eine enge Beziehung zwischen Ihrem Journalismus und Ihrer literarischen Kreativität? Glauben Sie, dass Ihre frühere Tätigkeit als Journalistin Sie darauf vorbereitet hat, diese beiden Romane zu schreiben?
Man sagt, alle Journalisten wollen Schriftsteller sein, und alle Schriftsteller sind Journalisten gewesen. Ich denke, der Journalismus ist wichtig, weil man dabei vor allem die Kontrolle über die Sprache lernt, die schließlich das Hauptwerkzeug des Schriftstellers ist; außerdem ist der Journalismus eine Form der Kommunikation. Ich denke, dass es für einen Schriftsteller immens wichtig ist zu kommunizieren, denn ein Buch existiert erst dann, wenn eine andere Person es in die Hand nimmt. Vorher ist es nur ein Ding, ein Stapel aneinandergeleimter Seiten, die erst dann zu einem Buch werden, wenn ein anderer es zur Hand nimmt. Darum ist der Journalismus so wichtig – er zwingt den Schreibenden dazu, in sehr kurzer Zeit und meist auf sehr begrenztem Raum seinen Leser zu fesseln und nicht wieder loszulassen, so dass er ein echtes Interesse an der Nachricht entwickelt, die man ihm übermitteln will. Es ist ein gute Übung, um Literatur zu schreiben. Ich denke, auch das Theater hat mir sehr geholfen. Ich hatte in Chile an vier Theateraufführungen mitgearbeitet. Ich behaupte nicht gern, Bühnenautorin zu sein, weil mir das pure Eitelkeit zu sein scheint. Theater ist in Wirklichkeit etwas, das man im Team erschafft. Zumindest habe ich es so gemacht, und es war eine fantastische und lehrreiche Erfahrung, die mir später bei der Entwicklung von Charakteren sehr geholfen hat.

Wann haben Sie Theaterarbeit gemacht?
Von 1970 bis 1975.

Mit anderen Worten, Sie haben Journalismus und Theater gleichzeitig gemacht. Mit was für einer Art Journalismus hatten Sie zu tun?

Mit jeder Art, außer mit Politik und Sport. Ich habe alles Mögliche gemacht, angefangen von Horoskopen bis hin zu Ratschlägen für Liebeskranke, Features, Interviews, sogar Rezepte.

Gleichzeitig als Journalist und als Schriftsteller tätig zu sein ist sehr verbreitet, insbesondere bei lateinamerikanischen Schriftstellern; nicht nur, um zu kommunizieren, sondern auch als eine Möglichkeit, sich seinen Lebensunterhalt zu verdienen. Was denken Sie: In welcher Weise, insbesondere im Hinblick auf den Umgang mit der Sprache, hat Ihre journalistische Laufbahn zu Ihrer literarischen Prägung beigetragen?
Nun, soweit es die Sprache betrifft, hat der Journalismus mir nicht viel gebracht, abgesehen davon, dass er meine Beobachtungsgabe geschult hat, meine Fähigkeit zur Synthese. Ich denke, das ist wichtiger.

Und wann haben Sie als Journalistin angefangen?
Die Wahrheit ist, dass ich mich daran kaum noch erinnern kann, weil ich mit sechzehn von der High School abgegangen bin und sofort angefangen habe, als Journalistin zu arbeiten. Ich war immer journalistisch tätig, das war für mich praktisch eine Fortsetzung der Schule. Deshalb habe ich auch nicht das Gefühl, dass meine Arbeit als Journalistin in einem bestimmten Augenblick begonnen und in einem anderen geendet hat; es ist das gleiche wie mit der Ehe, ein natürlicher Zustand – zumindest für mich –, weil ich sehr jung geheiratet habe.

Obwohl Sie sich nicht für Politik interessieren, hat die Politik eine grundlegende Rolle in Ihrem Leben gespielt. Ich spreche vom Militärputsch 1973, der nicht nur in Chiles rechtsstaatlicher Geschichte einen Bruch darstellte, sondern auch in Ihrem Leben und dem Leben vieler anderer Menschen in Chile. Und Sie mussten das Land verlassen, nicht wahr? Wie und wann haben Sie Chile verlassen?
Nun, ich habe das Gefühl, dass der Militärputsch mein Leben mit einem Beil in zwei Teile geschlagen hat, so wie er das Leben von Tausenden und Abertausenden Chilenen entzweigeschlagen hat. Ich persönlich war von dieser Entwicklung zutiefst betroffen,

weil meine Familie besonders stark in die Ereignisse verwickelt war. Trotzdem habe ich Chile nicht unmittelbar nach dem Putsch verlassen, teils weil ich nicht verstand, was vorging, teils weil ich einfach nicht genug Informationen hatte. Obwohl ich als Journalistin Zugang zu Informationen hatte – zumindest mehr als viele andere Menschen –, waren wir Chilenen doch nicht an Unterdrückung durch die Regierung gewöhnt. Wir waren nicht vorbereitet auf ein Terrorregime. Wir wussten nicht, was ein Militärputsch war. Wir hatten viele Jahre Demokratie in Chile, über viele Generationen hinweg, und es schien uns immer, dass diese Dinge nur in anderen Ländern geschehen könnten, nicht in unserem. Wir waren sehr stolz darauf. Es gab ein sehr ausgeprägtes bürgerliches Bewusstsein in Chile. Ich zum Beispiel brachte das Wort „Folter" damals nicht in Zusammenhang mit dem mir vertrauten Leben. Für mich war die Folter ein Teil der Inquisition, des Mittelalters – ein Teil der Geschichte. Ich konnte mir nicht vorstellen, dass sie innerhalb unserer Realität existieren oder uns berühren könnte; nichtsdestoweniger war binnen einiger Stunden nach dem Militärputsch der gesamte repressive Apparat installiert. Sie folterten bereits Menschen, sie töteten bereits Menschen. Alles war organisiert, und wir haben es nicht einmal gemerkt. Wir warteten darauf zu hören, dass es ein historischer Unfall gewesen sei, dass jeden Augenblick die Soldaten in ihre Baracken zurückkehren würden und man den demokratischen Prozess wieder in Gang setzte. Dann warteten wir immer weiter, zusammen mit vielen anderen Menschen, und in der Zwischenzeit herrschte im Land eine unglaubliche Armut. Viele Menschen wurden hingerichtet, und nichts wurde so dringend benötigt wie Solidarität und gegenseitige Unterstützung. Ein paar Monate vergingen, bis ich begriff, dass es nicht viel gab, was ein einzelner Mensch da ausrichten konnte. Ich bin nicht sehr mutig, und nach einigen Monaten kam ich zu der Auffassung, dass jede direkte Aktion ein immenses Risiko für mich bedeuten würde, und ich hatte solche Angst deswegen, dass ich davon Ausschlag bekam. Ich konnte nicht mehr schlafen. Ich hatte Asthma und eine ganze Reihe anderer körperlicher Symptome. Eines Tages entschieden mein Mann und ich schließlich wegzugehen. Wir breiteten auf dem Tisch im Esszimmer eine Weltkarte aus und sahen uns an, wo wir hingehen könnten. Wir suchten nach einem Land, das demokratisch regiert war und in dem Spanisch gesprochen wurde – ich war ja Journalistin und musste in meiner Sprache schreiben können –, und wo wir Arbeit finden konnten. Zu dieser Zeit lebte halb Lateinamerika unter faschistischen Diktaturen, diese Länder verwarfen wir sofort. Für andere Länder war nur schwer ein Visum zu bekommen, oder es war aufgrund der ökonomischen Situation dort unmöglich zu arbeiten. So landeten wir also schließlich in Venezuela, ohne irgendetwas über das Land zu wissen, mit Touristenvisa und zwanzig Kilo Gepäck. Wir ließen alles zurück – die Vergangenheit, unser ganzes Leben, Großeltern, Freunde, die Landschaft meiner Heimat, alles. Trotzdem hatten wir großes Glück in Venezuela, viel mehr Glück als andere Flüchtlinge in anderen Teilen der Welt. Dieses warme, grüne Land, in dem man Wurzeln schlagen und eine neue Heimat finden konnte, hieß uns mit offenen Armen und großer Gastfreundschaft willkommen.

Was glauben Sie, wie sich das Exil auf Ihr literarisches Arbeiten ausgewirkt hat? Ich wüsste auch gern, wie Sie Ihre Beziehung zu Venezuela sehen?

Das Leben im Exil hat Hunderttausende von Menschen beeinflusst. Wir leben in einer Epoche, in der ein ständiges Kommen und Gehen von ungezählten Menschen herrscht, die auf einem feindseligen, trostlosen und gewalttätigen Planeten leben. Flüchtlinge, Emigranten, Exilierte, Deportierte. Wir sind ein tragischer Zufall. Diese Situation, in die wir durch eine Laune des Schicksal hineingerissen wurden, hat unser Leben verändert, aber ich kann mich nicht beklagen. Wir hatten großes Glück, denn wir sind zusammengeblieben, und wir konnten uns das Land aussuchen, in das wir gehen wollten. Wir leben in einer Demokratie, in einem warmen, grünen Land, in dem wir uns frei fühlen, in dem wir dazugehören und das wir lieben wie ein Heimatland.

Hat Ihnen der Name Allende geholfen, als Sie weggingen, oder war er eher eine Last?

Nun, mein Name ist immer ein Problem, in Chile und auch auf Flughäfen. Wenn ich eine Grenze überquere und meinen Pass vorzeige, gibt es immer ein paar Beamte, die andere herbeirufen und dicke Bücher wälzen, um festzustellen, ob ich in einem von ihnen verzeichnet bin. Andererseits bin ich sehr stolz auf den Namen, den ich trage, und ich denke, er hat geholfen, mir die Herzen vieler Menschen zu öffnen. Für mich ist der Name Salvador Allende ein Banner und kein Stigma.

Sie sagten vorhin, dass Ihre literarische Berufung, die durch politische Ereignisse ausgelöst wurde, im Exil zum Leben erwacht ist. Sie erwähnten auch, dass Ihre literarische Berufung in einer familiären Situation ihre Initialzündung gefunden hat. Sie sagten, es habe angefangen mit einer Art Brief, den Sie an Ihren Großvater schrieben. Wie wächst ein Brief zu einem 500-Seiten-Roman? Können Sie mir noch etwas mehr über diese Entwicklungsphase Ihrer schriftstellerischen Karriere erzählen?

Ich muss immer schreiben, weil ich immer geschrieben habe – Journalismus oder Theater oder sonst etwas. Ich habe mich immer dem geschriebenen Wort verbunden gefühlt. Als ich mit *La casa de los espíritus (Das Geisterhaus)* begann, wollte ich gar keinen Roman verfassen, nur einen Brief, und als der Brief schließlich 500 Seiten lang war, meinte mein Mann, man solle ihn besser als Roman betrachten. Von dem Punkt an entwickelte sich allmählich die Idee, ein Buch daraus zu machen, aber ich hatte ja keine Erfahrung mit Literatur. Ich hatte keine Verlagskontakte. Ich wusste nichts darüber, und mir fiel zu diesem Paket von 500 Seiten nur eins ein: Sie mit einer Schnur zusammenzubinden und zu Verlegern zu bringen, deren Adressen ich in den Gelben Seiten fand. Aber niemand wollte das Manuskript lesen, niemand hatte Interesse. Man sagte mir, es sei zu lang und schlug eine Menge Kürzungen vor – in manchen Fällen Kürzungen von etwa 200 Seiten. Ich fand, es wäre ein Jammer, das Manuskript zu kürzen, denn ich dachte, wenn nicht alles wichtig gewesen wäre, hätte ich diese vielen Seiten doch gar nicht erst geschrieben. Zufällig las ich damals gerade José Donosos *Al jardín de al lado* [Der Garten nebenan], in dem eine der bösen Figuren im Roman eine Literaturagentin ist. Jemand erzählte mir, dass es so jemanden wirklich gebe: Ihr Name sei Carmen Balcells, sie arbeite in Barcelona und sei verantwortlich für den Boom der lateinamerikanischen Literatur. Ich, die ich immer so verwegen war, dachte, warum sollte ich nicht auch

Glück haben? Ich ging also zur Post, um mein Manuskript an Carmen Balcells abzuschicken. Seltsamerweise sagten mir die Postbeamten dasselbe wie die Verleger: „Das Ding ist sehr dick. Teilen Sie es in zwei Hälften, dann stecken wir es in zwei Umschläge, weil sie per Luftpost nicht mehr als Kilo versenden dürfen." Also steckte ich es in zwei getrennte Umschläge und schickte es nach Spanien. Natürlich befand sich mein Begleitschreiben im ersten Umschlag, und dieser erste Umschlag ging verloren. Der zweite Umschlag kam an. Und trotz des Durcheinanders oder vielleicht gerade deswegen war Carmen Balcells bereit, meine Agentin zu werden. Sechs Monate später wurde das Buch in Spanien veröffentlicht. Und von da an war es, als scheine der Stern von Bethlehem über dem Buch. Ich hatte extremes Glück.

Ja, wirklich. Sie sagen, es sei ein Brief an Ihren Großvater gewesen, aber es ist ein 500-Seiten-Roman, also müssen Sie doch einige Zeit mit der Planung dieses Briefes verbracht haben. Wie hat sich dieser Brief in die wunderbare Erzählung La casa de los espíritus (Das Geisterhaus) *verwandelt?*
Der Roman begann als Brief, aber irgendwann mittendrin begann ich zu vergessen, dass es ein Brief war. Meine Leidenschaften, meine Obsessionen, meine Träume und all diese Figuren, die ich aus anderen Familien, aus anderen Leben stahl, vermengten sich damit. Ich denke, dass ich irgendwie die Geschichte meines Landes erzählen wollte. Ich wollte beschreiben, was geschehen war. Es war eine Art Therapie für mich, eine Möglichkeit, all den Kummer loszuwerden, der sich in mir aufgebaut hatte, eine Möglichkeit, die schmerzliche Erfahrung zu teilen, die zwar nicht ich durchlebt hatte, aber doch so viele andere Chilenen: Die Erfahrung des Militärputsches, die Erfahrung all dieser Jahre der Unterdrückung. Als ich plötzlich das Gefühl hatte, dass es ein Buch ist, sah ich es auch wie ein Wandgemälde vor mir, ein riesiges Bild, eine Leinwand, auf die ich eine sehr komplizierte Geschichte mit vielen Figuren sticken wollte, eine Geschichte, die durch die Zeit sickert und ihre Farben zu ändern beginnt, je näher sie der Gegenwart kommt. Es ist ein Wandgemälde, das vor langer, langer Zeit, sagen wir, zur Jahrhundertwende, diese rauchige Sepiafärbung von Antiken hat, von alten Dingen, von erzählten Din-

gen. Und indem wir uns der Gegenwart nähern, werden die Farben immer leuchtender und leuchtender, bis sie die beinahe brutalen Farben der Realität Albas annehmen, der Erzählerin der Gegenwart. So habe ich die Geschichte gesehen, wie ein sehr komplexes Wandgemälde, dessen Ordnung ich zwar kannte, das zu erklären mir aber sehr schwerfiel.

Manchmal erzählt mir ein Student, dass der Roman eine Spiralstruktur habe, weil er sich in einer Abfolge von Kreisen vorwärtsbewegt, von denen der eine dem anderen immer ein kleines Stück voraus ist. Ich finde, das ist eine nette Art und Weise, den Roman zu lesen, aber ich selbst sehe ihn nicht so. Ich sehe ihn als einen gigantischen Wandbehang, in dem sich alle Dinge mischen und manche Dinge auf dem Kopf stehen. Andererseits erinnert mich das zweite Buch, *De amor y de sombra (Von Liebe und Schatten)*, an das Rad eines Fahrrades, und so habe ich diesen Roman von Anfang an gesehen. Es gibt ein zentrales Ereignis, und das ist die Radnabe, und alle Speichen, die von dieser Nabe ausgehen, sind die Figuren, die Situationen, sämtliche Teile der Erzählung.

In La casa de los espíritus (Das Geisterhaus) *benutzen Sie die Form einer Briefchronik. Die Briefschreiber sind allesamt weiblich. Während jede der Schreiberinnen ihre Einträge in diese fortlaufenden Tagebücher macht, kommt sie zu einer Aussöhnung mit sich selbst; jede von ihnen steuert einen eigenen Blickpunkt auf Geschichte und Leben bei, auf Fiktion und Realität. Abgesehen davon beginnt und endet der Roman auf die gleiche Weise, mit den gleichen Worten, nicht wahr? Deshalb sagen einige Leute, er habe eine Spiralstruktur.*
Oder die Struktur eines Kreises.

Was hat Sie veranlasst, die Farbe Weiß als Bindeglied in einer Kette der Namen sämtlicher Frauen der Familie Trueba zu wählen: Nívea, Clara, Blanca und Alba?
Ich wollte einen Zustand der Reinheit symbolisieren. Nicht der Reinheit, die Jungfräulichkeit bedeutet und die normalerweise Frauen zugeschrieben wird, sondern der Reinheit, der Welt mit neuen Augen entgegenzutreten, ohne durch irgendetwas infiziert zu sein, ohne Vorurteil, offen und tolerant, der Reinheit, eine See-

le zu haben, die von den Farben der Welt berührt wird. Deshalb sind die Namen der Frauen alle farblos, weil die Farbe Weiß alle anderen Farben in sich birgt. Das wollte ich damit ausdrücken. Andererseits hat jeder einzelne dieser Namen, auch wenn sie Synonyme sind, trotzdem seine eigene Bedeutung.

Das Tagebuchschreiben war immer schon eine sehr traditionelle Möglichkeit für Frauen, sich auszudrücken. Haben Sie sich für diese Schreibtechnik entschieden, weil es ein Roman über Frauen war?
Nein. Und wenn ich gewusst hätte, dass es eine weibliche Technik ist, hätte ich sie nicht benutzt.

Warum nicht?
Weil ich nicht glaube, dass Literatur ein Geschlecht hat. Und ich glaube nicht, dass es notwendig ist, den Plan zu fassen, wie eine Frau zu schreiben, weil mir das wie eine Art unbeholfener Selbstverstümmelung erscheint. Ich denke, man muss so gut schreiben wie möglich, und man muss so weit wie möglich wie eine authentische Person schreiben, wie ein aufrichtiges menschliches Wesen, tolerant und gebildet. Und diese Eigenschaften sind geschlechtsunabhängig. Wenn jemand eins meiner Bücher zur Hand nimmt und nicht meinen Namen auf dem Buchdeckel sieht, hat er keine Basis für die Annahme, ein Mann oder aber eine Frau habe dieses Buch geschrieben. Der Betreffende könnte sagen, ob ihm das Buch gefällt oder nicht, aber er könnte nicht zwangsläufig Rückschlüsse auf mein Geschlecht ziehen.

Würden Sie zustimmen, dass La casa de los espíritus (Das Geisterhaus) *von Frauen erzählt wird und dass es in vieler Hinsicht ein weiblicher Roman ist?*
Es ist ein Roman, in dem die Hauptfigur, das Rückgrat des Romans, ein Mann ist, ein Patriarch, und während der ganzen Rahmenhandlung der Geschichte ist er umringt von einer Abfolge von Frauen. In gewisser Hinsicht sind die weiblichen Erzähler die Stimme des Gefühls, die Stimme des Subjektiven, die Stimme der meisten Menschen, die Stimme der Seele, die die darunter liegende Geschichte erzählt, nicht die Geschichte, die jeder sehen

kann. Esteban Trueba spricht vom Leben und von der Welt, und er erzählt die Geschichte von einem intellektuellen, rationalen Standpunkt aus; er repräsentiert die Stimme von draußen, die ständig versucht, die Welt zu konstruieren. Die Frauen dagegen versuchen, die Welt zu verstehen. Sie versuchen, sie zu ergreifen und an ihr teilzuhaben, und sie haben eine andere Vision von der Welt. Und, ja, sie sind tatsächlich die Erzählerinnen des Romans, gut, aber meinem Empfinden nach bedeutet das nicht, dass ich wie eine Frau schreibe. Es bedeutet vielleicht eher, dass ich einer weiblichen Sicht des Lebens Ausdruck verleihe. Natürlich, ich bin eine Frau, und ich muss eine weibliche Sicht haben.

Es gibt eine wichtige Debatte über die Frage, ob man sagen kann, dass es eine weibliche Art zu schreiben gibt, die sich von einer männlichen Art des Schreibens unterscheidet. Halten Sie es für möglich, diese beiden Typen von kreativem Schreiben zu unterscheiden?

Ich denke, dass es eine weibliche Art und Weise zu fühlen gibt und eine männliche, aber diese Unterschiede verblassen im Laufe der Zeit immer mehr. Vielleicht waren die Rollen um die Jahrhundertwende herum, als Esteban Trueba und mit ihm Clara del Valle zum Leben erwachten, sehr klar definiert. So ist es glücklicherweise heute nicht mehr, und meine Kinder und meine Nichten und meine zukünftigen Enkelkinder werden sich dieser Barriere immer weniger bewusst sein. Und jeder von uns wird sich mehr wie ein menschliches Wesen fühlen und weniger der Rolle verpflichtet, die früher durch das Geschlecht festgelegt wurde.

Es ist eben diese Unterscheidung, die Sie gerade getroffen haben, als Sie über die Figur des Esteban Trueba sprachen: Sie haben da einen Mann der Tat skizziert, den männlichen Erbauer der Welt, einer Welt, die seinem eigenen Plan folgt. Er ist der Macher. Er schafft es, aus nichts etwas zu machen. Er setzt die Welt zusammen und fängt an, sie zu bevölkern. Er baut einen Bauernhof auf, er baut eine Stadt, und er baut eine ganze Welt auf, die von diesem riesigen Haus in der Stadt ausgeht. Aber, wie Sie sagten, es sind die Frauen, die nicht nur die persönliche Geschichte der Familie aufzeichnen (ein besonderes Kennzeichen einer weiblichen

Welt), sondern auch eine Vision von einem inneren Raum erwecken. Sie statten diese Welt, die Welt des Mannes, mit speziellen Formen aus, die dem männlichen Ehrgeiz entspringen, das Universum zu gestalten. Frauen versuchen, die Lücken in der Welt auszufüllen. Sie bevölkern sie mit Einzelheiten, mit Intimität, mit persönlicher Liebe. Das heißt, indem sie den Dingen ihren eigenen, persönlichen Stempel aufdrücken, machen sie sie humaner. In diesem Sinne könnten wir sagen, dass La casa de los espíritus (Das Geisterhaus) *insofern ein weiblicher Roman ist, als er diesem Teil der Welt eine Stimme gibt, einem Teil, der sonst keine Stimme hat.*

Aber das tun viele Menschen, und nicht nur Frauen. Auch Männer tun das. Erst vor kurzem sagte ein Kritiker, dass ich niemals wirklich eine bedeutende Schriftstellerin werden würde, solange ich nicht in der Lage sei, eine männliche Figur mit genauso viel Kraft zu erschaffen, wie meine weiblichen Figuren sie haben; solange ich das nicht könnte, sei es mit meinem Talent nicht weit her. Ich frage mich, wie viele männliche Schriftsteller gute weibliche Figuren haben. Nur sehr wenige. Und das heißt nicht, dass sie schlecht schreiben oder dass sie als Schriftsteller nicht anerkannt wären. Vielleicht sind ihre männlichen Figuren deshalb so viel stärker, weil sie selbst Männer sind und ebenso empfinden. Aber das sagt nichts aus über ihre Qualität als Schriftsteller, über die literarische Qualität ihrer Werke. Das ist es, was ich zu sagen versuche. Ich möchte nicht, dass meine Bedeutung als Schriftstellerin aufgrund einer weiblichen oder einer männlichen Sichtweise festgelegt wird. Es ist möglich, dass meine weiblichen Figuren stärker sind oder dass ich eine weibliche Weltsicht habe. Aber Literatur, Sprache, Aufbau sollten um ihrer selbst willen akzeptiert werden, genau wie das letztendliche Produkt, das Buch: es sollte akzeptiert werden um seiner inneren Werte willen, seiner literarischen Qualität. Ich verlange keine Zugeständnisse, weil ich eine Frau bin, noch lasse ich zu, dass man überflüssige Anforderungen an mich stellt, weil ich eine Frau bin.

Genau. Ich glaube nicht, dass es darum geht, Zugeständnisse zu machen oder nicht; es geht eher darum, eine Möglichkeit des Seins in einer Frauenwelt abzugrenzen, die bisher noch nie in Be-

tracht gezogen oder, besser gesagt, noch nie anerkannt wurde. Jetzt, wo wir weibliche Schriftsteller Ihres Kalibers haben, die Welten aus der weiblichen Perspektive ersinnen und erschaffen, die andere fiktionale Welten aus anderen Blickpunkten aufbauen, werden die Leser Welten entdecken, die die weibliche Erfahrung ansprechen. Der Kommentar, den ein Kritiker – ein Mann – über Sie abgegeben hat, entspringt einer phallozentrischen Weltsicht, die innerhalb einer feministischen Perspektive zurückgewiesen wird. In jedem Falle scheint die Frauen-Literatur damit beschäftigt zu sein, all diese Ideen neu zu strukturieren, neu zu sichten und zu überdenken. Wie haben Sie das vorherrschende Thema Ihres zweiten Romans entwickelt?

Der Ursprung von *De amor y de sombra (Von Liebe und Schatten)* geht auf einen Zeitungsartikel zurück, der mich zutiefst bewegt hat. Aus diesem Artikel habe ich mir einen Fall vorgenommen, der beispielhaft für so viele ist, die es in Lateinamerika gegeben hat und immer noch gibt: Menschen, die verschwinden und sterben; Gräber, in denen, wenn man sie öffnet, ein Dutzend Leichen gefunden wird. Diese Geschichte unterschied sich nicht allzu sehr von den anderen, aber sie machte großen Eindruck auf mich. In einem aufgelassenen Bergwerk fand man fünf Leichen aus derselben Familie: den Vater und seine vier Kinder. Als ich das las, versetzte ich mich sofort an die Stelle der Mutter und wurde von einem so intensiven, so starken Gefühl erfasst, dass es mich lange Zeit nicht mehr losließ. Über zwei Jahre hinweg habe ich versucht, dieses Bild, diesen Kummer, durch mein Schreiben auszutreiben. Obwohl Chile niemals erwähnt wird, bezieht sich diese Geschichte ursprünglich auf einen Zwischenfall, der große Beachtung in der Öffentlichkeit fand. Er ereignete sich 1978 in der Lonquén-Mine, einem stillgelegten Bergwerk etwa fünfzig Kilometer außerhalb von Santiago. Und es geschah genau so, wie es in meinem Buch beschrieben wird. Obwohl einzelne Teile der Geschichte fiktionalisiert wurden, hat es sich wirklich auf genau diese Weise ereignet. Es gibt sogar Teile in dem Buch, die beinahe exakte Kopien der Gerichtsunterlagen sind oder direkt aus Aussagen entnommen wurden, die die betreffenden Personen bei Gericht gemacht haben. Und so ist der Roman gewachsen, aus einem Zeitungsartikel und aus einem sehr starken Gefühl. Danach kam die literarische Ausarbeitung, wenn man so sagen will, als ich Figuren und Aktionen miteinander in einem bestimmten Zeitraum kombinierte. *Von Liebe und Schatten* ist ein Beispiel für meine Arbeitsweise: Ich nehme etwas aus dem realen Leben, etwas aus der Zeitung, Dinge, die ich kenne, Interviews, die ich mache, und dann füge ich Fiktionen hinzu. Ich füge Dinge zusammen, die normalerweise keine Verbindung haben. In diesem Falle ist Evangelina Ranquileo eine reale Person, über die ich schrieb, als ich vor langer Zeit noch in Chile als Journalistin tätig war, aber sie hat nichts mit dem zu tun, was in Lonquén geschehen ist. Ich habe diese Elemente lediglich miteinander verbunden, obwohl sie im realen Leben gar nicht zusammengehören.

De amor y de sombra (Von Liebe und Schatten) *kann als politischer Roman betrachtet werden, aber wenn man einem Roman das Etikett „politisch“ aufdrückt, geht man damit das Risiko ein, ihn in ein Pamphlet zu verwandeln, in eine Anklageschrift. Mir scheint, dass der Erfolg des Buches zum Teil darauf beruht, dass Sie mit Hilfe dieses Tons arbeiten – und diesen Ton im ganzen Buch durchhalten –, von dem wir gerade sprachen. Es gelingt Ihnen in diesem Buch sehr gut, eine strukturierte Fiktion zu schaffen; das Buch ist vielleicht noch besser strukturiert und noch durchdachter als* La casa de los espíritus (Das Geisterhaus). *Es ist eine Welt, die gegenwärtige Welt Chiles, in der alle Figuren – mit ihren jeweiligen Geschichten – am Ende im Herzen der Erzählung miteinander vereint werden. Ich wollte Sie besonders nach der Gruppe von Figuren fragen, die Mitglieder des Militärs sind: Es gibt da einen Sergeant, es gibt einen Leutnant, es gibt einen Infanteristen, und es gibt einen Hauptmann. Sie werden auf sympathische und menschliche Weise präsentiert. Der Hauptmann hat alle Eigenschaften des romantischen Helden. Er könnte direkt aus einem Hollywoodfilm stammen, sehr stark und unverwüstlich, sehr idealistisch und in körperlicher Hinsicht vollkommen. Er wird sehr behutsam behandelt. Wie sind Sie zu dem Entschluss gekommen, dem militärischen Element, das gegenwärtig in Chile das Problem der Unterdrückung schafft, im Buch eine so wohlwollende Behandlung zuteil werden zu lassen?*

Nun, es fällt mir sehr schwer, die Welt schwarzweiß zu sehen. Ich denke, es gibt da immer ein paar Grautöne. Es gibt viele Farben dazwischen. Und jeder Mensch hat gute Seiten und Seiten, die wir schlecht nennen könnten, wenn wir ihnen ein Adjektiv aufdrücken wollten. Ich bin überzeugt davon, dass Pinochet ein bezaubernder Großvater ist und dass seine Enkelkinder ihn wunderbar finden und seine Freunde vielleicht auch. Die Tatsache, dass er in den Augen der meisten Chilenen und in den Augen der Welt das ist, was er ist – dass er für Tyrannei, Tod und Folter steht, für das Exil und die Gefangenschaft so vieler Menschen –, diese Tatsache bedeutet nicht, dass er kein menschliches Wesen wäre. Und wenn ich ihn in einer Erzählung beschreiben müsste, müsste ich alle Aspekte seiner Persönlichkeit einfangen. Ich denke, dass die Menschen immer viele verschiedene Schattierungen haben, und ich versuche, sie alle zu sehen. Mir persönlich fällt es sehr schwer, einen Charakter schwarz oder weiß zu zeichnen, absolut gut oder absolut böse, vielleicht, weil ich im wirklichen Leben niemals jemandem begegnet bin, der ausschließlich eine Eigenschaft verkörperte. Ich kann für den einen oder anderen mehr oder weniger Sympathie aufbringen, aber am Ende liebe ich sie alle. Und nachdem ich zwei Jahre lang mit diesen Figuren gelebt habe, nachdem man angefangen hat, sie aus der Luft zu ziehen, wenn sie wie Geister sind und einen ständig verfolgen, wenn sie jedes richtige Maß verlieren, dann nehmen sie Gestalt an, während man mit ihnen arbeitet, und zwar so sehr, dass man am Ende den Klang ihrer Stimmen kennt; man weiß, wie sie riechen, wie sie aussehen. Man weiß alles über sie. Sie stehen mir vielleicht näher als meine eigenen Kinder. Dann muss ich sie lieben. Wer auch immer sie sind, am Ende liebe ich sie. In *La casa de los espíritus (Das Geisterhaus)* habe ich viel an der Figur des Folterers gearbeitet, und natürlich habe ich das ganze Grauen erlebt, das jeder empfinden würde, der einem Menschen mit solchen Eigenschaften gegenübersteht. Aber am Ende liebte ich ihn doch, weil er einer meiner Figuren war. Es ist wie bei einer Mutter mit einem zurückgebliebenen Kind, die dieses Kind bisweilen einfach mehr lieben muss als die anderen.

Irene ist eine Figur, die sich im Laufe der Erzählung entwickelt. Sie scheint einige Charakterzüge mit Ihnen gemeinsam zu haben, mit Isabel Allende. Sie ist Journalistin, sie ist sehr ent-

schlossen und klar in ihren Aktivitäten und in ihren Absichten, und sie stellt sich schließlich der politischen Realität und trägt die Konsequenzen ihrer kritischen Position, was bedeutet, dass sie ihr Land verlassen muss. Hat die Figur der Irene einige autobiografische Züge?
Nein. Ich wäre gern wie Irene. Man wünscht sich immer, man wäre sein Lieblingscharakter. Ich wünschte mir, wie Clara zu sein und wie Irene zu sein, aber ich bin es nicht. Irene ist wie viele, viele chilenische Journalistinnen, die ich kannte und immer noch kenne, die ein ähnliches Schicksal hatten, und auf einer tieferen Ebene ist die Figur eine Hommage an sie alle. Aber ich gehörte zu keiner Zeit dazu. Das einzig Autobiografische bei Irene ist möglicherweise ihr Leben bei der Zeitschrift, für die sie arbeitet, und das hatte große Ähnlichkeit mit meinem Leben bei *Paula,* der Zeitschrift, für die ich in Chile gearbeitet habe, aber davon abgesehen, nein, ich bin nicht Irene. Sie ist vielmehr eine Art Hommage an meine Freundinnen.

Sie scheinen dasselbe sagen zu wollen, was Sie auch über La casa de los espíritus (Das Geisterhaus) *sagten, dass nämlich kein autobiografisches Material in den Büchern vorhanden sei.*
Das einzig autobiografische Element im *Geisterhaus* ist der Haushalt als Ganzes: Diese Familie, diese Leute, das sind meine Leute, aber ich bin nicht dabei. Ich bin nicht Alba, obwohl viele Leute das vielleicht denken. So viele Leute denken, ich sei Alba, dass einige von ihnen, als ich zur Frankfurter Buchmesse nach Deutschland eingeladen war, meine Haare betrachteten, um festzustellen, ob sie grün seien, und sie sahen sich meine Hände an, um festzustellen, ob ein Finger fehlt, denn sie wollten, dass ich diese Figur sei, aber leider bin ich es nicht.

Welche Beziehung gibt es zwischen Ihrer Arbeit und den Erzählungen von García Márquez, insbesondere Cien años de soledad (Hundert Jahre Einsamkeit)? *Es ist immer wieder darauf hingewiesen worden, dass* La casa de los espíritus (Das Geisterhaus) *sehr stark an* Cien años *erinnert.*
Wenn Sie von der Familiensaga sprechen, ich habe wirklich nicht an García Márquez gedacht, als ich *La casa de los espíritus*

schrieb. Oder als ich diesen Brief in einen Roman verwandelte. García Márquez ist sehr wichtig für die lateinamerikanische Literatur, und ich denke, er hat einen immensen Einfluss auf mich. Trotzdem habe ich nicht an ihn gedacht, sondern eher an Henri Troyat, den französischen Schriftsteller, der nach der Revolution aus Russland wegging und die Geschichte vieler russischer Familien schrieb, die in Europa, vor allem in Frankreich, im Exil lebten. Ich dachte an Stendhal. Ich dachte an unsere eigenen lateinamerikanischen Familien. Ich lebte auf einem Kontinent, auf dem die Familie sehr wichtig ist, daher schien es mir nur natürlich, die Geschichte eines Landes und eines Kontinents durch die Augen einer Familie zu sehen. Meine Theorie ist, dass auf dem Kontinent, von dem ich stamme, der Staat ganz allgemein der Feind ist. Der Staat ist der Feind jedes einzelnen Bürgers. Man darf sich vom Staat nichts erhoffen. Man darf nur auf Repressalien, Steuern, Korruption und Ineffektivität hoffen. Wo ist dein Schutz, deine Sicherheit? In deiner Familie bist du in Sicherheit, und zwar in dem Maße, in dem du deine Sippe um dich versammelt hast. Deshalb ist die Familie so wichtig, und deshalb ist sie in der lateinamerikanischen Literatur immer gegenwärtig, nicht nur in *Hundert Jahre Einsamkeit.* Sie ist immer da.

Ist es Ihre Intention, mit Hilfe von Fiktion die Wahrheit zu erzählen?
Ja. Ich versuche nicht, eine spezielle Botschaft zu vermitteln, jemanden anzuklagen, Zeugnis abzulegen oder mit dem, was ich schreibe, die Welt einzufangen, aber ich möchte die Wahrheit sagen, ja. Mir scheint, dass Wahrheit wichtig ist, weil – und das habe ich im Journalismus gelernt, glaube ich, mit der ersten Geschichte, die ich schrieb – nur die Wahrheit das Herz der Menschen anrührt. Die Menschen erkennen sofort, ob etwas wahr ist oder nicht, und man kann ihnen unmöglich bis in alle Ewigkeit etwas vormachen. Sie erkennen die Wahrheit sofort, und daher ist es für mich sehr wichtig, meine Leser zu berühren, sie aufzurütteln, sie auf meine Seite zu ziehen. Und dafür kann ich nur die Wahrheit benutzen, denn Tricks funktionieren nicht.

Dann wäre Ihre Verbindung zu García Márquez in den verwendeten Erzähltechniken zu sehen und in dem Versuch, eine Saga zu entwickeln, die man als eine Darstellung der lateinamerikanischen Welt interpretieren könnte. Aber ich denke, Sie unterscheiden sich von García Márquez, indem Sie die Position, die Perspektive und den Tonfall des jeweiligen Chronisten annehmen. Die Vision, der Sie Ausdruck verleihen, beginnt scheinbar mit einem sehr persönlichen Blick auf Chile, auf ein Chile, das Sie in keinem der beiden Romane je beim Namen nennen, das wir jedoch auf der Haut der Erzählerin sehen können, jener Erzählerin, die ich die Chronistin nenne und die sehr stark im Tonfall Nerudas spricht in Canto General (Der Große Gesang) *oder* Memorial *oder* Las Piedras de Chile [Die Feldsteine von Chile]. *Würden Sie sagen, dass Sie ganz bewusst beabsichtigten, diesen Tonfall zu schaffen, um näher an Chile heranzukommen oder, genauer gesagt, um nicht noch weiter von Chile wegzukommen?*
In diesem Punkt kann ich einen direkten Einfluss unbedingt akzeptieren. Das einzige Buch auf meinem Nachttisch ist immer ein Buch von Neruda, und Neruda ist in meinem Leben gegenwärtig, seit ich noch fast ein Kind war. Er war ein Freund meines Großvaters, und er war viele Male bei uns zu Hause zu Besuch. Ich habe ihn noch ein paar Tage vor seinem Tod gesehen, ein paar Tage vor dem Militärputsch. Seine Beerdigung kommt im *Geisterhaus* vor, und sein Einfluss auf mich war sehr, sehr tiefgreifend. Neruda hat mich, glaube ich, den Wert kleiner Dinge gelehrt, die Poesie, die in einer Zwiebel zu finden ist, einer Karotte, in einer Congasuppe [einer typisch chilenischen Suppe]. Mir ist dieses Gefühl in meinem Leben sehr wichtig, dieses Gefühl des „Ich bin“. Es ist die Beziehung zu der Welt kleiner Dinge, die eine Vision der großen Dinge inspiriert. Es ist eine sensorische und sinnliche Verbindung zur Realität. Das ist das Wichtigste in meinem Schreiben. Wann immer ich mich anschicke, über eine Situation zu schreiben, eine Liebesszene, eine Gewaltszene oder einfach die Zerstörung einer Landschaft, ist plötzlich Neruda in meinem Herzen, und ich denke an den Duft, ich denke an das Murmeln, ich denke an das Aroma – nicht nur an das, was wir sehen können, denn wir haben die Neigung, die Welt nur über un-

sere Augen verstehen zu wollen und den Rest zu vergessen. Neruda, denke ich, lässt zu keiner Zeit zu, dass ich das vergesse.

Wie haben Sie auf den enormen Erfolg von La casa de los espíritus (Das Geisterhaus) *reagiert?*
Niemand glaubte, dass dieses Buch so erfolgreich sein würde, wie es war: Nicht meine Familie, nicht meine Lektoren, nicht einmal ich. Das Manuskript war erschreckend: Ein Buch von einer unbekannten Journalistin, zu lang und mit einem komplexen Thema. Es ist ganz und gar nicht erstaunlich, dass es mehrfach abgelehnt wurde. Als ich mit dem Schreiben fertig war, machten meine Kinder Witze, dass wir es selbst herausbringen und die einzelnen Exemplare an Bushaltestellen und in Cafés verkaufen müssten. Was hat die Leser dazu gebracht, das Buch so großzügig aufzunehmen? Es ist wirklich ein Rätsel. Vielleicht wacht da ein Schutzengel über mich, oder aber bestimmte Bücher haben ein Eigenleben.

Wie haben Sie gelernt, die enorme Popularität zu handhaben, die Ihr Buch mit sich gebracht hat?
Ich handhabe meine „enorme Popularität" nicht. Stattdessen sitze ich isoliert in einem Haus hoch oben auf einem Hügel. Ich schreibe in einem winzigen Zimmer voller Bücher, Fotos, Spielsachen und Pflanzen. Ich bin sehr wählerisch, was meine Freundschaften betrifft. Ich verbringe viel Zeit mit meiner Familie, und ich schlüpfe nur dann in die Rolle der Schriftstellerin, wenn ich auf Reisen bin.

Wie reagieren Sie, wenn Kritiker Sie unseren besten Schriftstellern gleichstellen? Was haben Sie Romanschriftstellern Ihrer Generation zu sagen und denen, die nach Ihnen kommen werden?
Wenn die Kritiker mir einen Platz unter den guten Schriftstellern geben, ist das eine große Verantwortung für mich, die ich mit Stolz und Freude annehme. Ich kann die Stimme vieler sein, die schweigen. Ich kann die Wahrheit dieses prachtvollen, gefolterten lateinamerikanischen Kontinents übermitteln. Ich habe den weiblichen Schriftstellern meiner Generation nichts zu sagen. Das wäre eine unverzeihliche Anmaßung von mir. Ich würde meine Kolleginnen reden lassen und von ihnen lernen.

Ist Ihnen klar, dass Sie die erste Frau sind, der es gelungen ist, den Buchmarkt in so großem Stil zu erobern?
Vielleicht bin ich eine der ersten lateinamerikanischen Schriftstellerinnen, die das tun, aber in Europa und den Vereinigten Staaten nehmen die Frauen in der Literatur fast denselben Platz ein wie die Männer. Für Frauen in der Dritten Welt ist es schwierig, aber wir kommen auch da langsam weiter. Wir müssen eine Menge Vorurteile überwinden: Die Kritiker ignorieren uns; die Lektoren interessieren sich nicht für unsere Arbeit; die Professoren bilden uns nicht aus. Addieren Sie noch kulturelle Rückständigkeit, sozialen Druck, harte Arbeit, Armut, die Geburt von Kindern, Hausarbeit und die Unterwerfung unter die Männer hinzu, und Sie werden erkennen, dass übermenschliche Fähigkeiten und großes Selbstbewusstsein vonnöten sind, um auf irgendeinem Gebiet, ganz besonders aber in der Kunst, Herausragendes zu leisten.

Wann und wie ist Ihr erster Roman in Chile erschienen?
Mein erster Roman erschien in Chile, sobald er veröffentlicht war, zuerst im Untergrund und dann offiziell. Am Anfang fotokopierten ihn die Leute viel, und es gab lange Listen von Leuten, die Interesse an einer fotokopierten Ausgabe hatten. Die Bücher gingen ohne Schutzdeckel oder in Windeltüten versteckt von Hand zu Hand, von Haus zu Haus. Sie waren Gesprächsthema und erzählten einer ganzen Generation von Kindern die Geschichte, die die Diktatur aus dem Gedächtnis auszulöschen versucht hatte. Ich bekam Hunderte von Briefen aus Chile, und sie gingen mir alle sehr unter die Haut. Mir wurde klar, dass ich nicht weit weg bin, dass ich immer noch in meinem Heimatland lebe und dass mir das niemand wegnehmen kann. Ich habe es hier in mir. Mitte des Jahres 1983 wurde die Buchzensur in Chile aufgehoben, weil die Diktatur ihr Image verbessern wollte. Jetzt kann man die Bücher kaufen – obwohl sie sehr teuer sind –, die früher verboten waren, und sie sind natürlich sehr begehrt. Es ist dasselbe, was mit der Pornografie passiert ist – ihr Verbot genügte, um jedermanns Neugier zu wecken.

Wie hat man Ihren zweiten Roman, De amor y de sombra (Von Liebe und Schatten), *in Chile aufgenommen? Kann man das Buch dort kaufen?*
Meinem zweiten Buch wurde von der chilenischen Öffentlichkeit ein sagenhafter Empfang bereitet; von *El Mercurio* wurde er schlecht besprochen; die offiziellen Medien empfingen ihn mit Schweigen, und Professoren, Intellektuelle und Literaturzeitschriften besprachen ihn ausgezeichnet. Sie sagen, er sei besser geschrieben als der erste, besser strukturiert, ein reiferes Buch. Das Thema ist schmerzlich in Chile, und niemand steht ihm gleichgültig gegenüber. Manche Menschen fühlen sich solidarisch, andere leugnen, dass so etwas überhaupt geschehen ist.

Und der Empfang im Allgemeinen?
Man hat mir erzählt, dass viele Menschen in Chile sich an mich erinnern und mir große Achtung entgegenbringen. Mein Name ist nicht ganz unbekannt, aber ich konnte das persönlich bisher nicht herausfinden, weil ich nicht wieder hingefahren bin.

Wie war die Reaktion in den nicht spanischsprachigen Ländern?
Ich habe mit all meinen Übersetzungen Glück gehabt. Die Reaktion war immer sehr gut. In Norwegen waren binnen weniger Wochen 40 000 Exemplare verkauft, und das ist ein Land mit vier Millionen Menschen. In Deutschland stand ich fast ein Jahr lang an der Spitze der Bestsellerliste. In Frankreich hat der Club du Livre allein 350 000 Exemplare herausgebracht. Es kommt mir eitel vor, über all diese Dinge zu reden, aber so ist es gewesen. Und ich betrachte es weniger als einen persönlichen Erfolg denn als eine weitere Anerkennung für die lateinamerikanische Literatur. Unser Kontinent hat noch erheblich mehr zu sagen; wir haben gerade erst begonnen, zu reden, zu schreiben.

Worauf führen Sie den durchgängigen Erfolg Ihrer beiden Romane zurück?
Ich habe viel darüber nachgedacht, warum meine Romane so erfolgreich waren, ohne jedoch ein Patentrezept entdecken zu können. Manche Leute sagen mir, ich schreibe über Gefühle, Werte und Emotionen, die allen menschlichen Wesen zu allen Zeiten

der Geschichte gemein waren. Liebe, Hass, Gerechtigkeit, Gewalt, die Suche nach Wahrheit, nach Leidenschaften und Obsessionen, diese Dinge gehen doch jeden an.

Wenn ich das Thema Feminismus noch einmal aufgreifen darf, was halten Sie von der feministischen Bewegung? Unterstützen Sie sie oder sind Sie dagegen?
Ich bin natürlich Feministin; keine Frau, die auch nur eine Sekunde lang über ihre Zukunft nachdenkt, könnte etwas anderes sein. Aber ich betrachte die Freiheitsbewegung der Frauen nicht als einen Kampf gegen die Männer, als eine Schlacht, deren Ziel es ist, Machismo durch Feminismus zu ersetzen. Absolut nicht. Ich glaube, es ist ein Krieg, den Männer wie Frauen führen, um eine gerechtere und freie Gesellschaft zu erbauen. Wir sind alle Opfer; wir sind alle Gefangene. Nur sehr wenige von uns haben die Möglichkeit, zu wachsen, zu lieben und Kreativität zu entwickeln. Wir haben einander verstümmelt, wir alle. Der Machismo hat auch die Männer nicht glücklich gemacht, und obwohl wir Frauen die Hauptopfer sind, ist auch die Rolle der Männer sehr hart – der Versorger zu sein, der Überlegene zu sein, immer stark sein zu müssen, nicht weinen zu dürfen. Arme Geschöpfe, die ihrer eigenen Natur entfremdet wurden, die ihren Gefühlen entfremdet wurden, die sich von jeder Zärtlichkeit distanzieren mussten und mit der Welt und den Frauen durch Macht, Besitzergreifung und Beherrschung kommunizieren. Wie langweilig! Was für eine Verschwendung!

Ich habe nichts gegen Frauen, die sich in Befreiungsbewegungen organisieren. Im Gegenteil, ich glaube, es ist die einzige Möglichkeit zu bekommen, was wir verlangen. Ich gehöre keiner solchen Gruppe an, weil ich außerstande bin, eine Gruppendisziplin zu akzeptieren. Deshalb gehöre ich weder einer Kirche noch einer politischen Partei oder einem Club an.

Ist der Feminismus eine wichtige Bewegung in Venezuela? Gibt es dort feministische Gruppen?
Die Gesetze in Venezuela sind Frauen günstiger gesinnt als die Gesetze in anderen Teilen des Kontinents. Die Hälfte der Studenten an der Universidad Central sind Frauen. Frauen haben wichtige

Positionen in der Verwaltung und Regierung des Landes inne, im Geschäftsleben, in der Wissenschaft und in der Gestaltung der nationalen Kultur. Natürlich rede ich von Frauen, die Zugang zum Bildungssystem haben. Frauen aus der Arbeiterklasse, Bäuerinnen und arme Frauen leben unter den gleichen rückständigen Bedingungen wie in jedem anderen lateinamerikanischen Land. Die venezolanischen Frauen sind kräftig, es sind beeindruckende Frauen. Sie bewegen sich wie Göttinnen – mit schwingenden Hüften und wippenden Brüsten –, sie sind stolz auf ihren Körper und bereit, jeden Schönheitswettbewerb zu gewinnen. Der Machismo in diesem Land ist ausgesprochen stark, aber ich habe hier die freiesten, gescheitesten, in sich gefestigtsten Frauen kennen gelernt. Man hat das Gefühl, dass sie sich tief innerlich über die Regeln amüsieren, denen die Männer sie zu unterwerfen versuchen; sie schütteln diese Regeln mit einem Schwung ihrer Hüften und einem Klimpern ihrer Wimpern ab. Es gibt kleine feministische Gruppierungen, und sie bringen eine kleine feministische Zeitschrift heraus. Obwohl ich keine wachsende Befreiungsbewegung sehen kann, die von Bedeutung wäre, habe ich den Eindruck, dass die Frauen jeden Tag an Boden dazugewinnen. Von einer Gleichberechtigung sind wir in jedem Fall noch weit entfernt.

Was für eine Art Journalismus machen Sie in Caracas? Arbeiten Sie immer noch als Reporterin, oder widmen Sie sich ausschließlich dem kreativen Schreiben?
Bis vor kurzem habe ich bei der Tageszeitung *El Nacional* in Caracas gearbeitet, aber ich musste dort weggehen, weil ich zu viel unterwegs bin, und meine neuen Verpflichtungen machen es mir unmöglich, dort weiterzumachen. Ich arbeite nur im Bereich Literatur – wenn man das Arbeit nennen kann.

Wie sehen Sie Ihre Zukunft als Schriftstellerin?
Meine Zukunft als Schriftstellerin? Ich denke nicht darüber nach. Ich schreibe weiter ein Wort nach dem anderen nieder, und ich schaffe an den einzelnen Tagen so wenig.

Kennen Sie irgendwelche lateinamerikanischen Schriftsteller persönlich? Haben sie auf Ihre Arbeiten reagiert? Haben Sie García Márquez kennengelernt?
Ich kenne Ernesto Sábato, Mario Vargas Llosa, Pepe Donoso und andere. Antonio Skármeta ist ein Freund von mir, ein beeindruckender Mann, voller Talent und Großzügigkeit, der meine Arbeit lobt und mich inspiriert, was in der Welt der Literatur, in der die Leute ziemlich egozentrisch werden, wahrhaftig selten ist. García Márquez kenne ich nicht. Ich denke, ich wäre vollkommen überwältigt, wenn ich ihm eines Tages die Hand schütteln könnte.

Halten Sie es für wichtig, dass Sie sich in diese Gruppe von Schriftstellern integrieren?
Es ist für lateinamerikanische Schriftsteller sehr wichtig, den Kontakt zueinander zu halten, eine Beziehung zueinander zu haben, einander zu helfen und auch jungen Schriftstellern zu helfen, die sich abstrampeln, um zu schreiben und veröffentlicht zu werden. Wir alle haben eine sehr wichtige Aufgabe: Wir haben die Geschichte unseres Kontinents zu erzählen, wir müssen eine öffentliche Stimme sein, wir müssen die Tragödie und die Träume unserer Völker in Worte fassen, die gefoltert und zur Unterwerfung gezwungen wurden. Wenn wir uns einig sind, wenn wir am gleichen Strang ziehen, können wir dazu beitragen, eine andere Welt aufzubauen.

Für wen schreiben Sie?
Ich schreibe für einen Leser. Ich versuche immer, *einer* Person die Geschichte zu erzählen. Ich stelle mir keine konkrete Person vor, aber ich versuche immer, den Ton, den ich für ein Buch benutze, so intim wie nur möglich zu halten. Ich fühle mich wie einer dieser afrikanischen Geschichtenerzähler, die von Dorf zu Dorf gehen, sich mitten auf den Dorfplatz setzen und die Einheimischen um sich herum versammeln, um die Geschichten und die Neuigkeiten zu erzählen, die sie von anderen Orten mitgebracht haben. Und dann geben die Leute dem Geschichtenerzähler ein Huhn oder eine Tomate, damit er die Neuigkeiten aus ihrem Dorf seinem Repertoire hinzufügt, und dann geht er weiter in das nächste

Dorf und erzählt dieselbe Geschichte und zusätzlich die Neuigkeiten, die er aus dem letzten Dorf mitgenommen hat. Auf diese Weise erfährt man dann, dass Soundso gestorben ist, dass Soundso geheiratet hat. Man erfährt, dass es irgendwo Krieg gegeben hat, man erfährt, was es Neues gab.

Wie ein Troubadour?
Wie ein Troubadour ... Ja, so sehe ich mich selbst. So fühle ich mich. Ich möchte von Dorf zu Dorf ziehen, von Mensch zu Mensch, von Stadt zu Stadt, und von meinem Land erzählen, von meinem Kontinent erzählen, ich möchte unsere Wahrheit übermitteln – dieses gesammelte Leiden und diesen wunderbaren Ausdruck von Leben, der Lateinamerika ist. Und das ist es, was ich erzählen möchte. Den Lateinamerikanern und allen anderen.

Verfolgen Sie mit Ihrer literarischen Arbeit einen bestimmten Zweck? Warum schreiben Sie?
Weil schreiben wie feiern ist! Ich liebe es. Es macht viel Spaß. Ich mag es genauso sehr wie Liebe zu machen – deshalb schreibe ich. Und wenn das nicht wäre, würde ich es nicht tun, denn es ist sehr harte Arbeit.

An was für einem Projekt arbeiten Sie gegenwärtig?
Im Augenblick besteht mein Projekt darin, weiter zu schreiben. Ich stecke mitten in einem neuen Roman, aber ich habe mit vielen Unterbrechungen zu kämpfen. Und mit jedem Tag fällt es mir schwerer, die Ruhe und den Frieden zu finden, um schreiben zu können. Manchmal vermisse ich den Keller im Haus meiner Großeltern.

3. Die Frau hinter den Geschichten

Interview mit Douglas Foster

Isabel Allende versucht, über eine schlechte Telefonleitung nach Chile durchzukommen, und es ist nicht einfach: Sie wählt noch einmal, wippt entnervt mit dem Fuß und blickt dann aus dem Fenster, als wolle sie dort ihr Heimatland heraufbeschwören. Dutzende ihrer Verwandten (einschließlich ihrer Kusine Isabel, mit der die *New York Times* sie gelegentlich verwechselt) haben ihr Exil in Mexiko verlassen, um eine Kampagne gegen Augusto Pinochet zu starten, den Diktator, der im Jahre 1973 ihren Onkel, Präsident Salvador Allende Gossens, gestürzt hat. Allende macht sich Sorgen um die Sicherheit ihrer Verwandten und fragt sich, wie sie mit deren Erwartung umgehen soll, dass sie sich der Kampagne anschließt.

Für Isabel Allende gilt dasselbe wie für die Figuren ihrer Romane: nie ist das Leben einfach, immer gibt es Komplikationen. Sie ist schließlich Schriftstellerin, nicht Politikerin, und ihr dritter Roman, *Eva Luna*, ist gerade auf Englisch erschienen. Ihr Verleger, Alfred Knopf, möchte sie für eine Lesereise gewinnen. Sie hat vor kurzem geheiratet und ist von Venezuela in das Vorstadthaus ihres Mannes in Marin County, Kalifornien, eingezogen; sie ist die Stiefmutter seines elfjährigen Sohns geworden. Und in ihrer Handtasche befindet sich ein dicker Stapel Briefe, in denen man sie um Interviews bittet, zu Vorträgen einlädt und zum Weiterschreiben auffordert.

Dennoch, die Rückkehr nach Chile in diesen unruhigen Zeiten würde für Isabel Allende den Kreis einer dramatischen Reise schließen: Bis zum Militärputsch lebte und arbeitete sie unbeschwert als Kolumnistin in Santiago. Nur weil sie in Venezuela als Journalistin keine Arbeit finden konnte – Isabel Allende war nach der Regierungsübernahme durch die Rechten mit ihren beiden Kindern und ihrem ersten Ehemann nach Venezuela ins Exil gegangen –, beschloss sie, sich als Romanautorin zu versuchen. Eine historische Tragödie führte Isabel Allende zu internationaler Anerkennung. Ihre Romane, die die Werte ihres zum Märtyrer gewordenen Onkel hochhalten *(Das Geisterhaus, Von Liebe und Schatten, Eva Luna)* stehen auf den Bestsellerlisten. Und nunmehr betätigt die Heldin sich in einem amerikanischen Vorort als Hausfrau: Das ist genau die Art von Ironie, an die Isabel Allende glaubt und die sie in ihren Romanen so oft zelebriert.

*

Die Volksabstimmung vom Oktober 1988 ist vorbei, und die Opposition hat gewonnen. Pinochets Verbleiben im Amt sind damit Grenzen gesetzt.
Ich habe gerade einen Brief von meiner Mutter bekommen und konnte nur weinen. Sie steckte mitten drin in allem, denn sie wohnte während der Kampagne mit Hortensia Allende zusammen, der Witwe von Salvador Allende. Sie dokumentiert in ihrem Brief Stunde für Stunde den Tag der Volksabstimmung. Zuerst behauptete die Regierung fälschlicherweise, gewonnen zu haben. Die wahren Zahlen kamen erst später heraus, und dann wurde überall gefeiert.

Jetzt steht eine Zeit am Verhandlungstisch bevor, und es wird sich erweisen, ob es eine echte Demokratie geben wird. Die Opposition hat die moralische Kraft, aber die Regierung hält natürlich immer noch die eigentliche Macht in Händen, und sie verfügt über die Art von Arroganz, die sich um moralische Kraft nicht schert. Es ist also eine wunderbare Zeit und gleichzeitig eine schreckliche Zeit voller Ängste.

Welchen Preis haben Sie für Ihr Exil gezahlt?
Ich habe mein Exil mit Schmerz bezahlt. Ich bin nicht sofort weggegangen. Ich dachte, dass nach unserer langen demokratischen Tradition ein Militärputsch nur ein schrecklicher historischer Unfall sein könne und dass die Soldaten in ihre Baracken zurückkehren und wir Neuwahlen bekommen würden. Die meisten Chilenen glaubten damals, dass es so ausgehen würde. Wir haben niemals mit fünfzehn Jahren Diktatur gerechnet. Daher dachte ich wie viele andere auch, dass ich einfach nur ein paar Monate lang ausharren müsse, dann würde es von selbst wieder besser werden. Ich hatte eine enge Beziehung zur Opposition und war einige Risiken eingegangen, und nach ungefähr zwei Jahren hatte ich solche Angst und

fand die Situation in Chile so entsetzlich, dass ich es nicht mehr aushielt. Nachdem man uns sogar bedroht hatte, beschlossen mein Ex-Ehemann und ich, wegzugehen; und 1975 gingen wir.

Als wir Chile verließen, hatten wir kein Geld, keine Freunde, keine Visa, nichts auf dem Tisch und nichts darunter, und wir mussten noch einmal ganz von vorn anfangen – glücklicherweise in einem warmen, gastfreundlichen Land. Aber es war sehr hart. Ich war zutiefst unglücklich, und ich hatte das permanent das Gefühl zu scheitern, weil ich keine Arbeit als Journalistin finden konnte.

Aber ich kann mich nicht beklagen, denn was danach kam, war eine wunderbare Erfahrung. Nachdem ich ins Exil gegangen war – wobei ich klarstellen muss, dass ich nicht wirklich im Exil lebe, das heißt, ich könnte zurückkehren, wenn ich wollte, denn ich habe einen chilenischen Pass –, musste ich Kraft in mir selbst finden, eine gewisse Energie oder Stärke, von der ich nicht wusste, dass ich sie besaß. Diese Kraft wuchs in mir und machte mich stärker. Ich bin heute ein sehr starker Mensch und sehr entschlossen, und so war ich früher nicht. Ich habe lange gebraucht, um meiner Jugend zu entwachsen, und plötzlich fand ich mich als erwachsene Frau wieder. Ich habe heute einen viel weiteren Horizont. Ich kann mein Land und meinen Kontinent mit neuen Augen sehen. Chile ist wie eine Insel. Ich lebte eingeschlossen in dieser kleinen Realität, und ich konnte nicht weiter als bis zu den gewaltigen Bergen sehen.

Aber wenn man alles verliert, alles, was einem teuer ist – seine Familie, seine Freunde, sein Haus, die Dinge, von denen man umgeben war, seine Landschaft, seine Sprache, seinen Akzent –, dann bekommen Erinnerungen eine größere Bedeutung. In normalen Zeiten denkt man nie über die Vergangenheit nach, aber wenn man alles zurücklassen musste, wird die Vergangenheit zur Hauptsache, weil man dann Wurzeln in der Vergangenheit schlagen muss, nicht in einer Landschaft oder einem Ort. Das habe ich mit dem *Geisterhaus* erreicht – die Wiederentdeckung der Erinnerungen, die der Wind, der Wind des Exils, davongeweht hatte. Daher war das Exil für mich eine wunderbare Erfahrung, denn ich kann heute Dinge mein Eigen nennen, die ich ohne dieses Exil nicht hätte.

Sie haben einmal gesagt, dass das Schreiben von Eva Luna *in Ihnen eine neue Einstellung zum Frausein geweckt habe. Wie meinten Sie das?*
Ich hatte im Grunde nie akzeptiert, dass ich als Frau geboren worden war, denn das kam in vieler Hinsicht einer Behinderung gleich. In der Machokultur, in der ich aufwuchs, war es hart, eine Frau zu sein. Ich musste kämpfen und die doppelte Kraft aufwenden, um auch nur die Hälfte der Anerkennung zu bekommen. Ich wäre gern ein Mann gewesen. Und wenn ich schon kein Mann sein konnte, versuchte ich doch wenigstens, dieses Klischee zu verkörpern – die große, schlanke Blondine – und das hat bei mir nicht funktioniert, weil ich nun einmal keine große, schlanke Blondine bin. Als ich vierzig war, musste ich also endlich akzeptieren, dass ich für immer in diesem Körper und mit diesem Gesicht leben und der Mensch sein muss, der ich bin.

Was hat diese Veränderung bewirkt?
Die Bücher. Die Bücher. Schreiben ist wie eine Katharsis; es ist eine Möglichkeit, in die Vergangenheit zu reisen, in seine eigenen Erinnerungen. Wenn man über andere Menschen schreibt, schreibt man immer auch über sich selbst. Warum entscheidest du dich gerade für diese Figuren? Für diese Anekdoten? Du tust es deshalb, weil sie dir etwas bedeuten. Während ich die Bücher schrieb, lernte ich eine Menge über mich selbst, und die Welt wurde mir erträglicher. Und ich konnte es besser ertragen, mit mir selbst zu leben.

Inwiefern unterscheidet sich Ihre Erziehung von der der Schlüsselfiguren in Ihren Romanen?
Da gibt es mehr Übereinstimmungen als Unterschiede. Ich wuchs ohne Vater auf, und Sie werden niemals einen liebenden Vater in meinen Büchern finden. Ich kann mir einen liebenden Vater nämlich gar nicht vorstellen, obwohl ich einen wunderbaren Stiefvater hatte – aber er trat erst später in mein Leben, in meiner frühen Kindheit spielte er noch keine Rolle für mich. Meine Figuren haben ausgesprochen verrückte Familien, und genauso bin ich selbst groß geworden – in einer Familie, die intellektuell sehr liberal war, in anderer Hinsicht aber extrem konser-

vativ. Steinzeit, würde ich sagen. Der Hauptunterschied ist der, dass meine Romanfiguren Courage haben, es sind mutige Frauen, sehr entschlossene Frauen. Sie wissen von Anfang an genau, was sie wollen, und sie tun es. Ich habe lange gebraucht, bevor ich auch nur eine Ahnung davon hatte, was ich wirklich will. Aber meine Figuren wissen, was sie tun müssen, und so wäre ich auch gern. Eva Luna sagt an einer Stelle des Buches, dass sie so schreibt, wie sie das Leben gern hätte – und ich denke, das Gleiche gilt für mich.

Eva steht den gesellschaftlichen Außenseitern und Rebellen mit Toleranz, ja sogar mit Bewunderung gegenüber …
Ja. Sie identifiziert sich mit den Randexistenzen.

Aber es steckt doch noch mehr dahinter. Die Guerillasoldaten in Ihren Büchern sind zum Beispiel fast vollkommen – selbstlos, mutig, entschlossen, empfindsam und obendrein großartige Liebhaber.
Ja?

Wie stehen Sie persönlich heute zum bewaffneten Kampf, zu den Menschen, die sich auf der gesamten südlichen Halbkugel in die Wälder zurückgezogen haben?
Meine Gefühle sind da sehr ambivalent. Mich verbindet eine Art romantischer Sympathie mit diesen Menschen, obwohl in Lateinamerika nur sehr wenige Guerillabewegungen Erfolg gehabt haben. Ich glaube nicht, dass sich eine Guerillabewegung in einer Demokratie rechtfertigen oder erklären ließe, aber es ist nur fair, dass es solche Bewegungen in einer Diktatur gibt. Wir soll man sich der Gewalttätigkeit des Staates widersetzen, ohne selbst Gewalt anzuwenden? In Chile ist nun etwas sehr Seltsames und Wunderbares geschehen. Alle Gewalt geht von der Regierung aus, und es ist die Opposition, die die Möglichkeit zur Versöhnung anbietet. Die Opposition ist wie Ghandi, sie redet von Einheit, Harmonie, von Aussöhnung der großen chilenischen Familie. Ich hoffe, dass unsere Gesellschaft auf dieser Basis wieder aufgebaut wird, nicht auf der Basis von Rachsucht.

Aber es ist nur fair, dass junge Menschen nach fünfzehn Jahren des Kampfes gegen diesen unglaublichen Staatsterror Guerillabewegungen bilden – die übrigens in Chile sehr schwach ausgeprägt sind. Ich respektiere diese Menschen. Ich kann nicht anders.

Sie bringen auch anderen Außenseiter der Gesellschaft Respekt entgegen – Homosexuellen, Transsexuellen, Prostituierten.
Natürlich. Unbedingt. Aber ich denke beim Schreiben nicht ständig bewusst über diese Menschen nach. Ich sage mir nicht: „So sollte ich dieses oder jenes empfinden." Ich empfinde tatsächlich so.

Bei den Kritikern scheinen zwei verschiedene Meinungen vorzuherrschen: Die eine Hälfte wirft Ihnen vor, zu plakativ zu sein. Ein Rezensent der New York Times *schrieb, bei Ihnen gäbe es nur „schwarz und weiß, gut und böse, Liebe und Schatten". Dann gibt es da noch die andere Richtung, die sagt, Sie seien zu weich: John Updike schrieb: „Fantasie und Wahrheit legen sich über alles wie ein Schleier, der die Konturen weicher werden lässt und es uns erlaubt, den Protest auf die leichte Schulter zu nehmen".*
Ich höre ständig widersprüchliche Dinge. Ich kann unmöglich allen gefallen, und ich sollte das gar nicht erst versuchen. Es ist schon viel über meine Arbeiten gesagt worden. Zu den „schlechten" Dingen, die die Leute sagen, zählt der Vorwurf, ich hätte eine sehr ansprechende Mischung aus Melodrama, Politik, Feminismus und magischem Realismus gefunden und würde nun alles zusammenkippen. Ich schreibe Bücher, die so unterschiedlich erscheinen – alle drei Romane sind unterschiedlich –, aber wenn Sie genauer hinsehen, entdecken Sie vielleicht ein Patentrezept in allen dreien; das ist einer der vermeintlichen Mängel. Aus der gleichen Richtung kommt der Vorwurf, ich sei sehr sentimental und hätte nicht genug Distanz zu den Dingen, ich sei nicht kalt; daher könne ich sehr kitschig sein, überzogen altmodisch bisweilen. An welche negativen Bemerkungen kann ich mich noch erinnern? O ja, dass meine Bücher denen von García Márquez ähneln.

Ihre Romane sind auch als „García-Márquez-Imitationen" bezeichnet worden.

Sehen Sie, wenn Sie sich als Tänzer versuchen und jemand sagt, das Ergebnis sei schlecht, weil sie wie Nurejev tanzen, wären Sie dann nicht überglücklich? Genauso empfinde ich, wenn die Leute sagen, ich schriebe wie García Márquez. Ich halte ihn für einen der ganz großen Schriftsteller unseres Jahrhunderts, daher ist es wunderbar, wenn man mich mit ihm vergleicht – obwohl ich bezweifle, dass ihm das gefällt.

Kennen Sie García Márquez?
Nein, ich bin ihm persönlich nie begegnet, ich habe nie mit ihm gesprochen.

Das kommt vielleicht noch.
Nein, ich wäre so überwältigt von Bewunderung, dass ich wahrscheinlich kein Wort mit ihm reden könnte. Genauso ist es mir mit Germaine Greer ergangen. Ich habe sie in einem Hotel getroffen, in einem kleinen Hotel in Paris, und ich fühlte mich in ihrer Gegenwart so verunsichert, dass ich sie nur aus einer gewissen Entfernung anstarren konnte. Ich war einfach außerstande, meine Verlegenheit zu überwinden und zu sagen: „Guten Tag, ich bewundere Sie, Ihre Bücher haben mein Leben verändert." All die Dinge, die man sagen sollte, brachte ich einfach nicht über die Lippen. Und das ist erst drei Jahre her; ich war also durchaus erwachsen, als mir das passierte.

Sie haben vor kurzem wieder geheiratet.
Ja. Es kam sehr unerwartet. Ich habe mich von meinem Mann scheiden lassen, und ich dachte, dass ich in Zukunft allein sein würde, denn ich führe ein hektisches Leben und reise sehr viel, und dann brauche ich lange Phasen des Schweigens ... Lange Phasen des Schweigens, weil die Bücher Stück um Stück in mir wachsen. Eine Zeit lang ist es so, als erwarte man ein Baby, und während dieser Zeit kann ich weiter arbeiten, Vorträge halten und viele andere Dinge tun. Aber dann kommt ein Augenblick – und ich weiß nie, wann es soweit sein wird –, da habe ich plötzlich das Gefühl, als würden die Worte mir die Luft abschneiden, als müsste ich sterben, wenn ich nicht schreibe. Und dann muss ich mich irgendwo einschließen und wirklich alles andere vergessen

und schweigen. Es ist nicht das Alleinsein, das zählt. Es ist das große Schweigen, es ist das Schweigen der Gefühle, denn ich muss die Figuren durchleben. Ich muss ihnen Leben geben – für sie fühlen, für sie reden, für sie handeln, und das kann ziemlich lange dauern.

Lassen Sie uns noch einmal kurz zu Ihrem Leben zurückkehren. Wie haben Sie es geschafft, sich in eine kalifornische Kleinstädterin zu verwandeln?

Nun ja, ich hatte mich von meinem Mann scheiden lassen, dem Vater meiner Kinder. Er ist ein wunderbarer Mann, ein guter Mann. Es gab keinen Grund, ihn nicht zu lieben, er verdiente es, dass man ihn liebte, aber wissen Sie, Liebe hat eben keine Regeln. Die Trennung war sehr schmerzlich, und ich fühlte mich sehr unsicher, weil ich nicht gut allein sein kann.

Ich brach dann zu einer dieser verrückten Lesereisen auf und landete in San Jose. Und dann machte uns irgend jemand miteinander bekannt. William hatte mein zweites Buch gelesen, *Von Liebe und Schatten.* Es hatte ihm sehr gut gefallen, und er wollte mich gern kennen lernen. Und dann haben wir uns nur angesehen und uns sofort ineinander verliebt. Bei der ersten Begegnung.

Das gibt es doch sonst nur im Kino.

Na ja, ich glaube, Frank Sinatra sang in dem Restaurant damals gerade *Strangers in the Night*, und das hat vielleicht mit dazu beigetragen. Und dann servierte man uns eine wunderbare Pasta. Vielleicht haben auch all die Monate der Keuschheit eine Rolle gespielt, Sie wissen schon.

Andererseits war er lange Junggeselle gewesen. Er war daran gewöhnt, viele verschiedene Frauen zu haben, und ich war gerade auf dem Weg nach Venezuela – und Venezuela ist sehr weit weg. Also ging ich mit dem Gedanken fort, dass ich einen wunderbaren Mann kennen gelernt und mich in ihn verliebt hatte, aber es war einfach zu weit weg. Kalifornien … du lieber Himmel! Als ich nach Hause kam, sagte mein Sohn zu mir: „Mutter, du siehst so komisch aus, was ist los mit dir?" „Ich habe mich verliebt. Es ist mir sehr peinlich, aber ich habe mich verliebt." Und er sagte: „Du bist zu alt für Liebeskummer, also steig ins nächste Flugzeug, ich kümmere mich hier um alles." Er dachte, ich würde eine Woche wegbleiben, und ich ließ das Haus und meine Bücher und die Post und die Rechnungen und alles übrige in seiner Obhut. Ich flog hierher und bin nie wieder zurückgekehrt. Er sitzt immer noch dort, und jetzt beschwert er sich. [Lacht.]

Hat der Umzug nach Amerika Ihr Leben verändert?
Zunächst einmal bedeutet die Tatsache, dass ich in den Vereinigten Staaten lebe, dass ich plötzlich verfügbar bin. Ich bekomme sieben Einladungen die Woche zu Lesungen in verschiedenen Teilen des Landes. Natürlich kann ich sie nicht alle annehmen, denn das würde bedeuten, dass ich ständig im Flugzeug sitze. Amerika ist ein sehr großes Land, und ich könnte dann nicht mehr schreiben. Daneben bekomme ich viele Angebote zu unterrichten, und diese Angebote kann ich aus denselben Gründen nicht annehmen. Ich verfüge jetzt über viele Informationen, die mir früher nicht zugänglich waren. Und ich bin eine Kleinstadthausfrau, was einfach *schrecklich* ist. In Caracas hatte ich zwei Haushälterinnen, die im Haus wohnten, daher brauchte ich mir keine Gedanken zu machen. Hier muss ich Wäsche waschen, staubsaugen und viele andere Dinge tun, die ich absolut und aus tiefstem Herzen verabscheue. Ich bin eine Kleinstadthausfrau, und ich bin Stiefmutter eines Jungen, was ebenfalls ein anstrengender Job ist, denn meine eigenen Kinder sind erwachsen, und eine Stiefmutter ist eben etwas anderes als eine Mutter. Es ist schwierig, sehr schwierig, und ich bin eine ganz normale, böse Stiefmutter und habe die Absicht, es für den Rest meines Lebens zu bleiben.

Was sagt Ihr Stiefsohn dazu?
Oh, er liebt mich. Er ist ein Masochist. [Lacht.]

Und wie wird sich dieser Umzug auf Ihre kreative Vorstellungskraft auswirken? Das Geisterhaus *und* Von Liebe und Schatten *sind so offenkundig in Chiles Geografie verwurzelt. Aber* Eva Luna *wirkt eher allgemein lateinamerikanisch. Dürfen wir von Ihnen als nächstes einen Roman erwarten, der in Kalifornien spielt?*
Ich weiß nicht. Zunächst einmal gibt es da das Problem der Sprache. Es ist sehr anstrengend, ständig eine fremde Sprache zu spre-

chen und zu hören, und ich arbeite mit Worten; die subtile Bedeutungskraft eines jeden Wortes ist ungemein wichtig für mich, und darüber verfüge ich im Englischen nicht, daher ist es schwierig. Ich weiß nicht, was ich von meinem nächsten Roman erwarten soll, aber ich schreibe im Augenblick Kurzgeschichten, denn *Eva Luna* ist eine Geschichtenerzählerin, und die Kurzgeschichten, die sie erzählt, sind nicht in dem Roman enthalten. Daher bin ich im Augenblick damit beschäftigt, diese Kurzgeschichten aufzuschreiben. Das Buch heißt *Geschichten der Eva Luna.* Und die Geschichten spielen allesamt in Lateinamerika.

Und wann werden Sie sich das nächste Mal zu einem „langen Schweigen" irgendwo einschließen?
Ich hatte sehr wenig Zeit, seit ich geheiratet habe. In diesem Jahr habe ich mich scheiden lassen, ich bin umgezogen, ich habe geheiratet. Ich habe einen Stiefsohn, ich halte Vorträge. Ich habe versucht, mich an das Leben in den Vereinigten Staaten anzupassen; es passieren so viele Dinge. Aber am 15. Oktober bin ich mit allem fertig, und ich werde mich dann wenigstens für ein paar Monate in meinem Haus verbarrikadieren.

Ich habe schon vierzehn Geschichten geschrieben, aber ich möchte noch mindestens sechs weitere schreiben. Ich weiß schon mehr oder weniger, wovon sie handeln werden. Es sind alles Liebesgeschichten – aber manchmal sind sie so verwickelt, dass man die Liebe darin nicht finden kann. Ich meine, man muss sehr sorgfältig danach Ausschau halten. Das ist der rote Faden, den alle Geschichten gemeinsam haben, und ich hoffe, dass ich bis zur Jahreswende mit dem Buch fertig bin, denn in mir entsteht bereits ein neuer Roman, mit dem ich nächstes Jahr anfangen möchte. Ich muss ein Buch immer am 8. Januar beginnen. Ich weiß, es ist sehr abergläubisch, aber ich habe *Das Geisterhaus* am 8. Januar begonnen, und alle meine Bücher haben an diesem Datum angefangen. Es ist ein Glückstag für mich.

Sind Sie heute weniger zornig als damals, als Sie Das Geisterhaus *schrieben? In Ihrem ersten Roman zahlen die Frauen einen hohen Preis für die Torheit ihrer Väter, von der Vergiftung Rosas zu Beginn des Buches bis hin zu Albas Vergewaltigung am Ende.*

In Eva Luna *gibt es weniger Gewalt, dafür mehr Sanftheit, mehr Liebe ...*
Es enthält weniger Gewalt, weil es ein anderes Buch ist, aber ich glaube nicht, dass ich meinen Zorn vollkommen überwunden habe. Ich bin schrecklich zornig auf die Welt. Ich denke, dass die Welt ein verrückter Ort ist, sehr ungerecht und unfair und gewalttätig, und das macht mich zornig. Ich möchte die Regeln ändern, möchte die Welt ändern. Ich weiß, das klingt furchtbar anmaßend. Ich bin selbst auch weicher geworden, aber – sehen Sie, ich möchte, dass Sie etwas begreifen: Als ich *Eva Luna* schrieb, war ich nicht verliebt wie heute, daher dürfen Sie die Weichheit in dem Buch nicht auf diesen Umstand zurückführen. Bitte!

Ich weiß. Sie haben das Buch zuerst beendet – und es dann gelebt, statt anders herum.
Ja. Ja! In gewisser Weise ist mir das bei all meinen Büchern so gegangen. Als ich *Eva Luna* schrieb, stellte ich mir vor, wie die Welt sein könnte, wenn ich mich selbst akzeptieren würde – und wenn ich lieben und selbst geliebt werden würde. Ich stellte mir vor, wie das Eva Luna passierte, und dann passierte es mir – ein Jahr später.

Bitte seien Sie sehr vorsichtig mit dem, was Sie als Nächstes schreiben.
Oh, ich werde vorsichtig sein. Sehr vorsichtig.

4. Frauengeschichten, meine Geschichten

Interview mit Virginia Invernizzi und Melissa Pope, Universität von Virginia

Pope: Woher haben Sie Ihrer Meinung nach Ihre Gabe, Geschichten zu erzählen?
Das habe ich in der Küche gelernt. Indem ich zuhörte, wenn die Dienstmädchen Geschichten erzählten. Indem ich Radio hörte. In Lateinamerika haben die Seifenopern eine lange Tradition. Das fing an mit „The Right to Be Born" [„Das Recht, geboren zu werden"]. Stellen Sie sich nur einmal vor, wie das war! Ich erinnere mich, wie ich noch sehr klein war und im Laufschritt aus der Schule zurückkam, um nur ja das nächste Kapitel einer Seifenoper mitzubekommen. Es waren immer sehr tragische und auch sehr traurige Geschichten. Ich habe das in *Eva Luna* benutzt: Als Eva Luna noch ein Kind ist, lebt sie in der Küche. Sie ist eine Dienstmagd, und sie hört Radio. Das ist ihr einziger Kontakt zur Welt. Und alle Geschichten, die sie hört, hält sie für wahre Geschichten – ich glaube, als Kind habe ich auch gedacht, es wären alles wahre Geschichten. Darum glaubte ich, die Welt sei voller interessanter Menschen, und nur ich würde mich immer langweilen. Alle anderen hatten wunderbare Liebesaffären, nur ich nicht.

Invernizzi: Wann haben Sie angefangen, Geschichten zu erzählen?
Als ich noch sehr klein war. Meine Mutter sagte, ich hätte meine Brüder mit grässlichen, langen und grausamen Geschichten terrorisiert, die sie tagsüber in Angst und Schrecken versetzten und ihnen nachts Alpträume bescherten. Als ich selbst Kinder hatte, habe ich ihnen ebenfalls Geschichten erzählt. Meine Kinder gaben mir den ersten Satz vor, und ich begann sofort mit der Geschichte. Ich war damals gut im Training. Dieses Training geht mir heute ab. Es hat mir immer großen Spaß gemacht. Ich erinnere mich, dass ich ständig Geschichten erzählt habe – dass ich mir

die ganze Zeit irgend etwas ausgedacht habe; ich habe die ganze Zeit etwas erfunden, habe übertrieben und gelogen.

Invernizzi: Gelogen?
Ja, obwohl es für mich keine Lügen waren, weil ich glaubte, diese Dinge seien wirklich geschehen, aber meine Mutter sagt, ich sei eine schreckliche Lügnerin gewesen. Ich wurde dauernd bestraft, weil ich gelogen hatte.

Pope: Wie würden Sie den Unterschied zwischen Lügen und Wahrheit beschreiben?
Was mich betrifft, kann ich das heute gar nicht mehr sagen. Am Anfang ist immer ein Körnchen Wahrheit. So bin ich zum Beispiel gerade in die Schweiz gefahren, um einen Preis entgegenzunehmen. Es war eine Bronzestatue. Ich weiß nicht mehr, wie groß diese Bronzestatue ist. Als ich sie bekam, war sie, glaube ich, ungefähr so groß [sie deutet mit den Händen eine Größe von etwa 30 cm an], aber dann begann ich meine Geschichte, und jetzt ist sie so groß [sie breitet die Arme weit auseinander]. Bald wird sie ein regelrechtes Denkmal sein. Die wirkliche Größe der Statue weiß ich gar nicht mehr. Aber im eigentlichen Kern der Geschichte ist ein Körnchen Wahrheit enthalten. In *Von Liebe und Schatten* bin ich sehr respektvoll mit der Wahrheit umgegangen. Es ist eine Geschichte, die wirklich passiert ist, eine schreckliche, reale Geschichte, und ich brauchte nicht allzu viel dazu zu erfinden, weil die Geschichte selbst so grausam und makaber ist, dass das Endprodukt einfach unglaublich war. Man kann also Fiktion produzieren, einfach indem man die Wahrheit aufschreibt. Bei den anderen Romanen, beim *Geisterhaus* und bei *Eva Luna*, weiß ich nicht mehr, wie viel wahr ist und wie viel erfunden. Ich hoffe, dass das Fundament beider Bücher ein wenig Wahrheit enthält.

Invernizzi: Im Geisterhaus *erweisen Sie einigen Persönlichkeiten (sehr explizit) Ihre Hommage, zum Beispiel Pablo Neruda, Salvador Allende, Victor Jara. Mir scheint, dass Sie das in* Eva Luna *nicht tun. Oder irre ich mich?*
Nein, nein.

Invernizzi: Bedeutet das, dass Sie dort eine bewusste Anstrengung unternommen haben, Ihre Literatur in gewisser Weise weniger explizit zu machen?
In *Eva Luna* baue ich die Figuren auf einigen realen, historischen Charakteren auf – Menschen, die jemand, der die Geschichte dieses Teils der Welt studiert hat, möglicherweise identifizieren könnte. Aber ich glaube, dass Ambivalenz und Distanz der Literatur bisweilen gut tun, und genau das war meine Absicht bei *Eva Luna*. Das war am Anfang nicht so. Im ersten Entwurf bin ich mit den historischen Fakten sehr genau umgegangen. Als ich das Buch später mit meiner Tochter Paula durchging, sagte sie: „Mutter, ich weiß nicht warum, aber das funktioniert einfach nicht." Ich las den Entwurf dann noch einmal durch, und da wurde mir klar, dass man entweder einen Roman schreibt oder ein Geschichtsbuch – man muss sich entscheiden, und wenn man seine Entscheidung getroffen hat, muss man sich daran halten. Das habe ich bei *Eva Luna* dann schließlich versucht.

Sie haben wiederholt darauf hingewiesen, dass Sie Ihre Bücher ständig umschreiben. Wie sieht dieser Prozess aus? Wie viel von Ihrem Original behalten Sie am Ende übrig?
Es ist eine sehr harte und langwierige Angelegenheit. Zunächst verfasse ich einen ersten Entwurf, um die Geschichte von der ersten bis zur letzten Seite einmal niederzuschreiben – dann fange ich an, meine Geschichte richtig aufzuschreiben, und wenn ich fertig bin, gehe ich sie noch einmal durch und mache mich daran, alles schön zu formulieren, so schön wie möglich. Das heißt, ich kümmere mich um die Form – ich sorge dafür, dass es richtig klingt. Meist lese ich das Buch laut vor, um den Klang der Worte zu hören, denn ich denke, dass ein Text Melodie sein sollte, Musik, und man muss versuchen, diese Musik zu hören. Manchmal braucht man den Text nicht laut vorzulesen, aber oft genug ist es so. Wenn ich laut vorlese, kann ich hören, ob zwei Worte nicht miteinander harmonieren, ob ich ein Adjektiv ändern muss oder ob ein Satz zu kurz oder zu lang ist. Auch das ist wichtig für mich. Und wenn ich das getan habe, beginne ich mit einem anderen Teil der Korrektur – dann bemühe mich um eine äußerst effiziente Sprache. Ich habe im vorangegangenen Stadium ein Menge

Zeit darauf verwandt, alles so schön wie möglich auszudrücken; meistens zerstöre ich dann das Ergebnis meiner Arbeit wieder, weil mir klar ist, dass es etwas Wichtigeres gibt als einen schönen Satz, nämlich einen Satz, der eine bestimmte Wirkung auf den Leser ausübt. Der Satz muss beim Leser Angst oder Liebe oder Zärtlichkeit wachrufen oder sonst irgendein Gefühl, das ich provozieren möchte. Manchmal habe ich etwas sehr schön ausgedrückt, aber es erzielt nicht die beabsichtigte Wirkung, daher ändere ich es wieder. Meinen letzten Roman habe ich auf dem Computer geschrieben. Das gibt einem die Möglichkeit, bis in alle Ewigkeit weiter zu korrigieren. Manchmal denke ich, ich sollte wieder auf die Schreibmaschine zurückgreifen.

Pope: Wie stehen Sie dazu, dass Ihre Bücher übersetzt werden? Haben Sie Angst, dass dabei etwas verloren gehen könnte?
Nein, nein. Ich finde, es ist eine so fantastische Chance, übersetzt zu werden, dass es mir nichts ausmacht, wenn die Übersetzung nicht gut ist. Allein die Chance, in einer anderen Sprache gelesen zu werden, ist etwas, das mir nie zuvor in den Sinn gekommen wäre. Ich bin immer sehr dankbar dafür. Ich finde, ein Buch zu übersetzen ist schrecklich, denn ich habe selbst früher einmal als Übersetzerin gearbeitet.

Invernizzi: Erzählen Sie uns davon.
Ich erwartete damals mein zweites Kind und fühlte mich sehr schlecht, und ich musste zu Hause bleiben, deshalb gab ich meinen Job als Journalistin auf – aber ich brauchte Geld, daher begann ich, Liebesgeschichten und Romane zu übersetzen. Kennen Sie Barbara Cartland? In ihren Büchern geht es um Frauen, die auf Flughäfen atemberaubende Männer kennen lernen und mit ihnen auf die Polynesischen Inseln fliegen, und … oh, einfach unglaubliche Geschichten eben. Ich musste sie übersetzen. Aber sie waren zu langweilig. Nach dem dritten Roman kamen sie mir alle gleich vor. Also begann ich, Dinge zu verändern. Einige der Geschichten endeten ziemlich tragisch, mit einem Helden, der Leprakranke in Indien pflegte, während die Heldin auf Sizilien Gewehre verkaufte. Man hat mir schließlich gekündigt.

Invernizzi: In den Vereinigten Staaten werden viele freie Schriftsteller wie Sie immer häufiger als Honorarprofessoren, Gastdozenten oder Ähnliches an Universitäten gebunden. Auf diese Weise haben sie natürlich regelmäßigeren und engeren Kontakt mit den Kritikern. Finden Sie, dass das eine gute Sache ist?
Nein. Es ist gut, Kontakt zur Universität zu haben, aber zu viel Kontakt zu den Kritikern halte ich für falsch. Ganz ehrlich: Bevor ich *Das Geisterhaus* schrieb, wusste ich nicht einmal, dass es so etwas wie Kritiker überhaupt gab. Ich hatte nie eine Literaturkritik oder etwas Derartiges gelesen, und ich glaube, die meisten Menschen lesen niemals Literaturkritiken. Kritiker schreiben für Kritiker und für Studenten. Aber nicht für normale Menschen, weil normale Menschen sich nicht für Kritik interessieren – sie interessieren sich für die Bücher. Sie kaufen Bücher, weil sie hören, wie jemand jemand anderem erzählt, er habe das Buch gelesen und gut gefunden. So werden Bücher verbreitet. Nicht weil die Kritiker sagen, sie seien gut oder schlecht. Kritiker sind manchmal so scharf, dass sie einen Schriftsteller lähmen können; mir ist es jedenfalls sehr oft so ergangen. Also lese ich keine Kritiken mehr. Nach dem *Geisterhaus* war die Hälfte der Kritiker ausgesprochen enthusiastisch, aber viele sagten auch ganz schreckliche Dinge über das Buch. Genauso ging es mir mit dem zweiten Buch, und ich bin fest davon überzeugt, beim dritten wird es nicht anders sein. Wenn ich mir jede schlechte Kritik zu Herzen nähme, könnte ich kein Wort mehr schreiben. Ich würde mich furchtbar schämen und hätte einfach nur Angst. Glücklicherweise lese ich nicht allzu viele Kritiken.

Invernizzi: Die Literaturkritik hatte also doch einen gewissen Einfluss auf Ihre Arbeit. Wie groß war dieser Einfluss?
Zu Anfang, denke ich, ziemlich groß. Und danach ist mir dann wohl klar geworden, dass die Kritiker, obwohl ich mich über sie lustig gemacht habe, eine zumindest teilweise sehr wichtige Arbeit tun. Manchmal lese ich Kritiken, die analysieren, was ich geschrieben habe, und ich entdecke da Dinge, von denen ich gar nicht wusste, dass ich sie dort eingebaut hatte. Aber andererseits weiß ich nicht, ob es gut tut, das herauszufinden. Man ist weitaus besser beraten, es zu ignorieren, damit man weiterschreiben

kann. Wenn ein Kritiker zum Beispiel herausfindet, dass ich bestimmte Symbole verwende, und wenn ich dann darüber nachdenke, wäre ich vielleicht nicht mehr in der Lage, sie wieder zu benutzen. Es wird mir bewusst, dass diese Symbole existieren, und für mich als Autorin ist das gar nicht gut.

Pope: Sie machen also einen Unterschied zwischen dem, was Sie „Ordnung in das Chaos bringen" nennen und der Analyse desselben.
Ich möchte nicht analysieren. Wenn ich anfange zu analysieren, habe ich keine Freude mehr am Schreiben, ich würde mich dann nicht länger frei fühlen. Ich tue etwas, damit ein anderer es beurteilen kann. Das will ich nicht. Es ist viel besser, spontan zu schreiben. Man muss natürlich Korrekturen vornehmen, aber man darf nichts erzwingen.

Invernizzi: Sie haben vorhin erzählt, dass Sie Ihre Arbeit selbst lektorieren.
Ja, denn weder in Spanien noch in irgendeinem anderen lateinamerikanischen Land gibt es Lektoren. Das ist eine nordamerikanische Erfindung.

Invernizzi: Genau darauf wollte ich hinaus. Welche Rolle spielen Lektoren in Ihren Arbeiten?
Sie existieren nicht. Ein Lektor ist jemand, der das Manuskript entgegennimmt und es in den Satz gibt, aber ich habe nie jemanden gehabt, der sagte, du solltest dieses oder jenes verändern, niemals. Das gilt gleichermaßen für meine Lektoren wie für meine Agenten. Und wenn andere Verlage das Buch kaufen, das auf Spanisch bereits gedruckt vorliegt, können die Lektoren kein Wort mehr ändern. Es lektoriert also niemand meine Bücher, abgesehen von mir selbst.

Pope: Wie haben Sie es geschafft, dass Ihr erstes Buch veröffentlicht wurde?
Ich habe es mit der Post nach Spanien geschickt. Ich habe es an meine Agentin geschickt. Sie war eine Frau, und weil sie eine Frau war, interessierte sie sich für den Roman. Sie las ihn, und

er gefiel ihr. Dann hatte sie noch ein hartes Stück Arbeit vor sich, bis der Roman veröffentlicht wurde, denn niemand wollte ihn rausbringen. Stellen Sie sich nur vor, ein Erstlingsroman von einer Lateinamerikanerin, wer will so etwas schon haben? Und obendrein war er noch 500 Seiten lang! Aber dann passierte etwas sehr Interessantes. Meine Agentin verkaufte ein Manuskript eines sehr bekannten spanischen Autors an einen sehr wichtigen Verlag. Sie sagte: „Okay, ich verkaufe euch das Manuskript, aber ihr müsst dann auch diese Frau nehmen." Und sie sagten: „Nein, warum sollten wir?" Aber am Ende zwang sie sie einfach dazu. Sie veröffentlichten den Roman, und inzwischen habe ich all meine Romane beim selben Verlag veröffentlicht.

Invernizzi: Beim zweiten Mal hat der Verlag Sie also angenommen.
O ja, sofort, weil *Das Geisterhaus* sich so gut verkauft hatte.

Invernizzi: Sie sprachen davon, dass einigen Kritikern Ihre Arbeit nicht gut gefallen hat und dass einige Lektoren Ihre Arbeit nicht anrühren wollten, weil Sie eine Frau sind.
Nun, nicht direkt weil ich eine Frau bin, sondern weil niemand mich kannte.

Invernizzi: Was ist Ihrer Meinung nach der Grund, warum die Menschen Ihre Romane lieben, denn es steht außer Zweifel, dass sie das tun.
Ich glaube, das liegt daran, dass ich von Dingen spreche, die jedem Menschen vertraut sind, von Gefühlen. Später habe ich entdeckt, dass es Dinge gibt, die allen Menschen gemein sind. Selbst wenn man in Finnland lebt oder in den Vereinigten Staaten oder in Deutschland oder meinetwegen sogar in Chile oder in einem kleinen Dorf in Chile. Die Menschen empfinden die gleichen Dinge, sie haben Angst, sie lieben, sie hassen – es sind überall dieselben Gefühle. Wir alle reagieren sehr ähnlich. Und ich schreibe über diese Dinge. Nicht über Ziele, sondern über den Weg dorthin.

Invernizzi: Sie glauben also, das macht Ihre Literatur universeller?
Ich wünsche mir, dass es so ist. Ich hoffe es.

Invernizzi: Was glauben Sie: In welche Richtung bewegt die lateinamerikanische Literatur sich derzeit?
Ich denke, dass die neuen Autoren – ich spreche bewusst nicht von jungen Autoren, weil die meisten von uns nicht mehr jung sind –, ich glaube, dass wir vom Exil gezeichnet sind. Und nicht nur vom politischen Exil. Sie dürfen nicht vergessen, dass wir ein Jahrzehnt verschiedener Diktaturen hinter uns haben. Hinzu kommt aber auch das Gefühl, am Rand zu stehen, das Gefühl, nicht akzeptiert zu werden. Das ist eine Form des inneren Exils, dass Menschen in ihren eigenen Ländern einfach nicht genug Luft zum Atmen haben und dass sie weggehen müssen. Manchmal werden sie auch von der Diktatur derart unterdrückt, dass sie gehen müssen. Das ist ein wichtiger Faktor. Aber ich würde sagen, wir sind optimistischer geworden. Wir sind nicht mehr apokalyptisch gestimmt – im Gegensatz zu unseren Vorgängern. Es herrscht ein neuer Ton, weniger barock und dafür bescheidener, humorvoller, distanzierter. Wir haben nicht so viele Erklärungen für alles. Ich denke, wir stellen mehr Fragen, und wir haben weniger Antworten. Ich würde sagen, die Tatsache, dass heute auch so viele Frauen schreiben, ist ebenfalls von Bedeutung. Das gibt der Literatur eine neue Perspektive. Wir haben in unseren Büchern bessere und stärkere weibliche Figuren als noch vor fünfzehn oder zwanzig Jahren.

Pope: Wo Sie gerade von Vorgängern sprachen: Sie haben Neruda persönlich kennen gelernt. Können Sie uns etwas über diese Begegnung erzählen?
Oh, er war ein Freund der Familie, deshalb habe ich ihn kennen gelernt. Jahre später bin ich ihm dann auf der Isla Negra wiederbegegnet, weil er dort lebte, in der Nähe der Küste. Er lud mich in sein Haus ein. Ich fuhr hin, und wir aßen zusammen zu Mittag. Er fand, ich sei eine schreckliche Journalistin, absolut schrecklich.

Pope: Hat er auch gesagt, warum?
Ja, er sagte, dass ich mich selbst immer in den Mittelpunkt stellen würde. Ich sei nie objektiv. Ich würde ständig über mich selbst nachdenken. Er sagte, ich solle dem Journalismus den Rücken kehren und Schriftstellerin werden, weil in der Literatur all diese Mängel Vorzüge seien.

Pope: Haben Sie damals auf ihn gehört?
Natürlich nicht. Ich dachte, er sei einfach nicht mehr ganz bei Verstand. Er sei zu alt.

Invernizzi: Wenn Sie alles Bisherige noch einmal machen müssten, würden Sie es dann genauso handhaben? Würden Sie zuerst als Journalistin arbeiten und dann Schriftstellerin werden?
Ja. Ja. Ich denke, es war ein sehr gutes Training. Für mich jedenfalls. Sehr gut. Wenn ich auf mein Leben zurückblicke, gibt es nur sehr wenige Dinge, die ich nicht wieder täte. Ich habe viel gelitten, und ich denke, auch das war gut so. Im Grunde habe ich ein wunderbares Leben gehabt. Eines Tages, wenn ich sehr alt bin – falls ich alt werde –, möchte ich gern eine Autobiografie schreiben. Sie wird natürlich voller Lügen sein. Voller Lügen und Andeutungen, und ich werde alles abändern, und das Buch wird niemals objektiv sein. Aber genau das wird das Beste daran sein.

Invernizzi: Arbeiten Sie zur Zeit an irgendeinem Projekt?
Ich schreibe Kurzgeschichten. Aber sie sind sehr schwierig. Ich weiß nicht, ob ich sie jemals zu Ende bringen werde, ich würde viel lieber einen Roman schreiben.

Pope: Was ist der Unterschied zwischen dem Verfassen von Short Stories und dem Verfassen von Romanen?
Oh, der Unterschied ist groß. Bei einem Roman hat man eine Idee im Kopf, und man arbeitet einfach an dieser Idee. Das heißt, Arbeit, Arbeit, Arbeit, und zwar für lange Zeit. Aber bei Kurzgeschichten braucht man für jede einzelne Geschichte eine neue Idee. Und dann hat man nur ein paar Seiten, und man muss sehr klar sein, damit man den Leser in seinen Bann zieht, man darf ihn nicht mehr loslassen. Um seine Aufmerksamkeit nicht zu verlie-

ren, braucht man eine Überraschung, etwas Besonderes. Es ist schwierig.

Pope: Wo hatte die Idee für Von Liebe und Schatten *ihre Wurzeln?* Das war 1979, und ich war zu Hause in Venezuela und las die Zeitung – also Jahre bevor ich Schriftstellerin wurde –, und ich arbeitete gerade an einer Schule in Venezuela. Ich las die Nachricht, dass in einer stillgelegten Mine in Chile fünfzehn Leichen gefunden worden seien. Es waren Bauern, die das Militär während des Militärputsches in Chile 1973 getötet hatte. Diese Leichen hatten also fünf Jahre lang in der Mine gelegen. Ich fing an, mir Gedanken über die Verwandten der Toten zu machen, die Frauen, die nach den Männern Ausschau hielten. Vor allem musste ich an die Familie Maureira denken, denn von dieser Familie wurden vier Söhne und der Vater in jener Mine gefunden. Und ich dachte an die Frauen, an die Mütter, an die Töchter, an die Ehefrauen und die Schwestern dieser Männer, die jahrelang in Leichenschauhäusern, Hospitälern, Konzentrationslagern und Gefängnissen nach ihnen gesucht hatten, ohne je eine Antwort zu bekommen. Irgendwie verkörperten sie die Tragödie aller Vermissten in Lateinamerika, nicht nur in Chile, sondern überall. Ich konnte nicht aufhören, an diese Frauen zu denken, und der Fall erschien mir so interessant, dass ich die Zeitungsausschnitte aufbewahrte – alles, was über diesen Fall veröffentlicht wurde. Ich schnitt die Artikel einfach aus, ohne zu wissen, was ich damit anfangen würde. Als ich mit dem *Geisterhaus* fertig war und ein neues Buch schreiben wollte, brauchte ich nicht lange zu suchen. Ich wusste genau, was für ein Buch das sein würde; es würde sich um den Fall dieser Menschen handeln. Ich hatte schon eine Menge Recherchen gemacht, aber damals fing ich ernsthaft an zu recherchieren, weil ich alles Material haben wollte, das in den Gerichtsprotokollen veröffentlicht worden war, und alles, was nicht veröffentlicht worden war. Ich wollte herausfinden, was wirklich geschehen war – mit Interviews und allem Drum und Dran. Ganz am Ende des Buches verlassen die Hauptfiguren, Irene und Francisco, das Land. Sie überqueren die Kordilleren. Als ich das Buch abschloss, fand ich, dass es darin Teile gab, die sehr genau sein müssten, in denen ein Gefühl für die Natur enthalten sein müsste, das Gefühl dafür, wie die Menschen reden, wie sie empfinden. Weil ich nicht nach Chile zurückkonnte, ging meine Mutter für mich. Ich habe eine sehr enge, vertraute Beziehung zu ihr, und ich weiß, wenn sie hinfährt, ist es genauso, als wäre ich selbst dort. Denn sie kann durch meine Augen sehen, und ich kann durch ihre Augen sehen. Sie machte sich also mit einem Notizbuch auf die Reise, und sie überquerte die Kordilleren im Süden. Diese Reise wird im Buch beschrieben. Sie notierte sich die Namen der Bäume, schrieb auf, wie die Erde roch und wie der Himmel aussah. Ich habe dieses unglaubliche Notizbuch heute in meinem Besitz, das Notizbuch meiner Mutter. Was ich im letzten Teil des Buches schrieb, sah ich durch ihre Augen. Darum bedeutet das Buch mir auch so viel, denn es ist eine Geschichte, die mich so lange begleitet hat. Und als ich dann endlich mit dem Schreiben anfing, waren die beherrschenden Gefühle, die mich zum Schreiben brachten, Ohnmacht und Zorn angesichts dieser Verbrechen, angesichts dessen, was in Chile geschah. Ich begann mit den Leuten zu reden, machte Interviews mit ihnen, und mir wurde klar, dass es nicht nur eine Geschichte über Gewalt war, sondern vor allem eine Geschichte über Liebe und Solidarität. Und das hat dann in mir selbst eine Veränderung herbeigeführt. Ich habe heute diesen schrecklichen Hass nicht mehr in mir, den ich früher hatte. Irgendwie bin ich eins mit mir selbst.

5. Schreiben aus Verantwortung

Interview mit John Rodden

Bis zum Alter von einunddreißig Jahren führte die Heldin ein glückliches, erfolgreiches Leben als chilenische Journalistin und Mutter von zwei Kindern. Nach der Ermordung ihres Onkels, des Präsidenten des Landes, lag ihre Welt plötzlich in Scherben, und zusammen mit Mann und Kindern verließ sie ihr Heimatland. Da sie in ihrer Wahlheimat keine feste Anstellung finden konnte, begann sie, einen Roman zu schreiben, in dem sie heftige Kritik am Regime des Diktators übte. Das Buch wurde sofort zum Bestseller und hat vielleicht sogar eine Rolle beim Sturz des Regimes gespielt. Die Autorin war mit einem Schlag Teil der internationalen Prominenz.

Das ließe sich gut als Plot für einen von Isabel Allendes romantischen Büchern des politischen Protests verwenden, aber zufällig ist es ihr Leben. Sie hat jedoch entdeckt, dass beides – Leben und Romane – auf seltsame Weise miteinander verknüpft ist. 1987, nicht lange nach ihrer Scheidung, lernte sie einen kalifornischen Rechtsanwalt kennen, der sich als Bewunderer einer ihrer Romane entpuppte. Sie verliebten sich „auf den ersten Blick" ineinander, heirateten ziemlich bald und leben jetzt mit seinem Stiefsohn im Teenageralter im kalifornischen Marin County. Wie in einem Roman …

Isabel Allende ist eine charismatische Mischung aus Romantikerin, Feministin, Utopistin, Satirikerin und begabter Geschichtenerzählerin. Ihre Romane – *Das Geisterhaus* (1982), *Von Liebe und Schatten* (1984) und *Eva Luna* (1987) – sind melodramatische Fantasien, in deren Mittelpunkt zum Opfer gewordene Heldinnen stehen, die als antifaschistische Regimekritikerinnen und Feministinnen zu politischem Bewusstsein kommen. Die beiden ersten Romane von Isabel Allende spielen in einem nicht benannten Land (deutlich erkennbar Chile) und verleihen ihrer kritischen Einstellung der dort üblichen patriarchalischen Tyrannei und der rechten Pinochet-Diktatur gegenüber Ausdruck; ihr drittes Buch spielt in Venezuela und verurteilt sexistische Stereotypen und den heuchlerischen Chauvinismus männlicher lateinamerikanischer Revolutionäre.

Die 1942 in Lima als Kind chilenischer Eltern geborene und in Santiago aufgewachsene Isabel Allende ist die Nichte des demokratisch gewählten chilenischen Präsidenten Salvador Allende, der im September 1973 durch einen Staatsstreich von General Augusto Pinochet (mit Hilfe der chilenischen Rechten und des CIA) gestürzt und ermordet wurde. Fünfzehn Monate später siedelte Isabel Allende nach Caracas über, aus Angst um ihre Sicherheit und aus Entsetzen über das repressive neue Regime, über seine Gewalttätigkeit und seine Pressezensur.

In Venezuela begann sie über neue Möglichkeiten einer Betätigung nachzudenken. In der Vergangenheit hatte sie als Journalistin für eine fortschrittliche chilenische Frauenzeitschrift gearbeitet. Sie hatte Nachrichten-Artikel und Features geschrieben und war darüber hinaus für die Horoskopspalte und eine Rubrik für einsame Herzen verantwortlich gewesen. Eines Tages rief sie der chilenische Dichter Pablo Neruda in Santiago an: er hatte ihre Artikel gelesen und wollte sie gern kennen lernen. Allende kam dieser Einladung nur allzu gern nach. Nach einem angenehmen Mittagessen erklärte Neruda, dass er ihr gern seine Meinung über ihre Artikel sagen würde: „Sie sind eine furchtbare Journalistin", sagte er. Sie war niedergeschmettert. „Aber – Sie sind eine wunderbare Geschichtenerzählerin! Sie haben die Fantasie eines großen Schriftstellers."

Diese Begegnung gab ihr die Zuversicht, die sie später benötigen sollte. Als Isabel Allende 1981 im venezolanischen Exil die telefonische Nachricht erhielt, dass ihr neunundneunzig Jahre alter Großvater dem Tode nahe sei, setzte sie sich hin, um ihm einen Brief zu schreiben und ihn auf diese Weise „am Leben zu erhalten, zumindest im Geist". Der Brief dehnte sich auf 500 Seiten aus. Er wurde zur Grundlage für *Das Geisterhaus*, ihre Familiensaga im Galsworthschen Sinne, einer Geschichte über Liebe und Rebellion, die sich über drei Generationen chilenischer Frauen hinweg erstreckt. Nachdem sie von mehreren lateinamerikanischen Verlagen abgewiesen worden war, erschien die Originalausgabe des Romans in Spanien, erlebte bald mehr als zwei Dutzend Auflagen in spanischer Sprache und wurde in ein Dutzend anderer Sprachen übersetzt. (Das Buch kostete einen Chilenen, der nur den Mindestlohn bekam, zwar ein komplettes Monatseinkommen, wurde aber Mitte der achtziger Jahre in Büchereien rege entliehen, in Lesezirkeln besprochen und weckte den Widerstand gegen die Militärdiktatur Pinochets.) Einen ähnlichen Erfolg erzielte *Von Liebe und Schatten,* die Geschichte einer couragierten Journalistin, die sich mit dem Pinochet-Regime anlegt. Der Roman basiert auf der wahren Geschichte der Entdeckung eines Massengrabs in einem stillgelegten Bergwerk in der Nähe von Santiago. Als drittes Buch erschien *Eva Luna,* das Abenteuer einer Abenteurerin, die schließlich eine gefeierte Verfasserin von Seifenopern wird. Die autobiografischen Anklänge sind unverkennbar.

Bei den chilenischen Wahlen im Dezember 1989 errang eine breite Links-Mitte-Koalition (die von Isabel Allende unterstützt wurde) den entscheidenden Sieg gegen die gespaltene Rechte. Die Linkskoalition unterstützte die Präsidentschaftskandidatur Patricio Aylwins.

Das folgende Interview fand im Oktober 1988 an der Universität von Virginia in Charlottesville statt, eine Woche nach dem chilenischen Volksentscheid, der General Pinochets Möglichkeiten, an der Macht zu bleiben, ein Ende setzte.

*

Glauben Sie, dass einem Schriftsteller in der Politik eine besondere Verantwortung zufällt? Ich meine den Schriftsteller als Künstler und nicht nur als Bürger.

Ich denke, das hängt davon ab, wo man sich befindet, wo man lebt. Wenn man in den Vereinigten Staaten oder in Europa lebt, kann man sich als Künstler wahrscheinlich ganz und gar der Kunst verschreiben. Aber wenn man in einer Welt wie der lebt, aus der ich komme, ist es sehr schwer, die Realität zu ignorieren, die einen umgibt und die das alltägliche Leben prägt. Es gibt so viel Elend und Gewalt, Ungleichheit, Ungerechtigkeit, 500 Jahre Ausbeutung und Kolonisierung. Das kann kaum jemand ignorieren. Und Schriftsteller sind in dieser Hinsicht keine Ausnahme. Vielleicht haben sie mehr Verantwortung als andere Menschen, weil sie ein gewisses Podium haben, von dem aus sie für andere sprechen können, die schweigen müssen. Daher fühle ich mich verantwortlich. Für andere Schriftsteller möchte ich da nicht sprechen. Ich spreche nur für mich, nicht für andere.

Sollte der Schriftsteller so weit gehen, in Leitartikeln für bestimmte politische Positionen einzutreten? Mit anderen Worten, ist es eine Sache, ein Video aufzunehmen und es nach Chile zu schicken [im September 1988 schickte Isabel Allende eine Videoaufnahme nach Santiago, in der sie die Chilenen drängte, bei der Volksabstimmung gegen General Pinochet zu stimmen] und eine andere Sache, einen Roman oder ein politisches Pamphlet zu verfassen? Stehen Ihre literarischen Werke abseits, sind sie etwas, das nicht von politischen Erwägungen in Mitleidenschaft gezogen werden darf?

Ich gehöre keiner politischen Partei an. Ich habe mich in der Vergangenheit nie für Politik engagiert. Und ich tue es heute, weil die Opposition in Chile eine parteienübergreifende Opposition ist – es sind Leute aus der Mitte, von der Linken und auch aus einigen Parteien der Rechten. Wir haben uns zusammengetan, um eine Koalition zu bilden mit dem Ziel: „Stimmt bei der Volksabstimmung mit Nein." Das war das Einzige, worauf wir uns geeinigt haben. Wir werden sehen, was weiter geschieht.

Aber jetzt haben achtzig Prozent der Menschen in Chile „Nein" zur Diktatur gesagt, und ich gehöre zu ihnen. Ich habe das Gefühl, dass ich mich politisch festlegen muss – das heißt, gegen die Diktatur, was aber nicht bedeutet, dass ich für irgendeine politische Partei arbeite. Während der letzten vierzehn Jahre habe ich gegen die Diktatur gearbeitet, nicht innerhalb einer politischen Partei. Und meine Arbeit wird von der Politik beeinflusst. Aber ich wäre nie auf die Idee gekommen, dass ich einen Roman schreiben könnte, um einem ideologischen Ziel zu dienen. Ich glaube nicht, dass ich dazu in der Lage wäre. Ich könnte einen Dokumentarbericht schreiben oder einen Augenzeugenbericht, aber ein Roman ist etwas anderes.

Dann würden Sie das also nicht machen wollen?

Es geht nicht darum, ob ich es machen will oder nicht, ich denke, ich könnte es einfach nicht. Jemand sagte einmal, eine gute Gesinnung ergäbe noch keine gute Literatur, und das ist wirklich so. Ich meine, Sie können sehr stark an etwas glauben, aber wenn die Zeit kommt, es in Kunst umzusetzen – nun, dann funktioniert es einfach nicht so. Wenn Sie eine Botschaft vermitteln wollen, funktioniert das normalerweise nicht auf diesem Wege. Zumindest nicht in der lateinamerikanischen Literatur. Die lateinamerikanische Literatur war politisch motiviert. Das gilt insbesondere für die letzten fünfundzwanzig Jahre. Die gesamte Literatur des lateinamerikanischen Booms war durch die Politik geprägt. Trotzdem haben diese Bücher auch einen unabhängigen künstlerischen Wert. Man kann nicht sagen, es sei ein Boom einzig und allein der politischen Literatur. Die Politik gehört dazu, aber es handelt sich nicht um hauptsächlich politische Literatur.

Was bringt Ihre Entscheidung, im Exil zu leben, außerhalb Lateinamerikas, in politischer Hinsicht mit sich?
Eine solche Entscheidung habe ich noch nicht getroffen. Ich habe in Venezuela im Exil gelebt. Das ist Lateinamerika. Und ich habe mich für ein lateinamerikanisches Land entschieden, weil ich mich in meiner eigenen Kultur wohl fühle.

Leben Sie zur Zeit nicht in den Vereinigten Staaten?
Ich habe in Venezuela gelebt und erst vor kurzem – vor ein paar Monaten (1988) – einen Nordamerikaner geheiratet. Aber das war, sagen wir, ein Unfall in meinem Leben. Ich habe ihn in einem Restaurant kennen gelernt und mich verliebt. Ich habe keinen Antrag auf amerikanische Staatsbürgerschaft gestellt. Ich habe meine eigene Staatsbürgerschaft. Und ich werde keine Amerikanerin sein. Ich werde Chilenin bleiben.

Wie lange haben Sie vor, in den Vereinigten Staaten zu bleiben?
Ich habe geheiratet. Solange ich verliebt bin und mit meinem Mann zusammenleben möchte, werde ich bleiben. Das bedeutet nicht, dass ich meine Regeln breche. Ich spreche immer noch meine Sprache, ich schreibe über mein Land, und ich bin ständig unterwegs.

Denken Sie, dass Ihre Pläne [in den Vereinigten Staaten zu wohnen] Ihrem Versuch entgegenstehen könnten, eine Stimme Lateinamerikas zu sein? Könnte man Sie mit den Vereinigten Staaten identifizieren? Und könnte sich in den USA niederzulassen bedeuten, dass Sie sich von den lateinamerikanischen Problemen entfernen?

Nun, viele lateinamerikanische Schriftsteller leben nicht in Lateinamerika, oder zumindest verbringen sie einen großen Teil ihres Lebens im Ausland. Carlos Fuentes zum Beispiel lebt seit zwanzig Jahren in den Vereinigten Staaten. Mario Vargas Llosa lebt in London. Cortázar verbrachte sein ganzes Leben in Frankreich. Ich glaube daher nicht, dass das Exil einen so großen Einfluss auf das Schreiben hat. Das Exil beeinflusst einen als Person.

Aber in meinem Fall – ich muss ehrlich sein – hat das Exil sehr gut getan. Zunächst einmal bin ich im Grunde gar keine Verbannte. Als ich Chile verließ, hatte ich große Angst, und ich fürchtete mich, aber ich verließ das Land mit einem Pass. Ich habe in keiner Botschaft Asyl gesucht. Und ich bin in all den Jahren nicht mehr dorthin zurückgekehrt (seit 1975), weil ich nicht unter einer Diktatur leben will. Ich *will nicht* unter einer Diktatur leben. Das ist meine Entscheidung. Ich *könnte* zurückkehren, wenn ich es wollte. Ich stehe – und stand – nicht auf der Liste von Personen, die nicht zurückkehren können.

Meine Situation ist daher etwas Besonderes. Es war hart, es war sehr oft schmerzlich, aber es war auch eine sehr gute Erfahrung. Es hat eine Stärke in mir zutage gefördert, von der ich nicht wusste, dass ich sie besaß. Das Exil hat meine Sicht der Welt und meiner Wirklichkeit erweitert. Die Tatsache, dass ich Abstand zwischen mein Land und mich gelegt habe, hat mich mein Land klarer sehen lassen. Jetzt habe ich das Gefühl, mehr über Lateinamerika und unsere Wirklichkeit zu wissen als vor fünfzehn Jahren. Ich habe lange daran gearbeitet.

Nach dem was Sie anfangs sagten, halten Sie es durchaus für möglich, dass amerikanische Schriftsteller nicht politisch sind. Können Sie sich ein Lateinamerika vorstellen, in dem man nicht mehr die Pflicht hätte, über Politik zu schreiben?

Es gibt einige Länder in Lateinamerika, in denen das vielleicht nicht so ist – ich meine, in denen es keine Notwendigkeit ist. Costa Rica zum Beispiel. Das ist ein wunderbares Land mit guten politischen Führern. Ein friedliches Land. Vielleicht kann ein Schriftsteller dort wirklich Literatur um ihrer selbst willen produzieren. Und ich kann mir natürlich eine Situation in der lateinamerikanischen Zukunft vorstellen, in der das Schreiben über Politik nicht mehr notwendig sein wird. Aber ich glaube nicht, dass das allzu bald geschehen wird.

Wir Lateinamerikaner leben noch immer in einer schrecklichen politischen Krise. Allerdings ist es nicht mehr so schwierig wie noch vor einigen Jahren. Wir hatten ein schreckliches Jahrzehnt [die siebziger Jahre] der Diktaturen in Lateinamerika. Als ich 1975 mein Land verließ, lebte die Hälfte der Bevölkerung Lateinamerikas unter einer faschistischen Diktatur. Aber die Situation hat sich geändert. Und jetzt haben wir nur noch in Paraguay und in Chile Diktaturen. Der Rest des Kontinents ist zur Demokratie zurückgekehrt. Diese Demokratien sind sehr zerbrechlich, und der Schatten des Militärs ist allgegenwärtig. Aber es wird besser mit uns, nicht schlimmer. Wir leben in einer ökonomischen und sozialen Krise, wir haben gewaltige Probleme. Aber wir sind besser dran als vor fünf oder zehn Jahren.

Wie würden Sie auf Kritiker reagieren, die geltend machen, Isabel Allende schreibe populäre Romane oder sogar Kitsch, der eskapistisch und extrem konservativ ist, weil er die Leser nicht auf fundamentale Weise aufrüttelt? Einige Leser haben bemängelt, dass Sie literarische Seifenopern schreiben würden. Wie reagieren Sie auf die Kritik, dass Ihre Arbeit implizit konservativ sei, weil Sie lediglich die bereits bestehenden Weltanschauungen der Leser bestätigen?

Das ist nicht meine Absicht. Ich schreibe, so gut ich kann. Und ich versuche, die Menschen zu erreichen und ihnen zu sagen, was für mich wahr ist, was für mich wichtig ist. Ich experimentiere nicht sehr viel mit Literatur herum. Warum? Erstens, weil ich mich nicht für [formale] Experimente interessiere. Und zweitens, weil ich auf eine sehr direkte Weise kommunizieren will. Ich will den Lesern von meinem Land erzählen. Ich will ihnen von Folterkammern erzählen, von Politik, von Menschen, die verhungern, und von Menschen, die sich als Sklaven verkaufen, weil sie nichts zu essen haben. Und ich glaube nicht, dass das Seifenoper ist.

Die Seifenoper ist ein Melodram, in dem man weder politische noch soziale Belange hat. Man lebt in einer Seifenblase, fern von allem, das mit der Welt zu tun hat. Abseits von Armut, abseits von allen Kämpfen der Menschheit. Und das gilt nicht für meine Bücher. Mag sein, dass sie sehr oft sentimental sind, und vielleicht sind sie sehr oft kitschig. Davor habe ich keine Angst. Damit kann ich fertig werden. Es gefällt mir sogar.

Was ist mit dem Leser, der sagt: „Ihre bösen Figuren werden am Ende regelmäßig bestraft. Das ist nicht das echte Leben. Das ist eine Fantasiewelt. Damit verleitet man die Öffentlichkeit zu der Vorstellung, dass das Gute triumphieren und das Böse bestraft werden würde."

Das ist nicht zutreffend. Der Folterknecht im *Geisterhaus* wird zum Beispiel nicht bestraft. Er bleibt an der Macht. Wer wird bestraft? Die Guten. Die Heldin wird vergewaltigt, geschlagen, verstümmelt, entführt, eingekerkert. Sie kommt mit dem Leben davon, aber sie wird furchtbar bestraft, ohne ein Verbrechen begangen zu haben. In *Von Liebe und Schatten* werden die Mörder der Bauern, die man in dem Bergwerk fand, nie bestraft. Sie steigen in der Armee in höhere Positionen auf, und sie sind frei. Der General ist immer noch an der Macht, und die Protagonisten müssen fliehen, um ihr Leben zu retten. Also ist dieser Vorwurf für meine Bücher in keiner Weise zutreffend.

In einem Interview bemerkten Sie einmal: „Sie kommen ganz von allein, ich halte nicht Ausschau nach ihnen, ich bin immer fasziniert von ihnen, ich fühle mich ihnen sehr nahe, diesen Randexistenzen, die bestraft werden."

Ich habe dieses Interview nicht gelesen, aber das ist nicht so. Ich bin nicht fasziniert von den Leuten, die bestraft werden. Mich faszinieren die Randexistenzen. Randexistenzen sind Menschen, die nicht vom System geschützt werden, die irgendwie der Autorität die Stirn bieten, die den Stereotypen die Stirn bieten. Diese Menschen können Prostituierte sein, arme Menschen, Verrückte, Guerillakämpfer, Homosexuelle –, ich kann Ihnen eine ganze Liste geben –, Menschen, die ihr Leben leben müssen, ohne in irgendeiner Weise beschützt zu werden. Und diese Figuren faszinieren mich immer, weil auch ich in gewisser Weise der Autorität die Stirn geboten habe.

Sie sagten in einem Interview, dass Ihre ideale Leserin ein Mädchen namens Alejandra sei. Sie ist Chilenin, zwanzig Jahre alt und hat ihre Bücher so oft gelesen, dass sie lange Passagen daraus auswendig kennt. Und sie ist die perfekte Leserin, weil sie Ihnen das Gefühl der Verantwortung gibt. Können Sie sich näher dazu äußern? Wie möchten Sie diese ideale Leserin politisch beeinflussen?

Im Falle Alejandra Jorquera war keine Überzeugungsarbeit notwendig. Sie hat meine Bücher deshalb so oft gelesen, weil sie genauso empfindet wie ich. Deshalb denke ich auch, dass sie meine ideale Leserin ist. Ich brauche sie von nichts zu überzeugen.

Aber wenn ich sage, dass ich mit einem Gefühl der Verantwortung schreibe, dann deshalb, weil ich manchmal einen Leser auf dieselbe Weise erreichen kann, wie ich einen Studenten in meinen Kursen hier erreiche. Und indem ich ihm von meinen Erfahrungen berichte und indem ich ihm sage, was für mich die Wahrheit ist, kann ich Zweifel in sein Gehirn und, wenn möglich, in sein Herz säen. Und ich kann diese Person dazu bringen einzusehen, dass wir uns alle den gleichen Planeten teilen. Wir haben ein gemeinsames Schicksal.

Man kann sich nicht in einer Seifenblase von den Problemen abkapseln und denken, sie gingen einen nichts an. Das Kind, das in Afrika verhungert, der Mensch, der in Chile gefoltert wird, das sind Ihr Bruder oder Ihre Schwester. Und Sie sind auf die gleiche Weise verantwortlich wie ich, und wir dürfen die Realität nicht ignorieren. Wir dürfen nicht sagen: „Das wusste ich nicht." Wir tragen die *Verantwortung* zu wissen! Und ich weiß, dass ich als Schriftstellerin die Verantwortung dafür trage, davon zu erzählen, Sie davon zu überzeugen, dass das alles wirklich passiert. Also, was werden Sie mit dieser Wahrheit anfangen? Das ist Ihr Problem.

Was fange ich mit meiner Wahrheit an? Ich schreibe sie. Und ich reise durch die Welt und mache Lesungen, und ich mache diese Videos. Ich tue, was ich kann, ich nehme keine Waffe in die Hand und laufe nicht herum und schreie. Das kann ich nicht. Ich kann andere Dinge tun. Und es gibt wieder andere Dinge, die ich zu tun versuche. Ich habe das Gefühl, dass ich nicht nur für mein eigenes Leben verantwortlich bin, sondern auch für Ihres. Und für das eines jeden Menschen. Und für das des Planeten. Und diese Verantwortung ist gewaltig. Ich empfinde sie jeden Tag, jede Minute.

Sie sagten, Ihre weiblichen Figuren seien im Allgemeinen Feministinnen. Gibt es eine Grenze, die Sie als Schriftstellerin Ihrer Meinung nach nicht überschreiten dürfen oder sollten, um irgendwelche »-ismen« zu unterstützen? Wir sind also wieder beim Thema Politik. Mit anderen Worten: In welchem Maße können Ihre Arbeiten für Feminismus, Sozialismus oder Antikapitalismus eintreten? Gibt es eine Grenze, jenseits derer die Ideologie herrscht und Ihre künstlerischen Ziele bedroht?
Ich weiß nicht. Das ist eine schwierige Frage für mich, weil ich meine Bücher nie als Kunst betrachte. Vielleicht war ich zu lange Journalistin. Ich schreibe, weil es mir sehr viel Spaß macht. Es ist das Einzige, was ich kann. Und wenn ich an meiner Schreibmaschine sitze und ein neues Buch beginne, denke ich nicht an die Konsequenzen. Und ich grüble nicht darüber nach, ob ich etwas erschaffe, das gut oder schlecht sein wird. Ich schreibe, so gut ich kann. Aber immer mit Freude, mit einem Gefühl des Glücks, wie beim Spielen. Ich denke, Sie haben Recht. Wenn man sehr engstirnig ist und sich an die „-ismen" klammert, dann hat das wahrscheinlich Auswirkungen auf die literarische Qualität dessen, was man schreibt.

Ich betrachte mich als ein sehr tolerantes menschliches Wesen. Und obwohl viele meiner weiblichen Figuren Feministinnen sind, gibt es auch solche, die es nicht sind. In meinen Büchern fühle ich auch mit diesen anderen Figuren. Ich behandle sie genauso freundlich wie die Feministinnen, die ich lieber mag. Ich behandle sogar den Folterknecht mitfühlend. Denn auch er ist das Produkt meiner literarischen Arbeit; er ist eins meiner Kinder. Auch wenn er ein verbogener Charakter ist, so bleibt er doch mein Kind. Aber eine Antwort auf diese Fragen ist sehr schwierig für mich, weil ich nie Literatur studiert habe. Ich lese nicht einmal meine Rezensionen. Also weiß ich nicht, wie ich auf eine intelligente, akademische und gelehrte Weise antworten soll. Ich kann Ihnen nur sagen, was ich empfinde. Und die Bücher, die ich schreibe – ich schreibe sie mit Gefühlen, ohne allzu viel nachzudenken.

Besteht Ihrer Meinung nach die Gefahr, dass Ihre enorme weltweite Popularität in den letzten Jahren möglicherweise Ihre andere „Arbeit" gefährdet, das, was man Ihre soziale Mission nennen könnte?

Nun, meine Berühmtheit ist etwas, das sich sehr weit entfernt anfühlt. Ich habe viele Jahre in Venezuela gelebt, wo mich niemals irgendein Gefühl von Massenpopularität erreicht hat. Dass *Das Geisterhaus* in Europa so bekannt ist, begriff ich erst, als ich meinen ersten Scheck und einen Umschlag mit Zeitungsausschnitten bekam. Jetzt bin ich mir dieser Popularität bewusst. Ich bin in den Vereinigten Staaten.

Aber Popularität ist etwas Vergängliches. Berühmtheit ist sehr zerbrechlich. Es ist etwas, das heute besteht und morgen schon verschwunden sein kann. Und ich bin mir dessen bewusst. Wenn wir uns in zwanzig Jahren wiedersehen und es immer noch Leute gibt, die meine Bücher lesen, dann kann ich sagen: „Na schön, ich bin Schriftstellerin, und etwas von alledem war für jemanden wichtig." Aber ich habe erst vor sieben Jahren mit dem Schreiben angefangen. Mein Ruhm kommt sehr plötzlich. Nur die Zeit kann erweisen, ob ein Buch gut ist oder nicht. Die Tatsache, dass es sich im Augenblick verkauft, heißt nicht, dass es gut ist. Es heißt, dass es im Augenblick viele Menschen gibt, die das Bedürfnis haben, diese Art von Buch zu lesen. Sonst nichts. An wie viele Bücher können Sie sich erinnern? Nur an sehr wenige. Also sollten wir in zwanzig oder vierzig Jahren vielleicht noch einmal über meine Berühmtheit sprechen.

Wenn jemand zu einer öffentlichen Person oder einer Berühmtheit wird, hat er offensichtlich in besonderem Maße die Gelegen-

heit, das Wort an die Öffentlichkeit zu richten, eine Gelegenheit, die es zwanzig Jahre später vielleicht nicht mehr geben wird. Sind Sie der Überzeugung, dass Sie den Augenblick nutzen und der Öffentlichkeit Dinge nahe bringen sollten, die Ihnen am Herzen liegen?

Ja, genauso empfinde ich. Und dies ist eine meiner größten Verantwortungen. Und ich tue es, wenn ich spreche, wenn ich Vorträge halte. Und ich halte viele Vorträge. Ich erzähle einem amerikanischen Publikum von meinem Kontinent. Ich erzähle von meinem Land und von den Dingen, die mir auf der Welt wichtig sind. Und von Menschen. Ich spreche über all diese Dinge. Aber wenn ich schreibe, liegen die Dinge anders. Denn wenn ich einen Vortrag halte, ist das wie ein Gespräch mit jemandem, und das ist keine Literatur. Es ist das Leben, es geht um Gefühle. Aber wenn ich schreibe, ist das etwas anderes. Dann erzähle ich Geschichten. Ein Teil von dem, woran ich glaube, dringt durch. Aber ich wende mich da an ein Stück Papier, nicht an ein Publikum.

Ich halte Vorträge, obwohl ich es hasse. Ich bin gern allein in meinem Zimmer und schreibe. Das ist meine liebste Beschäftigung. Na ja – am allerliebsten mache ich Liebe. Aber an zweiter Stelle kommt gleich das Schreiben. Das Schreiben mag ich auch! Ich halte nicht gern Vorträge, weil ich dann da oben auf einem Podium stehe. Es ist eine sehr beunruhigende Situation. Man stellt mir Fragen, die ich manchmal nicht beantworten kann. Und das einzig Gute daran ist, dass ich gezwungen bin, sehr klar zu sein in Bezug auf das, was ich fühle, auf das, was ich will. Und die Vorbereitung eines Vortrags kann manchmal monatelang dauern, weil ich versuche, in einen Vortrag all das hineinzupacken, was mir nicht klar ist.

Im Dezember zum Beispiel werde ich einen Vortrag über den Sinn des Lebens halten. Warum habe ich diesen Vortrag angenommen? Ich werde sechs Monate brauchen, um ihn vorzubereiten. Warum? Weil sich mir keine bessere Gelegenheit bietet, um zu klären, was ich denke. Was ist für mich der Sinn des Lebens, jetzt, wo ich dreiundvierzig Jahre alt bin und all das getan habe?

Wenn ich Vorträge über Frauen halte, versuche ich klar zu machen, wo ich als Frau in diesem Teil der Welt in diesem Augenblick stehe. Wenn ich einen Vortrag darüber halte, warum ich schreibe, verbringe ich Monate damit, eine Antwort zu formulieren. Und dann wird mir klar, dass ich gewachsen bin.

Und übernehmen Sie diese politische Verantwortung nur widerstrebend? Oder betrachten Sie sie unter dem Strich als etwas, das für Ihre Arbeit und Ihr Leben nützlich ist, eine Kraftquelle?
Die politischen Themen haben für mich im Augenblick alle mit Chile zu tun. Die Volksabstimmung, der lange Kampf gegen die Diktatur, fünfzehn Jahre Kampf gegen die Diktatur. Ich weiß, dass ich diesen Themen nicht ausweichen kann. Der Rest dessen, was man Politik nennt, sind soziale Themen. Menschenrechte. Dinge, die alle Menschen überall angehen, nicht nur in Chile. Und das ist nicht die Domäne irgendeiner politischen Partei. Es geht jeden Menschen an, der denkt, jeden, der ein Publikum hat. Ich kann mit diesen Themen umgehen, weil ich denke, dass sie Teil des Lebens sind, und ich vertrete sehr leidenschaftliche Standpunkte dazu. Aber was die Diktatur, die Volksabstimmung betrifft, das ist rein politisch und gerade jetzt sehr anstrengend für mich. Ich wünschte, wir könnten das alles so schnell wie möglich hinter uns bringen. Natürlich nicht um meinetwillen, sondern für Chile und für jedermann.

Sie haben betont, dass ein lateinamerikanischer oder chilenischer Schriftsteller möglicherweise eine besondere politische Verantwortung hat. Würden Sie diese Aussage noch weiter fassen wollen und sagen, dass jedes Mitglied einer Gruppe, die unterdrückt wird oder unterprivilegiert ist, eine ähnliche Verantwortung trägt? Könnte zum Beispiel in den Vereinigten Staaten eine Frau oder ein schwarzer Intellektueller oder – in einigen Regionen – ein Spanier eine ähnliche Verantwortung haben? Oder betrachten Sie das mehr als eine nationale oder kontinentale Verantwortung?
Ich denke, das hängt von der Person und von der Tradition ab. Ich stamme von einem Kontinent, wo die Schriftsteller sich mit der Politik beschäftigen, wo sie von der Jahrhundertwende an versucht haben, die Menschen über soziale Themen „aufzuklären". Dann wurden aus sozialen Themen politische. Wenn man also aus dieser Tradition kommt, ist es sehr schwierig, sie zu ignorie-

ren. Wenn man andererseits einen Blick auf die Literatur der Vereinigten Staaten wirft, stellt man wahrscheinlich fest, dass die beste zeitgenössische Literatur von schwarzen Frauen geschrieben wird. Und diese schwarzen Frauen schreiben über das Frausein und über das Schwarzsein. Und sie können *diese* Tatsache nicht ignorieren. Wie könnten sie ignorieren, was sie ihr ganzes Leben beeinflusst hat? Ein Schriftsteller in Südafrika kann die Apartheid nicht ignorieren. Jüdische Schriftsteller können ihre Geschichte nicht ignorieren. Polnische Schriftsteller können zur Zeit ebenfalls die politische Situation nicht ignorieren. Es hängt also von so vielen Dingen ab. Und, noch einmal, ich denke, der Vorwurf, ich schriebe Seifenopern, ist nicht fair. Ich stehe für gewisse Dinge, die mir wichtig sind. Ich engagiere mich, und ich nehme an den Dingen Anteil. In einer Seifenoper gibt es keinen Platz für eine solche Anteilnahme.

Haben Sie den Nordamerikanern in Bezug auf die Lateinamerikaner etwas Besonderes zu sagen? Gibt es irgendetwas Spezielles, das Sie sie wissen lassen möchten?
Ja. Ihr lebt nicht in einer Seifenblase. Ihr seid nicht privilegiert. Ihr seid sehr verwöhnt. Ihr glaubt, ihr würdet gerettet werden, wenn dieser Planet explodiert. Werdet ihr nicht. Wir leben alle auf demselben Planeten; es ist ein einsamer Felsbrocken im Weltraum. Wir gehören alle dazu. Es gibt keine überlegenen Rassen. Wenn ich in dieses Land komme und die guten Dinge hier sehe; wenn ich sehe, wie die Demokratie funktioniert und dass die meisten elementaren Bedürfnisse der Menschen hier befriedigt sind, dann sage ich mir: „Dann ist es also *doch* möglich! Warum nicht auch für den Rest der Welt? Für uns Lateinamerikaner? Warum können wir nicht so leben?" Aber ihr lebt nicht in Utopia. Ihr seid lediglich eine Möglichkeit.

Andererseits müssen wir auch den Umkehrschluss bedenken. Ich müsst uns in Lateinamerika ansehen und sagen: Diese Menschen leiden Hunger, diese Menschen werden unterdrückt; sie leben mit Gewalt und Ungleichheit, sie leben im Elend. Das ist auch eine Möglichkeit für uns! Auch vor *dieser* Möglichkeit sind wir nicht gefeit. Die Lateinamerikaner leben nicht auf einem anderen Planeten. Sie sind nicht auf dem Mars. Es ist unser gemeinsamer Planet. Es ist unser gemeinsames Land, und die Grenzen zwischen den Ländern sind nichts als Illusionen. Wir zeichnen sie auf einer Landkarte nach, aber sie existieren nicht. Wir teilen uns alle denselben Planeten.

Haben Sie die Absicht, diese Botschaft deutlicher in Ihre Arbeit zu integrieren? Oder ist das etwas, das Sie primär über Ihre Vorträge vermitteln wollen?

Ich weiß nicht. Wenn mir irgendetwas sehr klar ist, dann kommt es Stück für Stück heraus, in Tröpfchen. Und irgendjemand entdeckt es vielleicht. In meinem letzten Buch zum Beispiel, in *Eva Luna,* da wurde mir erst am Ende klar, dass ich dort Dinge hineingeschrieben hatte, über die ich als Frau während der letzten fünfundzwanzig Jahre nachgedacht hatte. Fünfundzwanzig Jahre Vorbereitung, um mich selbst als Frau annehmen zu können, haben dieses Buch möglich gemacht. Ich habe in Eva Luna und die anderen Figuren all die Dinge hineingelegt, die in mir über so lange Zeit gewachsen sind. Endlich konnte ich sie in Worte fassen. Ich bin kein sehr beredter Mensch, ich bin sehr emotional. Und diese Figuren wurden aus einer tiefen Emotion geboren, die lange in mir gelebt hatte. Und manchmal sprechen sie für mich, und sie sprechen über die Dinge, die mir am Herzen liegen. Wenn ich also diese Botschaft nicht ganz klar vermitteln kann, über die wir gesprochen haben, spricht vielleicht irgendeine meiner Figuren es aus oder trifft eine Entscheidung dazu.

Ich weiß nicht. Ich weiß nicht, was ich morgen schreiben werde. Ich weiß nicht, ob ich morgen noch leben werde. Man fragt mich oft: Was sind Ihre Pläne für nächstes Jahr? Ich habe kein nächstes Jahr. Jedesmal, wenn ich ein nächstes Jahr plane, kommt das Schicksal daher und würfelt einfach alles durcheinander. Ich dachte, ich würde mein Leben lang als Hausfrau in einer chilenischen Kleinstadt leben und eines Tages auf einem chilenischen Friedhof in Santiago begraben werden. Nun, das war nicht mein Leben. Also mache ich besser keine Pläne. Ich hatte auch nicht geplant, einen Nordamerikaner zu heiraten, und es ist doch passiert.

Wenn Sie in die Vereinigten Staaten kommen und sich sagen, dass die kapitalistische Demokratie hier irgendwie zu funktionieren scheint, bringt Sie das dann auf den Gedanken, dass dies vielleicht in gewisser Weise ein passendes Modell für lateinamerikanische Länder sein könnte?

Nein, es hat sich herausgestellt, dass es nicht so ist. Lateinamerika ist eine ganz andere Realität als Nordamerika. Lateinamerika ist das Produkt der Eroberung durch die Spanier und die Portugiesen. Durch die katholische Kirche. Wir haben eine Geschichte, die geprägt ist von hierarchischen, autoritären Regierungen. Wir haben keine demokratische Tradition. Sie Ihrerseits, Sie kommen aus einer Tradition von Europäern, die bereits über die Demokratie nachgedacht hatten. Sie hatten das in ihren Genen. Die Demokratie war immer Teil Ihrer Tradition. Sie ist nicht Teil unserer Tradition. Also haben wir nach den Unabhängigkeitskriegen versucht, das Modell der utopischen Republik zu kopieren. Und wir haben dieses Modell in unseren Verfassungen kopiert. Unsere Verfassungen sind perfekt. Die Menschen, die unsere Unabhängigkeitskriege ausgefochten haben, waren Idealisten. Sie dachten, sie würden etwas Perfektes schaffen, aber dann kam die Zeit zu praktizieren, was sie geschrieben hatten – es funktionierte nicht so. Warum nicht? Weil wir eine Tradition von Diktatoren haben. Wir hatten diese schreckliche Gesellschaftsstruktur geerbt, die die Spanier hinterlassen hatten. Unsere Gesellschaft ist in soziale Klassen geteilt. Man kann nicht von einer Klasse zur anderen wechseln.

Außerdem haben wir 500 Jahre Kolonisierung in verschiedenen Formen hinter uns. Zuerst die politische Kolonisierung durch die Spanier und die Portugiesen. Dann die ökonomische durch die Briten und später durch andere europäische Länder und jetzt durch die Nordamerikaner. In ökonomischer Hinsicht waren wir niemals wirklich frei. Also hatten wir eine schreckliche Last zu tragen, die Last des Elends und der Armut. Wir tragen diese schreckliche Last, und wir können nichts einfach kopieren. Die Modelle der Sowjetunion und Chinas haben in Lateinamerika nicht funktioniert, und das kapitalistische Modell ist gleichfalls gescheitert. Es hat nur noch mehr Ungerechtigkeit, noch mehr Gewalt und noch mehr Ungleichheit geschaffen. Die Reichen werden reicher, und die Armen werden ärmer. Und was passiert dann? Man muss die Armen immer stärker unterdrücken, um sie ruhig zu halten. Und das schafft eine grauenvolle Situation der Gewalt, die jederzeit explodieren kann. Also können wir keine anderen Modelle kopieren. Wir müssen etwas erfinden, das für uns geeignet ist – etwas, das unsere Vergangenheit mit einbezieht, unsere Tradition und unsere Probleme.

Glauben Sie, dass Lateinamerika blockfrei bleiben kann oder sollte?

Nein. Ideal wäre, wenn Lateinamerika und Nordamerika Verbündete sein könnten. Wir könnten zusammen etwas planen, das wie Europa wäre. Wir haben in Lateinamerika viele Dinge gemeinsam: Wir haben eine gemeinsame Sprache, eine gemeinsame Religion und eine gemeinsame Geschichte, was mehr ist, als man von Europa sagen kann. Natürlich, Europa hat 3000 Jahre Geschichte gebraucht, und uns gibt es erst seit 500 Jahren. Aber wir können Einigkeit erzielen. Und sobald wir stark genug sind, können wir ein guter Verbündeter für die Vereinigten Staaten sein. Nicht nur ein Supermarkt, ein Ort, wo man Produkte kaufen und verkaufen kann, sondern ein wirklicher Verbündeter. Aber mir geht es nicht um eine Allianz mit den gesellschaftlichen Klassen, die Macht besitzen und die Streitkräfte als ihre Söldner benutzen. Diese Art von Allianz meine ich nicht. Ich spreche von einer richtigen demokratischen Allianz. Das war bisher aus vielen Gründen nicht möglich. Einer der Gründe dafür ist, dass die Außenpolitik der Vereinigten Staaten einfach schlimm ist. Sie haben nie verstanden, wie die Situation in Lateinamerika wirklich ist.

Nehmen wir zum Beispiel Nicaragua. Während des letzten Jahrhunderts ist die Marine der Vereinigten Staaten dreizehn Mal in Nicaragua eingefallen. Die Vereinigten Staaten haben alle Diktaturen in Nicaragua unterstützt, bis die Situation nicht mehr unter Kontrolle zu halten war. Jetzt ist es zu spät. Und dasselbe wird in Peru und in vielen anderen Ländern geschehen. Wir müssen strukturelle Reformen durchführen, um Revolutionen zu vermeiden. Niemand kann das Volk für alle Zeit unterdrücken und davon profitieren. Es ist unmöglich, und es ist unmoralisch. Es ist ungerecht – so obszön und pervers, wie die Sklaverei war. Und die Menschen müssen aufstehen und „nein" sagen. Denn viele Menschen leiden unter dieser Versklavung.

6. Erzählen aus Leidenschaft

Interview mit Elyse Crystall, Jill Kuhnheim und Mary Layoun

Am 14. März 1991 hielt Isabel Allende an der Universität von Wisconsin in Madison einen Vortrag über Politik und Literatur in Lateinamerika. Wir hatten unser Interview mit ihr für denselben Tag verabredet. Aber Isabel Allende steckte bis kurz vor dem für unser Gespräch vereinbarten Termin in einem Schneesturm auf dem Flugplatz von Chicago fest. Unser Interview mit ihr holten wir zwei Monate später nach ihrer Vortragsreise durch Amerika telefonisch nach, unmittelbar nach ihrer Rückkehr in ihr Haus in San Rafael in Kalifornien.

Isabel Allende ist 1987 in die Vereinigten Staaten umgezogen, nachdem sie fast fünfzehn Jahre im Exil in Caracas in Venezuela verbracht hatte. Sie wurde in Lima (Peru) geboren, wo ihre Mutter und ihr Vater – ein chilenischer Diplomat – damals lebten und kehrte als kleines Kind mit ihrer Mutter nach Santiago del Chile zurück. Dort wuchs sie auf. Einen großen Teil ihrer Zeit verbrachte sie im Haus ihrer Großeltern mütterlicherseits – bei Isabel Barros Moreira und Agustín Llona, deren fiktionale „Geister" in ihrem ersten Roman ihren Wohnsitz haben, im *Geisterhaus.* Allendes Vater wurde im Rahmen seiner Tätigkeit als Diplomat auch an andere Orte der Welt versetzt – Allende lebte so auch in Bolivien, in Europa und im Nahen Osten. Beim Ausbruch des Krieges 1967 verließ sie den Libanon und kehrte nach Santiago zurück, wo sie die Schule beendete und anschließend für die „United Nation Food and Agriculture Organisation" (FAO) arbeitete. Später war sie als Journalistin und Interviewerin für das chilenische Fernsehen tätig und schrieb für Zeitschriften – unter anderem eine Frauenkolumne mit dem Titel *Civilice a su troglodita* [„Zähme das Biest in dir"], in der sie einen sehr schönen Sinn für Humor entwickelte. Darüber hinaus verfasste sie Theaterstücke und Geschichten für Kinder. 1970 wurde ihr Onkel väterlicherseits, der auch ihr Patenonkel war, Salvador Allende, zum Präsidenten von Chile gewählt. Der Sturz seiner demokratischen Regierung durch einen blutigen Militärputsch drei Jahre später markierte einen Wendepunkt in Isabel Allendes Leben. „Ich glaube, ich teile mein Leben in die Zeit vor diesem Tag und die Zeit danach ein", sagt sie. Sie blieb während der ersten Monate nach dem Machtwechsel noch in Chile; ihr Engagement zugunsten Tausender von Menschen, die die Junta eingekerkert und gefoltert hatte, brachten sie jedoch selbst in große Gefahr. Sie verließ daher Chile und ging nach Venezuela. Dort schrieb sie ihre ersten vier Bücher: *La casa de los espíritus/Das Geisterhaus* (Barcelona: Plaza & Janés 1982; deutsch Frankfurt: Suhrkamp 1984; engl. Knopf 1985); *De amor y de sombra/Von Liebe und Schatten* (Barcelona: Plaza & Janés 1984; deutsch Frankfurt: Suhrkamp 1986; engl. Knopf 1987); *Eva Luna/Eva Luna* (Barcelona: Plaza & Janés 1987; deutsch Frankfurt: Suhrkamp 1988; engl. Knopf 1988); *Cuentos de Eva Luna/Geschichten der Eva Luna* (Barcelona: Plaza & Janés 1990; deutsch Frankfurt: Suhrkamp 1990; engl. Macmillan 1991)

Es gibt in dem folgenden Interview eine beträchtliche Kluft, die uns allen dreien aufgefallen ist – eine Kluft zwischen Allendes Darstellung, wie sie zu den politischen und sozialen Verhältnissen in Lateinamerika steht, und dem, was das Schreiben für sie bedeutet. Verschiedentlich macht sie auf den Abstand aufmerksam, den sie zu den Ereignissen in Chile und in Lateinamerika hat, und ihre literarische Arbeit definiert Isabel Allende als ein (genealogisches) Erinnern, das dem Tod zuvorkommen soll. Sie erzählt, wie sie die Arbeit an ihrem ersten Roman aufnahm, dem *Geisterhaus.* Dieser Roman beginnt mit einem Brief, den sie aus ihrem Exil in Venezuela an ihren schwerkranken Großvater in Chile schrieb. Der Hundertjährige hatte beschlossen zu sterben und daher das Essen eingestellt. Allende schrieb an ihn, um zu zeigen, dass die „Geister" ihres gemeinsamen Lebens – des Lebens ihrer Großmutter, des Großvaters selbst, sowie ihrer Onkel und Tanten – nicht vergessen werden und im Vergessen „sterben" würden. Isabel Allende beteuert, dass es diese Familiengemeinschaft ist, für und an die sie hauptsächlich schreibt. Vielleicht um eine allzu leichte Etikettierung ihrer Arbeit als „politisch" zu verhindern, beharrt Allende darauf, dass es sich um literarische Texte handelt. Bis zu welchem Ausmaß „literarisches Schreiben" und „politisches Schreiben" jedoch nicht notwendigerweise zwei getrennte, verschiedene Kategorien sind, wird vielleicht in ihrem Werk selbst am deutlichsten sichtbar.

Wir haben uns Folgendes überlegt: Statt Sie als Erstes nach den Dingen zu fragen, die Sie geschrieben haben, *wollen wir uns nach dem erkundigen, was Sie nicht geschrieben haben – nach Dingen, die Sie entweder nicht geschrieben haben, weil Sie nicht die Gelegenheit dazu hatten oder weil Sie sich nicht dazu in der Lage fühlten.*
Nun ja, ich habe erst spät im Leben mit dem Schreiben angefangen. Ich war fast vierzig. Und ich habe das Gefühl, dass ich vierzig Jahre meines Lebens verschwendet habe; es gibt so viele Dinge, über die ich schreiben möchte, so viele Geschichten, die ich erzählen möchte. Ich habe nie das Problem, vor einer leeren Seite zu sitzen und nicht zu wissen, was ich schreiben soll; normalerweise ist es genau umgekehrt. Ich muss sehr viel kürzen. Ich muss zu guter Letzt eine Entscheidung treffen. Und wenn ich mich für eine Geschichte, die ich schreiben will, entscheide, habe ich immer das Gefühl, dass noch so viele andere Dinge *da* sind und auf mich warten. Es gibt also viele Themen, über die ich gern schreiben würde. Im Allgemeinen bin nicht ich diejenige, die die Geschichte auswählt; die Geschichte wählt mich aus. In gewisser Hinsicht ist es nicht so, als ob die Figuren oder die Handlung da wären. Die Geschichte liegt einfach in der Luft. Sie klopft an meine Tür, und ich kann ihr einfach nicht länger den Zutritt verwehren und muss mich hinsetzen und schreiben.

Gibt es andere Genres, die Sie gern näher erkundet hätten, oder haben Sie das Gefühl, dass Sie mit dem erzählenden Genre weitermachen werden?
Als ich noch jung war, habe ich Theaterstücke geschrieben und war hingerissen davon; ich habe ausgesprochen gern im Team gearbeitet. Und ich war sehr dankbar dafür, dass man nicht allein die Verantwortung für das Ergebnis trägt, dass man die Verantwortung immer mit anderen teilen kann. Wenn ein Stück nicht funktioniert, kann man die Schuld immer noch dem Regisseur oder sonst wem in die Schuhe schieben. Wenn ich einen Roman oder eine Kurzgeschichte schreibe, kann ich niemanden dafür

verantwortlich machen. Als meine Kinder noch klein waren, habe ich mich auch an Kindergeschichten versucht; ich habe ihnen jeden Abend Geschichten erzählt. Ich habe es genossen, das Rüstzeug dafür zu haben. Jetzt denke ich, dass es zu spät für mich ist. Vielleicht werde ich das mit meinen Enkelkindern tun, aber für den Augenblick habe ich niemanden, dem ich Geschichten erzählen könnte – Kinder, meine ich –, daher tue ich es nicht mehr. Ich habe jahrelang Humoristisches geschrieben, und ich glaube, das ist das schwierigste Genre von allen. Ich glaube nicht, dass ich das noch einmal versuchen werde; es ist wirklich schwierig. An Gedichten habe ich mich nie versucht, und ich glaube auch nicht, dass ich es jemals tun werde.

Lesen Sie Gedichte?
Ja. Ich mag zum Beispiel Pablo Neruda sehr. Aber ich selbst bin da nicht begabt. Ein Dichter ist jemand, der mit sechs Zeilen sagen kann, wofür ich 600 Seiten brauche.

Sie haben vorhin gesagt, es gebe so viel zu schreiben und Sie hätten das Bedürfnis, gewisse Entscheidungen zu treffen – worauf stützen sich, auf welcher Basis treffen Sie diese Entscheidungen?
Auf der Basis von Leidenschaft. Aus der überwältigenden Leidenschaft heraus, eine Geschichte zu erzählen. Ein Roman ist im Allgemeinen ein sehr langwieriger Prozess. Man muss Monate, manchmal Jahre vor der Schreibmaschine oder dem Computer sitzen. Das heißt, man muss wirklich mit Herz und Seele bei der Sache sein; man muss in die Geschichte verliebt sein. Ohne diese Leidenschaft, diese Liebe, schafft man es einfach nicht. Ich schaffe es nicht. Ich arbeite hart, und ich bin sehr diszipliniert, aber ich brauche auch diese Leidenschaft. Ich weiß, dass all meine Bücher einem sehr starken Gefühl entsprungen sind, das mich sehr lange Zeit begleitet hat. Das allein ist die Initialzündung für die Geschichte, das gibt mir die Kraft, den ganzen Prozess durchzumachen – einen Prozess, der im Allgemeinen langwierig und strapaziös ist.

Also gibt es für jede einzelne Arbeit eine andere Leidenschaft oder ein anderes Gefühl, das Sie motiviert?

Ja. Mein erstes Buch – *Das Geisterhaus* – wurde aus Heimweh geboren, das war der Zündstoff, wie ich es sagen würde; es wurde geboren aus dem Verlangen, die Welt zurückzubekommen, die ich verloren hatte, nachdem ich mein Land verlassen und ins Exil gehen musste. Der Zündstoff für mein zweites Buch – *Von Liebe und Schatten* – war Wut, Wut und Traurigkeit im Angesicht der Gräuel der Diktatur. Bei *Eva Luna* war es ein wunderbares, positives Gefühl. Es war die Entdeckung, dass ich endlich gerne Frau war; vierzig Jahre lang wollte ich ein Mann sein, ich dachte, es sei besser, ein Mann zu sein. Mit über vierzig entdeckte ich, dass ich all die Dinge getan hatte, die Männer tun können, und noch viel mehr; ich entdeckte, dass ich in meinem Leben Erfolg gehabt hatte. Ich war mit mir zufrieden. Und genau darum geht es in dieser Geschichte; es geht um das Geschichtenerzählen und darum, eine Frau zu sein. In meiner jüngsten Sammlung von Kurzgeschichten *(Geschichten der Eva Luna)* – insgesamt dreiundzwanzig Erzählungen – lag allen Geschichten ein anderes Gefühl zugrunde. Der Auslöser war irgendetwas, das ich in den Zeitungen gelesen hatte. Eine Geschichte, die irgendjemand mir erzählt hatte, die mich lange Zeit begleitete und in gewisser Weise in mir wuchs. Und die dann, eines Tages, reif war, niedergeschrieben zu werden.

Haben Sie das Gefühl, dass Eva Lunas Erzählstimme im Roman anders ist als die in den Kurzgeschichten?

Ich denke, dass es [in beiden Fällen] ihre Stimme ist, aber es ist eine sich entwickelnde Stimme. Ich denke, das liegt daran, dass auch ich gewachsen bin; ich bin älter geworden. Und ich lebe jetzt seit drei Jahren in einem englischsprachigen Land. Als ich herkam, sprach ich gerade genug Englisch, um in ein Restaurant gehen zu können. Aber die Tatsache, dass ich die ganze Zeit über Englisch sprechen musste, dass ich im Kino englische Filme sah, die Zeitung auf Englisch las, all das hat meinen Umgang mit der Sprache als solcher verändert. Englisch ist eine präzisere, eine pragmatischere Sprache; das Spanische ist barocker. Wenn das einzige Werkzeug, das man zum Schreiben hat, die Sprache ist, und wenn man dieses Werkzeug auf eine andere Art und Weise zu gebrauchen lernt, verändert sich etwas. Ich weiß nicht, was das ist, aber es ist etwas sehr Tiefgreifendes, das sich langsam verändert. Und ich denke, dass der Umgang mit der Realität die Geschichten verändert, was wiederum an der Veränderung in der Sprache liegt. Meine Sprache ist präziser geworden, die Sätze sind kürzer, es finden sich weniger Ausschmückungen als in meinen vorhergehenden Büchern. Mir persönlich gefällt es besser so; ich weiß nicht, was die Leser oder die Kritiker dazu sagen werden, aber mir gefällt es besser.

Haben Sie das Gefühl, jetzt für ein anderes Publikum zu schreiben?
Nein. Ich schreibe immer für dieselbe Person; ich schreibe für meine Mutter.

In dieser Hinsicht hat sich die Veränderung in Ihrer Sprache also nicht ausgewirkt?
Die Veränderung der Sprache hat sich in mir selbst vollzogen. Ich habe das erst bemerkt, nachdem das Buch veröffentlicht war und ich in der englischen Übersetzung blätterte. Das Buch wurde zuerst auf Spanisch veröffentlicht. Wenn ein Buch auf Spanisch erscheint, hat es mich jahrelang begleitet, daher habe ich keine Distanz zu ihm. Ich nehme es einfach nicht mehr wahr; ich kann es nicht einmal mehr lesen. Aber wenn ich es ein Jahr später auf Englisch sehe, wenn es übersetzt wurde, dann habe ich eine unverbrauchte Einstellung zu dem Buch; ich kann es besser wahrnehmen, mit neuen Augen. Genau das ist bei diesen Geschichten passiert *(Geschichten der Eva Luna)*; als ich die Geschichten auf Englisch las, bemerkte ich, dass es da eine hörbare Veränderung gegeben hatte.

Arbeiten Sie eng mit Ihrem Übersetzer zusammen? Mir ist aufgefallen, dass Margaret Sayers Peden mehrere Ihrer Bücher übersetzt hat.
Ich arbeite nicht eng mit ihr zusammen. Sie macht ihre Sache ganz hervorragend. Und sie ist sehr freundlich und gibt mir am Ende immer ihre Übersetzung zu lesen. Aber mein Englisch ist nicht gut genug, um auch nur Vorschläge machen zu können.

Eva Luna sagt, dass sie so schreibt, „wie sie das Leben gerne hätte". Meinen Sie, dass man Evas Geschichten utopisch nennen könnte?
Utopisch? Nein. Ich denke, es sind Geschichten über Menschen. Die meisten Geschichten, die ich schreibe, basieren auf realen Menschen und auf realen Dingen, die geschehen sind, Ereignissen, die ich in der Zeitung gelesen oder im Fernsehen gesehen habe, oder sie beruhen auf Dingen, die jemand mir erzählt hat. Ich versuche einfach, immer tiefer und tiefer in die Geschichten einzudringen, um die Motivation zu finden. Wenn Eva Luna sagt, sie schreibe so, wie sie das Leben gern hätte, dann meint sie genau das: Sie versucht, das tief Verwurzelte zu verstehen, versucht zu verstehen, was wirklich in jedem menschlichen Wesen und hinter jedem Ereignis steckt. Genau darum geht es doch beim Schreiben; es ist der Versuch zu verstehen.

Sie haben also das Gefühl, dass Ihre Geschichten eine tiefere Realität aufdecken, statt eine andere Realität zu entwerfen?
Absolut.

Sie haben einmal gesagt, dass „eine Revolution immer ein Akt der Liebe ist". Könnten Sie das näher ausführen und etwas zu der Beziehung zwischen Revolution und Liebe, der Beziehung zwischen Revolution und Liebesgeschichten sagen? Und könnten Sie vielleicht auch etwas über die Rolle der „Spiritualität" in Ihren Werken sagen?
Das sind zwei verschiedene Themen. Die politische Revolution ist ein Akt der Liebe; sie bedeutet die totale Hingabe. Sie opfern Ihr Leben; vielleicht müssen Sie Ihr Leben für etwas anderes hergeben. Und vielleicht sehen Sie nicht einmal die Ergebnisse dessen, was Sie für andere tun. Sie sind bereit zu kämpfen, Sie führen ein schreckliches Leben, weil Sie glauben, dass Sie etwas verändern müssen, nicht für sich selbst, sondern für andere Menschen. Normalerweise oder sehr oft sogar haben die Menschen, die Revolutionen machen, ein gutes Leben; es sind Studenten oder Leute aus der Mittelklasse, die aus Idealismus beschließen, die Grenze zu überschreiten und sich in eine gewalttätige Welt zu begeben, in der sie selbst nur eine Nebenrolle spielen. Sie wer-

den aus der Gesellschaft ausgestoßen; sie müssen um jeden Quadratzentimeter ihres Territoriums kämpfen und finden dabei vielleicht den Tod. Also denke ich, dass Revolution ein Akt der Liebe ist, ein Akt extremer Liebe und Großzügigkeit. Das Problem bei der Revolution ist aber folgendes: Wenn die Revolutionäre Erfolg haben, werden sie sehr starr, und schon bald sind *sie* die Macht. Sie sind keine Revolutionäre mehr; sie sind die Regierung. Und dann bekommen wir die gleiche Art von Problem, ein Problem mit der Macht. Und das ist eine lange Diskussion.

Nun zum Thema Spiritualität. Ich bin kein religiöser Mensch in dem Sinne, dass ich irgendeiner religiösen Gruppierung oder einer Kirche angehöre. Aber mein Leben lang – und das hört sich bestimmt sehr dumm an –, ich würde sagen, dass ich mein Leben lang von der Illusion beherrscht wurde, meine Großmutter sei an meiner Seite. Meine Großmutter starb, als ich noch sehr jung war; ich war ein kleines Mädchen. Sie war eine wunderschöne Frau, sie war hellseherisch veranlagt, sie war ein witziger, wunderbarer Mensch. Sehr fantasievoll und kreativ und großzügig. Die Art Mensch, die wie geschaffen ist für ein Buch, die aber in dieser Welt im Grunde nicht leben kann. Sie starb sehr jung. Mein Großvater sagte, dass die Menschen nur sterben, wenn man sie vergisst. Also versuchte er, ihr Bild lebendig zu halten; ich glaube, das ist ihm sehr gut gelungen, denn mehr als vierzig Jahre sind inzwischen vergangen, und sie lebt immer noch an meiner Seite. Und die Vorstellung, dass ich mit ihr kommunizieren kann, habe ich auf meine gesamte Lebensanschauung übertragen. Ich glaube, dass alles um mich herum – Pflanzen, Tiere, Menschen, Städte, die Luft, das Wasser, alles – von einem Geist beseelt ist, einem Geist des Lebens. Und in gewisser Weise versuche ich wie die Indianer früherer Zeiten, mit diesem Geist Kontakt zu halten. Ich habe das Gefühl, wenn ich irgend etwas in meiner Umgebung zerstöre, wird das auf mich zurückfallen. Daher gehe ich sehr vorsichtig mit der Welt und den Menschen um mich herum um.

Das klingt so, als bestünde da eine Verbindung zwischen den beiden Themen, denn in gewisser Weise lehnen Sie die Revolution

ab, sobald sie institutionalisiert wird, und vielleicht lehnen Sie auch die Religion ab, wenn sie zur Institution wird.
Hm, so habe ich das noch nie betrachtet.

Das erinnert mich an Nívea am Anfang des Geisterhauses. *Sie sagt dort, sie wolle eine direktere Beziehung zu Gott haben, sie brauche die institutionalisierte Religion des* Cura *[des Priesters] nicht.*
Ich habe diese Institution nie gebraucht; ich fühle mich in der Kirche sehr, sehr unwohl. Glaubt man meiner Mutter, so bin ich eine Anarchistin alten Stils.

Das ist eine gute Beschreibung. Die nächste Frage lenkt das Thema in etwas andere Bahnen: Wie würden Sie die Beziehung zwischen Ihrer Fiktion und den gegenwärtigen Ereignissen in Chile charakterisieren, vor allem im Hinblick auf die jüngsten politischen Veränderungen?
Nun, meine beiden letzten Bücher haben absolut nichts mit Chile zu tun, und die einzige Ausnahme bildet da eine Geschichte in der Sammlung von Erzählungen. Das ist die Geschichte von zwei jungen Menschen, die gefoltert wurden; sie sind gerade miteinander im Bett, als sie herausfinden, dass sie diese schreckliche Erfahrung miteinander teilen; sie versuchen, sich zu lieben, und es klappt nicht. In dieser Geschichte geht es um Chilenen, um Menschen, die ich gekannt habe. Die anderen Geschichten haben ihre Wurzeln nicht in Chile. Ich lebe seit zwanzig Jahren, seit fast zwanzig Jahren, nicht mehr in Chile. Obwohl ich mich immer noch als Chilenin empfinde und ich mich nur dort zu Hause fühle, habe ich doch keinen Anteil mehr an den gegenwärtigen Ereignissen in Chile. Chile durchlebt gerade den wunderbaren Prozess, nach siebzehn Jahren einer furchtbaren Diktatur eine neue Form der Demokratie zu gebären. Ich habe keinen Anteil an diesem Prozess. Also, obwohl ich gut informiert bin, weil ich ständig Kontakt zu meinem Land habe, lebe ich nicht dort. Ich tue nichts für Chile, und ich habe keinen Anteil an den Dingen dort. Also hat Chile auch keinen Einfluss auf mein Schreiben.

Sie sind also nicht Mitglied irgendwelcher Gruppen in den USA, die Chile unterstützen?
Doch. Aber ich engagiere mich auch für El Salvador, Nicaragua, für die Menschenrechte und für die Rechte der Frauen. Es geht mir nicht ausschließlich um Chile.

Ich habe diese Frage gestellt, weil ich an die Autoren und Kritiker dachte, die in letzter Zeit darüber gesprochen haben, wie unterschiedlich Kunst und Kultur in Chile und Argentinien auf ihre jeweiligen Diktaturen reagieren. Und ich wüsste gern, ob Sie darüber nachgedacht haben oder ob Sie etwas zu der Frage sagen können, wo möglicherweise die Wurzel dieser Unterschiede liegt. Es wird behauptet, dass es in Chile eine aktivere Reaktion von Kunst und Kultur auf die politischen Ereignisse gegeben hat als in Argentinien.
Den Grund dafür kenne ich nicht. Argentinien war immer ein Land, in dem die Kunst, vor allem das Theater und die Literatur, extrem einflussreich waren. Sie haben die besten Kinofilme in ganz Lateinamerika gemacht. Also verstehen sie sich auf diesen Bereich der Kunst sehr gut; Chile tut das nicht. Wir sind in der Hauptsache ein Land der Dichter. Ich denke, es ist noch zu früh, um zu einem Urteil zu kommen. Im Augenblick haben wir gerade eine Diktatur abgeschüttelt, eine sehr lange Diktatur und eine sehr repressive dazu. Eine Zeit lang sah es so aus, als könnte darüber nichts geschrieben werden, das Fiktion war oder jedenfalls eine Neuerschaffung der Realität. Man konnte nur dokumentarische Werke schreiben, Zeitzeugnisse und Chroniken dessen, was geschehen war, journalistische Texte, aber keine echte Fiktion, weil wir zu nahe dran waren; es war noch zu früh. Man braucht viel Zeit, um die Dämonen auszutreiben. Und man braucht Zeit, um genügend Abstand zu gewinnen, um vielschichtig und ironisch über etwas schreiben zu können – zwei Elemente, die in der Literatur sehr wichtig sind. Ohne Doppelsinn und Ironie kann man keine gute Fiktion machen. Aber ich denke, genau das passiert im Augenblick in Chile. Es gibt eine Reaktion; während der ganzen siebzehn Jahre der Diktatur hat es immer eine sehr wichtige kulturelle Bewegung gegeben, eine Untergrundbewegung, die sich auf künstlerische Weise mit der Realität auseinan-

dersetzte. Aber es dauert eben eine Weile, um die Dinge im richtigen Verhältnis sehen zu können.

In Anbetracht dieser Veränderungen im kulturellen Schaffen in Chile im Besonderen und in Lateinamerika im Allgemeinen, und in Anbetracht der Tatsache, dass Sie nicht mehr in Lateinamerika leben, sondern hier in den USA – würden Sie da sagen, dass Ihre literatische Gemeinschaft und/oder Ihre politische Gemeinschaft sich verändert hat? Gibt es noch eine andere Gemeinschaft, der Sie angehören?
Das ist eine sehr schwierige Frage für mich, weil ich Ihnen zunächst einmal sagen muss, dass ich sehr glücklich in diesem Land bin. Ich bin vor allem deshalb so glücklich, weil ich einen wunderbaren Ehemann habe; außerdem hat man mich sehr gut aufgenommen. Ich habe das Gefühl, stärker mit den Menschen verbunden zu sein, als ich es früher war. In Venezuela war ich lange Zeit sehr isoliert – was übrigens für einen Schriftsteller nicht schlecht ist. Andererseits stehe ich hier am Rande der Gesellschaft; ich bin Ausländerin, und ich werde hier immer Ausländerin sein. Eine Ausländerin, was die Sprache betrifft, die Kultur, die Lebensart der Menschen, ihre Wertvorstellungen, eben alles – was ebenfalls sehr gut für einen Schriftsteller ist. Man wird nicht vom System beschirmt und kann es daher aus einer gewissen Distanz heraus betrachten. Man weiß all die kleinen Ironien zu würdigen; man wird stets aufs Neue von der Realität überrascht. Das ist sehr anregend für einen Menschen, der schreibt oder sonst irgendeine kreative Tätigkeit ausübt. Ich kann auch meinen Kontinent und vor allem mein eigenes Land mit einiger Distanz betrachten, und das ist ebenfalls sehr gut. Andererseits bin ich ständig unterwegs; ich fliege oft nach Lateinamerika. Ich halte den Kontakt; ich spreche zu Hause immer noch Spanisch; ich schreibe nur auf Spanisch. Also, die Antwort auf diese Frage kann nur die Zeit bringen.

Sie halten es demnach für gut, grundsätzlich Distanz zu wahren und gelegentlich in die Welt einzutauchen, um sich auf dem Laufenden zu halten?

Solange ich mich nicht in einen Elfenbeinturm einschließe und anfange, in einer Seifenblase zu leben, ist es, glaube ich, gut so. Diese Vorstellung, dass ich mich ständig auf glattem Terrain bewege und dass ich nirgendwo hingehöre – in meinem persönlichen Leben kann das ziemlich stressig sein. Aber für meine literarische Arbeit ist es gut. Es ist das Gefühl der Unsicherheit – für das Schreiben ist das einfach großartig. Man ist sich niemals irgendeiner Sache sicher; man hat Fragen und keine Antworten. Ich halte es für sehr gefährlich, zu glauben, man hätte die Antworten.

Weil man damit viele Dinge ausgrenzt?
Und dann hebt man leicht den moralischen Zeigefinger.

Und wird selbst zur Institution?
Ja, das stimmt; deshalb gehöre ich auch keinem literarischen Club an.

Hat sich Ihre Leserschaft im Laufe der Jahre verändert?
Sie ist größer geworden. Gestern rief meine Agentin mich an, um zu erzählen, dass in der Türkei zwei neue Raubkopien meiner Bücher im Umlauf seien; und von jemand anderem weiß ich, dass es eine weitere Raubkopie auf Vietnamesisch gibt. Meine Bücher haben sich also irgendwie ziemlich weit verbreitet, aber ich glaube, das Publikum selbst hat sich nicht allzu sehr verändert. Es sind überwiegend junge Leute und mehr Frauen als Männer, würde ich sagen. Es sind im Allgemeinen sehr alte oder junge Leute. Es gibt ein Alter dazwischen – das sind vor allem Männer, weiße Männer –, das nicht sehr gut auf meine Werke anspricht. Das habe ich auf meinen Lesereisen herausgefunden, wo ich einem Publikum gegenübersitze und mehr oder weniger sehen kann, ob Frauen oder Männer die Mehrheit bilden, wie die Altersverteilung ist und wie die Leute aussehen – viele Studenten und immer sehr junge Leute.

Mit „jungen Leuten“ meinen Sie Leute zwischen zwanzig und dreißig und Teenager?

Ja. Bis dreißig, würde ich sagen. Es sind immer viele Studenten dabei und sehr junge Leute. Und Frauen. Frauen jeder Art, aus jeder sozialen Schicht und jeder kulturellen Gruppierung. In den USA ist das sehr augenfällig, weil ich Lesetouren gemacht habe und wirklich weiß, wer mein Publikum ist.

Aber daran denke ich nicht, wenn ich schreibe. Ich denke nicht an ein großes Publikum oder daran, wie sich dieses Publikum zusammensetzt. Wirklich nicht. Ich denke nur an eine einzige Person, und ich versuche, die Geschichte mit einer sehr ruhigen und privaten Stimme eben dieser Person zu erzählen. Ich möchte, dass die Geschichte glaubwürdig ist und unterhaltsam, und ich möchte mit meinem Leser viele Fragen teilen, ich möchte meinen Leser an der Hand nehmen und sagen: „Sieh dir das an. Das geschieht gerade. Lass uns versuchen herauszufinden, was es bedeutet; lass uns herausfinden, ob in all dem ein Körnchen Wahrheit steckt."

Sie sagen, dass Sie jetzt, da Sie als Ausländerin in den USA leben, zu dem Leben hier, aber auch zu Lateinamerika eine gewisse Distanz hätten. Wird dieser Blick in zwei Richtungen in Zukunft eine andere Art von Themenmaterial zutage fördern – ich meine, werden sich zum Beispiel die Schauplätze Ihrer Romane verändern? Werden einige Ihrer Geschichten in den USA spielen?
Ich nehme an, dass das passieren wird, ja. Ich habe dreizehn Jahre in Venezuela leben müssen, um über ein Tropenland zu schreiben – und in dem Falle habe ich die Landessprache gesprochen. Aber schließlich ist es doch passiert, und ich habe *Eva Luna* und all die Kurzgeschichten geschrieben, die in derselben Umgebung spielen. Also werde ich sicher früher oder später über die USA schreiben, ja.

Höre ich da Bedauern heraus, wenn Sie das sagen?
Bedauern? Nein. Ganz bestimmt nicht. Im Gegenteil. Wissen Sie, für mich ist das Faszinierendste an meiner Arbeit die Herausforderung, dass jedes Buch anders ist, dass man jedes Mal alles von Neuem erfinden muss. Man lernt nichts dazu bei diesem Job; man lernt höchstens ein wenig über Sprache, sonst nichts. Man muss immer improvisieren, immer alles neu erschaffen. Es ist da-

her eine wunderbare Vorstellung, über dieses Land oder irgendein anderes Land zu schreiben, über diese Realität oder irgendeine andere Realität, denn es ist immer eine neue Herausforderung, und das hält mich bei der Stange, das macht mich stark.

Sie verspüren keine Neigung, Romane zu schreiben, die sich aneinander anschließen und eine Welt in sich darstellen, bei der in verschiedenen Werken dieselben Figuren auftauchen?
Ich finde, dass das sehr künstlich ist. Natürlich bin ich ständig in Versuchung, das zu tun, denn in meinen früheren Büchern gibt es Figuren, über die die Leute immer wieder reden. Sie kommen zu mir und sagen: „Was ist aus dieser oder jener Person geworden?" „Was ist aus dem Araber geworden, dem Riad Halabi in *Eva Luna*?" „Was ist aus Alba aus dem *Geisterhaus* geworden? Warum taucht sie nicht in einem Fortsetzungsroman auf?" Es ist eine große Versuchung, ein literarisches Universum zu schaffen, in dem man Gott ist und alles tun kann; man trifft alle Entscheidungen und ist der Einzige, der die Figuren kennt. Aber in gewisser Weise käme mir das sehr künstlich vor, denn ich versuche immer, ein Porträt der Realität zu zeichnen, von etwas, das wirklich passiert. Daher möchte ich mich nicht in einer Welt verschanzen, die ich selbst erschaffen habe und die sich von der Realität sehr weit entfernen kann, einer Welt, die sehr stark zu einem privaten Planeten werden kann, auf dem ich allein die Regeln mache. Das möchte ich nicht tun; ich möchte mich an die Regeln der Welt halten und über reale Menschen reden.

Jetzt, wo Sie eine Bestseller-Autorin sind, sieht es so aus, als würden Sie auch als Interviewpartnerin ein Bestseller werden. Es gibt so viele Interviews mit Ihnen, dass sich mir die Frage stellt, was Sie von Interviews mit Schriftstellern halten. Warum interessieren sich die Leute so sehr für solche Interviews?
Ich habe nicht die leiseste Ahnung, denn ich selbst würde niemals so ein Interview lesen. Ich lese nicht einmal Rezensionen. Es interessiert mich nicht, was andere Schriftsteller zu sagen haben; mich interessiert nur, was sie schreiben. Verstehen Sie, wenn ich mir eine Ballettvorführung ansehe, möchte ich auch nicht, dass Nurejev auf die Bühne kommt und mir erzählt, wie schwierig es für ihn

war, den Sprung einzuüben, den er uns jetzt zeigen wird. Ich möchte nur, dass er springt und springt, bis zur Decke hinauf, ohne es mir zu erklären. Er soll es einfach tun! Es ist wie mit dem Zauberer, der sein Kunststück offenlegt – ich will es gar nicht wissen.

Wenn Geschichten zu erzählen das ist, was Sie tun und was Eva Luna tut, dann ist das Interview vielleicht eine Art Geschichtenerzählen für Leser, die sich für Interviews mit Schriftstellern, für „literarische" Interviews interessieren.
Sollen sie doch Romane lesen. Andererseits – nun, ich rede nicht von dem Gespräch mit Ihnen, denn es ist wirklich ein literarisches Interview, in dem wir nur über Literatur reden. Aber die meisten Interviewer stellen persönliche Fragen nach meinem Leben. Und ich habe ein sehr schlechtes Gedächtnis. Ich erfinde mein Leben immer wieder neu, und daher stelle ich fest, dass ich in verschiedenen Interviews verschiedene Geschichten über das gleiche Thema erzähle. Mein Mann sagt, ich hätte zwanzig Versionen darüber, wie wir uns kennen gelernt haben, und ich bin überzeugt davon, dass alle zwanzig Versionen wahr sind! Seine Version ist nicht wahr! Daher kann ich Ihnen nicht sagen, ob diese Geschichten exakt der Wirklichkeit entsprechen oder nicht. Auch mein Leben ist Fiktion.

Für mich besteht bei einem Interview mit Ihnen die Frage, wie ein solches Gespräch mit dem Geschichtenerzählen zusammenhängt, mit den Geschichten, die Sie Ihrer Mutter erzählen, mit dem Erzählen überhaupt. Haben Sie eine besondere Vorliebe für mündliche Erzählungen, für die mündliche Tradition, für Volksmärchen?
Meine Geschichten sind gelegentlich mit Volksmärchen verglichen worden, und vielleicht liegt das an der Stimme meiner Mutter, meiner Großmutter, der Dienstmädchen zu Hause, all dieser Frauen, die Geschichten erzählen – an der mündlichen Tradition des Geschichtenerzählens, in der ich groß geworden bin. Also ist das vielleicht die Stimme.

Diese Stimme ist auch in Ihrer Fiktion sehr gegenwärtig. Im Geisterhaus *hat das Geschichtenerzählen Tradition, und Nívea erzählt*

Clara Geschichten, selbst als diese sich weigert zu sprechen. Auf diese Weise werden wichtige Familiengeschichten weitergegeben. Als Kind habe ich ständig Klatsch und Tratsch und Geschichten gehört, nicht nur die Geschichten, die wir zu Hause erzählt haben. Mein Großvater hatte das Radio zu Hause verboten, weil er fand, es sei ein Werkzeug zur Verbreitung vulgärer Ideen. Aber natürlich hatten wir ein Radio in der Küche versteckt, und den ganzen Tag plärrten uns daraus „novelas", „radio novelas" entgegen – diese unglaublichen ...

Seifenopern?
Ja, die Seifenopern im Radio, die jahrelang liefen, und man hatte am Ende das Gefühl, diese Figuren gehörten mit zur Familie; sie waren ja immer in der Küche dabei, mit ihren Leidenschaften und ihren Vorlieben und so weiter. Ich bin damit groß geworden; mir gefällt das. Ich höre sie mir zwar nicht mehr an, aber mir gefällt die Vorstellung, dass man in so etwas hineingezogen wird.

Sie selbst sind ganz sicher eine Erzählerin, die die Zuhörer in ihren Bann schlägt. Ist das Interview vielleicht eine andere Art und Weise, Geschichten zu erzählen, eine Möglichkeit, eine andere Erzählform zu schaffen?
Nein. Die Wahrheit ist, ich bin eine geborene Lügnerin. Und auf der anderen Seite weiß ich nie, wo die Wahrheit liegt. Nachdem ich eine Geschichte zwei oder drei Mal erzählt habe, bin ich fest davon überzeugt, dass sie sich genau so ereignet hat. Also, wer weiß? Vor nicht allzu langer Zeit kam, hier in diesem Land, nach einer Lesung ein Mann zu mir, der sagte, er sei Arzt, und er sagte, er hätte mehrere Interviews mit mir gehört und verschiedene andere Interviews gelesen, er hätte mich im Radio sprechen hören und jetzt bei dieser Lesung, und er sei überzeugt davon, dass mit mir etwas nicht stimme. Dass mir die Grenze zwischen Realität und Fantasie fehle; dass die Psychologie einen Namen dafür habe und dass ich einen Therapeuten aufsuchen solle! Und ich sagte, oh Gott, wenn ich zu einem Therapeuten gehe, worüber soll ich denn dann schreiben? Wenn ich diese Grenze ziehen könnte, gäbe es keine Geschichten.

Sie meinen, Sie wären dann „geheilt"?
Da bin ich lieber krank.

Da wir gerade über den schmalen Grat zwischen Wahrheit und Erfindung reden, könnten Sie näher auf die Zusammenhänge zwischen dem Schreiben von Romanen, dem Vermitteln einer Wahrheit, dem Lügen und dem Aufdecken einer Wirklichkeit eingehen? Wirkt das alles zusammen oder schließt es sich aus?
Als ich in Berkeley kreatives Schreiben unterrichtet habe, habe ich meinen Studenten klarzumachen versucht, dass man sich, um Fiktion zu schreiben, das Lügen gestatten muss. Dieser Kurs bestand aus vierzehn Studenten, und jeder versuchte, einen Roman zu schreiben, eine lange Erzählung. Mehrere der Studenten waren vollkommen blockiert, weil sie versuchten, ihre Story aus einer „calvinistischen" Perspektive anzugehen – nach der Devise: man muss sich an die Wahrheit halten, komme, was da wolle. Und genau das ist Fiktion nicht; Fiktion ist eine Lüge. Die erste Lüge der Fiktion besteht darin, dass man dem Chaos des Lebens eine gewisse Ordnung überstülpen muss. Das ist die erste Lüge. Man bringt das Ganze in eine chronologische oder in irgendeine andere Ordnung, ganz nach Belieben. Man wählt einen Teil aus einer ganzen Vielfalt von Dingen aus; man entscheidet, dass *diese* Dinge die wichtigen und alle anderen die unwichtigen sind. Und man schreibt über diese Dinge, schreibt aus seiner eigenen Perspektive. All das ist eine Lüge, denn das Leben ist nicht so. Alle Dinge geschehen gleichzeitig und auf eine chaotische Weise, und man trifft keine Entscheidungen. Die Dinge geschehen einfach. Aber man selbst ist nicht der Boss; das *Leben* ist der Boss. Wenn man als Schriftsteller also die Tatsache akzeptiert, dass Fiktion Lüge ist, dann wird man ungeheuer frei, man kann alles tun. Dann fängt man an, sich in Kreisen zu bewegen. Je größer der Kreis, umso mehr Wahrheit kann man einfangen. Je weiter der Horizont, umso weiter kann man gehen. Je länger man bei allen Dingen verweilt, umso größer ist die Chance, ein Partikelchen Wahrheit zu finden.

Ist das eine Art umgekehrter Vorgehensweise?

Ja. In der Fiktion ist es das. Es ist mit meinem Leben auf eine seltsame Weise verknüpft. Ich verbringe zehn, zwölf Stunden am Tag allein in einem Zimmer und schreibe. Ich rede mit niemandem, ich gehe nicht ans Telefon. Ich bin nur ein Medium oder ein Werkzeug für etwas, das jenseits von mir passiert, von Stimmen, die durch mich reden. Ich erschaffe eine Welt, die Fiktion ist, die aber nicht mein Besitz ist. Ich bin nicht Gott in dieser Welt, ich bin lediglich ein Werkzeug. Und in dieser langen, sehr geduldigen täglichen Schreibübung habe ich eine Menge über mich selbst und über das Leben herausgefunden. Ich habe etwas gelernt. Viele andere Menschen machen das mit Hilfe einer Therapie; sie gehen jahrelang zu einem Therapeuten, um über sich selbst zu reden, um über die Welt zu reden, über das Leben und über den Schmerz des Lebens. Ich tue das durch mein Schreiben. Diese Dinge haben sehr viel mit mir persönlich zu tun. Ich bin mir dessen nicht bewusst, während ich schreibe. Aber später, wenn ich die Besprechungen bekomme – nicht die Rezensionen, überwiegend die Semesterarbeiten, die von Studenten geschrieben wurden –, da entdecke ich in diesen Arbeiten Dinge über mich selbst, von denen ich gar nicht wusste, dass ich sie entdeckt hatte. Aber sie sind in den Geschichten zutage getreten, die ich geschrieben habe, und andere Menschen haben mich darauf aufmerksam gemacht. Es ist also ein seltsamer Prozess; es ist so, als würde man, während man fiktionale Dinge erfindet, kleine Wahrheiten über sich selbst entdecken, die wahr sind, kleine Dinge über das Leben, über die Menschen, darüber, wie die Welt funktioniert. Aber das ist sehr wenig; ich weiß sehr wenig.

Das Schreiben ist ein weniger isolierter Prozess, wenn Sie durch Ihre Lehrtätigkeit eine Reaktion von Ihren Lesern bekommen.
Ja. Der Prozess als solcher ist sehr einsam, aber die Reaktion darauf verbindet einen mit der Welt. Die Vorstellung, dass so viele Menschen ein Buch lesen, ist faszinierend, die Vorstellung, dass etwas, das man allein geschaffen hat, solche Wellen schlägt. Und Jahre später findet man sich auf eine seltsame Weise, an einem sehr entlegenen, fernen Ort damit konfrontiert, einem Ort, von dem man niemals erwartet hätte, dass man dort je hinkommen würde. Man erfährt, dass dort jemand lebt, der das Buch, das man selbst ge-

schrieben hat, gelesen hat – es ist unglaublich –, und dann begreift man plötzlich, dass jeder Leser die andere Hälfte des Buches schreibt. Man gibt den Menschen nur die eine Hälfte, und sie steuern mit ihrer eigenen Biografie, mit ihren Erfahrungen, ihren Wertvorstellungen den Rest bei. Es ist faszinierend; es ist jedesmal ein anderes Buch.

Und indem Sie keine Fortsetzungsromane schreiben, lassen Sie Ihre Werke offen, damit die Menschen diese Lücken füllen können.

Nun, vielleicht ist das so, aber ich lege es nicht darauf an. Geschichten haben ihr eigenes Leben, ihre eigene Dauer. Sagen wir, dass ich einen Plan habe, und ich steure in eine bestimmte Richtung, und ganz plötzlich, mittendrin, ist das Buch zu Ende, weil das *Buch* entscheidet, wann es fertig ist. Und dann wird das, was man sonst noch schreibt, nicht veröffentlicht. Manchmal mache ich tatsächlich bis zum Ende der Geschichte weiter, wie ich es geplant hatte, und dann nehme ich die Dinge, die ich dann noch schreibe, wieder heraus, weil *das* eben nicht das Ende war.

Was macht also ein gutes Ende für eine Geschichte aus?

Das weiß ich nicht. Bei einer Kurzgeschichte ist das etwas anderes als bei einem Roman. Eine Kurzgeschichte ist wie ein Apfel; sie präsentiert sich als Ganzes, und es gibt nur ein angemessenes Ende für eine Kurzgeschichte. Alle anderen Möglichkeiten wären nicht angemessen. Und man weiß es; man spürt es. Wenn man dieses Ende nicht finden kann, hat man keine Story – man lässt die Geschichte besser fallen, weil es nutzlos wäre, länger daran zu arbeiten. Für mich ist eine Kurzgeschichte wie ein Pfeil; sie muss von Anfang an in die richtige Richtung gehen, und man muss genau wissen, worauf man zielt. Bei einem Roman ist das anders, man weiß nie so genau, woran man ist. Ein Roman ist geduldige, tägliche Arbeit; man setzt etwas zusammen, das wie ein Gemälde oder wie ein Wandbehang ist, und man braucht viele Farben dafür. Man schreitet sehr langsam voran; man hat ein Muster im Sinn. Aber ganz plötzlich dreht man es um und stellt fest, dass es etwas ganz anderes ist. Es ist eine überaus faszinierende Erfahrung, weil diese Arbeit ein Eigenleben hat. Ich denke, in der Kurzgeschichte hat man die absolute Kontrolle über die Dinge, und daher ist sie gefährlicher. Ich denke, dass es nur sehr wenige gute Kurzgeschichten gibt. Sehr wenige. Und es gibt viele Romane, die einfach wunderbar sind, mit einem Plot, den man nie vergisst, nie. Bei einer Kurzgeschichte ist es wichtiger, *wie* man sie erzählt, als *was* man erzählt; die Form ist sehr wichtig. Bei einem Roman kann man so viele Fehler machen, wie man will, und nur sehr wenige Leute werden es merken.

7. Liebe und Tränen

Interview mit Ignacio Carríon

Ganz wie ihr literarischer Stil, der ihr internationalen Ruhm eingetragen hat, ist sie selbst barock und eine „magische Realistin". Sie ist eine einundfünfzigjährige Großmutter, und sie möchte noch weitere Geschichten erfinden, um sie ihren Enkelkindern zu erzählen. Kurz bevor das folgende Interview geführt wurde, kam die Verfilmung ihres Romans *Das Geisterhaus* in die Kinos.

Wir haben uns 1988 in San Francisco kennen gelernt, als Isabel Allende noch mit einem Bleistift schrieb, und zwar so schnell sie konnte. Sie hatte keinen Computer, keine Bibliothek und auch kein eigenes Büro. Sie hatte nichts, nicht einmal einen Wohnsitz in den Vereinigten Staaten. Sie hatte nur ihren Liebhaber, William Gordon, einen Rechtsanwalt, einen Amerikaner. Jeden Morgen stahl Isabel sich in Williams Büro und füllte dort endlose Seiten in ihrem gelben Notizbuch. Natürlich wusste sie damals noch nichts von dem Erfolg, der ihr kurz darauf bevorstand. Ihr Hauptanliegen war keineswegs ein Abenteuer in der Welt der Literatur, einer Welt, die sie nie wirklich ernst genommen hatte – sie hatte es auf etwas ganz anderes abgesehen: ihr Abenteuer als Frau, eine Odyssee, in die sie sich im Alter von fünfundvierzig Jahren blindlings hineingestürzt hatte. „Ich bin hoffnungslos verliebt", erzählte sie mir damals, „und ich habe Angst". Sie begann ein neues Kapitel in ihrem Leben und schloss damit plötzlich das vorherige ab; sie ließ zwanzig Jahre einer langweiligen Ehe und ein schmerzliches Exil in Venezuela hinter sich. Dort hatte sie (zusammen mit ihrem Sohn und ihrer Tochter) Zuflucht gesucht, nachdem ihr Onkel, Salvador Allende, von einer Militärjunta gestürzt worden war. In Chile war alles in ihrem Leben, bis auf ihre Leidenschaft für das geschriebene Wort, zusammengebrochen.

Nun, kurz vor einem weiteren Interview mit ihr, an einem warmen, sonnigen Novembermorgen des Jahres 1993 in der Sausalito Road, dem schönsten und gesuchtesten Platz in San Francisco, fragte ich mich, welche Isabel Allende ich am anderen Ende der Golden Gate Bridge vorfinden würde: eine kalte und selbstherrliche, vom Erfolg geprägte Schriftstellerin, oder die unsichere und ängstliche Frau, die ich gekannt hatte? Binnen weniger Jahre waren ihr Werk und ihr Ruhm auf spektakuläre Weise angewachsen. Die Verfilmung ihres ersten Romans, *Das Geisterhaus*, sollte Ende des Jahres in Spanien Premiere haben. Ein weiterer Roman stand zum Zeitpunkt des Interviews zur Verfilmung an. Der Verkauf ihrer Bücher, die bereits in so viele Sprachen übersetzt wurden, boomte weiter. Aber inmitten all dieser Erfolge zerstörte eine unerwartete Tragödie das Glück, das Isabel Allende während der letzten Jahre vergönnt gewesen war: Am 6. Dezember 1991 wurde ihre achtundzwanzigjährige Tochter Paula in ein Krankenhaus in Madrid eingeliefert.

Zwei Tage später fiel sie ins Koma, aus dem sie bis zu ihrem Tod ein Jahr später nicht mehr erwachte. Es war eine tragische und verheerende Erfahrung, die Isabel Allendes Leben radikal veränderte: „Ich bin in einem Jahr um zehn Jahre gealtert, aber ich heiße diese Jahre willkommen. Ich möchte nicht aufhören zu weinen, denn ich habe das Gefühl, dass die Tränen aus mir einen besseren Menschen machen."

*

Dies hier ist nicht mehr das Büro, in das Sie sich geschlichen haben, um mit einem Bleistift zu schreiben. Dies ist das perfekte Büro. Ich sehe, dass Sie mit dem besten Apple-Computer arbeiten und dass Sie einen Laserdrucker besitzen …
Ja. Damals schrieb ich gerade eine Sammlung von Kurzgeschichten auf einen gelben Notizblock. Manchmal schrieb ich in Williams Büro, dann wieder in seinem Haus in San Rafael. Ich wusste damals noch nicht, dass ich hierbleiben würde oder dass ich zu ihm ziehen würde. Es war eine Zeit großer Unsicherheit in meinem Leben – bis wir heirateten.

Sie haben geheiratet? Erzählen Sie.
Wir haben im Juli 1988 geheiratet.

Warum?
Nun, weil ich eine Green Card brauchte. Das war der Grund. Ansonsten hätten wir weiter zusammenleben können, ohne zu hei-

raten und ohne irgendwelche Probleme. Ich komme aus einem Land, in dem es keine Scheidung gibt. Dort habe ich die Tragödie meiner Mutter erlebt: Sie wollte meinen Stiefvater heiraten, aber er konnte die Annullierung seiner vorherigen Ehe nicht erreichen. Man könnte also sagen, ich habe eine ziemlich persönliche Einstellung zum Thema Ehe.

Wie meinen Sie das?
Nun, ich glaube, dass die Ehe ein spiritueller Bund zwischen zwei Menschen ist, eine Übereinkunft, die nichts mit der Kirche oder dem Gesetz zu tun hat. Allerdings habe ich bei William das Gefühl, dass unsere Bindung von seiner Seite aus tiefer geht, seit wir verheiratet sind. Vorher war er ständig auf Achse. Aber in dem Augenblick, als er sagte: „Ja, jetzt werde ich heiraten" – und er sagte das, weil ich ihm keine Wahl gelassen hatte –, da änderte sich seine Einstellung.

Haben Sie ihm keine Alternativen gelassen?
Nein. Ich habe ihn wegen eines Witzes über die Ehe, den er beim Dinner vor anderen Leuten erzählt hatte, zu einer Entscheidung gezwungen. Ich war unglaublich wütend.

Wie lautete denn der Witz?
Ich erinnere mich nicht mehr genau, aber es war ein Witz über die Ehe. Er sagte, er würde nie wieder heiraten, es sei denn, er hätte keine andere Wahl ... Und das war der Augenblick, in dem ich fuchsteufelswild wurde. Ich sagte ihm, dass ich eine offizielle Bindung zu ihm eingegangen sei, als ich mein Haus in Venezuela aufgab, meine Kinder und meine Freunde, alles, was ich hatte. Ich hatte nach dreizehn Jahren alles in Venezuela zurückgelassen, um mit ihm zusammenzuleben. Ich fragte ihn, wenn das keine absolute Bindung sei, was dann? Ich sagte ihm, dass er nichts dergleichen getan habe. Ich sagte ihm, dass er seinen komfortablen Wohnsitz beibehalten habe, seinen bisherigen Lebensstil, und dass ich einfach nur irgendetwas sei, das mitten in sein wohlorganisiertes Leben hineingeplatzt war.

Nun, da sind Sie ja ganz schön zur Sache gegangen.

Und ich erklärte ihm auch, dass ich juristische Probleme hätte. Mein Visum war fast abgelaufen, und ich stand kurz davor, als illegale Einwanderin in den USA zu leben. Außerdem sagte ich ihm, dass ich mir, wenn ich blieb, eine Arbeit würde suchen müssen. Und wenn ich arbeitete, würde ich nicht mehr schreiben können. Ich sei aber nicht bereit, meine Literatur aufzugeben. Also gab ich ihm vierundzwanzig Stunden Zeit, darüber nachzudenken.

Und wie waren diese vierundzwanzig Stunden?
Sie waren ganz einfach. Ich habe kein Wort mit ihm gesprochen, wir haben nicht einmal Händchen gehalten. Bevor die vierundzwanzig Stunden vorbei waren, sagte er ja.

Ich nehme an, dass Sie sich in den Vereinigten Staaten inzwischen sicher und beschützt fühlen und dass Sie dort gerne leben. Ist das richtig?
Natürlich. Zunächst einmal regelte die Heirat die Situation mit meinem Visum. In einer Situation wie der meinen kann man nicht illegal in den USA bleiben. Man hat jedes Mal Probleme, wenn man in das Land einreist oder es verlässt. Man hat die verschiedensten Probleme: mit den Verträgen, mit den Banken. Die Ehe hat mir außerdem Stabilität gegeben. Ich habe das Gefühl, dass William jetzt mein Mann ist und nicht mein Liebhaber. Außerdem habe ich meine Mutter sehr glücklich gemacht, denn wie Sie sich erinnern, konnte sie meinen Stiefvater nie heiraten.

Was genau ist eigentlich mit Ihrem Vater passiert? Hat er Ihre Familie sitzengelassen? Wenn ich recht verstehe, war es Salvador Allende, der sich um Sie gekümmert hat. Wer hat für Ihre Ausbildung gezahlt?
Die Einzelheiten kenne ich nicht, weil meine Mutter immer ein Geheimnis daraus gemacht hat. Ich weiß nicht genau, was passiert ist. Aber ich habe den Eindruck, dass mein Vater etwas für damalige und dortige Verhältnisse sehr Schändliches getan haben muss. Er ist Stück um Stück vor diesem Etwas geflohen, und dann wagte er es nicht mehr zurückzukommen.

Ist er verstorben?
Ja.

Darf ich fragen, wie er gestorben ist?
Er hatte einen Herzinfarkt, auf der Straße. Ich erinnere mich, dass mein Vater wegging, als meine Mutter gerade wieder schwanger war. Sie hatte bereits zwei Kinder, und er ließ sie in Lima sitzen – wir lebten damals in Lima. Verstehen Sie, mein Bruder Juan, das dritte Kind, wurde geboren, nachdem mein Vater schon weg war. Später kehrte meine Mutter mit ihren drei Kindern zurück, als mein jüngster Bruder schwer krank war. Sie hat meinen Vater nie wiedergesehen. Irgendwie hat sie es fertiggebracht, die Ehe annullieren zu lassen, ohne je mit ihm darüber gesprochen zu haben, und mein Vater verzichtete, um uns nicht unterstützen zu müssen, auf alle elterlichen Rechte. Ich dachte immer, dass er wahrscheinlich nicht mehr in Chile lebte, weil die chilenische Gesellschaft sehr klein ist und jeder jeden kennt. Wenn er dort gelebt hätte, hätte ihn jemand sehen müssen. Aber tatsächlich ist er niemals auch nur aus Santiago weggegangen. Er ist einfach eine Stufe in der strengen chilenischen Sozialhierarchie abgestiegen, und wir haben ihn nie wiedergesehen. Ich glaube, dass er in der Innenstadt wohnte, nur ein paar Häuserblocks von der Arbeitsstelle meines Stiefvaters entfernt; unser Zahnarzt hatte da ganz in der Nähe seine Praxis, und mein Großvater wohnte auch ungefähr da in der Gegend. Trotzdem, soweit wir wussten, existierte er nicht.

Das klingt wie ein Roman.
Ja, nur mit dem Unterschied, dass es bereits ein Roman ist.

Und wie ist er gestorben?
Als ich siebenundzwanzig oder achtundzwanzig war, arbeitete ich für die Zeitschrift *Paula.* Ich war in meinem Land ziemlich bekannt, weil ich auch in einer Fernsehsendung auftrat. Und eines Tages starb ein Mann draußen auf der Straße an einem Herzinfarkt. Als sie ihn ins Leichenschauhaus brachten, überprüften sie seine Papiere und sahen, dass sein Name Allende war. Sie riefen mich an, weil sie dachten, wir wären vielleicht verwandt, und sie baten mich, ins Leichenschauhaus zu kommen, um die Leiche

zu identifizieren. Als ich ankam, war mein erster Gedanke, dass es mein Bruder Pancho sein müsse (er hieß Francisco Tomás – genau wie mein Vater). Damals war mein Bruder Mitglied einer Sekte geworden, und wir hatten ihn seit ein paar Monaten nicht gesehen. Die Wahrheit ist, dass wir ihn für tot hielten. Als man mich also anrief, dass ich eine Leiche identifizieren solle, dachte ich natürlich zuerst, es sei mein Bruder. Aber als ich dort hinkam und sie mir die Leiche zeigten, konnte ich sie nicht identifizieren, weil ich nie ein Foto von meinem Vater gesehen hatte. Mir kam nicht einmal der Gedanke, dass dieser Mann mein Vater sein könnte. Ich hatte überhaupt nie an meinen Vater gedacht. Ich hatte seit achtundzwanzig Jahren nichts von ihm gehört, und ich dachte keine Sekunde, dass er es sein könnte. Ich sagte nur, dass es nicht mein Bruder sei; es war nicht mein Bruder.

Wer hat denn dann die Leiche identifiziert?
Mein Stiefvater. Ich rief ihn an, er sah sich die Leiche an und sagte: „Isabel, das ist dein Vater."

Was haben Sie damals empfunden?
Ich habe ihn mir genau angesehen, und ich habe nichts von dem gespürt, was man als die „Stimme des Blutes" bezeichnen könnte. Ich fühlte eine absolute Leere.

Sind Sie Ihrem Vater böse? Vermissen Sie ihn? Hassen Sie ihn? Ich frage Sie das, weil man sagt, wenn ein Vater stirbt, würden sich die Gefühle seines Sohnes oder seiner Tochter für ihn verändern. Es könnte Zärtlichkeit sein, was sie dann empfinden – ich weiß nicht. Es könnte eine totale Leere sein ... Tatsache ist, dass, wenn die Eltern sterben, etwas passiert, es ist eine Art ...
Ja, eine Art Begegnung.

Haben Sie zu analysieren versucht, in welcher Weise das alles Sie beeinflusst haben könnte?
Ich war nie bei einem Psychoanalytiker, daher weiß ich nicht, in welcher Weise es mich beeinflusst haben könnte. Außerdem interessiert es mich nicht genügend, als dass ich herausfinden wollte. Ich komme aus einer Familie, in der niemand zurückschaut. Wir

haben einfach keine Zeit für so etwas. Weil ich meinen Vater nie sah, vermute ich, dass ich als Kind wohl ein bisschen merkwürdig war, aber meine Mutter hat mir die Vaterfigur voll und ganz ersetzt. Meine Mutter war Mom und Dad. Sie hat mich bedingungslos geliebt. Ich kam mir nie verwaist vor. Was mir jedoch erhalten geblieben ist – und ich kann die Schuld daran nicht allein in der Abwesenheit meines Vaters suchen, sondern auch in den mächtigen patriarchalischen Gestalten in meiner Familie –, war eine Art Rebellion gegen jede männliche Autorität, ein beträchtliches Misstrauen gegenüber dem Mann einfach als Mann. In meinen persönlichen und beruflichen Beziehungen vertraue ich einem Mann selten genügend, um ihn in vertrauliche Dinge einzuweihen. Selbst einem Geliebten vertraue ich nur selten.

Nicht einmal einem Geliebten?
Nein. Es fällt mir sehr schwer, mich zu öffnen, mich in einer intimen Beziehung vollkommen hinzugeben. Ich gehe immer von der Prämisse aus, dass ich betrogen werde.

Das ist sehr schwierig, auch wenn die Beziehung zu Ihrer Mutter so innig war. Ich nehme an, dass sie jetzt überglücklich ist. Sie sind verheiratet, Sie sind erfolgreich ...
Ja, sie ist überglücklich. Sie lebt in Chile, aber ich habe ihr ein Faxgerät gekauft, und wir schicken uns jeden Tag Nachrichten. Endlich ist sie stolz auf mich.

Sie waren auch sehr stolz auf Ihre Tochter Paula.
Ja. Sehr. Was meiner Tochter widerfahren ist, ist eine schreckliche Tragödie. Sie wurde am 6. Dezember 1991 in Madrid krank, und sie starb am 6. Dezember 1992.

Genau ein Jahr später?
Ja, sie fiel zwei Tage später, am 8. Dezember, ins Koma. Ich stellte damals in Barcelona meinen Roman *Der unendliche Plan* vor. Wir feierten mit Champagner und machten Fotos. Alles war sehr elegant, und plötzlich sah ich Willie auf mich zukommen. Er flüsterte mir ins Ohr, dass Paula ins Krankenhaus gebracht worden war. Ich glaube, in das größte und älteste Krankenhaus in

Madrid. Während des darauf folgenden Flugs von Barcelona nach Madrid ging alles zu Ende. Ich war hundert Tage im Krankenhaus. Ich nehme an, das Buch hat ein Eigenleben entwickelt. Ich hatte keine Ahnung, was damit geschah. Ich trat sehr schnell in diese Welt aus Schmerz, Krankheit und täglicher Demütigung ein, die uns alle gleich macht. Früher oder später müssen wir alle da durch. Im Krankenhaus ist man eine Nummer, ein Päckchen, das ohne den geringsten Respekt von Hand zu Hand weitergereicht wird. So viele Menschen leiden, dass es im Grunde keine Rolle mehr spielt. Niemand interessiert sich für die Verwandten derer, die leiden, denn niemand hat Zeit, sich für sie zu interessieren. In diesem Krankenhaus herrschte eine solche Anonymität. Ich kaufte mir einen weißen Kittel und weiße Clogs, so dass man mich für eine Krankenschwester halten konnte und ich hingehen konnte, wo ich wollte. Am Ende war ich einfach ein Mitglied des Personals. Niemand fragte mich, wohin ich ging oder woher ich kam.

Niemand wusste, wer Sie waren? Niemand wusste, dass diese Frau in dem weißen Kittel mit einer Tochter in Koma die Schriftstellerin Isabel Allende war?
Nein, ich habe niemals jemandem erzählt, wer ich war.

Warum?
Weil ich auf keinen Fall die Presse dahaben wollte. Carmen Balcells, meine Agentin, hat mir in dieser Zeit sehr geholfen. Wir haben alles so anonym wie möglich geregelt.

Und Ihre Tochter ist aus dem Koma nie wieder erwacht.
Nein, ich habe sie nur wenige Stunden, bevor sie das Bewusstsein verlor, noch gesehen.

Was war denn die Ursache?
Ihr fehlte ein Enzym in ihrem Stoffwechsel. Es ist ein genetischer Defekt, den in der Familie meines Ex-Ehemannes jeder hat. Man nennt es Porphyrie. Normalerweise können die anderen Enzyme den Mangel dieses einen fehlenden Enzyms ausgleichen. Aber diesmal war er zu gravierend, sie fiel ins Koma, und als sie sie

nicht aus dem Koma herausholen konnten, aus welchen Gründen auch immer (und es ist sehr wahrscheinlich, dass die Leute auf der Intensivstation einen Fehler gemacht haben), trug sie einen irreversiblen Hirnschaden davon.

Waren Sie immer an ihrer Seite?
Immer. Ich habe bei ihr gelebt, Tag und Nacht, im Krankenhaus. Ich habe während der zwei Besuchsstunden am Tag, in denen ich sie auf der Intensivstation besuchen durfte, zusammen mit meiner Mutter in den Korridoren dort gesessen. Als man Anfang Mai ihre Beatmung einstellte, nahm ich sie mit nach Hause, nach Kalifornien. Ich habe ihr im Wohnzimmer ein Bett hergerichtet.

Konnten Sie irgendwie mit ihr kommunizieren?
Nein. Ich glaube, dass sie Geräusche wahrnahm, obwohl sie sie nicht differenzieren konnte. Sie wurde unruhig, wenn etwas auf den Boden fiel, aber wenn man sie ansprach, reagierte sie nicht. Ich machte einen Kursus, um zu lernen, wie ich sie pflegen muss. Ich habe Leute eingestellt, die mir halfen. Ich musste sie durch einen Schlauch füttern, den man in ihren Magen eingeführt hatte. Wir mussten eine Reihe abscheulicher Dinge tun ... aber das Leben ging weiter – die Enkelkinder waren um mich, die Katze streifte umher, mein Mann schnitt Rosen auf dem Patio. Alles war wie in Zeitlupe. Sie wurde sehr gut versorgt, und alles ging sehr langsam.

Was haben die Ärzte gesagt? Haben sie vorgeschlagen, sie in ein anderes Krankenhaus zu bringen?
Sie sagten, das Beste sei es, ein Pflegeheim ausfindig zu machen, in dem sie in Frieden sterben konnte. Und ich lebte mit diesem Dilemma, dass sie umso länger aushalten würde, je mehr ich mich um sie kümmerte, dass sie umso länger leiden würde – und ich konnte nicht aufhören, mich um sie zu kümmern. Sie wurde versorgt wie eine Prinzessin. Sie war ein Schneewittchen in einem gläsernen Sarg. Paula war eine schöne Frau. Sie war die intelligenteste aus der Familie. Sie hatte einen Magister in Psy-

chologie und arbeitete in einer Schule in Madrid. Sie war achtundzwanzig Jahre alt.

Konnten Sie in diesem Jahr überhaupt etwas schreiben?
Ich machte mir Notizen in einem gelben Notizbuch. Ich schrieb viele Briefe an meine Mutter. Genau einhundert Tage nachdem meine Tochter krank geworden war, bekam meine Mutter ebenfalls gesundheitliche Probleme. Sie ist über siebzig und konnte mehr einfach nicht ertragen. Ich setzte sie in ein Flugzeug und schickte sie nach Chile. Ich schrieb ihr jeden Tag – manchmal sogar mehrmals am Tag, bis zum November, als ich merkte, dass mit Paula etwas geschehen würde. Ich kommunizierte durch Träume mit Paula – ich konnte sie fühlen. Wenn ich den Raum betrat, wusste ich, ob Paula Fieber hatte, ohne dass ich sie anzufassen brauchte. Ich wusste es, wenn sie sich unwohl fühlte, wenn sie Muskelkrämpfe hatte. Und plötzlich, Ende November, konnte ich sie nicht mehr fühlen. Ich betrat den Raum und sah einen Körper, aber ich konnte nicht mehr fühlen, dass sie mir zurief: „Mama, ich friere; Mama, dreh mich um." Und da hatte ich plötzlich schreckliche Angst. Ich rief meine Mutter in Chile an und sagte ihr, ich könnte spüren, dass Paula im Sterben läge. Und ich weiß, dass sie zu beten begann, dass das passieren würde. Sie wollte, dass Paulas Leiden ein Ende habe. Und als ich aufhörte, von ihr zu träumen, und aufhörte, sie zu fühlen, und als sie nicht länger nach mir rief, da verlor ich den Verstand. Ich konsultierte Hexen, Menschen, die sagten, dass sie übersinnliche Kräfte hätten, Schamanen, Homöopathen; ich versuchte es mit Magnetbetten, Wundertränken, Heiligen, allem, was Sie sich vorstellen können …

Und niemand hat sich eingemischt?
Nein, meine Freunde betrachteten mich mit unendlichem Mitleid, aber sie konnten nichts tun. Am 6. Dezember um vier Uhr morgens starb Paula. Ich war zutiefst aufgewühlt und durcheinander. Man sagte mir, ich solle eine Therapie machen, ich solle Antidepressiva nehmen, Tranquilizer. Man riet mir, Urlaub zu machen. Und dann kam meine Mutter aus Chile mit der einzigen Idee, die mich retten konnte. Sie brachte mir ein Päckchen mit all den Briefen, die ich an sie geschrieben hatte. Sie sagte: „Das ist

ein Tunnel, durch den du gehen musst, bis du an die andere Seite kommst. Es gibt keine Möglichkeit, dem Schmerz auszuweichen, es gibt keine Tabletten, es gibt keine Therapien, es gibt keine Urlaube. Du musst durch diesen Schmerz hindurchgehen, bis du die andere Seite erreichst. Du musst den Schmerz Stück um Stück neu durchleben und ihn vollkommen in dich aufnehmen. Du musst wissen, dass er niemals weggeht, dass er von jetzt an ein Teil von dir sein wird. Und du musst das akzeptieren."

Also gab sie Ihnen die Briefe?
Ja. Sie sagte, diese Briefe würden mir helfen, jeden Tag noch einmal zu durchleben, Minute für Minute, alles, was geschehen war. Und sie forderte mich auf, sie der Reihe nach zu lesen. Sie hatte sie chronologisch geordnet und mit einem gelbem Band zusammengebunden. Und da lagen sie nun, auf meinem Schreibtisch.

Und so haben Sie sie gelesen?
Ich las sämtliche Briefe, mit meiner Mutter an meiner Seite. Ich durchlebte jedes Stadium noch einmal, und als ich mit dem Lesen fertig war, akzeptierte ich, dass es das Beste für Paula war zu sterben. Ich fand mich damit ab. Ich begriff, dass ich alles Menschenmögliche getan hatte, um sie zu retten. Und ich begriff noch etwas anderes, und das ist das Wichtigste von allem. Mir wurde klar, dass ich meine Arbeit hinter mir gelassen hatte, meine Familie, all die Dinge, von denen ich gedacht hatte, ich könnte niemals ohne sie leben. Alles war von meinem Horizont verschwunden. Nur Paula und ich waren übriggeblieben, von Angesicht zu Angesicht. Sie mit ihren offenen Augen, aber ohne mich zu sehen. Sie mit einem Gehirn, das nicht länger funktionierte. Und ich akzeptierte, dass es so war. Ich begriff: Wie viel ich auch an ihrem Körper arbeiten mochte, wie sehr ich ihn massierte und ihn liebte, er verfiel langsam – er war bereits entstellt. Ich konnte nicht länger die Augen davor verschließen. Und ich sagte bei mir: Paula, meine einzige, meine Tochter, ist nicht mehr.

Was haben Sie getan? Haben Sie sie sterben lassen?
Ich schloss mich im Zimmer mit ihr ein und sagte: Stirb, Paula, stirb, es ist vorbei. Du bedeutest mir alles. Ich werde dich immer

lieben. Du wirst immer bei mir sein, aber bitte, stirb in Frieden. Ich werde nicht länger kämpfen. Ich möchte dich nicht für immer festhalten.

Und sie starb?
Ja. Ich habe etwas aus all dem Leiden gelernt: Am Ende bleibt nur die Liebe, die man schenkt. Nicht einmal die Liebe, die man empfängt, denn Paula konnte mir nichts mehr geben. Sie konnte nur empfangen. Aber ich hatte den unzerstörbaren Schatz der Liebe, die ich ihr schenkte, und das Wissen, dass ich solcher Liebe fähig war.

Sie hatten so noch nie zuvor empfunden?
Noch nie. Bis zu diesem Zeitpunkt hatten all meine Beziehungen, auch die Beziehungen zu meinen Kindern, auf Gegenseitigkeit beruht. Wenn du ein braver Sohn bzw. eine brave Tochter bist, liebe ich dich. Wenn du eine gute Mutter bist, habe ich eine gute Beziehung zu dir. Wenn du ein guter Geliebter bist, werde ich dich heiraten. Ich habe in diesem Jahr gelernt, dass die einzige Liebe – abgesehen von jener Liebe, die nur bedingt geschenkt wird und die eines Tages austrocknet –, dass das Einzige, was bleibt und sich nicht selbst erschöpft, die Liebe ist, die keine Gegenliebe erwartet. Und da begriff ich, dass der reichste Mensch auf dieser Welt Mutter Teresa sein muss. Kein Millionär ist reicher als diese Frau.

Aber diese Frau, Mutter Teresa, glaubt an Gott …
Ich glaube, dass sie der Menschheit als solcher eine grenzenlose Liebe entgegenbringt.

Haben all diese Erlebnisse Sie einer religiösen Erfahrung nähergebracht?
Nein. Wenn ich nach einer Religion suchte, dann wäre das der Buddhismus. Ich glaube, dass der Geist, der nicht ausschließlich dem menschlichen Wesen gegeben ist, in der ganzen Natur gefunden werden kann. Ich habe ein spirituelles Leben. Ich schreibe ständig über Geister. Ich glaube, dass die, die sterben, irgendwie immer noch unsere Hand halten. Ich habe meine Großmutter und meine Schwiegermutter, die vor vierzehn Jahren starb, oft ge-

beten, mir zu helfen, mit Paula in Verbindung zu treten. Aber ich glaube nicht, dass es einen Gott da oben gibt, der uns bestraft und uns belohnt und der unsere Taten beobachtet. Jedenfalls, wenn ich zu einem Gott beten müsste, würde ich zu einer gütigen und barmherzigen Göttin beten, mit Brüsten, aus denen Milch quillt, und nicht zu einem bestrafenden Gott, der gewisse Völker auserwählt und den man verehren muss. Was für eine lächerliche Idee!

Sind Sie verbittert?
Es ist nicht Verbitterung, aber ich bin um zehn Jahre gealtert. Ich heiße sie willkommen, diese Jahre. Ich möchte den Schmerz nicht vergessen. Ich möchte nicht aufhören zu weinen.

Wollen Sie wirklich nicht aufhören zu weinen?
Nein. Und ich möchte klarstellen, dass das kein Masochismus ist, denn ich kann mit meinen Enkelkindern durchaus lachen und spielen. Aber ich möchte diesen Schmerz nicht verlieren. Er macht mich zu einem besseren Menschen.

Werden Sie diese Briefe eines Tages veröffentlichen? Ich stelle mir vor, dass sie sehr bewegend sind. Ich könnte mir denken, dass Ihre Leser, jetzt, da sie von der Existenz dieser Briefe wissen, darauf warten.
Diese Briefe sind für niemanden von Interesse. Die Briefe meiner Mutter, die sie an mich geschrieben hat, sind sehr bewegend. Sie ist die wahre Schriftstellerin. Aber sie lebte in einem Land, Chile, und zu einer Zeit, wo die Frauen unterdrückt wurden. Ich gehöre der ersten Generation an, die sich gegen die Zwangsjacke gewehrt hat, die der Machismo und die Kirche uns angelegt haben.

Dann werden diese Briefe also nie veröffentlicht?
Nie. Ich habe einen Pakt mit meiner Mutter. Wenn eine von uns stirbt, wird die andere sämtliche Briefe verbrennen. Diese Briefe sind wie Claras Notizbücher im *Geisterhaus*.

Lassen Sie uns über Ihren Erfolg reden.
Erfolg? Was für einen Erfolg? Was ist Erfolg?

Ich rede von Ihrem literarischen Erfolg.
Es überrascht mich, dass meine Bücher sich so gut und in so vielen Sprachen verkaufen. Aber hier hat sich nichts geändert. Erfolg ist etwas, das außerhalb meines Lebensbereiches liegt. Ich bin dieselbe geblieben. Hier wachsen meine Enkelkinder auf, Windeln müssen gewechselt werden, jemand muss zum Markt gehen, und ich schreibe acht Stunden am Tag mit derselben Demut, mit der ich den ersten Satz in meinem ersten Buch schrieb. Und ich muss all das mit der Gewissheit tun, dass ich nichts weiß, dass ich jedes Mal alles erfinden muss, weil ich aus keinem Buch etwas lerne.

Sie meinen, dass Sie hier, in den USA, Ihren Erfolg nicht zu spüren bekommen?
Kaum. Meine Bücher sind in Europa beliebter als in den USA. Es wird zwar viel veröffentlicht in den USA, aber die Amerikaner lesen gern Thriller. Und diese Art Bücher schreibe ich nicht. Außerdem lesen die Amerikaner gern politische Bücher. Und davon abgesehen ist Amerika ein Land, das ständig auf sich selbst schaut und nicht viel Interesse an übersetzten Büchern zeigt. Nur sehr wenige ausländische Schriftsteller haben hier nennenswerten Erfolg, selbst wenn sie in diesem Land leben. Es wäre vielleicht anders, wenn ich auf Englisch schriebe.

Mögen Sie dieses Land?
Ich mag es sehr. Mich fasziniert seine Vielschichtigkeit, seine Flexibilität. Die Tatsache, dass hier das Schlimmste und das Beste geschehen kann; dass es eine Möglichkeit zu schnellem Wandel gibt. Europa ist anders. Es hat rigide Strukturen, die 3000 Jahre alt sind. Es hat Probleme, die 3000 Jahre alt sind. Es ist übervölkert, und es ist viel schwieriger, bedeutende Veränderungen vorzunehmen. Der Rest der Welt bewegt sich am Existenzminimum. Die sogenannte Dritte Welt kämpft immer noch um Grundnahrungsmittel, und die Möglichkeiten zur Veränderung sind gering, weil im Grunde überall Notstand herrscht. Aber in den Vereinigten Staaten ist die Möglichkeit zu echtem Wandel gegeben. Außerdem haben wir hier einen gemischten Salat mit allen Rassen, Sprachen, sehr viel Land und einer kurzen Geschichte. All das er-

möglicht große Veränderungen innerhalb kurzer Zeit. Ich möchte Anteil haben an all diesen Veränderungen.

Haben Sie die Absicht, eine Bewegung anzuführen?
Ich habe das Gefühl, eine Mission zu haben. Ich gehöre zu der niedrigsten der niedrigen Gesellschaftsklassen in diesem Land. Ich bin eine Frau, und ich stamme aus Lateinamerika. Aber ich habe eine Plattform, um auf Englisch über meine Kultur zu sprechen. Ich hatte sie zuerst mit meinen Büchern und jetzt über den Film, und schon bald werden weitere Bücher von mir verfilmt. All das bringt mich in eine Position, in der ich Verantwortung und Privilegien habe, die ich zu gebrauchen und zu missbrauchen gedenke.

Wollen Sie denn mehr Politik als Literatur machen?
Ich glaube nicht, dass Literatur ein Selbstzweck ist. Ich glaube nicht an Kunst um der Kunst willen. Ich habe keinen Respekt vor der Literatur, und ich behandle sie mit einem Minimum an Ernsthaftigkeit. Ich glaube, Literatur ist eine magische Art und Weise, jemanden zu schütteln und zu sagen: Sieh her, so leben wir, so ist es.

Sie nehmen die Literatur nicht ernst? Sie lachen darüber?
Ich arbeite ernsthaft, aber ich nehme die Literatur nicht ernst. Ich koche ernsthaft. Ich verstehe mich sehr gut darauf, Zwiebeln und Salat zu schneiden, aber ich nehme die Küche nicht ernst. Und genauso geht es mir mit der Literatur. Ich schreibe sehr sorgfältig und sehr geduldig, aber ich glaube nicht, dass die Literatur an sich für irgendjemanden etwas Ernstes oder Wichtiges ist. Früher besuchte ich Konferenzen und hörte mir an, wie Schriftsteller über sich selbst sprachen, über ihre Arbeit, über ihr ganzes Werk, und ich schämte mich für sie. Mich juckte es überall. Ich konnte diese Atmosphäre des Sich-selbst-auf-die-Schulter-Klopfens nicht ertragen. Es war mir zuwider, wie diese Leute über sich selbst sprachen, über ihre Arbeit ... Ich schämte mich. Und ich konnte es nicht ertragen, wie sie einander analysierten und sich gegenseitig Rosen vor die Füße warfen. Das ist schändlich.

Haben Sie das Gefühl, dass die Universitäten in dieser Hinsicht besser sind als die Konferenzen, von denen Sie sprechen?
Ich besuche häufig Universitäten und stelle fest, dass es dort eine Gruppe von dreißig jungen Leuten gibt, die man ein ganzes Semester lang damit gefoltert hat, in einem Buch von mir nach Symbolen und Metaphern Ausschau zu halten, wo gar keine Symbole oder Metaphern beabsichtigt waren; wo ich lediglich eine Geschichte erzählen wollte. Ich frage sie, warum sie sich nicht einfach dem Vergnügen des Lesens hingeben, so wie ich mich dem Vergnügen des Schreibens hingebe, statt zu analysieren, Parallelen zu erzwingen und nach Einflüssen zu suchen …

In einem Interview, das Sie einmal gegeben haben, habe ich gelesen, dass Sie mit zwölf Jahren Bücher des Marquis de Sade in Ihrem Schultornister getragen haben …
Ich habe damals alles gelesen, alles, was mir in die Finger fiel.

Und was hielten Sie in diesem Alter von de Sade? Und was hielten Sie dann später von ihm?
Ich mochte ihn ganz und gar nicht, und er hat mein Leben in keiner Weise beeinflusst. Ich bin, nur weil ich seine Bücher gelesen habe, weder Sadistin noch Masochistin geworden.

Welche Schriftsteller bewundern Sie?
Viele. Im Augenblick lese ich eine Reihe von Schriftstellerinnen, die ethnischen Minderheiten in diesem Land angehören. Chicanas [Mexikanerinnen], Japanerinnen, Latinas [Frauen lateinamerikanischer Herkunft]. Sie schreiben außerordentliche Dinge, und sie übernehmen die Welt der Literatur, die weiße Männer in New York monopolisiert haben. Die minimalistische Literatur liegt im Sterben. Es wurde auch Zeit. Wir erleben eine Rückkehr zu großen Erzählungen, zur barocken Erzählung. Wir erleben eine Rückkehr zum kunstvollen Umgang mit Worten, mit Sätzen, mit der Extravaganz der Story selbst. Das alles zieht mich stark an.

Sie fühlen sich zum Extravaganten hingezogen? Was halten Sie von Toni Morrisons Werk? Wie Sie wissen, hat sie vor nicht allzu langer Zeit den Nobelpreis für Literatur bekommen.

Sie ist eine gutes Beispiel für das, wovon wir gerade sprechen. Sie ist eine schwarze Schriftstellerin, deren Bücher von großem Interesse für die Öffentlichkeit sind, und sie erzählt auch Dinge über die Sklaverei, die erzählt werden mussten. Sie spricht über Arbeit und die Lebensbedingungen der Frau. Toni Morrison führt diese Bewegung an.

Sie selbst haben einen dunklen Teint und sind eine eher kleine Frau. Sie sagten vor ein paar Jahren, dass Sie das alles eintauschen würden, um eine hochgewachsene, zwanzigjährige Blondine mit großen Brüsten zu werden. Empfinden Sie immer noch so?
Nein. Ich würde das alles keineswegs eintauschen, um eine große Blondine mit üppigen Brüsten zu werden, sondern lieber eine Fünfzigjährige bleiben.

Warum nicht jünger?
Was für eine Katastrophe, diese dreißig Jahre noch einmal durchleben zu müssen! Nein, nein, nicht einen einzigen Tag mehr! Ich habe bereits fünfzig Jahre Erfahrung angesammelt, und ich besitze nur ein klein wenig Weisheit. Es wäre die Hölle, noch einmal mit frustrierten Liebhabern fertig werden zu müssen, noch einmal über die ersten Falten zu weinen und alles zu verlieren, was ich bereits verloren habe. Nein, nein, nicht einen einzigen Tag mehr!

Sie sagten einmal, dass Sie sich bis zu Ihrem vierzigsten Lebensjahr gewünscht hätten, ein Mann zu sein. Sehen Sie das immer noch so?
Nein, das tue ich nicht. Ich empfinde das nicht länger so, weil ich alles getan habe, was Männer tun können, und einige Dinge, die sie nicht können: wie zum Beispiel Kinder bekommen. Nein, ich würde nicht mit einem Mann tauschen wollen. Aber ich glaube immer noch, dass Männer es leichter haben als Frauen – überall auf der Welt. Obwohl es heutzutage heißt, die gefährdetste, verletzlichste und am meisten verfolgte Gruppe in diesem Land seien die weißen Männer. Sie werden von allen angegriffen: Von Feministinnen, von Schwarzen, von allen.

Und glauben Sie das?

Ich glaube, was im Grunde angegriffen wird, ist das Wertesystem des weißen Mannes, das System, das er verteidigt und das er repräsentiert. Aber ich glaube nicht, dass die Angriffe auf jeden einzelnen weißen Mann zielen.

Gehe ich recht in der Annahme, dass Sie eine Frau sind, die viel träumt?
Das ist richtig. Ich träume tatsächlich viel. Und meine Träume sind oft eine Vorwarnung. Es sind sehr präzise Träume. Ich kann zum Beispiel das Geschlecht meiner Kinder und Enkelkinder vorhersagen, bevor sie geboren werden. Außerdem sehe ich, wie sie in den verschiedenen Phasen ihres Lebens sein werden.

Haben Sie im Falle Ihrer Kinder Recht behalten?
Ja. Absolut. Außerdem schreibe ich all meine Träume auf, damit ich sie zur Realität in Beziehung setzen und sie interpretieren kann. Ich habe Träume, die sich wiederholen, und diese Träume helfen mir auch, beim Schreiben Probleme zu lösen. Manchmal stecke ich einfach irgendwo fest und komme nicht weiter, und in der nächsten Nacht löse ich dann das Problem in meinen Träumen.

Haben Sie auch von der Krankheit und dem darauf folgenden Tod Ihrer Tochter geträumt?
Nein, und deshalb habe ich ja auch nie geglaubt, dass sie sterben würde. Ich habe sie nie krank oder tot gesehen.

Können Sie mir einen dieser wiederkehrenden Träume erzählen?
Nun, ich träume zum Beispiel von einem sehr großen Haus mit vielen Räumen und vielen Türen, und hinter jeder Tür liegt ein schmutziges, unordentliches Zimmer. Also fange ich an, die Zimmer sauber zu machen, aber es gibt immer noch mehr schmutzige und unordentliche Zimmer. Das bedeutet, dass etwas in meinem Leben nicht gut funktioniert; etwas, für dass ich eine Lösung finden muss. In anderen Träumen sehe ich namenlose Babys ohne Gesichter vor mir, und das Baby ist immer das Buch, das ich gerade schreibe. Was dem Baby zustößt, stößt dem Buch zu, und das weiß ich, während ich schreibe – ich weiß es in dem Traum.

Was stößt denn dem Baby zu?
Es wird zum Beispiel in einem Zimmer eingesperrt und weint, und ich versuche, es zu erreichen und kann es nicht. Das bedeutet, dass das, was ich schreibe, noch nicht den Kern dessen eingefangen hat, was ich wirklich sagen will. Es bedeutet, dass noch irgendein Hindernis im Weg steht. Ich träume auch von einem Baby, das mit der Stimme eines alten Mannes weint, mit der Stimme eines Tieres oder eines Papageis, und ich weiß, das hat etwas mit meinem Erzählton zu tun. Ich habe noch nicht den richtigen Ton gefunden.

Es ist sehr merkwürdig, und ich nehme an, sehr nützlich, dass Sie auf diese Weise träumen.
Ja. Da ich meine Träume aufschreibe, sobald ich am nächsten Tag meinen Computer anknipse, korrigiere ich, was ich am vorherigen Tag geschrieben habe.

Worüber schreiben Sie denn im Augenblick?
Darüber möchte ich nicht reden.

Warum nicht? Bringt es Unglück, oder wollen Sie uns überraschen?
Beides.

Schreiben Sie jeden Tag?
Ja. Und ich lebe jeden Tag mit dem Gefühl, dass das Leben morgen enden wird. Ich habe keine Pläne für die Zukunft.

Gibt es Ihnen einen gewissen inneren Frieden, so zu leben?
Unbedingt. Wenn man keine Pläne für die Zukunft hat, braucht man sie nicht zu fürchten. Man hat keine Angst, dass man nicht in der Lage sein könne, diese Pläne in die Tat umzusetzen. Ich versuche, das Heute zu leben, so gut ich kann. Auf diese Weise habe ich das Gefühl, dass ich alles fertig bekomme. Ich kann morgen in Frieden sterben. Ich würde niemanden in absoluter Verzweiflung zurücklassen. Es ist sehr angenehm, in meinem Alter zu sein. Es zählt wenig, ob man ein Mann oder eine Frau ist, weil all die Dinge, die zutiefst mit der Sexualität verbunden sind,

das heißt, Menstruation, Empfängnisverhütung, Liebhaber, Leidenschaften, alle bedeutungslos zu sein scheinen. Es ist alles nicht mehr da. Wenn überhaupt, ist nur ein unangenehmer Nachgeschmack zurückgeblieben.

Sie reden, als seien Sie wirklich alt. Haben Sie dem Sex und anderen interessanten Dingen tatsächlich Lebewohl gesagt?
Ich habe ein Stadium erreicht, in dem ich Großmutter, Wächterin und Hexe bin. Ich bin hier, um für die Kinder zu sorgen, so lange ich die Kraft dazu habe, um für meine Familie zu sorgen, für den Planeten. Ich stehe dem Marktplatz der Geschlechter nicht länger zur Verfügung. Ich versuche nicht mehr, irgendjemanden zu verführen.

Nicht einmal William Gordon?
Nein, nicht einmal ihn. Wir sind sehr verliebt, und ich brauche ihn nicht zu verführen. Es geht nicht mehr darum, ihn zu verführen, es geht darum, zu teilen.

8. „Es gibt etwas Magisches beim Geschichtenerzählen"

Interview mit Jan Goggans[1]

Auf dem Weg zur Anwaltskanzlei von William Gordon, Isabel Allendes Ehemann, die er und seine Frau gemeinsam nutzen, kam mir im Treppenhaus eine ganze Familie lateinamerikanischer Herkunft entgegen. Sie blinzelten wegen des hellen Sonnenscheins mit den Augen, lachten und redeten durcheinander. „Genau wie in dem Buch", dachte ich, denn in *Der unendliche Plan* widmet Gregory Reeves seine Fähigkeiten als Jurist der mexikanischen Gemeinde in Kalifornien. Isabel Allendes Ehemann im wirklichen Leben, genannt Willie, führte mich in ihr Arbeitszimmer – einen hellen, sonnigen Raum voller Blumen, dessen Wände von Büchern gesäumt sind –, und während wir uns setzten, plauderte sie über einige der Schriftstellerinnen, die sie seit ihrem Umzug in die Vereinigten Staaten kennen gelernt hatte. Louise Erdrich wurde zum Abendessen erwartet, und als ich erwähnte, dass Louise bekannt war für ihre exotischen Ohrringe, strahlte Isabel Allende und überlegte, ob sie ihre Freundin anrufen solle, die Ohrringe entwarf. „Genau wie in dem Buch", dachte ich wiederum, während meine Gastgeberin über die „Carmen" aus dem echten Leben sprach, die fröhliche, sinnliche Schmuckdesignerin in *Der unendliche Plan.*

Seit Allende sich 1981 vom Journalismus auf das Schreiben von Romanen und Erzählungen verlegt hat, hat sie – gerechnet bis zum Zeitpunkt des Interviews – fünf Romane verfasst und eine Sammlung von Kurzgeschichten, „geschrieben" von Eva Luna, der Heldin ihres dritten Romans. Was ihre Arbeiten kennzeichnet, ist eine nahtlose Verflechtung von Realität und Fiktion; sie erschafft Welten, die die Grenzen von Tod und Leben ignorieren, in denen die Figuren sich mühelos von der „realen" Welt in die Welt der Geister begeben können. Dennoch tut Allende das Etikett des „magischen Realismus" mit einem Achselzucken ab und sagt, sie beschreibe in ihren Büchern ihre Realität – vielleicht mit einer Prise Übertreibung. Für eine magische Stunde saß ich an diesem Januarnachmittag mit Isabel Allende zusammen, während sie vor meinen Augen ihre Welten miteinander verwob. Wir unterhielten uns über Geografie, Politik, die Geschlechter, über die Liebe und darüber, wie dies alles ihre Schriftstellerei beeinflusst hat; insbesondere sprachen wir darüber, wie die Perspektive die Magie des Geschichtenerzählers beeinflusst.

*

Sie haben Ihre ganz persönliche Art und Weise, ein Buch zu schreiben.. Könnten Sie etwas zu den speziellen Ritualen sagen, mit denen Sie ein Buch beginnen?
Mein Ritual für den Beginn eines Romans besteht darin, dass ich immer an einem 8. Januar anfange. Das ist jetzt in ein paar Tagen – Samstag. Also bereite ich mich auf Samstag vor. Ich habe meinen ersten Roman am 8. Januar 1981 begonnen, weil wir an diesem Tag in Venezuela einen Anruf bekamen und erfuhren, dass mein Großvater in Chile im Sterben lag. Ich hatte meinem Großvater versprochen, dass ich in seinen letzten Augenblicken bei ihm sein und ihm helfen würde zu sterben. Ich hatte das Gefühl, ihn schrecklich verraten zu haben, weil ich, als ich Chile verließ, nicht Lebewohl gesagt hatte. Ich hatte damals nicht gewagt, ihm zu sagen, dass ich fortging. Ich dachte damals immer, dass ich nur für ein paar Wochen weggehen und dann zurückkommen würde, aber wie die Dinge sich entwickelten, war mir das nicht möglich.

Haben Sie in Chile Morddrohungen bekommen?
Es gab viele Dinge, viele miteinander in Zusammenhang stehende Bedrohungen und Umstände, die mich dazu zwangen, das Land zu verlassen. Und ich habe mit meinem Großvater nicht über diese Dinge geredet, denn er wusste nicht, was damals in Chile im Gange war. Ich wollte ihm nicht auf Wiedersehen sagen, weil wir uns so nahe standen. Ich habe ihn jeden Tag gesehen. Und ich war ja fest überzeugt, dass ich sehr bald zurückkommen würde. Als er dann Jahre später, 1981, im Sterben lag, hatte ich das Gefühl, ihn verraten zu haben, weil ich nicht bei ihm sein konnte. Und ich begann einen Brief an ihn, aus dem sich später *Das Geisterhaus* entwickelte. Dieses Buch war insofern ein großer Glücksgriff für mich, als es mir eine Tür zur Literatur öffnete.

Es hat auf vielfache Weise mein Leben verändert. Ich begann meinen zweiten Roman am gleichen Datum – weil es ein glücklicher Tag für mich war und ein glückliches Buch. Und das zweite Buch machte sich ebenfalls sehr gut, daher wagte ich es beim dritten Buch nicht, das Datum zu ändern, und jetzt, sechs Bücher später, wage ich das immer noch nicht. In diesem Jahr muss ich am 8. Januar einen ersten Satz niederschreiben.

An diesem Tag, der für mich ein heiliger Tag ist, gehe ich immer sehr früh am Morgen und allein in mein Büro. Ich zünde einige Kerzen für die Geister und die Musen an. Ich meditiere eine Weile. Ich habe immer frische Blumen und Weihrauch da. Und ich öffne mich vollkommen der Erfahrung, die in diesem Augenblick, an diesem Tag beginnt und über die ich noch gar nichts weiß. Denn ich weiß nie, was ich schreiben werde, wirklich nicht. Ich habe Pläne. Möglich, dass ich zu diesem Zeitpunkt mein letztes Buch schon Monate zuvor beendet habe, und vielleicht habe ich irgendwelche Ideen, aber es ist mir schon zweimal passiert, dass ich mich an den Computer setzte und etwas vollkommen anderes herauskam, als ich erwartet hätte. Es ist, als ginge man mit etwas schwanger, wie eine Elefantenschwangerschaft. Man ist schwanger mit etwas, das schon sehr lange da war und gewachsen ist, und wenn ich mich dann vollkommen entspannen und der Erfahrung des Schreibens öffnen kann, ohne in irgendeiner Weise voreingenommen zu sein, dann kommt das wirkliche Buch zum Vorschein. Obwohl ich vielleicht etwas Bestimmtes geplant habe, versuche ich diesen ersten Satz in einem Zustand der Trance zu schreiben, als schriebe ein anderer durch mich. Dieser erste Satz legt normalerweise das gesamte Buch fest. Er ist eine Tür, die in das Buch hineinführt. Und während ich schreibe, scheint die Geschichte sich langsam von selbst zu entfalten, manchmal gegen meinen Willen. Es passiert einfach.

Ich gehöre nicht zu den Autoren, die einen Entwurf machen, die mit irgendjemandem über das Schreiben reden oder Teile des Geschriebenen vorlesen können, bevor es fertig ist. Denn ich weiß nicht, was geschehen wird. Ich weiß es wirklich nicht. Bevor der erste Entwurf fertig ist – und dieser erste Entwurf kann Monate brauchen und ist im Allgemeinen sehr lang –, weiß ich nicht, wovon das Buch handelt. Ich setze mich einfach jeden Tag hin und schreibe die Geschichte aus mir heraus. Wenn ich glaube, dass sie fertig ist, drucke ich sie aus und lese sie zum ersten Mal. Zu diesem Zeitpunkt weiß ich dann, wovon die Geschichte handelt, und ich fange an, alles zu streichen, das nichts damit zu tun hat. Beim zweiten Entwurf fange ich an, an der Sprache zu feilen, mich um die Form, die Spannung, den Rhythmus und den Ton zu kümmern – eben die Dinge, die zum Handwerk des Schreibens gehören, aber nicht die eigentliche Geschichte ausmachen.

Sie sind also in erster Linie Geschichtenerzählerin und erst in zweiter Linie Schriftstellerin?
Ja. Das Geschichtenerzählen ist der Teil, der Spaß macht; das Schreiben kann ziemlich langweilig sein.

Sie haben aber auch schon einmal gesagt, dass das Schreiben Spaß mache. Ihre Erfahrung als Journalistin, ihre Geschicklichkeit im Umgang mit Sprache, ihre Fähigkeit, Menschen und Sätze zu formen – das mag zwar Arbeit sein, aber für Sie ist es offensichtlich auch Spaß.
Es gibt einen Teil des Schreibens, der tatsächlich Spaß macht. Ich arbeite mit Emotionen; die Sprache ist das Werkzeug, das Instrument. Aber in Wirklichkeit handelt die Geschichte immer von einem sehr tiefen Gefühl, das für mich wichtig ist. Wenn ich schreibe, versuche ich die Sprache auf eine effiziente Weise zu benutzen, so wie ein Journalist sie benutzt – man hat sehr wenig Platz und Zeit und muss den Leser im Nacken packen und ihn nicht mehr loslassen. Das ist es, was ich mit der Sprache zu erreichen versuche, und dieser Teil des Ganzen macht mir Spaß – der Versuch, die Spannung zu vermitteln, die ich manchmal selbst in mir spüre. Wenn meine Schwiegertochter Celia morgens hierher kommt, findet sie mich oft in Tränen aufgelöst oder lachend vor, weil ich so tief in der Geschichte stecke, dass ich ein Teil davon werde. Wenn der Tag vorbei ist und ich soweit fertig bin, dass ich nach Hause gehen könnte, brauche ich ein wenig Raum, ein wenig Zeit, bevor ich mich der Familie stelle und in die Normalität zurückkehre. Dieser Ort, dieser Kokon hier, scheint so erfüllt von den Figuren zu sein, dass sie ein Teil der Luft hier werden. Ich arbeite nie daheim, weil mein Zuhause dann ein Spukhaus wäre.

Wenn Sie davon sprechen, sich der Erfahrung zu öffnen, öffnen Sie sich da einer magischen Welt? Kommen tatsächlich die Geister herbei und schlagen Ihnen Worte oder Bilder oder Szenen vor?
Ja. In gewisser Weise. Es ist natürlich auch ein intellektueller Prozess. Aber daneben gibt es beim Geschichtenerzählen auch etwas Magisches. Man zapft eine andere Welt an. Die Geschichte wird ein Ganzes, wenn man die kollektive Geschichte anzapft, wenn die Geschichten anderer Menschen ein Teil des Schreibens werden und man weiß, dass es nicht nur die eigene Geschichte ist. Ich habe das Gefühl, dass ich nichts erfinde. Dass ich irgendwie Dinge entdecke, die in einer anderen Dimension bereits existieren. Dass sie schon da sind und dass es meine Aufgabe ist, sie zu finden und sie zu Papier zu bringen. Aber ich denke sie mir nicht aus. Und in diesen zwölf Jahren, seit ich schreibe, sind in meinem Leben und in meinem Schreiben Dinge geschehen, die mir beweisen, dass es eine andere Welt gibt. Und wenn man zu viele Stunden – so viele Stunden wie ich jeden Tag – schweigend und allein zubringt, dann kann man diese Welt sehen. Ich stelle mir vor, dass Menschen, die lange Stunden im Gebet oder in der Meditation verbringen oder die einfach in einem Kloster oder an einem anderen Ort allein sind, dass diese Menschen am Ende Stimmen hören und Visionen haben, weil Einsamkeit und Schweigen den Boden für solche Dinge bereiten.

Manchmal schreibe ich etwas, und ich bin praktisch überzeugt davon, dass es lediglich meiner Fantasie entspringt. Monate oder Jahre später entdecke ich dann, dass es der Wahrheit entsprach. Dass es irgendwo geschehen ist, irgendwelchen Menschen. Und ich bin immer so erschrocken, wenn mir so etwas passiert ... „Was ist das? Was ist, wenn Dinge geschehen, weil ich sie schreibe? Ich muss sehr vorsichtig mit meinen Worten sein." Aber meine Mutter sagt: „Nein. Diese Dinge geschehen nicht, weil du über sie schreibst. So viel Macht hast du nicht. Sei nicht so arrogant. Was geschieht, ist etwas anderes: Du kannst diese Dinge sehen, und andere Menschen können sie nicht sehen, weil sie nicht die Zeit dazu haben, weil sie mitten im Lärm der Welt stehen und mit anderen Dingen beschäftigt sind." Meine Großmutter war auch so, sie war hellsichtig. Und obwohl sie nicht schrieb, konnte sie Dinge ahnen und Verbindung zu unbekannten Ereignissen und

Gefühlen aufnehmen. Sie entdeckte Dinge, weil sie aufmerksam war, weil sie ihr Bewusstsein für so etwas geschärft hatte. Ich nehme an, es ist einfach eine Frage des schärferen Bewusstseins.

Ihr Stiefvater hat Sie einmal als Mythomanin bezeichnet.
Ja. Eine Lügnerin. [Sie lacht.] Er sagt, ich sei eine Lügnerin. Das Buch, das ich augenblicklich schreibe, ist eine sehr seltsame Erfahrung für mich, weil ich ansonsten Fiktion schreibe, und dieses Buch ist autobiografisch. Es ist das erste Mal, dass ich keine Fiktion schreibe, und ich weiß, dass mein Stiefvater und meine Mutter auf jeder einzelnen Seite Einwände haben werden, weil meine Wahrnehmung der Welt meiner Kindheit, meines Lebens vollkommen von ihrer Sicht der Dinge abweicht. Ich sehe Höhepunkte, Emotionen und ein unsichtbares Gewebe – Fäden, die diese Dinge irgendwie miteinander verbinden.

Joyce Carol Oates spricht von einem Gedächtnis, das wie ein Scheinwerfer bestimmte Stellen beleuchtet. Ich denke da an den Unterschied zwischen dem, was Sie aus ihrer Kindheit in Erinnerung haben – wie zum Beispiel, dass man Sie in einem seltsamen Apparat kopfüber aufgehängt hat, damit Sie besser wachsen –, und dem, was Ihr Stiefvater als einen vollkommen gefahrlos anwendbaren Apparat im Gedächtnis hat. Vielleicht erinnern Sie sich einfach an das, was Sie empfunden haben: Während Sie in Wirklichkeit in keinerlei Gefahr schwebten, kam es Ihnen so vor, als hätte man Sie am Hals aufgehängt.
Von solchen Dingen gibt es in meinen Büchern eine ganze Menge. Zum Beispiel erinnere ich mich oft an eine Geschichte, kann mich aber weder an einen Ort noch an ein Datum, eine Person oder einen Namen erinnern. Aber irgendetwas Bemerkenswertes an der Geschichte ist mir im Gedächtnis geblieben.

Wohingegen manche Leute sich an das Datum erinnern können oder daran, wie sie angezogen waren.
Oder sie erinnern sich an die Wahrheit. Ich erinnere mich vielleicht nur an meine eigenen Fantasien zu einem bestimmten Ereignis.

Aber am Ende ist es dann wie in Eva Luna: *Sie sagen etwas, und dann sagen Sie aber gleich –*
„... vielleicht ist es gar nicht so gewesen." Ich habe immer das Gefühl, dass es vielleicht so gar nicht war. Ich habe fünfzig Versionen darüber, wie ich meinen Mann, Willie, kennen gelernt habe. Er sagt, sie wären alle wahr.

In Ihren früheren Romanen, die im politischen Chaos Lateinamerikas spielen, erscheinen die Regierungen immer als unzuverlässig, als widersprüchlich – man hat das kafkaeske Gefühl, dass es einem nie gelingen wird, die Regierung zu verstehen, wie immer man es auch versucht. Sie ist auch nicht homogen, die Regierung; sie ist nicht berechenbar böse. Die Welt ist ständig in Bewegung begriffen, unverlässlich. Sehen Sie die Geisterwelt als einen verlässlicheren Ort? Ist es die Geisterwelt, in der der unendliche Plan Sinn ergibt, während er das in der realen Welt nicht tut?
Das ist eine schwierige Frage. Die spirituelle Welt ist ein Ort, an dem es Gut und Böse nicht gibt. Es ist keine Welt des Schwarz und Weiß, wie die reale Welt es zu sein scheint. Es gibt keinerlei rigide Regeln. Es gibt überhaupt keine Regeln. In diesem Sinne unterscheidet sie sich grundlegend von dem unendlichen Plan – der ein Witz ist –, den der Priester in *Der unendliche Plan* vorschlägt. In der spirituellen Welt gibt es nur Intention, es gibt nur Sein. Und es gibt kein Gefühl von Falsch oder Richtig. Alles *ist* einfach, auf eine sehr gleichmäßige und stille Art und Weise. Und weil die Dinge in dieser Hinsicht so zweideutig sind, so delikat und so verschwommen, deshalb ist es ein sicherer Ort. Man braucht nichts zu entscheiden. Die Dinge *sind* einfach, und man schwebt irgendwie oder – ich weiß nicht, wie ich das ausdrücken soll – man ist einfach da. Auf eine sehr, sehr zarte, leise Art und Weise. Für mich ist es ein sehr sicherer Ort. Das ist der Ort, von dem die Geschichten kommen. Das ist der Ort der Liebe.

Das klingt sehr abgedroschen. Mein Leben wurde von zwei Dingen maßgeblich bestimmt, die äußerst wichtig sind: von Liebe und Gewalt. Gewalt und Tod und Kummer und Schmerz in meinem Leben – diese Dinge habe ich immer, immer gehabt. Aber es gibt noch eine parallele Dimension, und das ist die Liebe.

Es gibt viele Formen von Liebe, aber die Art Liebe, über die ich rede, stellt keine Bedingungen. Es ist zum Beispiel die Art, wie Sie einen Baum lieben. Wir erwarten nicht, dass der Baum sich bewegt, etwas tut oder schön ist. Der Baum ist einfach ein Baum, und wir lieben den Baum, weil er ein Baum ist. Man liebt ein Tier auf diese Weise. Wir lieben Kinder auf diese Weise. Je komplizierter das Leben, je komplizierter die Beziehungen werden, umso mehr verlangt man. Man will eine Gegenleistung. Man hat Erwartungen und Wünsche, und man möchte genauso sehr geliebt werden, wie man selbst liebt.

In dieser spirituellen Welt, die eine Welt der Liebe ist, gibt es keine Bedingungen. Wie in meiner Liebe zu meinen Enkelkindern. Ich halte sie für vollkommen. Es spielt keine Rolle, ob sie wachsen oder so bleiben, wie sie sind, weil ich sie immer als die Säuglinge sehen kann, als die sie geboren wurden. Die Ungeborenen, die sie im Bauch meiner Schwiegertochter gewesen sind. Die Menschen, die sie als Jugendliche sein werden, die Menschen, die sie als Erwachsene sein werden. Die Seele hat kein Alter. Vielleicht ist es das, was ich sagen wollte. Wenn wir etwas tief und vollkommen lieben, lieben wir die Essenz, das eigentliche Wesen. Und das altert nicht. Es sieht nicht einmal so und dann wieder anders aus. Es ist weder dick noch dünn, weder groß noch blond. Ich glaube, so ist die Beschaffenheit der spirituellen Welt. Die Beschaffenheit der Essenz der Dinge.

Dieser Zustand, den Sie da beschreiben, klingt sehr buddhistisch. Sind Sie nicht katholisch erzogen worden?
Ich wurde katholisch erzogen, und ich bin kein religiöser Mensch. Ich besitze keinen formellen Glauben. Ich glaube nicht an Gott. So einfach ist das. Ich glaube nicht an die Götter, von denen ich gehört habe, oder an den Gott, an den zu glauben ich erzogen wurde. Ich glaube nicht an einen Schöpfer, der über unser Leben entscheidet, der uns bestraft oder belohnt. Ich habe einen Horror vor allen Religionen, obwohl ich Menschen, die gläubig sind, durchaus respektiere, und ich denke, der Glaube ist ein Geschenk, das das Leben sehr leicht macht. Mit Hilfe des Glaubens kann man immer alles erklären und alles rechtfertigen, und diese Möglichkeit hatte ich nie.

Obwohl ich nicht fromm bin und auch keine Buddhistin, fühle

ich mich sehr stark mit etwas verbunden, das jenseits von Geist und Körper liegt. Ich bin davon überzeugt, dass das Leben nur eine Pause ist, eine Art Etappe auf der Reise. Wir müssen für eine Weile in diesem Körper sein, weil wir Dinge lernen müssen, die wir nur durch die Sinne lernen können. Und dann tritt die Seele auf eine andere Stufe, und Seelen tun etwas anderes. Ich empfinde das jetzt sehr stark so, wegen des Todes meiner Tochter. Obwohl ich nicht mit ihr kommunizieren kann – ich kann nicht zum Telefon greifen und sie anrufen, wie ich es früher jeden Tag getan habe –, ist sie auf eine sehr reale Weise präsent. Ihre Essenz ist hier. Ihr Tod ist ein Unfall; ihr Leben war ein Unfall. Die Tatsache, dass ich da war, um sie in diese Welt zu bringen, so wie ich da war, um sie in eine andere Welt zu begleiten, auch das ist ein Unfall. Sie gehörte mir nicht, hat es nie getan. Dieser Teil ihrer Seele, der mit meiner Seele verbunden ist, ist etwas Reales für mich, eine sehr machtvolle Realität. Genauso empfinde ich, was meine Großmutter betrifft. Meine Großmutter starb, als ich noch sehr klein war. Meine Mutter sagt, ich hätte so dringend eine Großmutter gebraucht, dass ich eine erfand. Aber die Wahrheit ist, ich habe nie eine andere Großmutter gebraucht als meine. Sie war eine wunderbare Großmutter, und die Tatsache, dass sie tot ist, ist einfach Pech. Aber ihr Tod änderte nichts an der Tatsache, dass sie meine Großmutter ist, und sie ist wunderbar! Das Gleiche empfinde ich für meine Tochter.

Ich denke, das, wovon Sie reden, ist Transzendenz, die Fähigkeit, sich über diese reale Welt zu erheben und zu einem transzendenten Verständnis von Gefühlen und Emotionen zu gelangen. Würden Sie sagen, dass diese Eigentümlichkeit Ihre Romane stärker prägt als irgendein anderes Merkmal?
Es ist merkwürdig, dass meine Arbeit als magischer Realismus eingestuft wird, denn ich betrachte meine Romane einfach als realistische Literatur. Man sagt, wenn Kafka in Mexiko geboren worden wäre, wäre er ein realistischer Schriftsteller geworden. [Sie lacht.] So viel hängt davon ab, wo man geboren wird! Manchmal arbeite ich mit Tricks, die literarische Kunstgriffe sind, um etwas zu übertreiben, damit es komischer oder bemerkenswerter oder spektakulärer wirkt. Aber die Essenz ist immer wahr. Wenn ich sa-

ge, dass Clara del Valle Klavier spielen konnte, ohne den Deckel zu öffnen, dann ist das eine Übertreibung, denn natürlich konnte sie das nicht. Aber im echten Leben konnte zum Beispiel meine Großmutter Gegenstände bewegen. Keine großen Dinge. Sie konnte nicht sagen: „Okay, wir stellen heute die Möbel um", und dann von ihrem Sessel aus die Möbel bewegen. Nein. Aber manchmal bewegte sich der Aschenbecher ein kleines Stück über den Tisch oder so etwas eben. Es sind solche geringfügigen Ereignisse, die ich übertreibe. Und im Buch nimmt es sich dann ziemlich unheimlich aus.

Aber im echten Leben gibt es eine Menge merkwürdiger Dinge. Ich habe eine sehr gute Beziehung zu meinem Mann, obwohl wir erst seit sechs Jahren zusammen sind. Wir kommen aus unterschiedlichen Kulturen, gehören unterschiedlichen Rassen an, sprechen unterschiedliche Sprachen. Wir sehen so verschieden aus. Wenn er sich morgens rasiert und ich im selben Spiegel mein Make-up auflege, denke ich manchmal: „Puh, dieser Typ ist wie ein Marsmensch. Was mache ich hier eigentlich?" Und ich habe das Gefühl, als hätte man mich mitten in einen Kinofilm gesteckt! Es ist so merkwürdig. Andererseits können wir auf so enge Weise kommunizieren, dass wir manchmal schweigend im Auto sitzen, und plötzlich sagt er etwas, das in direktem Zusammenhang mit dem steht, was ich gerade denke. Und umgekehrt. Ich weiß, dass er meine Gedanken lesen kann. Er weiß nicht, dass er meine Gedanken liest, dass unsere Gedanken und unsere Träume genauso miteinander verbunden sind, wie wir im Fleisch miteinander verbunden sind. So geht es mir manchmal auch mit meinen Kindern. Oder mit meiner Mutter. Auch das ist also Realität. In der Literatur übertreibe ich es, ich verwandle es in Telepathie, aber im Kern ist immer etwas Wahrheit.

Irene und Francisco in Von Liebe und Schatten *müssen am Ende des Romans noch einmal ganz von vorn anfangen. Sie steigen in den Wagen, sehen sich an und fragen sich, wer der andere ist. Körperlich erkennen sie einander nicht, aber sie erkennen immer noch die Seele des anderen. Das ist eine wichtige Aussage, die den Roman sehr realistisch macht.*

Von all meinen Büchern ist *Von Liebe und Schatten* dasjenige, das am wenigsten Erfolg hatte. Man warf dem Buch vor, dass es sentimental sei und zu politisch. Aber ich habe Mitleid mit diesem Buch. Vor allem weil die Geschichte wahr ist. Die Hauptgeschichte betrifft ein politisches Verbrechen, das in Chile begangen wurde und über das ich Recherchen angestellt habe. Die Figuren sind wahr. Außerdem hat das Buch Willie in mein Leben gebracht. Willie las den Roman, er verliebte sich in ihn, und schließlich verliebte er sich in mich. Und außerdem steht mir das Buch deshalb so nah, weil es mir bewusst gemacht hat, wie mächtig das geschriebene Wort sein kann: Dass man diese Welt anzapfen kann, von der wir reden, und dort Dinge entdecken, über die man nie etwas erfahren hätte, wenn man nicht diese Verbindung zu einem kollektiven Wissen hätte, die durch das Schreiben kommt.

In einem früheren Interview haben Sie sich als Troubadour definiert. Sie sagten: „Ich möchte von Dorf zu Dorf ziehen, von Mensch zu Mensch, von Stadt zu Stadt, und von meinem Land erzählen, von meinem Kontinent, ich möchte unsere Wahrheit übermitteln – dieses gesammelte Leiden und diesen wunderbaren Ausdruck von Leben, der Lateinamerika ist." Empfinden Sie das immer noch so?
Ja, das tue ich. Es ist das Einzige, was mir gefällt, wenn ich Vorträge halte und Lesungen mache. Ich bin nicht besonders gern unterwegs, aber wenn ich diese Reisen mache und mich von Menschen umringt finde, und wenn ich ihnen etwas erzählen kann, das ich gesehen oder erlebt habe, dann fühle ich mich wie der Geschichtenerzähler, der mit seinen Geschichten von Dorf zu Dorf wandert.

Im Leben Ihrer Figuren spielt die Musik immer eine große Rolle. Eva Luna zum Beispiel hört einen Straßensänger und kommt auf den Gedanken, dass Reime eine gute Möglichkeit wären, sich ihre Geschichten einzuprägen. Ist das Geschichtenerzählen bei Ihnen eine musikalische Erfahrung?
Nein, das ist es nicht. Leider habe ich kein gutes Ohr für Musik. Da bin ich der Dichtung vielleicht näher. Mir fällt es leicht, mich an eine Geschichte zu erinnern, wenn ich den Ort visualisieren

kann, den Geruch, selbst wenn ich selbst nicht dort gewesen bin, und irgendwie stelle ich mir die Geschichte als Gedicht vor, als ein Gedicht wie die von Pablo Neruda, die immer so voller sinnlicher Wahrnehmungen stecken. So sehe ich Dichtung, und so versuche ich, meine Geschichten im Gedächtnis zu behalten.

Es überrascht mich, Sie sagen zu hören, Sie hätten kein gutes Ohr für Musik. Ihre Prosa ist sehr musikalisch.
Nun, ich lese meine Arbeit laut vor. Ich lese sie deshalb laut vor, weil ich es spüren kann, wenn ein Wort nicht passt, wenn ein Satz zu lang oder zu kurz ist, wenn ich in einem Absatz irgendetwas ausbalancieren muss. Wenn ich sage, ich hätte kein Ohr für Musik, dann meine ich, ich könnte keine Musik komponieren, ich kann nicht singen, ich kann mir keine Melodien merken. Es ist schade, weil es mir wirklich helfen würde, wenn ich musikalisch wäre.

Sie haben gesagt, dass im Keller Ihrer Großeltern „ein höhlenartiges Schweigen [herrschte], in dem selbst der zaghafteste Seufzer so gewaltig wie ein Sturmwind klang." Können Sie Ihre Romane ebenfalls hören, wenn Sie sie niederschreiben?
Ich schreibe mit den Stimmen der Figuren. Für mich ist das beste Beispiel Riad Halabi in *Eva Luna,* der eine Hasenscharte hatte. Ich weiß noch, als diese Figur in meinem Leben auftauchte, kannte ich niemanden mit diesem Problem, ich wusste nicht, wie die Stimme klingen würde. Aber von Anfang an fiel mir auf, wie seltsam die Stimme klang. Und als ich zu recherchieren begann und herausfand, was für eine Stimme ein Mensch mit einem gespaltenen Gaumen haben würde, da war das Ergebnis ganz ähnlich dem, was ich mir vorgestellt hatte – es war genau diese Art von seltsamer Stimme, die keine Konsonanten artikulieren kann.

Ist das ein Beispiel dafür, wie sie eine kollektive Wahrheit anzapfen?
Ja.

Als Sie mit Gregory Reeves' Stimme sprachen, hatten Sie da das Gefühl, von ihm besessen zu sein, als wären Sie ein Orakel für die Essenz dieser Figur? Haben Sie das so empfunden?
Manchmal. Und ich versuchte, das Chaos in seinen Gedanken und in seinem Leben zu übermitteln. Die Verwirrung, diese schreckliche Verwirrung und die vielen Alternativen – die falschen Alternativen. Ich versuchte, das sogar durch das Schreiben zu vermitteln, daher ist die Geschichte in gewissen Teilen sehr chaotisch.

Er ist mit Sicherheit ein Mann, der charakterisiert ist durch falsche Entscheidungen.
Er überlebt. Er ist ein typischer Überlebenskünstler. Im wirklichen Leben ist Willie das auch. Er ist ein Stehaufmännchen, und die Menschen, die sich biegen, ohne je zu brechen, haben mich immer schon fasziniert. Sie können heute auf den Knien liegen, und morgen stehen sie wieder auf.

An welcher Stelle in dem Roman wurde Ihnen klar, dass Gregory und Carmen nicht zusammenkommen würden?
Für mich war das die ganze Zeit klar. Denn ich kannte ja die Geschichte. Aber ich wünschte mir, dass sie zusammenkamen.

Das wünscht sich jeder!
[Sie lacht.] Ich wollte, dass sie zusammenkommen. Aber ich musste mit den Figuren aufrichtig sein. Dasselbe ist mir übrigens in *Eva Luna* passiert, mit Huberto Naranjo und Eva Luna. Ich wollte, dass sie zusammenkämen! Aber ich hätte Eva Luna furchtbar verraten, wenn ich mich nicht der Realität unterworfen hätte, dass die beiden kein Liebespaar sein konnten. Und da saß ich nun, mitten in einem Roman, den ich auf eine bestimmte Weise geplant hatte (nun ja, eigentlich plane ich nie sehr viel). Ich hatte da diese beiden Figuren, denen ich von der allerersten Seite an gefolgt war, diese beiden Waisenkinder auf der Straße, die am Ende zusammenkommen und ein Liebespaar werden würden – es lag einfach auf der Hand. Und als es passierte, funktionierte es nicht.

Aber sie bekommt den deutschen Jungen.

Ich hatte den deutschen Jungen damals noch nicht. Ich war in einer Sackgasse. Dann lud man mich zu einer Lesereise nach Deutschland ein, und am Ende saß ich in Hamburg, mitten im Winter, und es war ein scheußlicher Tag. Nach der Lesung kam ein Mann zu mir und sagte, er sei Journalist und wolle eine Tasse Kaffee mit mir trinken. Ich sagte, ich sei eigentlich sehr müde und nicht zu einem weiteren Interview bereit. Er sagte: „Es geht nicht um ein Interview. Ich möchte Ihnen nur etwas schenken." Und ich dachte, was wird denn das? Also gingen wir in eine Bar und tranken ein Glas Bier, während er mir die bemerkenswerte Geschichte seines Lebens erzählte. Er war der Sohn eines deutschen SS-Offiziers, der ein Sadist gewesen war und seine Kinder und alle Menschen in seiner Umgebung gequält hatte. Der Mann hatte eine Schwester, die retardiert war und die unter einem Tisch mit einer weißen Tischdecke darauf aufgewachsen war. Er gab mir die Geschichte, und ich schrieb sie auf eine Papierserviette und fragte: „Darf ich das verwenden?" Und er sagte: „Ich schenke es Ihnen." Also gab ich, als ich nach Hause kam, das, was auf der Papierserviette stand, einfach in den Computer ein, und da hatte ich meinen Rolf Carlé. Ich brauchte ihn nicht zu erfinden; jemand hat ihn mir geschenkt.

Ich glaube, wenn man an etwas arbeitet und sich wirklich sehr tief in diese Arbeit versenkt, kommt es zu solchen Zufällen. Die Welt heckt etwas aus, damit es passieren kann. Die Tatsache, dass ich in eben diesem Augenblick mit Huberto Naranjo in eine Sackgasse geraten war, gab mir die Möglichkeit, mich für die Geschichte von Rolf Carlé zu öffnen und ihn in das Buch zu bringen. Er wurde eine so starke Figur, dass er in den Kurzgeschichten wieder auftaucht. Irgendwie ist er immer in meinem Hinterkopf, er ist so real.

Die roten Schuhe, die seine Mutter tragen muss, haben etwas besonders Erschreckendes. Wahrscheinlich weil sie auf eine beunruhigende Weise erotisch sind, werden sie zu einer dieser grässlichen Erfahrungen, wie eine Vergewaltigungsszene, die man liest, und die einen an irgendeiner Stelle erregt. Die Art, wie sie

in diesen hochhackigen Stiefeln umherstaksen muss, hat etwas Kaltes, sehr Mächtiges. Ist auch das real?
Nein. Ich musste mir etwas ausdenken, das mit wenigen Worten symbolisieren würde, wie der Verstand dieses Mannes arbeitete und wie die Familie in dem Verstand und dem Grauen dieses Mannes gefangen war. Da fielen mir die Schuhe ein. Ich weiß nicht, wieso.

Das ist wirklich unheimlich. Finden Sie nicht auch?
Jetzt, wo Sie es sagen, ja. Aber für mich ist der unheimlichste Teil dieser Figur in dem Buch das Kind unter dem Tisch. Und um das zu schreiben, legte ich eine Decke auf einen Tisch, und ich verbrachte einen Tag unter dem Tisch, weil ich die Welt von dort unten sehen wollte, unter dem Tisch und durch das Tischtuch.

Das ganze Grauen von Evangelinas von Maden zerfressenem Leichnam in Von Liebe und Schatten *ist nicht so schlimm wie Katharina unter dem Tisch. Was kann man für Evangelina tun? Sie ist tot. Deshalb ist es auch so passend, dass Irene und Francisco sich lieben, nachdem sie sie gesehen haben.*
Dabei hat diese Szene so viel Widerspruch geerntet! Ich denke, es ist das Einzige, was sie tun konnten. Glücklicherweise hat die Szene wunderbar funktioniert, als ich sie in dem Film sah. Die Regisseurin hatte ursprünglich viele Probleme damit. Sie sagte: „Ich kann das Publikum nicht gleich nach der Szene mit den Leichen und all diesen Dingen mit einer erotischen Szene konfrontieren. Es wird nicht funktionieren." Also redeten wir darüber, und als sie es versuchte, funktionierte es blendend. Sich zu lieben scheint das Einzige zu sein, was Irene und Francisco tun können, um sich selbst zu retten. Es ist eine Bestätigung des Lebens.

Sie sagten einmal, Sie kämen aus einer derart gehemmten Umgebung, dass es Ihnen sehr schwer falle, erotische Szenen zu schreiben. Wenn man an Franciscos und Irenes Liebesbegegnung denkt – die sehr metaphorisch ist, sehr schön und schwebend – und dann an die von Carmen und Leo – die sehr real und erdverbunden ist –, gewinnt man den Eindruck, dass sie diese Verklemmtheit überwunden haben, dass sie die Fähigkeit ent-

wickelt haben, sehr sinnlich zu schreiben. Geschieht das bewusst?

Nein, ich denke, es hat etwas mit dem Buch zu tun. Jedes Buch hat seine Art, geschrieben zu werden. Jede Geschichte hat ihre Art, erzählt zu werden. Die Geschichte legt den Tonfall fest, in dem wir etwas erzählen sollten. Francisco und Irene sind zwei sehr junge Menschen, die einander am Anfang begehren und sich dann verlieben. Bis sie miteinander schlafen, lieben sie sich wirklich. Außerdem sind sie auch zwei junge Menschen, die zum ersten Mal in ihrem Leben mit der Brutalität von Tod und Folter, von Unterdrückung und Gewalt konfrontiert wurden. Sie sind in die böse Dimension der Welt unten in der Hölle eingestiegen. Der Sex holt sie aus der Hölle zurück ins Leben, in das Paradies der Liebe, in dem sie geborgen sind; in diesem Kokon sind sie nur für einige wenige Augenblicke in Sicherheit. Später werden die Ereignisse, wird das Leben selbst sie zerstören. Die Szene wird auf eben diese Art und Weise erzählt, weil sie, ohne dass mir selbst dies besonders bewusst gewesen wäre, der Mythos der Eurydike ist. Es ist wie etwas, das in der Hölle geschieht – Orpheus steigt hinab, um sie ins Leben zurückzuholen.

Carmen und Leo sind einfach zwei Menschen mittleren Alters. Wie Sie und ich und alle anderen. Die beiden haben nichts Metaphorisches. Sie sind absolut erdverbunden. Daneben gibt es noch das Element der Sinnlichkeit, sie sind vierzig, und das ist nicht so romantisch, wie zwanzig zu sein.

Es ist seltsam. Gestern habe ich eine Szene geschrieben, eine erotische Szene, und es war sehr schwierig. Es fällt mir immer schwer. Manche Leute sagen, die besten Teile meiner Bücher seien die erotischen Teile, aber ich finde es schwierig, sie zu schreiben, weil ich immer daran denken muss, dass meine Mutter sie lesen wird. Meine Mutter wird sagen: „Das hast du gemacht?" Also werde ich es meiner Mutter erklären müssen, und das lähmt mich entsetzlich.

Bei einem Vortrag letztes Frühjahr erwähnten Sie, dass Sie keine Kurzgeschichten mehr schreiben würden. Sind Sie wirklich fest entschlossen, zu diesem Genre nicht mehr zurückzukehren?

Ich weiß nicht. Ich sollte wohl nie sagen, dass ich etwas nie mehr machen würde. Erzählungen fallen einem als Ganzes in den Schoß, wie Geschenke. Ein Roman ist Arbeit – Arbeit, Arbeit, Arbeit –, und dann ist es eines Tages vorbei; man ist fertig. Aber eine Erzählung ist etwas, das einem passiert, so wie man sich eine Erkältung holt. Man bringt es einfach hinter sich, und man trifft keine Entscheidungen. Man braucht nichts zu erschaffen. Die Erzählung ist im Grunde Inspiration. Ganz plötzlich hat man einen Geistesblitz, der einem ein Ereignis aus einem anderen Blickwinkel zeigt, einem absolut unerwarteten Blickwinkel. Und das kann man nicht erzwingen. Es passiert einem. Man geht irgendwo hin, man sieht Leute tanzen, und ganz plötzlich hat man eine Inspiration, man sieht die Beziehungen zwischen diesen Leuten, oder man scheint etwas zu sehen, das da ist, das aber niemand sonst in dem Raum sehen kann. Und dann hat man eine Kurzgeschichte.

Ich habe Angst vor Kurzgeschichten, große Angst. Ich habe in Berkeley kreatives Schreiben unterrichtet, und ich sagte, bitte, keine Kurzgeschichten, denn wie soll ich Ihnen beibringen, eine Kurzgeschichte zu schreiben? Es ist unmöglich. Einen Roman zu schreiben kann man unterrichten – man braucht eine Idee, und das Handwerk des Schreibens kann man lehren, man kann jemandem beibringen, wie er Spannung aufbauen muss. Aber wie man dieses wunderbare Ding, das eine Kurzgeschichte ist, schreibt, das kann man nicht unterrichten. Es ist ein Geschenk. Wie soll man das unterrichten?

Schreiben Sie Ihre Geschichten als Eva Luna? Oder schreiben Sie diese Geschichten und lassen sie dann von Eva umschreiben?

Nein, Eva Luna schreibt diese Geschichten. Bis auf die letzte „Aus Erde sind wir gemacht", die erzählt, wie Rolf Carlé das kleine Mädchen im Schlamm findet und ihm hilft zu sterben – diese Geschichte ist nicht aus Eva Lunas Perspektive geschrieben. Ich habe sie von Anfang an aus seiner Perspektive geschrieben und sie dann am Ende umgedreht, so dass sie diejenige ist, die ihn im Fernsehen sieht. Das ist wirklich passiert, 1985 in Kolumbien. Ein Vulkan namens Nevado Ruiz brach aus, und ein Erdrutsch begrub ein ganzes Dorf unter sich. Tausende von Menschen starben. Die meisten der Leichen wurden nie gefunden, und am Ende hat man das ganze

Dorf zu einem Friedhof erklärt, zu heiligem Land. Zu den vielen Opfern gehörte ein kleines Mädchen, neun Jahre alt, namens Omaira Sánchez. Dieses Mädchen – das sehr kurzes, dunkles Lockenhaar und schwarze Augen hatte, riesige, schwarze Augen – stand vier Tage lang, gefangen im Schlamm, furchtbare Qualen aus. Die Behörden konnten keine Pumpe einfliegen lassen, um das Wasser abzupumpen und dem Kind das Leben zu retten. Und die Fernsehreporter mit ihren Kameras kamen in das Dorf, in Hubschraubern, Flugzeugen und Bussen.

Überall in der Welt konnte das Publikum vier Tage lang die Qualen dieses Kindes mit ansehen.

Als diese Katastrophe 1985 geschah, stellte ich den Fernseher an und konnte plötzlich dieses Mädchen sehen. Es bestand eine Verbindung zwischen diesen Augen, die mich durch den Fernsehschirm ansahen, und meinem eigenen Leben. Ich war fasziniert. Mir wurde klar, dass sie mir etwas zu sagen versuchte, dass sie mich etwas lehren wollte. Später hatte ich jahrelang ihre Fotografie auf meinem Schreibtisch stehen, und ich dachte, wenn ich diese Geschichte schriebe, würde ich Omaira Sánchez austreiben, sie aus meinen Gedanken verbannen. Das ist nicht passiert. Sie war immer bei mir. Als ich die Geschichte schrieb, war es die Geschichte des Mädchens, das im Schlamm gefangen war. Und dann begriff ich, dass es nicht ihre Geschichte war. Es war die Geschichte eines Mannes, der sie in den Armen hielt. Und so schrieb ich die Geschichte aus seiner Perspektive, wie er sie festhielt. Und dann wurde mir klar, dass es auch nicht um ihn ging. Ich war es, die Beobachterin. In diesem Falle war es Eva Luna, aber ich war diejenige, die von der anderen Seite der Welt mit verfolgte, was dort geschah. Uns trennte eine gewaltige Entfernung, und es gab nichts, was ich hätte tun können. Wie in einer griechischen Tragödie kennt man das Ende, man weiß, was geschehen wird, und man kann es nicht aufhalten.

1991 wurde meine Tochter krank. Sie lag ein Jahr lang im Koma, gefangen in ihrem Körper, so wie Omaira Sánchez in dem Schlamm gefangen war. Vom ersten Augenblick an, als ich meine Tochter auf der Intensivstation sah, stand mir wieder das Bild dieses kleinen Mädchens vor Augen. Und ich begriff, was sie mir in all diesen Jahren zu sagen versucht hatte, über Geduld und über

Mut. Und über den Tod. Und was es bedeutet, an einem Ort gefangen zu sein, den man nicht verlassen kann, und auch nicht sterben zu können. Da sitzt man nun – und wartet. Und sie sagte mir auch, was mit den Menschen um einen herum geschieht, die für immer von diesem Ereignis beeinflusst und bestimmt werden. Wenn ich an meine Tochter denke, denke ich daher immer, dass sie vielleicht irgendwo Hand in Hand mit Omaira Sánchez geht. Ihre Geschichte und die Tatsache, dass ihre Augen mich so viele Jahre lang verfolgten, waren eine Vorahnung. Das Leben sagte mir, dass ich das würde durchmachen müssen, und dieser Mann, der Omaira Sánchez hielt, das war ich, die Jahre später meine Tochter im Arm hielt. Dieser Mann, der ihr in den Tod half, das bin ich, wie ich meiner Tochter in den Tod helfe. Diese Verbindung stelle ich immer wieder her: Durch das Schreiben und durch die Dinge, die einem widerfahren, schärft sich das Bewusstsein, man sieht, was geschehen wird. Man ist vorbereitet. Man weiß nie, wofür eine Erfahrung gut ist. Dieses Gefühl habe ich ständig. Also versuche ich, offen zu sein für diese Lektionen, für diese Lehren, die mein Bewusstsein schärfen.

Ihrer Fähigkeit, für Erfahrungen offen zu bleiben und diese in Ihrem Herzen zu tragen, steht Ihre Fähigkeit gegenüber, sich anschließend hinzusetzen und diese Dinge durch Ihr Schreiben real werden zu lassen, sei es auch aus einer sehr großen Entfernung. Wie sehr hat die Geografie Ihre literarischen Arbeiten beeinflusst?

Ich glaube nicht, dass Geografie etwas damit zu tun hat, denn ich schreibe immer aus einer großen Entfernung. Diese Entfernung kann in der Geografie liegen. Meine ersten Romane, die von Chile handeln, wurden in Venezuela geschrieben. Ich musste von Chile fortgehen, um Chile mit einem gewissen Scharfblick sehen zu können. In Chile wäre ich nie imstande gewesen, diese Bücher zu schreiben. Die *Geschichten der Eva Luna* wurden in den Vereinigten Staaten geschrieben, und in dem Buch geht es um die Karibik, um Mittelamerika und um Venezuela. Ich musste auch dort weg, um diese Orte neu zu erschaffen, die Farben, die Gerüche, die Hitze – alles. Und *Der unendliche Plan* wurde aus der größten Entfernung überhaupt geschrieben: aus der Entfernung des Nicht-Dazugehörens. Ich werde in diesem Land immer eine Fremde sein. Vor allem bin ich eine Fremde in der Sprachgemeinschaft, was für einen Schriftsteller etwas ist, das das ganze Leben bestimmt. Denn für mich beginnt das Leben, wenn man es erzählen kann. Wenn man etwas nicht erzählen kann, ist es nicht geschehen. Als meine Tochter starb, musste ich anfangen, darüber zu reden, um es real zu machen. Es war nicht real, bevor ich es mit Worten ausdrücken konnte, bevor ich das Wort „Tod" aussprechen konnte, statt zu sagen „hinübergegangen", statt zu sagen: „Sie ist nicht mehr hier bei uns." Als ich *tot* sagte, wurde es real, und ich konnte damit umgehen. Für mich ist Sprache also sehr wichtig, und die Tatsache, dass ich in einer anderen Sprache lebe, schafft eine ungeheure Distanz, die es mir ermöglicht, dieses Land mit dem gleichen Scharfblick zu sehen, als lebte ich in Nepal. Ich gehöre nicht hierher, und für mich sind alle Dinge furchteinflößend. In gewisser Weise stelle ich immer die falschen Fragen. Zu meinem Glück scheine ich aber wenigstens die richtigen Leute zu fragen. Also bekomme ich wunderbare Antworten, und aus diesen Antworten kommen die Geschichten. Aber die Distanz bleibt, und das ist das Wesentliche. Also ist es mir egal, wo ich lebe. Wenn ich einen Mann aus Kenia kennengelernt hätte, statt aus Marin County in Kalifornien, würde ich jetzt in Kenia leben, und das würde keinen großen Unterschied machen. Jetzt schreibe ich ein Buch, das nichts mit den Vereinigten Staaten zu tun hat. Es ist ein Buch über Chile. Die Tatsache, dass ich hier lebe und dass ich *Der unendliche Plan* geschrieben habe, bedeutet keineswegs, dass meine Zukunft mit diesem Teil der Welt in Beziehung steht.

Mich beeindruckt Ihre Fähigkeit, etwas, das die Mehrheit der Welt als Nachteil betrachten würde, in einen Vorteil zu verwandeln. Die meisten Menschen würden es als eine Einschränkung betrachten, in einer fremdsprachigen Welt leben zu müssen.
Aber das ist doch gerade das Wunderbare! Wer will schon mit dem Strom schwimmen? Was soll man tun, mitten im Strom? Neulich hörte ich im Fernsehen etwas ganz Faszinierendes über die Probleme, mit denen dieses Land in den nächsten zehn Jahren zu kämpfen haben wird – Verbrechen, Gewalttätigkeit, Ausbil-

dung, den Mangel an Werten, die Zerstörung der Familie, Teenagerschwangerschaften, Drogen, Aids. Jemand sagte da etwas ganz Außergewöhnliches: „Ist Ihnen aufgefallen, dass Einwanderer diese Probleme nicht haben? Das sind die Probleme der gebürtigen Amerikaner, nicht der Einwanderer. Denn die Einwanderer kommen in dieses Land mit den gleichen Ideen, mit denen unsere Urgroßeltern herkamen. Die ersten Puritaner kamen mit dem Rüstzeug hierher, das sie brauchten, um in dieser neuen Welt hart zu arbeiten." Das hat etwas mit dem zu tun, was ich immer gesagt habe: dass ein Leben am Rand der Gesellschaft so ist, als sei man gerade in ein Land eingewandert: man kann alles neu erfinden. Wenn man diese Randexistenz in etwas Positives verwandeln kann, statt in ihr als etwas Negativem zu verharren, dann ist sie eine wunderbare Quelle der Kraft. In Venezuela hat es mir wirklich geholfen. Als ich seinerzeit aus Chile wegging, dachte ich, ich würde sterben. Ich konnte mich einfach nicht anpassen. Chilenen geben schreckliche Einwanderer ab.

Margo Glanz hat geschrieben, dass „das Haar eines der Dinge ist, die eine Frau am deutlichsten mit ihrem Körper und ihrer Sexualität identifizieren. Es zu verstecken, war also die schlimmste Art von Unterdrückung, und es zu pflegen, ist die beste Möglichkeit, Liebe zu zeigen ... und eine sehr weibliche Art, die Welt zu organisieren." Benutzen Sie die Beschreibung des Haars Ihrer weiblichen Figuren, um Aussagen über deren Stärke oder Bedeutungslosigkeit zu machen?

Nein! Ich hatte nicht die geringste Ahnung, dass so etwas je geschrieben worden ist. Und ich habe nie darüber nachgedacht. Meine Tochter hatte wunderbares Haar. Braunes Haar, bis zur Taille – eine Mähne wunderschönen Haares. Ich erinnere mich, wie ich ihre Haare geflochten habe. Als sie heiratete, wollte sie Locken haben, also haben wir tausend kleine Zöpfe geflochten, und als wir sie dann wieder öffneten, war es einfach unglaublich. Und ich habe nie gedacht, dass Haar ein Zeichen von Macht oder Sexualität oder sonst etwas sein könne; es war einfach nur Haar.

Wir reden oft über die Stimme der Frau in der Literatur, und das ist eine Perspektive, aus der Sie sehr erfolgreich schreiben. War

es in Der unendliche Plan *sehr schwierig, mit der Stimme eines Mannes zu erzählen?*
Nein. Ich habe auch im *Geisterhaus* aus der Perspektive und mit der Stimme eines Mannes geschrieben. Einige Teile des Buches werden von Esteban Trueba erzählt. Ich habe überhaupt keine Schwierigkeiten damit. Beim *Unendlichen Plan* war es einfach, weil ich ja meinen Mann hatte. Er hat mich geführt. Zunächst einmal hat er mir bei den Recherchen geholfen. Die Recherchen haben mich schier erschlagen. Ich konnte nicht unterscheiden, welche der Dinge, die er in seinen fünfzig Jahren in Kalifornien erlebt hatte, wichtig waren und welche nicht. Er hat mir dabei geholfen. Er hat mir sein Leben geliehen. Also war er das Modell. Obwohl das Buch Fiktion ist, ist er das Modell für Gregory Reeves. Vier Jahre lang haben wir ständig über die Geschichte geredet. Er hat mir sein Leben erzählt. Ich wurde automatisch zu seiner Stimme, denn ich hatte ja die ganze Zeit seine Stimme im Ohr. Wir redeten im Auto, wir redeten im Bett, wir redeten überall, und alles konnte ein Gespräch über das Buch auslösen. Wenn wir zum Beispiel etwas auf der Straße sahen oder jemanden trafen, fiel ihm etwas ein, das ich später für das Buch benutzen konnte. Es war immer seine Stimme, die sprach. Und das machte die Sache sehr leicht. Dann wurde mir außerdem klar, dass es viel mehr Ähnlichkeiten zwischen den Geschlechtern gibt als Unterschiede. Dass Männer und Frauen sich sehr ähnlich sind. Im Kern sind menschliche Wesen einander sehr ähnlich, und wir kleben an den Unterschieden, statt die Ähnlichkeiten hervorzuheben. Als ich in seine Haut schlüpfte, als ich er wurde, lernte ich ihn viel besser kennen, als ich es in dreißig Jahren des Zusammenlebens tun könnte. Mir wurde klar, mit welchen Teilen seines Wesens ich mich identifizieren konnte und mit welchen Teilen von mir er sich identifizieren konnte. Das war eine gute Erfahrung.

Dies scheint mir eine günstige Stelle zu sein, um wieder in die Welt der Geister zurückzukehren, an den Ort, an dem wir begonnen haben. Würden Sie sagen, dass zu den hervorstechenden Merkmalen der spirituellen Welt ihre Geschlechtslosigkeit zählt?
Vielleicht gibt es dort durchaus verschiedene Geschlechter. Ich war mein Leben lang Feministin und habe für die feministische

Sache gekämpft. Als junge Frau kämpfte ich mit schrecklicher Aggressivität, war selbst aggressiv und wurde meinerseits zum Gegenstand von Aggression. Es gibt also eine Zeit zum Kämpfen. Ich war eine Kriegerin in meiner Jugend. Und jetzt wird es für mich immer schwerer, die Unterschiede zu sehen. Ich sehe viel häufiger die Gemeinsamkeiten, als würde dieser frühere Aspekt nach und nach einfach dahinschmelzen. Und ich werde mir der grundlegenden Dinge bewusst, die wir erkunden müssen und die uns wirklich zusammenbringen könnten.

9. Schreiben aus dem Bauch heraus

Interview mit Michael Toms[1]

Die meisten Bewohner der Vereinigten Staaten leben isoliert vom Rest der Welt., getrennt von anderen Ländern nicht nur durch die geografische Entfernung, sondern auch durch den Filter der Medien. Solange wir nicht die Grenzen unserer Nation überschreiten, bekommen wir herzlich wenig Informationen über andere Länder und Kulturen. Unsere kulturelle Voreingenommenheit hat uns zahlreiche Probleme – bis hin zu Kriegen – eingebracht. Andererseits hilft uns eine wachsende Anzahl von Schriftstellern aus anderen Kulturen, deren Werk in den Vereinigten Staaten einen gewissen Bekanntheitsgrad besitzen, dabei, unsere starren Vorstellungen über andere Völker der Welt zu korrigieren. Sie führen uns auf dem Weg zu einer globalen Gesellschaft. Isabel Allende nimmt unter diesen Autoren eine herausragende Stellung ein.

Die Nichte Salvador Allendes, des ehemaligen chilenischen Präsidenten, wurde 1942 in Lima/Peru geboren, wo ihr Vater eine Stelle als Diplomat bekleidete. Ihre Eltern trennten sich, als sie drei Jahre alt war, und ihre Mutter kehrte mit ihr nach Chile zurück, wo sie nach Santiago zogen, zu Isabel Allendes Großmutter mütterlicherseits. Sie verbrachte viele Jahre ihrer Kindheit im Haus ihrer Großeltern, das später zur Grundlage für das große Familienanwesen wurde, das sie in ihrem ersten Buch *Das Geisterhaus* beschreibt. Nachdem ihre Mutter erneut geheiratet hatte – wieder einen Diplomaten –, lebte Isabel Allende in einer Reihe europäischer Länder in Europa und im Nahen Osten: die Familie folgte ihrem Stiefvater, wohin seine diplomatische Karriere ihn führte.

Ihre erste Anstellung bekam sie im Alter von siebzehn Jahren als Sekretärin bei der „United Nations Food and Agricultural Organization". Sie wurde der Abteilung für Öffentlichkeitsarbeit zugewiesen und hatte von Anfang an mit Journalisten zu tun. Während ihrer Zeit dort heiratete sie ihren ersten Mann, einen Ingenieur, mit dem sie zwei Kinder hatte, Paula und Nicolás. 1965 wurde sie dann selbst freie Journalistin.

1973 erfuhr Isabel Allendes Welt eine unwiderrufliche Veränderung: Ihr Onkel wurde im Zuge eines Militärputsches gegen seine sozialistische Regierung ermordet. Isabel Allende hat die Auswirkungen dieses Ereignisses wie folgt beschrieben: „Ich glaube, ich habe mein Leben in die Zeit vor und nach diesem Tag eingeteilt ... In diesem Augenblick wurde mir klar, dass alles möglich war – dass Gewalt eine Dimension war, die uns ständig umgab."

Gezwungen, ihre Heimat zu verlassen, ließ Isabel Allende sich mit ihrer Familie schließlich in Venezuela nieder. Dort begann sie 1981 mit der Niederschrift des *Geisterhauses*, das drei in Chiles jüngste, brutale Geschichte verwickelte Generationen einer Familie beschreibt. Nach ihrem beeindruckenden Debüt hat sie *Von Liebe und Schatten, Eva Luna* und *Geschichten der Eva Luna* veröffentlicht – allesamt internationale Bestseller – und im Frühjahr 1993 kam dann noch *Der unendliche Plan* hinzu, ihr erster Roman, der außerhalb Lateinamerikas spielt. Nach ihrer Scheidung 1987 lebt Isabel Allende jetzt mit ihrem zweiten Mann in San Rafael, Kalifornien.

*

Sie begannen Ihre schriftstellerische Laufbahn als Journalistin. Wie sind Sie dazu gekommen, Romane zu schreiben?

Ich hatte keine Wahl. Ich hatte sehr lange geschwiegen, gelähmt durch die Erfahrung des Exils und die Verluste in meinem Leben. Eines Tages dann – es war am 8. Januar 1981 – hörte ich, dass mein Großvater in Chile im Sterben lag. Als ich klein war, war er die wichtigste männliche Person in meinem Leben gewesen. Also begann ich einen Brief zu schreiben – es war eine Art spiritueller Brief –, um Lebewohl zu sagen und um ihm zu erklären, dass er in Frieden gehen könne, weil ich all die Anekdoten in mir hätte, die er mir erzählt hatte, all seine Erinnerungen. Ich hatte nichts vergessen.

Ich fing an, die erste Anekdote aufzuschreiben, die er mir erzählt hatte – die Geschichte meiner Tante Rosa, von der alle sagten, sie sei sehr schön gewesen. Aber aus dem Brief wurde dann etwas anderes. Ich begann Geschichten aus dem Leben vieler Menschen zu stehlen, und andere Figuren drängten sich hinein. Ganz plötzlich schrieb ich also etwas Fiktionales. Aber ich wusste nicht, was es war; für mich war es immer noch ein Brief. Als ich 500 Seiten beisammen hatte, sah es nicht mehr wie ein Brief aus. Dann starb mein Großvater, so dass er den Text nie erhielt.

Als Ihnen klar wurde, dass Sie ein Buchmanuskript in Händen hielten, war es da einfach, seine Veröffentlichung zu erwirken?
Nein, es war sehr schwierig. Ich wusste nicht, dass es ein Buch war. Ich gab es meiner Mutter, die sagte: „Ich weiß nicht recht, aber für mich sieht das aus wie ein Roman." Sie half mir, zu korrigieren und zu lektorieren, dann schickte ich das Manuskript an mehrere Verleger in Lateinamerika. Niemand wollte es lesen. Es war ein Erstlingsroman, ein sehr langes, sehr anstößiges Manuskript. Niemand kannte mich, und mein Name war eng mit der Politik verknüpft. Daher war es für jeden Verlag eine riskante Angelegenheit.

Eines Tages rief mich dann eine Sekretärin aus einem dieser Verlage an und sagte: „Man wird Ihr Buch hier nicht rausbringen, aber man wird Ihnen das auch nicht mitteilen. Ich finde es gut. Warum schicken Sie es nicht an einen Agenten?" Ich wusste damals gar nicht, dass es Agenten für Bücher gab. Ich dachte, die wären nur für Sportler da. Also schickte ich das Buch an die Person, die sie mir empfahl, eine Frau in Barcelona. Die Agentin sorgte dafür, dass das Buch veröffentlicht, übersetzt, besprochen und verbreitet wurde. Ich hatte also großes Glück.

Sie schreiben auf Spanisch, nicht wahr?
Ja, nur auf Spanisch.

Haben Sie mal versucht, auf Englisch zu schreiben?
Nein. Ich kann eine Rede oder einen Brief auf Englisch schreiben, aber keine Fiktion. Fiktion ist etwas, das mir einfach passiert. Das kommt nur aus dem Bauch, nicht aus dem Kopf. So wie das Sich-Lieben oder das Mutter-Sein. Ich denke, das geht nur in der eigenen Muttersprache.

Wie fangen Sie ein Buch an?
Ich fange meine Bücher immer am gleichen Tag an – an einem 8. Januar –, und zwar mit einer Zeremonie, die mit der Zeit immer

komplizierter geworden ist. Wissen Sie, es ist ein langwieriges Unterfangen, einen Roman zu schreiben; es kann zwei oder drei Jahre dauern. Man muss den Roman lieben, man muss sich mit seinen Geistern anfreunden. Die Figuren müssen in das Leben des Autors eintreten, in den Raum, in dem man schreiben wird, und man muss sie willkommen heißen. Ich brauche Hilfe und Inspiration. Meine Mutter, meine Tochter, die vor kurzem starb, und meine Großmutter, die vor langer Zeit starb, sie alle helfen mir. Mit meiner Zeremonie heiße ich sie willkommen; ich bitte sie um Hilfe. Jeden Morgen, wenn ich schreibe, zünde ich eine Kerze für sie an. Sie sind da; ihre Geister sind bei mir.

Ich bringe mich in die richtige Stimmung, indem ich jeden Morgen zuerst einen Brief an meine Mutter schreibe. Dann öffne ich einfach mein Herz. Es klingt abgeschmackt, aber genauso ist es. Wenn ich ein Buch anfange, schreibe ich einen ersten Satz. Normalerweise weiß ich nicht, wie dieser erste Satz aussehen wird. Manchmal glaube ich, ich wüsste, was ich schreiben werde, aber wenn ich anfange, stelle ich fest, dass etwas ganz anderes in mir gewachsen ist. Also lasse ich mich gehen; ich bin sehr offen für diese Erfahrung. Ich schütte die Geschichte in einem ersten Entwurf aus, der sehr verworren und sehr lang ist; ich weiß nicht, worum es bei der Geschichte geht, bis ich sie ausdrucke und lese. Dann sage ich: „Ah, das ist es also", und ich fange an, Ordnung zu schaffen – zu eliminieren, zu lektorieren, zu korrigieren. Wenn ich denke, dass es mehr oder weniger okay ist, schicke ich das Manuskript an meine Mutter in Chile. Sie liest es und kommt dann hierher – mit dem Rotstift im Gepäck. Wir streiten mindestens einen Monat lang. Dann fährt sie wieder ab. Von den 600 Seiten, die ich ursprünglich hatte, habe ich vielleicht fünfzehn übrig behalten. Dann mache ich mich von neuem an die Arbeit.

War Ihre Mutter schon immer Lektorin?

Nein. Aber sie ist eine unerbittliche Kritikerin, und sie liebt mich bedingungslos und ist sehr ehrlich mit mir. Sie braucht nicht vorsichtig zu sein; sie kann alles sagen, was sie will. Ich weiß, dass es immer mit der besten Absicht geschieht. Obwohl ich nicht alles beherzige, was sie sagt, weiß ich doch, dass etwas nicht stimmt, wenn es ihr nicht gefällt. Sie sagt zum Beispiel: „Dieses

Ende gefällt mir nicht", aber sie kann mir nicht sagen, wie ein besseres Ende aussehen müsste. Aber wenn es ihr nicht gefällt, dann deshalb, weil es nicht funktioniert. Also schreibe ich es noch einmal und noch einmal, bis ich das Gefühl habe, das Beste gefunden zu haben – oder wenigstens etwas Besseres.

Würden Sie sagen, dass hinter Ihren Büchern eine Botschaft steht?
Nein. Ich habe nicht die Absicht, eine Botschaft zu übermitteln, weil ich keine Antworten habe. Ich habe nur die Fragen, und das sind dieselben Fragen, die jeder stellt. Vielleicht ist das die Aufgabe eines Schriftstellers: sich auf die Frage einstimmen und sie auf eine Weise wiederholen, dass sie Wellen schlägt und andere Menschen berührt. Mich berühren immer dieselben Themen, und indem ich immer wieder über dieselben Fragen nachdenke, frage ich mich, wer ich bin. Es ist wie eine Reise in mein Inneres. Ich nehme an, dass viele Menschen das in der Therapie tun; ich tue es durch mein Schreiben.

Es überrasscht mich, dass Ihre Arbeiten tiefen Gefühlen entspringen. Sind Sie der Meinung, dass Ihre Arbeit aus Ihrem eigenen Schmerz erwächst, aus Ihrem eigenen Leiden?
Ich denke, dass jedes Buch von einem sehr starken Gefühl ausgelöst wird, das mich lange Zeit begleitet hat; im Allgemeinen ist es ein schmerzliches Gefühl. Aber der Prozess des Schreibens ist so voller Freude – er ist wie eine Orgie –, dass ich mich nicht beschweren kann. Ich amüsiere mich blendend, während ich schreibe. Ich kann vierzehn Stunden am Tag schreiben, ohne in dieser Zeit etwas zu essen, und trotzdem fühle ich mich wunderbar, weil das Schreiben als solches so belebend ist. Aber der Auslöser ist Schmerz. Ich weine oft beim Schreiben.

Gilt das Ihrer Meinung nach für die meisten Schriftsteller – dass man leiden muss, um kreativ zu sein?
Nein. Ich denke, man ist kreativer, wenn man freie Zeit hat, wenn man sich um seine grundlegenden Bedürfnisse nicht zu sorgen braucht, wenn man Zuneigung und Unterstützung von anderen hat, wenn man frei ist. Ich denke, das ist die beste Stimmung, um kreativ zu sein.

Für Sie ist es sehr wichtig, beim Schreiben allein zu sein. Erzählen Sie mir etwas darüber.
Das Schreiben erfordert Konzentration und Schweigen, und das kann ich nur in absoluter Abgeschiedenheit bekommen. Wenn ich nicht eine Art Gebärmutter habe, in der ich arbeiten kann, in die ich mich vollkommen zurückziehen kann, dann kann ich nicht schreiben. Ich kann Zeitung machen, ich kann Briefe und Reden schreiben, aber ich kann keine Fiktion schreiben, weil Fiktion wie ein Wandteppich ist, den man bestickt. Man arbeitet sich Stück um Stück voran, mit einer sehr feinen Nadel und mit verschiedenfarbigen Fäden. Man braucht Konzentration, denn man kennt das Muster nicht, und man darf keine losen Fäden hinterlassen. Man muss sie alle verknüpfen, und dazu muss man alle Dinge im Kopf behalten. Vielleicht haben andere Schriftsteller einen Entwurf und folgen ihm, und deswegen brauchen sie diese Art von Konzentration nicht. Aber ich kann so etwas nicht. Das Schreiben vollzieht sich immer eine Zeile nach der anderen. Also muss ich die vorherige Zeile im Kopf behalten und auch die erste Zeile, die ich vor drei Monaten geschrieben habe, damit die ganze Geschichte am Ende einwandfrei ist.

Ich erinnere mich an eine Geschichte, die Sie über die Erzählung in einem Ihrer Bücher berichtet haben. Sie schrieben über ein Bergwerk, in dem Bauern ermordet worden waren. Es gab eine Art übersinnlichen Faden, der sich durch Ihren Schreibprozess hindurchzog.
Die Geschichte stammt aus *Von Liebe und Schatten.* Der Auslöser dieses Buches war Zorn über die Untaten der chilenischen Diktatur. Ihr sind viele Menschen zum Opfer gefallen. Viele sind verschwunden. Die Geschichte, von der Sie sprechen, handelt von einem politischen Verbrechen, das sich 1973 ereignete. Fünfzehn Bauern wurden ermordet, und ihre Leichen wurden nie gefunden. Fünf Jahre später öffnete die katholische Kirche ein stillgelegtes Bergwerk und fand die Leichen. Niemand weiß, wie sie davon erfuhr und wie sie das Bergwerk öffnen konnte, bevor die Polizei in der Lage war, sie daran zu hindern. Die Sache ging durch die Medien, und es gab eine Gerichtsverhandlung; auf diese Weise habe auch ich davon erfahren.

Als ich die Geschichte schrieb, hatte ich einige bruchstückhafte Informationen, aber eben nur die Dinge, die die chilenische Regierung an die Öffentlichkeit dringen ließ. Die Lücken musste ich mit meiner Fantasie füllen. Als ich die Geschichte beendet hatte, las meine Mutter das Buch und sagte: „Das ist durch und durch unglaubwürdig. Ein Priester erfährt im Beichtstuhl, dass die Leichen in dem Bergwerk liegen, er steigt auf sein Motorrad, fährt zu einer Stelle, die während der Sperrstunde nicht betreten werden darf, öffnet das Bergwerk, findet die Leichen, fotografiert sie und bringt die Fotos seinem Kardinal – das ist unmöglich!« Und ich sagte: „Nun ja, Mama, es ist ein literarischer Kunstgriff. Ich habe keine andere Möglichkeit, den Plot aufzulösen."

Das Buch wurde 1984 veröffentlicht. 1988 konnte ich nach Chile zurückkehren. Während ich dort war, kam ein Jesuitenpriester zu mir und erzählte mir, er habe im Beichtstuhl davon erfahren, dass die Leichen in dem Bergwerk lägen. Er war während der Sperrstunde auf seinem Motorrad dorthin gefahren; er hatte das Bergwerk geöffnet, die Leichen fotografiert und war mit den Fotos zum Kardinal gegangen. So kam es, dass die katholische Kirche das Bergwerk öffnete, bevor die Behörden sie daran hindern konnten. Er fragte mich, woher ich das alles gewusst hätte, denn die Einzigen, die davon wussten, seien er und der Kardinal gewesen. Ich sagte: „Keine Ahnung. Ich dachte, ich hätte es erfunden – aber vielleicht haben die Toten es mir erzählt."

Es ist also so, als würde man eine andere Bewusstseinsebene anzapfen, eine andere Realität.

Ich hatte bei diesem Buch das Gefühl, dass die Frauen in der Geschichte, die Frauen, die nach ihren Ehemännern, ihren Söhnen und Brüdern suchten, mich dazu zwangen, die Geschichte aufzuschreiben. Es war ein großes Getöse, das ich hören konnte, und deshalb schrieb ich die Geschichte mit so viel Angst und Wut auf. Während des Schreibens hatte ich oft das Gefühl, dass andere Menschen mir Dinge erzählten. Ich hörte Stimmen – keine echten Geräusche, nur Stimmen in meinem Kopf –, und ich hatte Träume, die mit der Geschichte in Zusammenhang standen. Wahrscheinlich geht einem das immer so, wenn man sich sehr auf ein Projekt konzentriert; am Ende hört man Stimmen.

Ein Beispiel: Als meine Tochter ein Jahr lang im Koma lag, habe ich sie zu Hause gepflegt. Sie konnte in keiner Weise mit mir in Kontakt treten und war völlig bewegungslos. Dennoch hatte ich das Gefühl, ihre Stimme hören zu können, vor allem, wenn ich schlief. Ich konnte hören, wie sie mit mir redete; ich konnte Bilder sehen. Ich wusste genau, wann sie sterben würde, denn die Verbindung wurde sehr seltsam, sehr verschwommen, trüb. Mir wurde klar, dass sie einfach von uns weg driftete, obwohl sich nichts geändert hatte – es gab keine Infektion, ihre Lungen waren frei, und der Arzt dachte, sie würde noch lange leben. Ich wusste, dass das nicht der Fall war. An dem Tag, an dem sie starb, wusste ich, dass es soweit war. Sie starb dann am nächsten Tag um vier Uhr morgens.

Wenn man sich auf etwas konzentriert – wenn Ihre Energie, Ihre Gedanken und Ihre Gefühle um eine bestimmte Sache kreisen –, dann nimmt man andere Zeichen wahr, andere Sprachen, Dinge, die vielleicht immer da sind, aber man sieht sie nicht, wenn man im Getriebe der Welt steht.

Wie war das für sie, bei Ihrer Tochter zu sein, während sie im Koma lag?

Es gab Stadien, verschiedene Stadien. Am Anfang hatte ich noch Hoffnung und kämpfte darum, sie ins Leben zurückzuholen. Dann gab ich langsam auf. Ich gab zuerst ihren Körper auf und sagte: „Also, sie wird nicht mehr das schöne, anmutige, wunderbare Mädchen sein, das sie war." Dann sagte ich: „Das ist nicht so wichtig. Wir haben ja immer noch alles andere von ihr." Dann gab ich ihren Verstand auf. Als ich erfuhr, dass sie einen schweren Gehirnschaden davongetragen hatte und dass sie sich davon nie wieder erholen würde, sagte ich: „Okay, der Verstand ist nicht so wichtig. Ich kümmere mich um sie. Sie lebt; sie ist immer noch hier, bei uns." Dann gab ich auch das auf und sagte: „Okay, sie kann gehen, und ich werde sie deswegen nicht weniger lieben." Ich sagte ihr, dass sie gehen könne, dass ich sie sehr liebte und dass ich mit ihr zusammen sein würde, hier und irgendwo anders in der Zukunft. Sie starb, und ich hatte ein Häufchen Asche und dann hatte ich nicht einmal das mehr.

Gibt es noch etwas anderes, das Sie gern über Ihre Tochter sagen würden?
Ich werde sehr emotional, wenn ich über dieses Thema spreche, aber ich weiß, dass viele Menschen Verwandte haben oder andere Menschen, die sie lieben, und die im Sterben liegen oder sehr krank sind. Vielleicht ist meine Erfahrung für sie von Nutzen: Nach einer Weile verliert man die Angst vor dem Tod, nicht nur davor, dass einem die Tochter sterben wird, sondern auch die Angst davor, dass man selbst sterben wird. Man begreift, dass Sterben so ist wie Geborenwerden. Es ist wie eine Schwelle, über die man in eine andere Welt eintritt. Man nimmt keine Erinnerungen mit; deshalb ist es so erschreckend. Aber an der eigentlichen Tatsache, dass man stirbt, ist nichts Erschreckendes.

Paula starb in meinen Armen. Ich legte mich zu ihr ins Bett und hielt sie einen Tag und eine Nacht lang in meinen Armen, bis sie starb. Als es passierte, überkam mich ein so tiefes Gefühl des Friedens, dass ich einschlief. Ich erinnere mich noch an den Traum, den ich hatte, als ich sie im Arm hielt und sie tot war. Mein Sohn weckte mich, weil Paula bereits steif war, und er sagte: „Wir müssen sie waschen und anziehen", und das taten wir auch. Dann sagte ich: „Wir werden sie nicht aus dem Haus bringen, bevor ihr Mann da ist." Ihr Mann war in Chicago. Also blieb Paulas Körper zwei Tage lang bei uns. In diesen zwei Tagen machte ich mich mit dem Tod vertraut. Daran ist nichts Erschreckendes. Heute ist es schmerzlich für mich zu wissen, dass ich nie wieder mit ihr sprechen und nie wieder ihr Lachen hören werde. Aber sie existiert; der Geist existiert und ist mit meinem verbunden. Ich habe keine Angst vor dem Tod, weder vor ihrem noch vor meinem.

Da ist eine sehr mächtige Erfahrung. Ich weiß nicht, was ich dazu sagen kann, nur dass ich mir vorstellen könnte, dass aus dieser Erfahrung ein oder zwei Bücher erwachsen werden.
Es fällt mir schwer zu schreiben, wenn ich mitten in einem Hurrikan stehe. Literatur braucht Vieldeutigkeit, Ironie, Distanz. Im Augenblick besitze ich nichts von alledem.

Aber Sie halten es für wichtig, Geschichten zu erzählen. Warum?

Ich denke, dass Geschichten für die Gesellschaft das sind, was Träume für das Individuum sind. Wenn man nicht träumt, verliert man den Verstand. Träume machen den Kopf klar und sorgen dafür, dass man mit der unbewussten Welt in Kontakt bleibt, einer Welt, aus der man Erfahrungen und Informationen beziehen kann. Ich glaube, das ist es, was Geschichten tun. Es gibt Hunderte, Tausende von Geschichten, aber wir wiederholen immer dieselben. All die großen Plots sind schon unzählige Male erzählt worden. Wir können sie nur immer wieder neu erzählen. Jedes Mal, wenn wir das tun, stimmen wir uns auf den Mythos ein, und irgendwie bringen wir die Gesellschaft dazu zu träumen.

Die Macht des Geschichtenerzählens ist erstaunlich. Probieren Sie es aus: Sagen Sie in einem Aufzug: „Es war einmal ..." Es steigt niemand mehr aus. Die Leute bleiben da, bis man die Geschichte zu Ende erzählt hat.

Irgendwann haben Sie einmal etwas über den Vertrag gesagt oder geschrieben, der zwischen dem Leser und dem Autor besteht. Könnten Sie das erläutern?

Im Sudan sitzt die Geschichtenerzählerin mitten im Dorf und sagt: „Ich werde euch eine Geschichte erzählen", und die Leute sagen, „Gut." Sie sagt: „Nicht alles in der Geschichte ist wahr." Die Leute sagen: „Gut." Aber dann sagt die Geschichtenerzählerin: „Es ist allerdings auch nicht alles falsch." – „Gut." Die Erzählerin und ihre Zuhörer haben einen Vertrag, verstehen Sie. Die Erzählerin erzählt die Geschichte, und die Zuhörer kennen die Regeln. Nicht alles ist glaubwürdig, aber wir werden so tun, als glaubten wir. Nun, so empfinde ich, wenn ich an meinen Leser denke. Ich schlage etwas vor. Ich sage: „Hey, das ist die Geschichte, die ich erzählen werde. Nicht alles ist wahr, nicht alles ist falsch, aber vielleicht können wir in diesem Haufen Lügen ein paar Körnchen Wahrheit finden. Betreten wir jetzt beide diese Dimension der Literatur, die Ähnlichkeit mit der Realität hat, die aber nicht durch und durch real ist; lass uns so tun, als sei alles wahr, und lass uns zusammen unseren Weg suchen." Das ist Schreiben. Ich kann mir nicht vorstellen, für mich selbst zu schreiben oder zu schreiben und nicht zu veröffentlichen, weil ich dann das Gefühl hätte, dass das Buch als solches gar nicht existiert. Das Buch markiert kein Ende; es ist eine Möglichkeit der Kommunikation, es ist eine Brücke. Wenn ich keinen Leser habe und niemanden finde, der meine Hand hält und den Raum und die Zeit des Buches mit mir erkundet, dann interessiert mich das Ganze nicht. Dann würde ich lieber etwas anderes tun.

Denken Sie während des Schreibens an den Leser?
Ich denke an einen bestimmten Leser. Ich denke nicht an Menschenmengen oder an Millionen gedruckter Exemplare. Ich möchte das Herz einer bestimmten Person berühren; ich möchte diese Person packen und sagen: „Ich lasse dich nicht eher wieder los, als bis das Buch zu Ende ist. Du wirst bis zur letzten Seite lesen." Das ist wichtig, sehr wichtig.

Gibt es irgendwelche lateinamerikanischen Schriftsteller, die Ihre Arbeit beeinflusst haben?
Alle haben sie meine Arbeit beeinflusst. Ich gehöre zur ersten Generation lateinamerikanischer Schriftsteller, die mit der Lektüre anderer Schriftsteller unseres Kontinents groß geworden sind. Die vorhergehende Generation ist mit europäischen und amerikanischen Schriftstellern in Übersetzung groß geworden. Aber mich haben sie alle beeinflusst – García Márquez, Carlos Fuentes, Jorge Luis Borges, Julio Cortázar, José Donoso, so viele von ihnen – darunter auch einige, die meiner eigenen Generation angehören, wie Eduardo Galeano. Für mich ist es leicht zu schreiben, weil ich nichts zu erfinden brauche. Die anderen Autoren haben bereits eine Stimme gefunden, eine Art, wie wir uns uns selbst erzählen können, daher ist es ganz leicht.

Was ist mit Pablo Neruda?
Ich weiß nicht, ob er meine literarische Arbeit beeinflusst hat, aber er hat großen Einfluss auf mein Leben. Pablo Neruda ist ein Poet der Sinne. Ich denke da zum Beispiel an seine „Ode an das Öl". Sie haben vielleicht Ihr Leben lang Öl benutzt, aber Sie haben nie die Transparenz der Farbe gesehen, nie die Beschaffenheit gefühlt, es gerochen; Sie wissen nicht, woher es kommt oder wie es hergestellt wird. Die Schönheit des Öls wird real, wenn man Neruda liest.

Das ist eines der Geschenke, die die lateinamerikanischen Schriftsteller uns Nordamerikanern machen. In ihren Werken ist etwas, das mich an den Regenwald erinnert, an den Reichtum und die Fülle des Regenwaldes.
Aber ich denke, dass Sie das auch bei vielen nordamerikanischen Schriftstellern finden, vor allem bei Frauen, die Minderheiten angehören – schwarzen Frauen, mexikanischen, chinesisch- und japanischstämmigen Amerikanerinnen, Indianerinnen. Sie finden diese Art zu schreiben ständig. Es ist die WASP-Literatur[2], die tot ist.

In Der unendliche Plan *gibt es ein Kapitel über Berkeley in den sechziger Jahren. Sie waren damals nicht in den USA; wie haben Sie diese Dinge über Berkeley in Erfahrung gebracht?*
Ich habe eine Freundin, die in den Sechzigern in Berkeley war, und sie hat mich mit dorthin genommen. Wir sind durch die Straßen gegangen und haben mit den Leuten dort gesprochen, die seit langem da leben. Meine Freundin hat mir ihre Geschichte erzählt und mir erlaubt, darüber zu schreiben, und auch viele andere Leute auf der Straße haben mir ihre Geschichten erzählt, daher war es ganz einfach.

Vietnam war schwieriger. Ich habe das Kapitel über Vietnam zweimal geschrieben. Ich war schon drauf und dran, es aus dem Buch herauszunehmen, weil zwar die Informationen enthalten waren, aber kein echtes Gefühl. Ich habe kein Gefühl für die Erfahrung des Kriegs. Als Frau und noch dazu so antimilitaristisch eingestellt, ist es sehr schwer, das zu verstehen. Aber ich habe Glück. Gerade als ich das Kapitel herausnehmen wollte, trat ein Vietnamveteran in mein Leben und machte mir seine Erfahrung zu einem wunderbaren Geschenk. Ich zeichnete alles auf, und dann brauchte ich es nur noch ins Spanische zu übersetzen.

Sie haben sich einmal selbst als unersättliche Geschichtenjägerin bezeichnet. Was meinen Sie damit?
Ich stehle ständig die Geschichten anderer Menschen. Ich lerne jemanden kennen, und ich möchte wissen, was in seinem Leben geschehen ist und warum. Ich stelle immer die falschen Fragen,

aber ich habe Glück, und ich stelle sie den richtigen Leuten, daher bekomme ich ihre Geschichten.

Dann sind also die Menschen, die in ihren Büchern erscheinen, reale Menschen?
Ich schreibe immer Fiktion, aber ich kann keine Grenze zwischen Realität und Fantasie mehr ziehen. Die Geschichten basieren immer auf realen Menschen oder auf dem wirklichen Leben. Aber ich habe sie um und um gedreht und ihnen ihre ursprüngliche Form genommen, so dass am Ende Fiktion daraus wird.

Sie machen das mit Ihren Freunden? Sie nehmen ihre Geschichten?
Ja. Ich nehme die Geschichten meiner Freunde, aber ich achte sorgfältig darauf, sie nicht zu verraten. Für mich ist eine Person immer wichtiger als eine Figur. Ich verwende niemals die Geschichte eines anderen Menschen, wenn ich nicht die Erlaubnis dazu habe.

Sie zapfen also die Geschichten anderer Menschen an.
Ja. Aber ich sage es noch einmal, es ist Fiktion. Ich nehme viele Dinge. Ich habe zum Beispiel einige Teile aus dem Leben meines Mannes verwendet, aber Gregory Reeves[3] ist nicht mein Mann. Fiktion ist manchmal mächtiger als die Realität. Wer weiß? Vielleicht fängt mein Mann ja an zu glauben, er sei Gregory Reeves. Das ist mir dem *Geisterhaus* passiert. Als ich das Buch schrieb, waren meine Verwandten sehr böse auf mich. Aber dann wurde das Buch sehr bekannt, und sie fingen an, die Rollen zu spielen. Das Buch hat die reale Erinnerung der Familie ersetzt. Jetzt reden sie so, als wären diese Dinge wirklich passiert. Aber Filme sind noch mächtiger als Bücher, und sobald der Film in den Kinos ist, werden alle glauben, dass Meryl Streep und Jeremy Irons meine Großeltern sind.

Sie sprechen über den Film zum Geisterhaus.
Ja.

Erzählen Sie uns davon.

Ein dänischer Regisseur führt Regie, Bille August, der *Pelle, der Eroberer* gemacht hat. Er hat einen wunderbaren Film gemacht. Die Außenaufnahmen wurden alle in Portugal gedreht, weil das zu der Zeit, als er die Verhandlungen aufnahm, in Chile nicht möglich war. Wir hatten immer noch eine Militärdiktatur, und dieser Film ist sehr politisch. Die Innenaufnahmen wurden in Kopenhagen gedreht. Die Originalsprache des Films ist Englisch, und zur Besetzung gehören unter anderem Glenn Close, Vanessa Redgrave und Winona Ryder. Ich habe ein schönes Foto, auf dem ich in einem Lehnstuhl sitze, und um mich herum stehen die Stars in ihren Kostümen.

Wie ist das mit Ihren anderen Büchern? Können Sie sich vorstellen, dass sie ebenfalls verfilmt werden?
Nun, im Juli 1993 wurden in Argentinien die ersten Aufnahmen für *Von Liebe und Schatten* gemacht. Es ist eine amerikanische Produktion mit einer amerikanischen Regisseurin, Betty Kaplan. Ich unterschreibe gerade den Vertrag für *Eva Luna* und habe auch schon Angebote für *Der unendliche Plan,* aber ich möchte nichts überstürzen.

Glauben Sie, dass noch mehr Eva-Luna-Geschichten kommen werden?
Bei jeder Lesung stellt mir jemand aus dem Publikum eben diese Frage. Das Verfassen von Kurzgeschichten ist sehr schwierig. Ich finde sie schwieriger als einen langen Roman. Eine Kurzgeschichte ist der Dichtung viel näher. Man braucht Inspiration, und zur Zeit fühle ich mich nicht sehr inspiriert.

Welchen Rat würden Sie jemandem geben, der einen Roman schreiben möchte?
Ich weiß nicht. Ich kann keinen Rat geben, aber ich sage meinen Studenten, dass Schreiben wie das Training eines Sportlers ist. Man wird nie den Rekord brechen, wenn man nicht jeden Tag trainiert. Es ist nicht möglich, durch Zufall einen Roman zu schreiben. Da steckt eine Menge täglicher Arbeit dahinter.

Außerdem denke ich, dass man bei der Bearbeitung des Manuskripts sehr grausam sein muss. Haben Sie kein Mitleid mit Dingen, die nicht funktionieren. Selbst wenn Sie monatelang an einem Kapitel gearbeitet haben, werfen Sie es einfach raus. Der beste Rat, den ich je bekommen habe, lautet: „Streichen, streichen, streichen." Im journalistischen Bereich macht man das ständig. Man sucht nach einem Adjektiv, und plötzlich geht einem auf, dass man es gar nicht braucht; Sie lassen das Nomen für sich stehen. Dasselbe können Sie mit einem Satz tun, mit einem Kapitel – mit ziemlich vielen Dingen. Streichen.

Da wir gerade von Journalismus sprechen: Ich habe Sie einmal sagen hören, Sie wären eine schlechte Journalistin gewesen, weil Sie sich immer zu sehr für Ihre Geschichten engagiert hätten. Wie kann jemand über irgend etwas schreiben, ohne sich dafür zu engagieren?
Ja, das stimmt, aber es gibt Grenzen. Meine Grenzen waren an den Haaren herbeigezogen. Ich glaube, ich war eine lausige Journalistin. Ich habe mich bei allem immer in den Mittelpunkt gestellt, habe in der ersten Person geschrieben, war nie objektiv. Ich habe ständig gelogen. Wenn ich keine Nachrichten hatte, habe ich welche erfunden; das geht ein bisschen zu weit.

Aber müssen Sie sich denn nicht in etwas versenken, um es verstehen zu können? Wie können Sie Distanz zu Ihrer Arbeit schaffen?
Man muss so tun, als sei man objektiv. Das habe ich nie fertig gebracht. Aber ich liebte den Journalismus. Was ich daran liebte, war das Gefühl des Teilhabens; man geht auf die Straße und redet mit den Leuten. Dieses Gefühl dazuzugehören ist wunderbar.

Was für ein Gefühl ist es, nicht mehr in Ihrem Heimatland zu sein?
Die Zeit, wo ich nicht zurück konnte, war schrecklich, aber jetzt fahre ich jedes Jahr rüber. Meine Mutter ist dort. Ich habe das Gefühl, dass ich einen Fuß dort habe und einen hier. Die schreckliche Zeit war damals, als ich in Venezuela lebte und das Gefühl hatte, nicht zurückkehren zu können. Vielleicht hätte ich zurückkehren können, aber ich hatte Angst. Angst ist eine seltsame

Sache. Sie macht einen Menschen total irrational; man trifft die verrücktesten Entscheidungen, weil man Angst hat.

Ich habe einmal eine Geschichte über zwei Menschen geschrieben, die gefoltert werden („Das Allervergessenste" in den „Geschichten der Eva Luna"). Als sie miteinander schlafen, finden sie heraus, dass sie beide die gleiche Erfahrung gemacht haben. Eine der Figuren sagt [sie improvisiert]: „Angst ist stärker als Liebe. Angst ist stärker als der Tod, als Hass, als alles. Angst kann dich dazu bringen, die furchtbarsten Dinge zu tun." Als ich diese Geschichte schrieb, dachte ich, das sei wahr. Heute würde ich das ändern. Ich glaube nicht, dass Angst stärker ist als Liebe. Ich glaube, Liebe ist stärker.

Was hat diese Veränderung bewirkt?
Paula, meine Tochter.

Das Leben ist schon erstaunlich, oder nicht?
Ja, es ist sehr vielschichtig und wunderbar. Aber ich habe das Gefühl, dass das Leben wie eine sehr kurze Etappe auf der langen Reise der Seele ist. Es ist lediglich eine Erfahrung, die wir durchlaufen müssen, weil der Körper bestimmte Dinge erfahren muss, die für die Seele wichtig sind. Aber wir sollten uns nicht allzu sehr an das Leben und an die Welt klammern: Wir sollten uns nicht an die materiellen Aspekte der Welt klammern, weil man sie nicht mitnehmen kann. Man wird sie verlieren, ganz egal, was passiert; man wird seinen eigenen Körper verlieren.

Sehen Sie die Tendenz dazu in den Vereinigten Staaten mehr als in Lateinamerika?
Ich sehe sie überall. Aber ich denke, dass sich langsam etwas verändert. Ich bin sehr optimistisch, was die neunziger Jahre betrifft. Ich denke, das Bewusstsein schärft sich, die Menschen haben mehr Gemeinschaftssinn. Ich habe versucht, das in *Der unendliche Plan* darzustellen. Mein Protagonist geht durchs Leben, indem er versucht, dem materialistischen amerikanischen Traum nachzujagen. Die achtziger Jahre bringen ihm keinen Erfolg, und am Ende liegt er am Boden. Er muss noch einmal ganz von vorne anfangen; er muss seine Wurzeln finden und zu den Grundlagen

zurückkehren, und er tut es. Ich habe das Gefühl, genau das widerfährt gerade dieser Gesellschaft. Wir haben einen Punkt erreicht, an dem Gewalt, Verbrechen, Einsamkeit und Verzweiflung so schrecklich sind, dass die Menschen jetzt an anderen Stellen nach Antworten suchen.

Sie haben also Hoffnung.
O ja, große Hoffnung. Ich glaube nicht, dass wir uns durch die Zerstörung der Ozonschicht oder durch einen nuklearen Holocaust selbst vernichten werden. Ich glaube, wir werden überleben und bessere Menschen sein. Ich denke, dass die Überlebensfähigkeit der Menschheit erstaunlich ist. Wenn wir an der Grenze zur Selbstzerstörung stehen, wachen wir irgendwie auf und nehmen Veränderungen vor. Ich denke, dass es neue Kräfte in dieser Gesellschaft gibt, Kräfte, die zu einer Veränderung hinführen werden. Immer mehr Frauen konnten sich aus dem kulturellen Muster befreien, das ihnen in ihrer Kindheit mitgegeben wurde. Diese Menschen ziehen Kinder groß, die anders sind. Daher habe ich Hoffnung, große Hoffnung.

Was ist mit der Gewalttätigkeit in den Städten?
Wenn man in einem Labor zu viele Ratten in einem Käfig hält, bringen sie sich gegenseitig um – selbst wenn sie genug zu fressen bekommen. Es gibt also einen Punkt, an dem wir die großen Städte in kleine Dörfer werden aufteilen müssen. Es wird uns nichts anderes übrig bleiben, denn es gibt einen Punkt, an dem diese Megastädte das Leben und die Umwelt zerstören. Mexico City hat neunzehn Millionen Einwohner, die im Chaos leben. Man kann dort nicht leben. Die Vögel fallen tot vom Himmel wegen der Umweltverschmutzung. Also werden wir für dieses Problem Lösungen finden müssen.

Wohin führt Ihre Arbeit Sie als nächstes?
Ich habe keine Pläne für die Zukunft. Ich könnte morgen sterben. Genau das habe ich zu meinem Mann gesagt, als ich ihn kennen lernte. Es war Oktober, und er sagte: „Ich werde Sie im Dezember in Venezuela besuchen." Ich erwiderte: „Wovon reden Sie? Dezember? Im Dezember könnte ich schon tot sein." Er fragte: „Wa-

rum? Sind Sie krank oder so etwas?“ Ich sagte: „Nein, aber wer weiß? Ich könnte tot sein.“ Genau so empfinde ich. Ich habe das Gefühl, dass ich morgen tot sein könnte, daher mache ich keine Pläne. Ich will alles jetzt.

10. Schmerz in Kunst verwandeln

Interview mit Jennifer Benjamin und Sally Engelfried

Mit ihrer Mischung aus Politik, Spiritualität und Magie, die sie zu ebenso bewegenden wie einprägsamen Romanen verschmelzen lässt, ist Isabel Allende eine wichtige literarische Stimme in der Region San Francisco, der sogenannten „Bay Area". Ihre Romane *Das Geisterhaus, Von Liebe und Schatten, Eva Luna* und *Der unendliche Plan* sowie ihre Sammlung von Kurzgeschichten, *Geschichten der Eva Luna,* sind – bei aller Härte und Brutalität des darin Geschilderten – voller Schönheit und mit Liebe geschrieben. Isabel Allende fordert uns heraus, die Politik des Faschismus und den Schrecken, den er in der Seele hinterlässt, genau zu betrachten. Sie zeigt uns, wie dieser Schmerz sich nach und nach in machtvolle Kunst verwandeln lässt. Sie hat die Übernahme der Herrschaft in Chile durch die Faschisten selbst miterlebt, und ihre Geschichte kann Lektion und Warnung für uns alle sein – nicht nur in den Vereinigten Staaten, wo sich in letzter Zeit beunruhigende Vorkommnisse häufen. Allendes viertes Buch, *Der unendliche Plan,* spielt teilweise in der sogenannten „East Bay" (also im Gebiet am Ostufer der Buchten von San Francisco und San Pablo), und die Beschreibung, die Isabel Allende uns liefert, kann als Bestätigung der einzigartigen Magie dieses Landstrichs gelten.

*

Haben Sie irgendwelche Richtlinien für Ihre schriftstellerische Arbeit?
Da ich keinen Boss habe, muss ich mich selbst disziplinieren – und alles zieht einen vom Schreiben weg. Die Leute scheinen nicht zu begreifen, dass das Schreiben ein Job ist, sie scheinen es als eine Art Laster oder Hobby oder sonst irgendetwas zu betrachten. Wenn man sich damit entschuldigt, dass man schreibt, respektiert das niemand. Am Anfang war es einfacher, weil ich nicht so viele Verpflichtungen hatte wie jetzt. Jetzt bin ich ziemlich kategorisch. Ich bin morgens kreativer, daher stehe ich sehr früh auf und kom-

me hierher, und ich schreibe ganz für mich – kein Telefon, nichts, bis gegen zwei oder drei Uhr nachmittags. Dann kommt meine Assistentin. Wir sortieren die Post, weil ich jeden Tag einen ganzen Stapel Post bekomme. Alle Briefe von Lesern beantworte ich handschriftlich. Das ist eine Menge Arbeit, aber ich habe das Gefühl, es ist wichtig. Wenn jemand sich die Mühe gemacht hat, mir einen Brief zu schreiben und dann auch noch meine Adresse in Erfahrung zu bringen, dann ist es das Mindeste, was ich tun kann, ihm zu antworten, und es ist mir immer ein Vergnügen, wirklich. Also, das dauert eine Weile, und dann verbringe ich einige Zeit mit Korrekturarbeiten, lese oder recherchiere.

Haben Sie bestimmte Techniken, die Sie benutzen, wenn Sie morgens hierherkommen und es mit dem Schreiben einfach nicht klappen will, wenn Sie sich nicht inspiriert fühlen? Gibt es irgendetwas, das Sie dann in Schwung bringt?
Ich denke, das Schreiben ist wie jeder andere Job auch. Man hat nicht immer Lust dazu, man überschlägt sich nicht jeden Tag vor Begeisterung, weil man ins Büro geht, aber ich glaube nicht an Inspiration, ich glaube an Übung. Ich denke, so ist es auch für einen Sportler: Man muss viel trainieren, um einen Rekord zu brechen oder um seinen eigenen Erwartungen gerecht zu werden, um seine eigenen Anforderungen zu erfüllen. Eins jedoch tue ich: Ich beginne jeden Tag mit einer kleinen Zeremonie, und dann fange ich an zu schreiben. Und manchmal weiß ich, dass das, was ich schreibe, schrecklich ist, aber ich schreibe es trotzdem. Ich muss dieses Stadium des Lernens durchlaufen, um ein anderes Stadium zu erreichen, in dem mir das, was ich schreibe, von Nutzen sein kann. Das ist wichtig. Man muss jeden Tag Gewichte heben, wenn man boxen will. Andererseits habe ich sehr selten das Gefühl, dass ich nichts habe, worüber ich schreiben möchte. Es sei denn, ich bin sehr niedergeschlagen, was selten vorkommt. Eigentlich kann ich mich gar nicht daran erinnern, dass das überhaupt jemals vorgekommen wäre.

Sie hatten nie die Absicht, Das Geisterhaus *zu schreiben. Was haben Sie getan, als Sie dann diesen dicken Stapel Seiten in Händen hielten, um die Veröffentlichung in die Wege zu leiten?*

Ich habe den Stapel meiner Mutter gezeigt, und sie sagte: „Das ist ein Buch.“ Also machte sie sich daran, die Grammatik zu korrigieren, dann kam die Familie zusammen und befand, dass es ein Roman sei und dass ich einen Titel bräuchte. Jeder schlug einen anderen Titel vor – niemand hatte das Buch bisher gelesen – und wir konnten uns nicht einigen, also warfen wir eine Münze, und so kam *Das Geisterhaus* zu seinem Namen.

Dann sagte mein Ex-Mann: „Also, lass uns einen Verleger suchen.“ Ich kannte nur eine einzige Person, die in einem Verlag arbeitete, und dieser Mensch sagte mir, wohin ich das Manuskript schicken müsse. Ich schickte es an mehrere Verlage in Venezuela und Argentinien, aber niemand wollte es lesen. Ich bekam nicht einmal Absagen, nichts, nur Leere und Schweigen. Das ging eine ganze Weile lang so. Dann rief mich eines Tages eine Sekretärin von einem der Verlage an. Das Manuskript hatte bei ihr herumgelegen, und sie hatte es mit nach Hause genommen und gelesen. Sie fand, es sei ein großartiges Buch, das aber nie in diesem Verlag veröffentlicht werden würde, und sie sagte: „Warum suchen Sie sich keinen Agenten?“ Sie gab mir den Namen einer Frau in Barcelona – damals lebte ich in Caracas. Die Agentin las das Manuskript – wahrscheinlich weil mein Name sie neugierig gemacht hatte und auch die Tatsache, dass ich eine Frau war, und es waren damals nur so wenige Schriftstellerinnen aus Lateinamerika in Europa bekannt. Binnen eines Monats unterzeichnete sie einen Vertrag mit mir, und nach weiteren sechs Monaten war das Buch übersetzt und wurde in Europa veröffentlicht. Aber es dauerte dann noch eine Weile, bis es in Lateinamerika erschien.

Sie haben einmal gesagt, dass es Ihnen sehr schwer fällt, in Ihren Romanen über Erotik zu schreiben, aber sie spielt in jedem Ihrer Bücher eine Rolle. Sie scheint etwas sehr Natürliches für Sie zu sein.

Es gibt Themen, die in meinen Büchern immer präsent sind. Geburt, Tod, Sex und Gewalt. Ich habe es nicht so geplant, es ist einfach passiert. Irgendjemandem ist das aufgefallen, und er hat mich neulich darauf aufmerksam gemacht. Was die Gewalt betrifft, so war mir das ebenfalls aufgefallen, aber dass Geburt, Tod und Sex so oft in meinen Romanen eine Rolle spielen, dieser Tatsache hatte ich nicht viel Bedeutung beigemessen. Ich nehme an, dass sich das für mich ganz natürlich ergibt als Teil des Gewebes, das das Leben für mich darstellt. All diese Dinge sind mit den stärksten Gefühlen verbunden, die Menschen empfinden und die Menschen motivieren. Als ich Journalistin war, bestand meine Arbeit darin, zu fragen, was geschehen ist. Mein Job als Schriftstellerin ist es, zu fragen, warum es geschehen ist. Und wenn man nach den Motivationen Ausschau hält, kommt man immer auf die elementaren Instinkte, die elementaren Gefühle, die elementaren Dinge, die die Menschheit schon immer bewegt haben. Im Letzten ist es das, worüber alle Schriftsteller schreiben. Worüber hat Shakespeare geschrieben? Eifersucht, Liebe, Sex, Macht, Habgier, denselben Stoff, aus dem Seifenopern und aus dem auch die Bibel gemacht ist. Es ist immer dasselbe. Also denke ich, dass es für mich sehr natürlich ist. Was mir häufig Probleme macht, ist die Formulierung. Wie schreibe ich es, um möglichst viel Wirkung zu erzielen. Nehmen wir zum Beispiel eine Folterszene. Ich weiß viel darüber, aber wenn ich als Schriftstellerin versuche, exakt zu beschreiben, was einem Menschen angetan wird, wer es tut und wie es sich auf den betreffenden Menschen auswirkt, dann kann man es als Leser nicht verkraften. Ich zerstöre die Wirkung, die ich zu schaffen versuche. Ich habe festgestellt, dass es besser funktioniert, wenn man das Klima des Terrors aufleben lässt. Man zwingt den Leser in die Stimmung des Terrors hinein und überlässt es seiner Fantasie, sich die Einzelheiten vorzustellen. Man deutet nur an, was vorgeht; man beschreibt vielleicht den Geruch, die Geräusche, und den Rest überlässt man dem Leser. Das ist meist viel effektiver.

Bei Sexszenen ist es dasselbe. Es fällt mir leicht zu beschreiben, was eine Sexszene ist, denn ich bin fünfzig und habe in dieser Hinsicht einige Erfahrung. Andererseits zerstört man den Effekt, wenn man in die Einzelheiten geht. Wenn man nicht gerade Pornografie schreibt, will der Leser im Grunde gar nicht wissen, was geschah und wer in wen eindrang. Die Leute wollen das Gefühl der Erotik, die Sinnlichkeit. Sie wollen ihre eigene Fantasie einsetzen, ihre eigene Erfahrung, ihr eigenes Gefühl für die Frage, worum es beim Sex überhaupt geht. Soll der Leser der Szene doch hinzufügen, was er will. So jedenfalls versuche ich es zu machen. Nun funktioniert das nicht immer, denn manchmal gehen die Pferde mit einem durch, und man schreibt am Ende sehr kitschige Szenen. Manchmal kann es sogar regelrecht komisch sein. Es gibt da also eine ganz schmale Trennlinie, die man finden muss. Und mir fällt das schwer – ich spotte immer, dass das an meiner katholischen Erziehung liegt, aber das stimmt nicht, es ist mehr als das. Es ist die strenge Umgebung, in der ich aufwuchs, und meine Mutter, die ja noch lebt und das Buch lesen wird.

Müssen Sie sie aus Ihren Gedanken verbannen, wenn Sie solche Dinge schreiben?
Ja, das muss ich. Weil meine Mutter das lesen wird, und es wird ihr nicht gefallen. Und natürlich hält mich das nicht davon ab, aber ich muss doch daran denken. Ja. Meine Mutter ist eine sehr starke und eigenwillige Dame. Wir geraten uns furchtbar in die Haare.

Hat es Sie gestört, dass die Schauspieler, die Ihre Figuren in der Verfilmung des Geisterhauses *darstellen, keine Lateinamerikaner waren?*
Die Tatsache, dass sie nicht spanischer Herkunft sind, stört mich nicht. Aus vielen Gründen. Zunächst einmal wollte kein lateinamerikanischer Regisseur diesen Film jemals machen, daher habe ich nicht das Gefühl, ihn jemandem weggenommen zu haben; man hatte einfach kein Interesse. Menschen, die nicht in Lateinamerika leben, haben den Eindruck, dass der ganze Kontinent aus Indern oder Schwarzen besteht; aber die Leute, die an der Macht sind oder den obersten Gesellschaftsschichten angehören, sehen immer wie Europäer aus. Selbst in den Ländern, die damit prahlen, keine Rassenprobleme zu haben, wie Brasilien, wird man nie einen schwarzen Präsidenten oder einen schwarzen Militärchef finden. Die Struktur der ökonomischen, politischen und gesellschaftlichen Macht in Lateinamerika ist sehr rassistisch. Wir sagen nicht, dass sie rassistisch ist, sondern sprechen von einer Klassengesellschaft, aber das ist dasselbe: Die Macht liegt in den Händen der Weißen, der Männer, der Reichen und des Militärs; also: Je höher man in der gesellschaftlichen Hierarchie Lateinamerikas steht, umso europäischer sieht man aus. *Das Geisterhaus* ist die Geschichte einer Familie der oberen Mittelklasse,

also das, was man in Lateinamerika als Aristokraten betrachten würde, obwohl wir dort keine Aristokraten haben. Diese Leute sehen alle wie Weiße aus, und Sie werden in diesen Schichten jede Menge blonder Menschen antreffen, weil sie britische, deutsche und französische Vorfahren haben. Je niedriger man in der Gesellschaftshierarchie geht, umso häufiger wird man indianische Gesichtszüge vorfinden, und in der Karibik und in Brasilien die Gesichtszüge Schwarzer. Die Zusammensetzung des Schauspielerensembles ist nicht weiter bemerkenswert, denn wenn man sich den Film ansieht, sieht man die gesellschaftlichen Klassen. Man sieht zum Beispiel, dass die hochrangigen Militärs hellhäutiger sind als die Soldaten. Man sieht, dass die Bauern ganz anders aussehen als die Grundbesitzer, und [der Regisseur] Bille August hatte ein Auge dafür. Das war das Erste, was ihm auffiel, und er hat es aufgegriffen, daher wirkt der Film sehr lateinamerikanisch.

Wie würden Sie den Rassismus in Lateinamerika mit dem nordamerikanischen Rassismus vergleichen?
Ich denke, dass Rassismus überall dasselbe schreckliche Gesicht hat. Er sieht überall genau gleich aus und geht auf die gleiche Weise vor. Die nordamerikanische Gesellschaft ist kultivierter und gebildeter, so dass das Bewusstsein schärfer ist, und Rassisten sind heutzutage allgemein unwillkommen. Man erzieht uns dazu, nicht rassistisch zu sein, obwohl die meisten Menschen es sind. In Lateinamerika halten wir es nicht einmal für schlimm, Rassist zu sein. Wir denken, dass es vollkommen in Ordnung ist. Meine Mutter ist die schlimmste Rassistin, die ich je kennen gelernt habe, und sie findet es absolut in Ordnung. Aber im Laufe meines Lebens hat sich die Welt verändert. Als ich geboren wurde, war es viel schlimmer. Rassismus und Feminismus sind die beiden großen Themen, die zu meinen Lebzeiten eine Veränderung erfahren haben.

Haben Sie es in den USA leichter, respektiert zu werden – ich meine, als Feministin und als Schriftstellerin?
Ich finde es leichter, hier eine Frau zu sein. Wahrscheinlich ist es auch leichter, Schriftstellerin zu sein, aber das Frausein als sol-

ches ist in den industrialisierten Gesellschaften in Europa und den Vereinigten Staaten viel einfacher. Der Rest der Welt ist für die Frauen im Allgemeinen schrecklich, und Lateinamerika bildet da keine Ausnahme. Wenn eine Frau einer gebildeten Klasse angehört und in einer Stadt lebt, hat sie bessere Chancen, aber wenn sie auf dem Land lebt und aus einer ungebildeten Familie stammt, ist das ein Handicap. Es ist sehr hart für eine Frau – sehr, sehr hart. Wir werden in Knechtschaft geboren.

Sie haben über Faschismus in den USA gesprochen. Was meinen Sie damit?
Ich meine, dass dies eine sehr komplexe Gesellschaft ist, und in diesem Land gibt es das Beste, aber auch das Schlechteste. Alles kann passieren, und alles, was wirklich von Bedeutung ist, geht durch den Filter Nordamerikas. In der Zusammensetzung dieser Gesellschaft gibt es eine große Anzahl von Leuten, die potenzielle Faschisten sind, sehr nationalistisch eingestellt, sehr provinziell. Das sind diejenigen, die die Waffen haben, die bereit sind, Gewalt anzuwenden und das Gesetz in ihre eigenen Hände zu nehmen; das sind die Rassisten, die glauben, sie seien das Beste, was die Welt hervorgebracht hat. Das ist genau das Gefühl, das den Faschismus in Europa während des Zweiten Weltkriegs getragen hat, in Italien, in Spanien und natürlich in Deutschland.

Die Vereinigten Staaten haben einen großen Vorteil: Sie sind ein Land der Einwanderer, geprägt von vielen Kräften, die ständig in Bewegung sind und sich wechselseitig beeinflussen. In diesem Land waren die demokratischen Kräfte seit jeher gebildeter und mächtiger; eine Regierung kann in diesem Land ausgesprochen faschistisch sein. Dessen müssen wir uns bewusst sein, und wir sehr vorsichtig sein, denn die Menschen halten die guten Dinge für selbstverständlich. Genau das ist in Chile passiert, und ich habe es miterlebt.

Chile war die älteste und stabilste Demokratie in Lateinamerika. Chile hatte vor dem Militärputsch 160 Jahre Demokratie hinter sich. Es hatte die älteste Verfassung, die fortgeschrittensten Sozialgesetze, und das alles fand innerhalb von vierundzwanzig Stunden ein Ende, weil diese Kräfte das Land übernahmen. Aber es stimmt nicht, dass es binnen vierundzwanzig Stunden geschah; sie waren immer da gewesen, wir haben sie nur nicht gesehen. Wir haben versagt, wir haben sie unterschätzt. Wir dachten, so etwas könne in Chile niemals passieren – dass solche Dinge sich nur in Bananenrepubliken ereigneten und in Ländern mit Diktaturen und Häuptlingen. So etwas passierte anderen, nicht uns. Und es passierte uns, weil wir nicht Acht gegeben haben, und wir haben einen schrecklichen Preis gezahlt: siebzehn Jahre brutalste Diktatur. Das kann auch in den Vereinigten Staaten geschehen, so wie es in London passieren kann oder in Frankreich. Es kann überall passieren, und die Geschichte beweist das. Also, welche Rolle spielen wir als diejenigen, die in der Öffentlichkeit stehen? Wir müssen uns bewusst sein, dass diese Möglichkeit existiert. Man muss sich der Umwelt bewusst sein, des Feminismus und des Rassismus, und man muss wissen, wie man eine gefährliche politische Situation verhindern kann.

Sie haben gesagt, dass es „im Terror keine Regeln" gebe. Wie funktioniert Terror?
Damit Terror funktioniert, muss man die Menschen zuerst voneinander trennen, sie isolieren. In einem Terrorregime wird als erstes die Kommunikation, jede Art von Kommunikation zensiert oder verboten. Die Presse wird natürlich zensiert, genauso wie alle politischen, sozialen und bisweilen auch religiösen Organisationen, die Menschen zusammenbringen. Vereinigungen werden verboten. Man darf in seinem eigenen Haus nicht mehr als sechs Menschen zusammenbringen, ohne die Erlaubnis des Militärs einzuholen. Nicht einmal in einem Restaurant bekommt man einen großen Tisch. In der Gruppe hat man irgendwie Anteil an der gemeinsamen Kraft und Energie, aber wenn man isoliert ist, hat man große Angst. Deshalb also isolieren sie die politischen Gefangenen – auf diese Weise sind sie schwächer und können ihre Energie nicht weitergeben, haben keinen Zugang zu der Energie anderer Menschen.

Das Nächste, was in einer Zeit des Terrors geschieht, hat mit Folterungen, mit dem Verschwinden und der Ermordung von Menschen zu tun. Anders als wir vermuten, geschehen diese Dinge die meiste Zeit nicht mit der Absicht, an Informationen zu kommen. Es geht nicht darum, die Betroffenen zum Reden zu bringen. Die Menschen werden geschändet und gefoltert, um sie zu demütigen und zu bestrafen. Meist werden sie nicht getötet, sie werden gefoltert und freigelassen. Warum? Weil diese Menschen reden werden, und weil andere Menschen dann erfahren, was ihnen zustoßen kann, wenn sie sich nicht fügen. Auf diese Weise breitet man Terror aus. Man übermittelt die Botschaft ganz klar: Das wird dir zustoßen. Das sind die Regeln, die am Anfang gelten, aber später lautet die andere wichtige Regel, dass man ständig die Regeln ändert. Denn wenn die Menschen die Regeln lernen, lernen sie auch, diese Regeln zu umgehen. Man kann für etwas bestraft werden, das vollkommen legal war, als man es tat. Auch das ändert sich. Es herrscht ein Zustand der Verwirrung, in dem man nicht weiß, was man tun soll. Man ist wie ein Tier, das sich an einem Ort befindet, an dem alles bedrohlich ist, und man weiß nicht, wohin man laufen soll. Es gibt keinen sicheren Hafen, für niemanden.

Wie sind Sie zu einer Expertin in Sachen Folter geworden?
Ich lebte während des Militärputsches in Chile. Ich war Journalistin, und einige Journalisten kamen damals zu dem Schluss – man konnte ja nichts veröffentlichen –, dass es unsere Aufgabe sei herauszufinden, was vorging, es aufzuzeichnen und die Informationen außer Landes zu schmuggeln. Damals war es noch nicht möglich, Videoaufnahmen zu machen, aber wir haben viele Kassetten mit Interviews. Und das war eines der Dinge, die ich tat. Einige meiner Freunde wurden gefoltert. Ich habe stapelweise Interviews. Anderthalb Jahre habe ich mich damit beschäftigt. Bedauerlicherweise. Ich sage „bedauerlicherweise", weil all meine Alpträume sich darum drehten. Das ist eines der wenigen Themen, mit denen ich nicht umgehen kann. Es ist immer traurig. Es ist verheerend zu erfahren, was Menschen anderen Menschen antun können. Man kommt in Berührung mit dem personifizierten Bösen, und es gibt keine Möglichkeit zu rechtfertigen, dass ein Kleinkind vor den Augen der Mutter gefoltert wird. Menschen tun das, und dann gehen sie nach Hause, essen zu Abend und sehen fern. Es ist ihr Job. Es ist schwer zu begreifen, wie schlecht wir sein können.

Ich denke immer, wenn irgendjemand anderer zu solchen Dingen fähig ist, dann wäre ich es auch, unter den entsprechenden

Umständen. Die Menschen sind sich sehr ähnlich, also kann ich, was an einem anderen Menschen potenziell heiligmäßig ist, ebenfalls erreichen, und das potenziell Schlimmste kann auch mir zustoßen. Dieses Wissen, dass Folter etwas potenziell Menschliches und daher auch ein Teil von mir ist, ist grauenhaft. Es ist ein ständiger Alptraum, denn ich glaube nicht, dass ich in irgendeiner Weise besser bin und dass mir so etwas niemals widerfahren könnte, dass ich so etwas niemals tun würde. Ich weiß es nicht. Ich hoffe, ich werde es niemals tun, aber ich weiß es nicht.

Kennen Sie die „Colonia Dignidad"? Und existiert sie immer noch?
Ja. Ich kenne sie so gut, wie man sie kennen kann, denn sie ist ein großes Rätsel. Es handelt sich um eine Kolonie deutscher Einwanderer, die nach dem Zweiten Weltkrieg [nach Südamerika] kamen. Sie waren alle ehemalige hochrangige Nazis. Sie kauften in Chile ein großes Stück Land, und irgendwie, weil die Deutschen in Chile sehr viel Macht haben, bekamen sie vom Militär und von der Regierung bestimmte Dinge zugesichert und erhielten besonderen Schutz. Das Ganze entwickelte sich zu einem Skandal. Ende der sechziger Jahre konnte eine junge Frau, die deutsch aussah, aber spanisch sprach, fliehen. Sie war dort geboren worden, und sie erzählte von dem Grauen, das in der „Colonia Dignidad" herrschte. Der Skandal ging durch die Presse, und Salvador Allende, der damals für die Präsidentschaft kandidierte, sagte, dass unter seiner Regierung die „Colonia Dignidad" geöffnet würde. Er konnte es dann doch nicht. Er konnte es nicht, weil das Militär damit zu tun hatte. Nach dem Putsch wurde die „Colonia Dignidad" zum Folterzentrum und Konzentrationslager. Und sie existiert immer noch, unter dem Schutz des Militärs. Solange General Pinochet das Oberhaupt der bewaffneten Streitkräfte ist, gibt es auch die „Colonia Dignidad".

Wer war die Figur, auf der Rolf Carlé aus Eva Luna *basiert?*
Die Figur wurde mir geschenkt. Ich hatte *Eva Luna* geschrieben, und ich hatte zwei Figuren. Es waren zwei Waisenkinder, die auf der Straße aufwuchsen, ohne Ausbildung, zwei Randexistenzen. Meine Idee war, dass diese beiden Figuren aufwachsen sollten, um später ein Liebespaar zu sein. Sie sollten die Protagonisten

meines Romans sein, aber als es dann soweit war, dass sie zu Liebenden wurden, ungefähr auf Seite 120, da war der Bursche ein Trottel. Ich meine, ich würde ihn nicht haben wollen. Wirklich nicht. Er hatte sich gegen meinen Willen in diese Richtung entwickelt. Und da stand ich nun, mitten in meinem Buch, ohne einen männlichen Protagonisten.

Ich fuhr zu einer Lesereise nach Deutschland. Ich war in Hamburg, und nach der Lesung bot mir ein Mann eine Tasse Kaffee an. Er sagte, er wolle mir eine Geschichte erzählen, und auf diese Ankündigung beiße ich immer wieder an. Also folgte ich ihm blind in ein Café, und er erzählte mir, dass sein Vater ein Nazioffizier gewesen sei, dass er ebenso gestorben war, wie Rolf Carlés Vater in dem Buch starb. Er erzählte mir, dass er eine retardierte Schwester habe, die unter einem Tisch mit einer Tischdecke darauf aufgewachsen sei. Er erzählte mir einige Dinge aus seinem Leben, und ich schrieb alles auf eine Papierserviette. Als ich nach Hause ging, gab ich das, was ich notiert hatte, einfach in den Computer ein, und damit hatte ich meinen Rolf Carlé. Es war also ein Geschenk, ein echtes Geschenk. Er war Journalist wie der Mann in meinem Buch.

Am Ende von Eva Luna *sprechen Sie darüber, wie Eva und Rolf ineinander aufgehen und füreinander bestimmt sind, aber dann sagen Sie, dass Sie am Ende vielleicht doch nicht zusammenbleiben werden. Ich habe mir beim Lesen gewünscht, dass die beiden ein sicheres Paar sind.*
Ich fühle mich mit Gewissheiten zunehmend unbehaglich. Denn es gibt eine Menge Zweideutigkeiten auf der Welt, und die Dinge können in einem bestimmten Licht erscheinen, aber vielleicht sind sie gar nicht so. Je älter ich werde, umso mehr bin ich mir dessen bewusst, der Ungewissheit in allem, insbesondere in der Liebe.

War es schwieriger für Sie, in Der unendliche Plan *in Ihrem magischen Stil über die Vereinigten Staaten zu schreiben?*
Ich lebe in Kalifornien – wie sollte das ein Problem für mich sein? Als ich hierherzog, befand ich mich in einem Schockzustand. Ich konnte es nicht fassen. So viel Neues stürmte auf mich ein. Es gibt eine kalifornische Art sich auszudrücken, die man lernen

muss. So ist hier zum Beispiel alles „organisch". Es gab lauter Merkwürdigkeiten für mich. Ich habe immer noch große Ehrfurcht vor allem, was ich sehe. Kalifornien ist ein Märchenland. Je verrückter man ist, umso weiter nach Westen zieht man – das scheint eine feste Regel zu sein. Alle Spinner enden hier oben und genauso die wunderbaren Leute. All die neuen Ideen der letzten achtundfünfzig Jahre haben hier irgendwie gekeimt. Es ist ein wunderbares Land, und es fällt mir nicht schwer, darüber zu schreiben, denn die Rolle des Außenseiters ist die beste Position für einen Schriftsteller. Wenn man mitten in einem Hurrikan steht, kann man nicht über den Hurrikan schreiben, weil man ihn nicht sehen kann. Man muss aus ihm heraustreten, um ihn aus einer gewissen Entfernung zu beobachten, um über ausreichend Ironie und verschiedene Deutungsweisen zu verfügen, um darüber zu schreiben.

Die Figur der Carmen in Der unendliche Plan *scheint nicht den leisesten Versuch zu machen, die Kontrolle über ihr Leben zu gewinnen; sie lässt die Dinge zu ihrer Zeit einfach geschehen. Glauben Sie, dass Dinge geschehen, wenn sie geschehen sollen?*
Ich bin Fatalistin in dem Sinne, dass ich an das Schicksal glaube. Ich glaube, dass man nur wenig Einfluss hat. Natürlich kann man das Spiel innerhalb der Regeln richtig spielen. Aber es sind eine Menge Dinge vorgegeben – man hat sein Geschlecht, seine Rasse, sein Alter, man ist gesund oder nicht, man wird an einem bestimmten Ort und in eine bestimmte Familie hinein geboren. Der größte Teil der eigenen Persönlichkeit ist bereits festgelegt, bevor man geboren wird. Diese Faktoren sind da, und man muss damit fertig werden. Ich glaube, man hat schon ein gewisses Maß an Kontrolle über das eigene Leben, aber es gibt viele Dinge, die einfach geschehen, und was man auch tut, sie geschehen auf jeden Fall. Je älter ich werde, umso weniger versuche ich, irgendetwas zu erzwingen. Ich versuche einfach, mich treiben zu lassen. Ich habe das Gefühl, dass unter meinen Füßen alles in Bewegung ist, und ich versuche, auf meinen Füßen zu stehen, aber es ist im Grunde ein Gefühl, als ritte man ein Pferd. Man muss dem Rhythmus des Pferdes folgen, um richtig reiten zu können.

Basiert die Carmen auf einer realen Person?
Ich habe Carmen aus zwei Frauen gemacht. Die eine ist eine alte Freundin meines Mannes aus Kindertagen mit Namen Carmen. Sie lebt in einem mexikanischen Ghetto im Osten von Los Angeles, und sie hat große Ähnlichkeit mit der Figur im ersten Teil des Buches. Der zweite Teil von Carmen, als sie Juwelierin wird und Erfolg hat und auf den Straßen von Berkeley unterwegs ist und all das, das ist Tabra, eine berühmte Juwelierin in der „Bay Area", die gleichzeitig meine beste Freundin ist. Sie sehen also, ich habe nicht viel Fantasie. [Lacht.]

In Der unendliche Plan *sagt Olga: „Die Toten gehen Hand in Hand mit den Lebenden." Glauben Sie das?*
Ja, das glaube ich. Der erste Todesfall in meinem Leben war meine Großmutter, und sie ist jetzt seit fünfzig Jahren bei mir. Wenn ich sage, sie ist bei mir, dann ist das wahr, nicht in dem Sinne, dass sie mir als Geist erscheint, durch die Luft schwebt und mit Ketten rasselt, nein. Aber wann immer ich mich an einem Scheideweg befinde und mich verloren fühle und durcheinander bin, denke ich, was hätte sie jetzt getan, und ich orientiere mich dann an dem Bild, das ich mir von ihr gemacht habe. Die Antwort ist, sie würde das Originellste und Unberechenbarste tun, und sie würde die großzügigste Lösung wählen. Und dieser Regel versuche ich zu folgen. Wenn ich wirklich Angst habe, bitte ich sie um Schutz, und ich habe das Gefühl, dass sie mich tatsächlich beschützt hat. Sie hat mich aus Situationen gerettet, in die ich mich selbst hineinmanövriert hatte und die ziemlich riskant waren.

Ich habe das Gefühl, einen Schutzengel zu haben. Meine Tochter ist gestorben, und sie ist auf eine Weise bei mir, wie sie das zu Lebzeiten nie war, denn damals hatte sie ihr eigenes Leben, und sie hatte ihr eigenes Schicksal. Sie hat immer noch ein Leben und ein Schicksal, sie lebt und tut Dinge in der spirituellen Welt, aber die Erinnerung an sie lebt in mir weiter. Ich trage sie in mir, und sie ist ein Teil meines Lebens, auf eine sehr greifbare, intensive Art und Weise. Das Gefühl ist so intensiv, dass ich jeden Morgen, wenn ich hierherkomme, eine Kerze für sie anzünde. Ich habe ihre Fotografie und ihre Asche hier, und ich fühle ihre Anwesenheit sehr stark. Es ist immer noch viel Traurigkeit in mir, aber ich weiß, dass ich darüber hinwegkommen werde, und irgendwann werde ich das spirituelle Leben besser verstehen und nicht länger in meiner Trauer gefangen sein. Wahrscheinlich werde ich dann eine stärkere Verbindung zu der Person haben, die sie jetzt ist.

Übrigens gehen nicht nur die Toten Hand in Hand, sondern, wenn eine starke Verbindung besteht, auch die Lebenden. Dieses Gefühl habe ich bei meinem Sohn, bei meiner Schwiegertochter und bei den Kindern. Das wird wahrscheinlich nicht von Dauer sein, weil das Leben uns früher oder später trennen wird, aber solange es so ist, gibt es da ein sehr tiefes Gefühl der Verbundenheit. Ich habe das Gefühl, was immer mir geschieht, geschieht ihnen, und was ihnen geschieht, geschieht mir.

Haben Sie dieses Gefühl jemals bei Menschen gehabt, die weit weg leben?

Bei meiner Mutter. Ich habe dieses Gefühl ständig und sehr, sehr stark mit meiner Mutter. Und natürlich mit meinem Mann. Aber ich denke, diese Verbindung hat noch eine andere Qualität, weil sie außerdem sexueller Natur ist und das dem Ganzen noch eine vollkommen andere Schattierung gibt. Sexualität ist etwas, das zumindest ich nur praktiziere, wenn ich jemanden liebe, und das schafft eine Art von Vertrautheit, die eine Beziehung von jeder anderen Beziehung abhebt, die ich in meinem Leben habe.

Sie haben erwähnt, dass die Amerikaner mit dem Tod im Grunde nicht allzu gut umgehen können. Wie verändert uns das? Wie würde es sich auf uns auswirken, wenn wir mit dem Tod besser umgehen könnten?

Nun, zunächst einmal muss man wissen, dass man sterben wird. Es gibt für jeden Menschen nur eine Gewissheit: Vom Augenblick seiner Geburt an geht jeder Mensch dem Tod entgegen. Wenn Sie sich nicht dessen bewusst sind, dass der Tod Ihnen ständig über die Schulter schaut, haben Sie kein Gefühl dafür, wie kostbar das Leben als solches ist, und dann wird das Leben etwas, worüber man frei verfügen kann – das Leben anderer Menschen, meine ich. Deshalb sehen wir im Fernsehen so viel Gewalt und Verbrechen, so viele Menschen, die sterben. Der Tod hat keine Bedeutung, weil er durch den Archetyp des Bildes gefiltert wird. Er ist nicht real, weil wir im Grunde gar nicht glauben, dass wir selbst sterben werden, es sei denn, wir werden mit dem Tod konfrontiert, so wie ich.

Wenn man mit der Tatsache in Berührung kommt, dass man sterben wird und dass die Menschen, die man liebt, sterben werden und dass das alles zum Kreislauf des Lebens dazugehört, dann verändert sich die Einstellung zur Welt. Zunächst gewinnt man eine gewisse innere Freiheit. Man ist nicht mehr so materialistisch, weil einem klar wird, dass man nichts mitnehmen kann, dass der eigene Körper sich auflösen wird. Auf diese Weise gewinnen Sie eine Art spiritueller Dimension, die Sie vollkommen für Ihre Welt öffnet. Sie sind sich dieser spirituellen Welt bewusst, und dann nimmt alles, was Ihnen in Ihrem alltäglichen Leben widerfährt, eine andere Bedeutung an, weil diese Dinge nur ein Teil der Realität sind, ein kleiner Teil. Es gibt viel mehr, als wir sehen und fühlen und beschreiben können.

Es ist schwer, über diese Dinge zu reden, ohne fromm zu klingen, sehr schwer, deshalb tue ich es so selten. Dieses Gefühl ist sehr stark in mir, und ich lebe es, aber ich bin kein frommer Mensch in dem Sinne, dass ich einer traditionellen Religion angehörte, nicht einmal dem Buddhismus, der mich sehr anspricht. Man kann diese Einstellung also nicht als etwas Religiöses beschreiben, sie ist etwas Spirituelles, und ich denke, dass es anders ist, wenn eine Gesellschaft, eine Kultur den Tod akzeptiert und respektiert.

Glauben Sie, dass wir das jemals tun werden?
Ja. Dieses Land ist komisch. Jetzt, da die ältesten Mitglieder der Nachkriegsgeneration auf die fünfzig zugehen, ist in der Menopause zu sein plötzlich cool. Warten Sie ab, bis die siebzig werden, dann wird der Tod in aller Munde sein. Je älter die Bevölkerung wird, umso mehr wird sie über den Tod reden. Es sind nur die Jungen, die den Tod leugnen können. Die ganz Jungen.

Was ist mit der Macht von Träumen? Auf welche Weise nutzen Sie Träume, und wie können sie Ihnen in Ihrem alltäglichen Leben helfen?
Wenn ich den Eindruck habe, dass ein Traum wichtig ist, wenn ich mit einem starken Gefühl aufwache, dann schreibe ich ihn auf.

Manchmal ist der Traum so lebendig und so klar, dass ich nicht lange nachdenken muss, um seine Bedeutung zu verstehen. Manchmal muss ich den Traum mehrmals wiederholen, um zu verstehen, dass mein Inneres mir etwas zu sagen versucht. Wenn ein Traum wiederkehrt – und das passiert mir sehr oft –, weiß ich, dass ich irgendein Problem lösen muss, dann ist da etwas, das mir sagt, hey, das darfst du nicht übersehen.

Und Sie meditieren auch?
Ja. Nicht viel. Ich bin keine Fanatikerin. Ich mag auch gefrorenen Joghurt sehr gern, und ich weiß, dass es einen bestimmten Punkt gibt, ab dem er einem nicht gut tut. Egal wie fettarm er ist, es gibt doch nur eine bestimmte Menge gefrorenen Joghurt, die man verträgt, also habe ich für mich festgelegt, dass es einen gefrorenen Joghurt am Tag gibt und nicht mehr. Mit der Meditation ist das nicht anders. Es ist wunderbar zu meditieren, aber zu viel davon ist wie gefrorener Joghurt. Am Ende sitzt man mit leerem Geist da und kann nichts Produktives mehr tun. Also meditiere ich, weil ich es brauche und es mir gut tut, aber nicht allzu viel. Ich tue es jeden Tag mehrmals, aber immer nur kurz. Ich nehme an einer Meditationsgruppe teil, und manchmal, wenn ich es brauche, setze ich mich einfach auf eine Bank in den Wald und meditiere mehrere Stunden, und es gefällt mir.

Hilft es Ihnen beim Schreiben?
Nein. Beim Schreiben hilft es mir nicht. Was mir hilft, ist Reden, wenn Leute mit mir reden und mir Dinge erzählen. Dann ist es oft so, dass mir ganz plötzlich klar wird, dass ich eine Verbindung herstelle. Etwas, das verwirrend für mich ist, wird klar, weil jemand etwas sagt. Das Meditieren hilft mir bei anderen Dingen. Es hilft, ruhig zu werden. Ich bin die meiste Zeit sehr aufgedreht, und das Meditieren holt mich runter.

Sie sagten, Literatur sei „voller Vorahnung, wie Träume“. Können Sie das näher erläutern?
Ich bin viele Stunden mit der Geschichte in meinem Buch allein und schweige. Ich habe das Gefühl, wenn das über eine längere Zeit so geht, öffnet sich der Geist für Verbindungen, die man in ei-

nem normalen Bewusstseinszustand nicht hat. Weil man mitten im Getriebe der Welt steckt und so beschäftigt ist. Wenn man schweigt, stimmt man sich auf eine andere Dimension der Realität ein, und man beginnt Dinge wahrzunehmen, die wahrzunehmen man keine Zeit hat, wenn man mitten in der Welt ist. Es passiert mir gelegentlich, dass ich Dinge schreibe, die ich einfach für meine Fantasie halte, und später finde ich dann heraus, dass sie sich genauso zugetragen haben, ohne dass ich auf irgendeine Weise davon hätte erfahren können. In *Von Liebe und Schatten*, das ein sehr hellsichtiges Buch war, ist mir das mehrmals passiert.

Manchmal stelle ich einfach unheimliche Verbindungen her. Sie haben nach Rolf Carlé gefragt. Die Art, wie ich den Namen für Rolf Carlé fand, ist sehr merkwürdig. Ich wollte einen Namen, der nicht zu deutsch klang, denn das wäre zu durchschaubar gewesen, also ging ich die Bibliothek meines Ex-Mannes durch und fand einen Autor mit Namen Rolf Irgendwas. Mir gefiel das Wort Rolf. Dann suchte ich für den Familiennamen nach etwas, das nicht zu deutsch klingen sollte, und ich erinnerte mich an den Fahrer, der mich in einer Limousine nach Hamburg gefahren hatte. Er war französischstämmig, und ich dachte, ich setze die beiden Namen zusammen. Als ich viele Jahre später nach Deutschland fuhr, fand ich heraus, dass der Vater des Mannes, der mir die Geschichte erzählt hatte, Rolf Carlé hieß. Und er benutzte den Namen seines Vaters nicht, weil ihm dieser Name zuwider war, daher konnte ich ihn unmöglich kennen. Solche Dinge passieren einem oft, wenn man schreibt, sie passieren nicht nur mir.

Das ist etwas, worüber Schriftsteller ständig reden. Jean Shinoda Bolen hat ein Buch über Synchronizität geschrieben, in dem sie sagt, so etwas wie Zufall gebe es nicht. Wenn man an einem Projekt arbeitet – und es spielt keine Rolle, was für ein Projekt das ist –, verschwört die Welt sich, um es zu ermöglichen, und es kommen viele Dinge zusammen, um einen in die richtige Richtung zu führen, wenn man nur Acht gibt und zuhört. Und es geschehen viele Dinge, die einen Autor dazu zwingen, Acht zu geben. Im Augenblick schreibe ich zum Beispiel etwas über den Militärputsch in Chile. Der Militärputsch liegt jetzt zwanzig Jahre zurück. Ich erinnere mich natürlich daran, was geschah, aber oft fehlt einem das entsprechende Gefühl, und durch eine dieser Synchronizitäten schrieb ich gerade am zwanzigsten Jahrestag des Putsches, am 11. September. Am 11. September ließ das ganze Land die Ereignisse noch einmal aufleben. Es gab Fernsehsendungen, Videos; die gesamte Presse, jeder redete davon, und das Gefühl, das die Ereignisse damals begleitet hat, war überall auf den Straßen wieder zu spüren. Es war genau an dem Tag, an dem ich es brauchte, und es fiel mir wie ein Geschenk in den Schoß. Häufig treffen Dinge auf eine Weise zusammen, dass man sich einfach fragen muss, was sind das für Synchronizitäten? Warum passieren diese Dinge und helfen mir beim Schreiben?

11. Nach Paula ist alles anders

Interview mit John Rodden

Am 11. April 1995 erschien die englische Ausgabe von *Paula* mit einer Startauflage von 100 000 Exemplaren beim Verlag Harper-Collins. Am gleichen Tag startete Isabel Allende mit einer Lesung an der Universität von Texas in Austin ihre Werbekampagne für das Buch, die sie durch zwölf amerikanische Städte führen sollte.

Daten sind wichtig für Allende – vor allem der 8. Januar, das Datum, an dem sie die Arbeit an ihrem ersten Roman aufnahm, *Das Geisterhaus,* und an dem sie dann all ihre anderen Bücher begonnen hat. Nach der Veröffentlichung von *Der unendliche Plan* im Jahre 1991 jedoch verbrachte sie den 8. Januar 1992 unerwarteterweise an einem Krankenhausbett in Madrid statt an ihrem Schreibtisch. Erst wenige Wochen zuvor, bei einer Buchpräsentation von *Der unendliche Plan* in Barcelona, hatte sie die Nachricht erreicht, dass ihre Tochter Paula Frías auf die Intensivstation eingeliefert worden war.

Bald danach war klar, dass Paulas Grippeerkrankung eine katastrophale Wendung genommen hatte. Paula litt an Porphyrie, einer seltenen, erblichen Stoffwechselkrankheit, die durch einen Enzymmangel bedingt ist und bei ihr zu Komplikationen im Verlauf der Grippe geführt hatte. Von den spanischen Ärzten war dies zunächst nicht erkannt worden – schwere Gehirnschäden waren die Folge. „Ich liebe dich auch, Mama", murmelte Paula, kurz bevor sie in ein Koma fiel, aus dem sie nie wieder erwachte. Und Isabel Allende schrieb die ersten kurzen Botschaften an ihre Tochter auf. Später hielt sie in ihren Aufzeichnungen fest: „… an diesem 8. Januar [im Jahre 1992] schreibe ich an dich, Paula, um dich zurück ins Leben zu holen."[1]

Aber die Prognosen waren schlecht, und Paulas Zustand verschlechterte sich zunehmend. Allende, die immer noch hoffte, dass ihre Tochter sich wie durch ein Wunder erholen könnte, holte Paula Mitte 1992 in ihr Haus nach San Rafael in Kalifornien. Und noch einmal führte das Schicksal die Familie Allende auf das schon bedeutungsschwere Datum zurück: Paula starb auf den Tag genau ein Jahr nachdem sie ins Koma gefallen war: am 8. Dezember 1992.

Paula ist zwar Isabel Allendes sechstes Buch, zugleich aber auch ihre erste nicht-fiktionale Arbeit. „Hör mir zu, Paula", beginnt der autobiografische Roman. „Ich will dir eine Geschichte erzählen, damit du, wenn du erwachst, nicht gar so verloren bist." Der Originaltitel lautet *Para Paula* [Für Paula]. Isabel Allende erzählt in diesem Buch ihrer Tochter die Lebensgeschichte der Familie Allende. Es geht also in dem „für Paula" geschriebenen Buch – auf dem Cover der spanischen Ausgabe ist ein bewegendes Foto von Paula zu sehen – nicht nur um Paulas Geschichte. Vielmehr werden uns in *Paula* einige herausragende Mitglieder der Familie vorgestellt, die Isabel Allendes Romane inspiriert haben, insbesondere *Das Geisterhaus*. Und wie beim *Geisterhaus* bildet auch bei *Paula* der Brief an ein Familienmitglied den Ausgangspunkt der Aufzeichnungen. In dem ersten dieser beiden Briefe jedoch, dem vom 8. Januar 1981, verabschiedet sich die Autorin von einem hundertjährigen Großvater, der sterben wollte; der zweite dagegen, in *Paula*, ist ein Abschiedsbrief und gleichzeitig ein schmerzerfüllter Liebesbrief an die achtundzwanzigjährige Tochter, die im Leben noch alles vor sich hatte.

Das Schicksal sollte bald ein weiteres Mal auf unvorhergesehene Weise in das Leben der Allendes eingreifen – durch den Verkaufserfolg von *Paula*. Eine Wahrsagerin hatte Isabel Allende einmal prophezeit, dass Paula in vielen Teilen der Welt bekannt werden würde. Im Laufe des qualvollen Jahres von Paulas Krankheit hatte Isabel Allende aus dieser Vorhersage Hoffnung geschöpft in dem Glauben, die Vorhersage müsse bedeuten, dass Paula sich erholen und sehr erfolgreich sein werde. Aber die Prophezeiung bewahrheitete sich wie so viele andere Dinge in Isabel Allendes Leben ironischerweise auf andere Art: Ende April 1995 stand *Paula* auf dem achten Platz der Bestsellerliste der *New York Times*, nachdem das Buch bereits überall in Europa zu einem Verkaufsschlager geworden war.

Isabel Allende, zierlich, lebhaft und zum Zeitpunkt des Interviews zweiundfünfzig Jahre alt, steht mit beiden Beinen fest auf dem Boden. Im Gespräch ist sie offen und mitteilsam. Den Tod ihrer Tochter trägt sie mit großer Stärke und Würde – und in dem Bewusstsein, dass der Schmerz darüber ihr ständiger Begleiter ist. Sie ist froh, dass sie nach der Lesereise weniger im öffentlichen Rampenlicht stehen wird, um endlich trauern zu können. Zum Teil habe sie *Paula* zwar genau zu diesem Zweck geschrieben, sagt Isabel Allende, aber die eigentliche Trauer um ihre Tochter habe gerade erst begonnen.

„Das Kinderkriegen wie das Bücherschreiben sind Fahrten in das eigene Innere", schreibt Isabel Allende in *Paula*, „[Fahrten], wo der Körper, der Geist und die Seele die Richtung wechseln, zurückkehren zum Mittelpunkt des Daseins selbst."[2] In dem folgenden Interview, das kurz vor ihrer Lesung vor einem mehr als tausendköpfigen Universitätspublikum in Austin geführt wurde, spricht Isabel Allende bemerkenswert direkt und offen über ihre Bücher, über ihr Inneres und ihr wechselhaftes Leben; sie erzählt von ihren Schreibgewohnheiten; davon, wie ihre Familie an ihrer Arbeit beteiligt ist, wie sich ihr Bild von Leben und Tod nach *Paula* verändert hat – und von Paula.

*

Es ist bekannt, dass Sie all Ihre Bücher am 8. Januar beginnen, einschließlich Ihres jüngsten, nicht-fiktionalen Buches Paula. *Sie sagten einmal, das würden Sie so machen, weil* Das Geisterhaus *an diesem Datum begonnen wurde. Der 8. Januar ist zufällig auch der Geburtstag von Elvis Presley.*

Ist das Ihr „Glückstag"? Hat es etwas mit Aberglauben zu tun, dass Sie Ihre Bücher an diesem Datum zu schreiben beginnen?

Der 8. Januar 1981 ist für mich ein heiliges Datum. Aber dieses Datum hat nichts mit den Sternen zu tun und auch nichts mit Elvis. Ich habe zwar irgendwann mitbekommen, dass dieser Tag sein Geburtstag war, aber ich war in meiner Jugend nie ein großer Presley-Fan. Die Bedeutung dieses Tages ist nicht astrologischer, sondern überaus persönlicher Natur – auch wenn die persönliche Dimension durchaus ein kleines bisschen mit Aberglauben zu tun hat.

Um das zu verstehen, müssen Sie mein Leben verstehen. Ich habe dreizehn Jahre lang in Venezuela gelebt. 1975 ging ich von Chile ins Exil und landete an einer Schule mit 400 Kindern, wo ich jeden Tag unterrichtet habe. Viereinhalb Jahre habe ich das gemacht. Ich habe es gehasst!

Am 8. Januar 1981 erfuhr ich durch einen Anruf, dass mein Großvater im Sterben lag. Und ich beschloss, ihm einen Brief über all die Dinge zu schreiben, die er uns in unserer Kindheit erzählt hat. Ich habe in zwei Schichten gearbeitet, zwölf Stunden am Tag, und ich habe auch in der Nacht geschrieben. Am Ende des Jahres hatte ich 500 Seiten beisammen. Das war *Das Geisterhaus.*

Meine Mutter hat es an verschiedene Verleger geschickt. Ich selbst habe nichts gehört, bis mich eine Verlagssekretärin anrief. *Sie* hatte das Manuskript gelesen, und es hatte ihr gefallen. Sie gab mir den Namen einer literarischen Agentin in Barcelona. Diese Agentin interessierte sich für meinen Namen und für Politik: für Chile und Allende. Ich schickte ihr zwei Umschläge, den ersten mit den Manuskript-Seiten 1 bis 250 sowie einem Begleitschreiben und den zweiten mit den Seiten 251 bis 500. Aber sie bekam nur den zweiten. Es dauerte eine Weile, bis ich herausfand, was geschehen war. Schließlich schickte ich ihr noch eine Kopie von den Seiten 1 bis 250, und binnen eines Monats hatte ich einen Vertrag. Und binnen eines Jahres war der Roman in jede europäische Sprache übersetzt worden.

Ich begann auch meinen zweiten Roman an einem 8. Januar. Für mich verbindet sich mit diesem Datum etwas Abergläubisches, weil es das Datum ist, an dem ich meinen ersten Roman begann, an dem meine Karriere als Romanschriftstellerin begann.

Heute fange ich all meinen Bücher am 8. Januar an – nicht nur aus Aberglauben, sondern auch der Disziplin wegen!

Disziplin? Meinen Sie damit, dass das Ritual, an einem 8. Januar mit dem Schreiben zu beginnen, Disziplin in Ihre Schreibgewohnheiten bringt?

Ja. Wenn ich dieses Datum nicht hätte, würde ich vielleicht nie anfangen! Ich würde es immer weiter und weiter vor mir her schieben. Ich würde immer eine Ausrede oder ein vernünftiges Argument finden, warum ich wenigstens noch ein paar Wochen oder Monate darüber nachdenken sollte. Und am Ende wäre es dann mit ein paar Wochen oder Monaten nicht mehr getan.

Ich nehme an, dieser Drang, das Schreiben hinauszuzögern, hat mit der Angst davor zu tun, ein neues Buch zu beginnen. Überhaupt etwas zu beginnen, das so umfänglich und so anspruchsvoll ist wie das Schreiben eines Buchs. Ich weiß, dass es schmerzlich sein wird und dass es mir eine Menge abverlangen wird. Aber gleichzeitig bin ich auch aufgeregt und freue mich darauf.

In gewisser Weise ist also der 8. Januar für mich der Startschuss. Dieser Tag ist etwas, das mir die Richtung nach vorn weist und mich dazu bringt anzufangen. Wenn ich erst einmal angefangen habe, dann bin ich auch voll dabei. Dann kann ich mit den Anforderungen umgehen und mich der Aufregung des Schreibens überlassen und den Prozess als solchen genießen. Dieses Stückchen „Aberglaube" hat also auch eine sehr realistische und praktische Bedeutung. Es hilft mir, mich an die Arbeit zu machen. Hätte ich dieses Datum nicht, würde es mir viel schwerer fallen, einen Anfang zu finden. Ich arbeite immer nur an einem einzigen Projekt gleichzeitig. Wenn ich ein Buch im Oktober beende, mache ich vier Monate Urlaub!

Also freuen Sie sich auf den 8. Januar und fürchten ihn zugleich. Können Sie sich vorstellen, wie es jedes Jahr am 7. Januar bei mir aussieht?! Ich bin hysterisch! Die ganze Familie geht die Wände hoch! Ich schließe mich ein und bereite mich auf den nächsten Tag vor.

Am 8. Januar versuche ich, einen ersten Satz zu schreiben, der mir aus dem Herzen kommt. Ich habe kein Exposé, nur einen Plan. Ich versuche, einen ersten Satz zu schreiben, der aus dem Bauch kommt, und dieser erste Satz wird zu einer Tür, die in eine andere Welt führt. Möglich, dass dieser Satz im fertigen Buch nicht mehr an erster Stelle steht, aber irgendwo bringe ich ihn unter. Als ich *Das Geisterhaus* begann und „Barrabás kam auf dem Seeweg in die Familie" schrieb [Der erste Satz aus *Das Geisterhaus*], wusste ich nicht, wer oder was „Barrabás" war – die meisten Hunde im Haus meines Großvaters hatten biblische Namen. Der Satz klang einfach gut. In *Von Liebe und Schatten* landete der erste Satz, den ich schrieb, schließlich im zweiten Kapitel. Manchmal bleiben die ersten Sätze am Anfang des Buches stehen, und manchmal landen sie irgendwo anders, aber ich bringe sie immer irgendwo in dem Werk unter. „Ich heiße Eva, das bedeutet Leben ..." habe ich in

Eva Luna [als Eröffnungssatz] stehen lassen. „Hör mir zu, Paula, ich werde dir eine Geschichte erzählen, damit du, wenn du erwachst, nicht gar so verloren bist", der erste Satz in *Paula* fiel mir im Krankenhaus ein, und ich habe ihn stehen gelassen, weil ich Paula alles erzählen wollte, was sie verpasst hatte.

Im Allgemeinen schreibe ich aber etwas, das von meinem ursprünglichen Plan abweicht. Ich mache mit dem weiter, was der erste Satz suggeriert, und dann ist das Schreiben ein kontinuierlicher Prozess von Entdecken und Enthüllen, ein Bloßlegen – genau so, wie es auch ein Bildhauer macht. Die Statue ist schon in dem Stein enthalten; die Geschichte ist schon in mir enthalten.

Dann geht es also nur noch darum, die Geschichte zu formen oder zu enthüllen.
Genau. Ich lasse einfach den ersten Entwurf zum Vorschein kommen. Bei diesem Entwurf erzähle ich lediglich eine Geschichte. Wenn ich damit fertig bin, handelt er schließlich von allem und jedem. Dann drucke ich ihn mir aus und lese ihn, und erst zu diesem Zeitpunkt weiß ich wirklich, worum es geht. Aber das Buch ist in diesem Zustand noch sehr konfus. Im zweiten Entwurf wird die Geschichte strukturiert. Und im dritten Entwurf widme ich mich der stilistischen Ebene, da versuche ich, die Sprache richtig hinzubekommen.

Dann ist das Buch fertig, und ich gebe es meiner Mutter zum Lesen.

Ihre Mutter ist immer eine wichtige Kritikerin des Buches, an dem Sie jeweils arbeiten?
Meine Mutter ist genau genommen meine einzige Kritikerin: Sie ist meine erste und ernsthafteste Kritikerin. Wir sind uns ein paar Mal ziemlich heftig in die Haare geraten, wenn es um die Frage ging, was in meine Bücher hineingehören sollte und was nicht! Sie ist der erste Mensch, der meine Arbeit liest, und sie ist eine sehr einfühlsame und intelligente Leserin. Aber was am wichtigsten ist: Sie hat keine Scheu, mir alles, aber auch alles zu sagen! Ihre besonderes Augenmerk gilt meinem Umgang mit der Sprache – nicht nur der Entwicklung der Handlung oder der Darstellung verschiedener Charaktere.

Also streiten wir uns über den Entwurf. In einem sechshundertseitigen Manuskript kommen am Ende vielleicht fünfzehn Seiten ungeschoren davon. Sie nimmt meine Charaktere auseinander, sagt mir, dass ich mich mit einer Figur zu sehr identifiziere. Oder sie sagt mir, ich solle mich tiefer in eine Figur einfühlen. Und obwohl ich keinesfalls all ihren Vorschlägen oder Vorlieben nachgebe, höre ich immer sehr aufmerksam hin, wenn sie ihren Kommentar abgibt.

Nachdem wir uns gestritten haben, schreibe ich das Buch neu. Und ich beende es. Für den ersten Entwurf brauche ich ungefähr vier Monate. Das komplette Schreiben dauert etwa zwei Jahre. Den letzten Entwurf zeige ich meiner Mutter dann nicht. Sie hat zu diesem Zeitpunkt immer das Gefühl, so hart gearbeitet zu haben, dass sie mehr einfach nicht verkraften könne. Schließlich ist sie vierundsiebzig Jahre alt.

Ihre Mutter konzentriert sich also auf ihren Umgang mit der Sprache. Gibt es in ihrer Kritik irgendwelche charakteristischen Dinge, die sich immer wiederholen?

Ich werde ihr oft zu deutlich. Sie mag keine Sexszenen! Diese Szenen zensiere ich immer, bevor ich ihr den ersten Entwurf zeige – ich nehme sie alle heraus. Außerdem streiche ich auch alle Passagen über den Papst und die Kirche aus diesem Entwurf. Einige davon füge ich nachher wieder ein. Die letzte Version oder das veröffentlichte Buch selbst liest meine Mutter nie, daher kommt sie mit den Sexszenen oder den antikatholischen, kritischen Bemerkungen nie in Berührung.

Zeigen Sie Ihr Buch in diesem Stadium auch Freunden oder Kollegen?

Mein Mann liest ebenfalls Spanisch, und auch er ist ein sehr wichtiger Kritiker meiner Arbeit. Aber sein Spanisch ist nicht so gut, dass er mir bei Fragen des literarischen Stils helfen könnte. Ihm fehlt das Ohr des Muttersprachlers für den präzisen Gebrauch der Sprache. Früher habe ich meine jeweiligen Manuskripte auch meiner Tochter gezeigt. Jetzt zeige ich sie meiner Schwiegertochter.

Wenn ein Buch erschienen ist, lesen weder meine Mutter noch ich selbst es noch einmal. Wir haben bis zu dem Augenblick, in dem es endgültig fertig war, so viel durchgemacht, dass es für uns vorbei ist. Es ist nicht länger die Welt, die ich in mir trage. Ich bin bereits weiter.

Abgesehen davon, dass Paula *von der Tragödie um die Krankheit und den Tod Ihrer Tochter handelt, ist das Buch eine autobiografische Lebenserinnerung und gibt ziemlich viel über Sie selbst preis – man könnte fast sagen, dass Sie Ihr Privatleben und Ihre Vergangenheit darin bloßlegen. Was war das für ein Gefühl, als Sie in* Paula *von sich selbst und anderen Familienmitgliedern schrieben?*

Ich habe mit allen Familienmitgliedern gesprochen, die in *Paula* erwähnt werden – es hat viele Diskussionen in der Familie gegeben. Und alle waren damit einverstanden, in dem Buch vorzukommen. Meine Mutter wollte einige Veränderungen, aber ich habe ihr nicht nachgegeben. Sie wollte nicht, dass ich so viel preisgebe. Aber ich hatte kein gutes Gefühl dabei, irgend etwas auszulassen.

Ja, ich habe mich die ganze Zeit bloßgestellt gefühlt. Ich gebe in *Paula* einiges aus meinem Leben preis, zum Beispiel, was meine Liebhaber betrifft. Ich lege auch den Einfluss von Religion und Politik auf unsere Familie bloß.

Und es gab auch einiges zu enthüllen, das tiefergeht: meine eigenen Gefühle. Ich habe das Risiko auf mich genommen, sentimental zu erscheinen. Ein Schriftsteller nutzt Emotionen auf künstlerische Weise, um beim Leser eine Reaktion zu provozieren. Eine melodramatische Handlung – Exil, der Tod eines Kindes – erzeugt beim Leser normalerweise eine starke Reaktion. Und einigen Lesern werden die Enthüllungen zu weit gehen, sie werden darauf abwehrend reagieren. Aber was ich schreibe, ist wahr, ist die ungeschminkte Wahrheit.

Aber, sehen Sie, meine Offenheit und der Ausdruck starker Gefühle in *Paula* – auch das war schon wie eine Entblößung.

Und trotzdem hatten Sie das Gefühl, diese Entblößung auf sich nehmen zu müssen, um sich der „ungeschminkten Wahrheit" zu stellen und sie zum Ausdruck zu bringen. Und nachdem Sie dieses Martyrium durchgemacht haben – das angesichts der Tatsache, dass Sie sich gerade auf einer Lesereise befinden, auch ein

ziemlich öffentliches Ereignis ist –, wo stehen Sie jetzt? Hat diese Erfahrung, ein Buch über den Tod Ihrer Tochter zu schreiben, Sie tiefgreifend verändert – als Schriftstellerin, als Frau, als Mensch?
Ich habe mich unzählige Male gefragt: Warum sie? Warum sie und nicht ich? Wenn ich bete, vielleicht wird es dann *mir* widerfahren und nicht ihr – dieser Gedanke ist mir manchmal durch den Kopf gegangen. Ich habe gefragt, warum ist sie nicht gleich am Anfang gestorben? Warum hat sie ein Jahr im Koma gelegen?

Es war eine Tragödie, aber ich habe in dieser Zeit viel gelernt. Es wäre viel leichter gewesen, wenn sie nicht ins Koma gefallen wäre. Der Schmerz war viel größer, weil sie noch ein Jahr bei uns blieb.

Weil Paula noch bei uns blieb, habe ich eine Lektion gelernt. Mein Schicksal war es, ein Kind zu verlieren. Ich glaube an das Schicksal! Ich habe alles in meinen Kräften Stehende getan, um Paula zu retten, und ich konnte sie weder vor ihrer Krankheit noch vor der Welt schützen. Ich glaube daran, dass wir nicht nur Körper und Geist sind. Wir sind auch spirituelle Wesen. Wir kommen von irgendwoher und gehen irgendwohin, und diese Welt ist nur eine Bühne. Diese Krankheit und dieser Tod waren also Paulas Schicksal. Einige Menschen verlassen die Bühne schon mit achtundzwanzig Jahren, wie Paula.

Was tue ich *jetzt*? Ich kann wütend sein, ich kann versuchen, eine transzendente Erfahrung daraus zu machen, ich kann ein Buch schreiben. Was mache ich mit den Karten, die mir gegeben wurden, wie soll ich sie ausspielen? Paula bekam Porphyrie, das war die Karte, die ihr gegeben wurde – und ihr Leben dauerte nur achtundzwanzig Jahre. Aber es ist nicht weniger kostbar, weil es kurz war.

Ich bin heute weniger leidenschaftlich, als ich es früher war. Ich habe Paula viele Stunden in den Armen gehalten, bis sie starb. Sie starb am 8. Dezember 1992. Und nur sieben Monate später bekam in demselben Zimmer, in dem Paula starb, eine drogenabhängige und HIV-positive junge Frau ein Siebenmonatsbaby. Ich dachte sofort: Paula ist zurückgekommen! Es herrschte eine so absolute Ruhe, es war wie in einem geweihten Raum.

Ja, da war etwas Seltsames in diesem Zimmer; es war ein heiliger Augenblick. Paulas Geist war noch immer in diesem Zimmer gegenwärtig. Ich wollte das Baby fragen: „Sag mir, woher du kommst, bevor es zu spät ist!" Ich hatte das Gefühl, dass ihre Mutter eine Tür zu einer anderen Welt war! Das Baby kam aus dieser anderen Welt, dachte ich.

Jennifer [die Mutter des Kindes, die Tochter von Allendes Ehemann William Gordon] lebte in Oakland, in einem heruntergekommenen Viertel. Wenn sie das Kind dort zur Welt gebracht hätte, wäre es eine Totgeburt gewesen. In Santa Rosa, in einer wohlhabenden Umgebung, wurde das Baby umsorgt. Es musste im Krankenhaus sein. Es musste in einem Inkubator liegen. Das kleine Mädchen ist ein entzückendes, HIV-positives Baby und wird sterben. Aber wichtiger ist etwas anderes: Es lebt. Sein Name ist Sabrina.

Ich frage mich noch immer: Was, wenn in diesem Baby tatsächlich Paulas Seele steckt? Ich hoffe, es ist eine andere Seele, die ihr eigenes, einzigartiges Schicksal haben wird.

Ich habe das Gefühl, dass ich in dieser Zeit lieben lernte.

All diese Dinge stehen hinter *Paula.* Als ich das Buch schrieb, hatte ich das Gefühl, mein ganzes bisheriges Leben sei darauf ausgerichtet gewesen, dieses Buch zu schreiben. Jetzt bringe ich irgendwie nicht die Begeisterung auf, irgendetwas anderes zu beginnen. Vielleicht kommt die Leidenschaft zu schreiben wieder.

Ich hoffe, dass das Buch Menschen hilft, die jemanden verloren haben.

Hat Paulas Tod sich in irgendeiner Weise auf Ihre Einstellung zum Schreiben und zu Ihrer Identität als Schriftstellerin ausgewirkt?

Ich habe am 8. Januar ein neues Buch begonnen. Ich werde bald sehen, ob ich eine andere Frau geworden bin.

Aber ich weiß, dass ich mich bereits sehr stark verändert habe. Ich lasse die Dinge mehr auf mich zukommen, statt sie zu forcieren. Ich bin nicht mehr so zielorientiert wie früher. Und das liegt nicht nur an Paulas Tod, sondern auch an der Tatsache, dass ich selbst älter werde. Ich habe viel über mich selbst und über das Leben gelernt, mehr, als ich früher wusste oder akzeptieren konnte.

Jetzt weiß ich, dass das Leben wirklich ein Prozess ist. Vielleicht haben mich meine Enkelkinder mich auch einige dieser Dinge gelehrt. Jetzt kann ich den gegenwärtigen Augenblick mehr genießen. Früher habe ich viel in der Zukunft gelebt, mit Plänen und Träumen und Zielen. Aber ich habe begriffen, dass das Leben jetzt stattfindet. Das Leben ist dieser Augenblick.

In der Vergangenheit wollte ich immer, dass etwas *fertig wurde.* Schnell und gut. Ich wollte immer ein *fertiges* Buch haben. Ich wollte ans Ende kommen und etwas in der Hand halten. Jetzt finde ich viel mehr Gefallen an dem Prozess selbst. Ich habe auf eine viel tiefere Weise die Freude am Schreiben erfahren. Ich habe wirklich gelernt, das Schreiben zu genießen, was bedeutet, dass ich das Leben genieße und mir seiner bewusst bin. Das gilt insbesondere für meine Einstellung zum Geschichtenerzählen. Manchmal sagen mir Leser: „Ich lese zum Ende hin ganz langsam, weil ich nicht möchte, dass das Buch endet! Ich möchte einfach noch ein bisschen länger in der Geschichte verweilen."

Und genauso empfinde ich jetzt, wenn ich schreibe. Manchmal finde ich es einfach schön, wenn es noch ein Weilchen länger dauert, weil es mir solche Freude macht. Statt mich auf das fertige Produkt zu konzentrieren, koste ich jeden Augenblick seiner Entstehung aus.

Mein Ziel ist es also weniger, ein bestimmtes Produkt fertigzustellen, als vielmehr den eigentlichen Prozess meines Tuns, in diesem Falle des Schreibens, wertzuschätzen und ganz dabei zu sein. Einfach loszulassen und es zu genießen. Das ist für die meisten Schriftsteller die schwierigste Aufgabe. Die meisten von uns haben eine zielorientierte Einstellung, weil das Buch letztendlich ein Produkt ist. Es gelangt in die Hände von Verlegern, Lektoren und Lesern. Und deren Meinung liegt uns am Herzen.

Die Erfahrung des Schreibens dagegen ist ein Prozess. Was im Laufe dieser Erfahrung Form annimmt, erhält die Gestalt eines Produkts, aber die Erfahrung selbst ist das Fundamentale. Das im Kopf zu behalten, darin liegt die Schwierigkeit.

Und das Lesen ist gleichfalls eine Erfahrung, und diese Erfahrung ist oft mit der des Schreibens verbunden: Autor und Leser teilen etwas miteinander, und dieses Teilen während des Lesens ist gleichfalls eine Erfahrung. Ein Leser weiß, ob der Autor das Schreiben als solches genossen hat. Das, was Leser und Autor miteinander teilen, ist unter anderem die Erfahrung dessen, was während des schöpferischen Aktes vorgegangen ist. Diese Erfahrung ist irgendwie in der Welt enthalten, die der Autor geschaffen hat und in die der Leser eintritt.

Ja, ich genieße den Prozess des Schreibens jetzt mehr, und das hat vielleicht auch etwas mit der Tatsache zu tun, dass ich meine Enkelkinder mehr zu schätzen weiß. Ich genieße es einfach, sie aufwachsen zu sehen.

Ja, ich stelle fest, dass meine Ziele im Leben sich verändern. Nach Paula ist alles anders.

Nichts wird jemals bedeutsamer sein als dieser Verlust. Und jetzt weiß ich: Ich könnte morgen sterben.

Sie meinen, Sie wissen das jetzt „aus dem Bauch heraus", nicht nur in einem intellektuellen oder abstrakten Sinne?

Ich weiß es, wie eine Mutter, die ein Kind verloren hat, es eben weiß. Als Mutter habe ich den instinktiven Drang, mein Kind zu beschützen. Und ich konnte es nicht. Ich konnte es nicht. Während dieses Jahres habe ich meine Tochter mehr geliebt als je zuvor. Sie wurde wieder zu einem Neugeborenen – es steckte sogar eine Röhre in ihrem Bauch, durch die sie ernährt wurde.

Paula war das Genie in unserer Familie. Aber im Krankenhaus habe ich nur gehofft, dass sie es bequem hatte. Ich habe neu gelernt, mit der bedingungslosen Liebe zu lieben, die eine Mutter für ein Neugeborenes empfindet. Und mehr noch als das – denn ich konnte nicht einmal ein Lächeln von ihr erwarten. Und doch hat sie mir am Ende ein wunderbares Geschenk gemacht! Wenn ich nur jeden Menschen lieben könnte – mit einer freudigen Liebe und ohne zu binden –, würde alles gut werden.

Es ist so schwer, das zu tun! Ich neige immer noch dazu, im Geiste darüber Buch zu führen, was mein Mann und ich einander schulden!

Das muss sehr anstrengend sein.

Ja! Und darum hoffe ich, dass es keine Wiedergeburt gibt! Ich möchte nicht zurückkommen! Es ist zu anstrengend! Wer will denn noch einmal einen Körper haben? Ich träume, dass meine Tochter frei ist, wie ein Wassertropfen im Ozean, frei von allen Bindungen.

Paulas Tod hat mich daran erinnert, dass wir uns für unsterblich halten – aber wir sind es nicht. Andererseits hat der Tod nichts Schreckliches oder Unnatürliches an sich – selbst die Sterne und die Bäume sterben. Daran müssen wir uns erinnern.

Welche Gefühle weckt diese Erkenntnis?
Kraft, Mut, Frieden. Als Paula starb, habe ich die Angst vor dem Tod vollkommen verloren. Es war so, als seien Leben und Tod keine Gegensätze mehr, sondern als würden sie einander ergänzen.

Ich hatte zwar seit dem *Geisterhaus* schon über den Tod geschrieben, ihn aber nicht *erfahren.* Oder nur in meiner Fantasie. Aber jetzt sehe ich, dass er ein wunderbares Gefühl der Befreiung und des Losgelöstseins ist. Jetzt kann ich mit einem Gefühl vollkommener Freiheit lieben. Ich kann jetzt die vollkommene Großmutter sein, ohne den Drang, das Leben eines anderen Menschen zu beherrschen!

Dann ist Ihnen dieses Gefühl der Furchtlosigkeit im Angesicht des Todes also erhalten geblieben.
Ja, und zwar in dem Sinne, dass ich weiß, ich bin nicht unsterblich – das ist der Selbstbetrug, mit dem die meisten von uns leben. Wir denken, dass sich niemals etwas verändern wird, aber ich habe erfahren, dass der Tod nichts Schreckliches oder Unnatürliches hat. Er ist ein Teil des Lebens. Er ist ein Teil von Schöpfung und Auflösung. Es ist alles ein Prozess.

Und darum braucht man keine Angst davor zu haben. Man muss den Tod als etwas begreifen, das zu seiner eigenen Zeit kommt. Ich habe also endlich anzunehmen gelernt. Ich habe die Angst verloren und die Bereitschaft anzunehmen und zu verstehen gewonnen.

Sie haben vor ein paar Minuten erwähnt, dass die Tatsache Ihres Alterns zu diesen Gefühlen von Hinnahmebereitschaft und Verständnis beigetragen habe. Könnten Sie näher beschreiben, was Sie gelernt haben?
Die wichtigste Lektion ist schlicht und einfach die, dass man das Leben in der Gegenwart lebt. Der Wert des Lebens liegt hauptsächlich in der Gegenwart. Er liegt nicht nur in den Plänen und Strategien, die man für etwaige Ereignisse in der Zukunft hat.

Ich habe einen so großen Teil meines Lebens in der Zukunft gelebt, habe gehofft, gewisse Pläne zu verwirklichen, in gewisser Hinsicht Erfolg zu haben!

Viele meiner Pläne sind verwirklicht worden. Ich habe einigen Erfolg bei der Verwirklichung meines beruflichen Ehrgeizes gehabt.

Aber mit dem Älterwerden ist mir klar geworden, dass das Leben sich nie ganz so entwickelt, wie man es plant. Das dämmt meinen Drang, es zu beherrschen oder in eine Richtung zu lenken, etwas ein, und ich bin eher bereit, es zu akzeptieren, es zu verstehen und es zu genießen, und zwar um des gegenwärtigen Augenblickes willen.

Politik und soziale Gerechtigkeit waren immer wesentliche Gesichtspunkte Ihrer Arbeit. Hat Ihre Einstellung zur Politik sich verändert? Interessieren Sie sich weniger für Politik, jetzt wo Ihre Aufmerksamkeit mehr jenseitigen Dingen gilt?

Die soziale Gerechtigkeit liegt mir nach wie vor am Herzen, genauso sehr wie eh und je. Die spirituellen Einsichten haben mein politisches Engagement eher vergrößert statt vermindert. Paulas Tod oder die Tatsache, dass ich jetzt mit meiner Familie hier in den USA lebe, bedeuten nicht, dass ich meine Einstellung zur amerikanischen Außenpolitik oder zur Einwanderungspolitik oder zu Amerikas Verantwortung der Welt gegenüber geändert habe.

Meine Ansichten zum Thema soziale Gerechtigkeit haben sich nicht verändert. Viele Aspekte der amerikanischen Außenpolitik und der Rolle der USA in der Welt machen mich nach wie vor wütend. Ich lerne Amerika lediglich besser kennen – und daher verstehe ich, warum amerikanische Politiker und viele Amerikaner an das glauben, was sie tun. Mein Verständnis von Amerika hat sich vertieft, aber nicht geändert.

12. „Ich überlasse meine Bücher ihrem Schicksal"

Interview mit John Rodden

Das folgende Interview beschäftigt sich mit Isabel Allendes Ansichten zum Thema Übersetzung und Verfilmung. Es wurde an der Universität von Texas in Austin nach Isabel Allendes inoffizieller Rede vor dem „Texas Center for Writers" gegeben und setzt das vorangegangene Interview vom 11. April 1995 fort.

*

Sie haben heute Nachmittag von der engen Arbeitsbeziehung zu Mitgliedern Ihrer Familie während der Redaktion Ihrer Bücher gesprochen. Sie haben auch eine sehr enge Beziehung zu Margaret Sayers Peden, die Ihre Bücher ins Englische übersetzt.
Ja. Aber mit ihr teile ich nur die fertigen Bücher. Ich zeige ihr alle meine Arbeiten, noch bevor die spanische Ausgabe veröffentlicht wird – oft sogar noch bevor ich einen amerikanischen Verleger habe.

Sie sind also zufrieden mit den englischen Übersetzungen Ihrer Werke.
Sehr zufrieden. Meine erste englische Übersetzerin[1] kam nicht gut mit meinen Lektoren zurecht. Aber meine zweite Übersetzerin[2] ist eine Freundin von mir. Sie ist die einzige Übersetzerin, die ich persönlich bestimme. Ansonsten entscheiden die Verlage sämtlicher fremdsprachiger Übersetzungen, wer ein Buch übersetzen soll.

Ich wünschte, ich könnte auf Englisch schreiben. Aber meine Arbeiten lesen sich auf Spanisch wahrscheinlich viel besser, denn sie sprechen lateinamerikanische oder spanische Themen an, und der Stil ist ausdrucksvoller, was teilweise daran liegt, dass das Spanische lange Sätze bevorzugt. Englische Sätze sind im allgemeinen kürzer, und das Englische ist eine prosaischere Sprache.

Lesen Sie gerne in Englisch aus Ihrem Werk vor?
Sehr gerne. Wenn ich aus der englischen Übersetzung lese, ist es immer eine neue und andere Erfahrung für mich. Ich habe über-

haupt die Erfahrung gemacht, dass ich, wann immer ich mir Übersetzungen eines meiner Bücher ansehe – ins Französische oder Italienische zum Beispiel, einen leicht veränderten Eindruck von meinem Buch habe.

Ihre Bücher sind in mehr als ein Dutzend Sprachen übersetzt worden und standen ganz oben auf den Bestsellerlisten in Italien, Deutschland und Skandinavien, und sie haben sich auch in englischsprachigen Ländern und überall in Lateinamerika extrem gut geschlagen. Es gibt Schätzungen, nach denen Sie als die meistverkaufte Autorin von ernsthaften Romanen und Erzählungen auf der ganzen Welt gelten.

Wie erklären Sie sich, dass Ihre Bücher in der Übersetzung in andere Sprachen so beliebt sind?

Was soll man in Oslo oder Hamburg schon anderes tun, als zu lesen!

Die nördlichen Länder schätzen meine Bücher im Allgemeinen besonders, mit Ausnahme von Großbritannien. Die Engländer lesen nur englische Autoren – es ist für einen ausländischen Autor praktisch unmöglich, dort Fuß zu fassen. Aber, ja, wenn ich in Deutschland oder Skandinavien lebte, wäre ich eine nationale Berühmtheit. Die meisten meiner Tantiemen kommen aus diesen Ländern. Ich werde da wirklich viel gelesen.

Warum? Wahrscheinlich weil die Menschen dort Lateinamerika für exotisch halten – und im Falle von Deutschland trägt wahrscheinlich die Tatsache dazu bei, dass es während der kommunistischen Ära zwischen Ostdeutschland und Chile enge Beziehungen gab. Ich signiere meine Bücher für deutsche Buchhändler – 4000 Exemplare. Die Leute in Deutschland lesen wirklich!

Seltsamerweise bin ich aber im Augenblick auch in Italien sehr populär. *Paula* steht im Augenblick auf Platz eins der italienischen Bestsellerliste und ist bereits zum siebten Mal aufgelegt worden. Ich denke immer: Es ist verrückt, in Rom zu lesen! Geht raus, genießt die Sonne, setzt euch irgendwo hin und trinkt einen Cappuccino! Aber die Leute lesen mich.

Erwägen Sie je die Möglichkeit, auf Englisch zu schreiben?

Nun, ich schreibe tatsächlich ein paar Essays und andere kurze Sachen auf Englisch. Und ich gebe die meisten Interviews auf Englisch. Aber die Romane könnte ich unmöglich auf Englisch schreiben – aus den Gründen, die ich bereits genannt habe.

Trotzdem, es fällt mir schwerer denn je, auf Spanisch zu schreiben. Es ist schwer für mich, auf Spanisch zu schreiben und in den USA zu leben. Mein Mann denkt, dass er gut Spanisch spricht, aber das tut er nicht! Er erfindet Wörter, und dann benutze ich sie in einem Roman! Ich kann also nicht auf Englisch schreiben, und mein Spanisch verschlechtert sich. Es ist eine schwierige Situation.

Wie sieht es denn mit der Übertragung Ihrer Arbeiten vom Papier aufs Zelluloid aus: Sind Sie zufrieden mit den Verfilmungen von Das Geisterhaus *und* Von Liebe und Schatten? *Einige Kritiker haben sie ja ziemlich verrissen.*
Den Film zu *Das Geisterhaus* fand ich einfach wunderbar. Es ist kein lateinamerikanischer Film, aber als Story funktioniert er. Das Problem ist, dass die Leute etwas Exotisches erwarten. Der Regisseur[3] fuhr nach Uruguay und Chile, aber der Film bringt einfach kein lateinamerikanisches Ambiente rüber. Einige Amerikaner waren enttäuscht über den Mangel an Exotik. Aber das einzige Land, in dem er keinen Erfolg hatte, waren die USA.

Von Liebe und Schatten war in Lateinamerika unglaublich erfolgreich. Es wurde auf Englisch gedreht, weil es eben einen großen englischsprachigen Markt gibt, aber die Charaktere kommen sehr stark zum Tragen.

Ich habe nichts dagegen, wenn meine Bücher verfilmt werden. Die Stories sind nicht meine. Der Filmemacher interpretiert sie neu. An die Geschichte von vor zwölf Jahren[4] kann ich mich nicht einmal mehr erinnern! Ich habe alles losgelassen. Ich überlasse meine Bücher ihrem Schicksal.

Einige Lateinamerikaner haben die Verfilmung des Geisterhauses *kritisiert, weil sie ausschließlich auf namhafte weiße Schauspieler setzt.*
Ich bin keine Chauvinistin. Ich glaube nicht, dass nur Lateinamerikaner lateinamerikanische Figuren darstellen können.

Ich habe den Regisseur für *Das Geisterhaus* selbst ausgesucht – Bille August. Er ist Skandinavier. In *Von Liebe und Schatten* führte ein Mann Regie, der in Lateinamerika aufgewachsen ist, und es wurde in Argentinien und Chile gedreht. Ich finde, es ist ein großartiger Film geworden. *Das Geisterhaus* hat sechsundzwanzig Millionen Dollar gekostet und wurde mit Berühmtheiten verfilmt; *Von Liebe und Schatten* kostete nur viereinhalb Millionen Dollar und wurde auf eine eher privat anmutende Art und Weise gedreht. Mir gefällt der Film noch besser als *Das Geisterhaus*, weil er sich sehr eng an die Buchvorlage hält.

Sie haben gelegentlich bemerkt, dass Sie gern Drehbücher schreiben würden – entweder für den Film oder für Seifenopern beim Fernsehen.
Ja, das stimmt. Ich bin wirklich in Versuchung, Drehbücher zu schreiben, aber das ist ein anderes Handwerk. Es fällt mir schwer, für kommerzielle Zwecke zu schreiben. Ich denke anders, wenn ich mir Sorgen darüber mache, ob etwas sich verkaufen wird oder nicht.

Ein Teil der Anziehungskraft von Film und Fernsehen ist für Sie deren offenkundige Macht.
Ja. Und der Missbrauch dieser Macht. So sind zum Beispiel gerade Seifenopern furchtbar missbraucht worden. Die Seifenoper beherrscht die Fantasie der Menschen – aber man könnte sie natürlich auch konstruktiv nutzen. So hat zum Beispiel eine Hauptfigur in einer Seifenoper in Venezuela Brustkrebs bekommen und eine Mammografie machen lassen. Und prompt sind Tausende venezolanischer Frauen losmarschiert und haben Mammografien machen lassen.

Und Sie haben verschiedentlich davon gesprochen, welchen Einfluss auf Ihr Leben eine Kussszene in Niño *hatte, der chilenischen Seifenoper Ihrer Jugend.*
Ja, dieser Kuss in *Niño*. Es gab einen Kuss, einen berühmten Kuss, der sich für mich so machtvoll und lebendig anfühlte, dass er mir immer noch realer erscheint als jeder Kuss, den ich bekommen oder gegeben habe. Aber ich spreche deshalb von *Niño*, weil die Serie zeigt, dass Fiktion – sei es in gedruckter Form oder auf dem Bildschirm – mächtiger sein kann als die Realität. Eine Welt, die

mit einer gewissen Kraft und Symmetrie erschaffen und entworfen wurde, kann sich stärker in unser Gedächtnis eingraben als die reale Welt, in der wir leben.

Und in gewisser Hinsicht ist es genau das, was mir als Schöpferin von Fiktion widerfahren ist. Die fiktionalen Welten, in die ich eintrete und die ich bewohne, haben eine außerordentliche Macht, die so wohlgeordnet ist, dass diese Welten in mancher Weise tiefer gehen und ergreifender oder lebendiger sind als das Leben selbst. Sie hinterlassen einen dramatischeren Abdruck in unserem Bewusstsein, als es die sogenannte reale Welt tut.

13. Die Schriftstellerin im Exil und ihre Suche nach einem Zuhause

Interview mit John Rodden

Im April 1995 erschien Isabel Allendes sechstes Buch, gleichzeitig ihr erster nicht-fiktionaler Titel. Allende gehörte seinerzeit bereits zu den bestverkäuflichen Autoren der Welt: ihre Bücher sind über elf Millionen Mal gedruckt und in fünfunddreißig Sprachen übersetzt.

Der Titel des neuen Buches lautete *Paula*, und Allende berichtete darin von zutiefst persönlichen Erfahrungen. *Paula* ist ein Brief an ihre Tochter Paula Frías, die wegen einer Porphyrie-Erkrankung – Porphyrie ist eine seltene Stoffwechselkrankheit – ins Krankenhaus eingeliefert werden musste. Das Buch erzählt von dem Tumult, der Allendes Leben auf den Kopf stellte, und vom Kampf ihrer Tochter mit dem Tod, den sie schließlich verlor.

Paula ist damit der Bericht über Isabel Allendes leidvolles Jahr mit ihrer achtundzwanzigjährigen, im Koma liegenden Tochter. Paula starb am 8. Dezember 1992; auf den Tag genau ein Jahr nachdem sie in einem Madrider Krankenhaus ins Koma gefallen war. Gleichzeitig stellt das Buch dem Leser aber auch die dramatischen Ereignisse und die – gleichwohl überzeichneten – Familienmitglieder vor, die die Grundlage für Allendes reich bebilderte Romanwelt bilden. Allendes Erinnerungen lassen deutlich werden, dass sie selbst ein ebenso aufregendes und dramatisches, wenn nicht gar tragisches Leben geführt hat wie die zahlreichen Heldinnen und Helden ihrer Romane – oder, um es mit den Worten eines britischer Literaturkritikers über ihr neuestes Buch zu sagen: „[Es] gibt dem magischen Realismus ein menschliches Gesicht."[1]

„Menschen sterben erst dann, wenn sie vergessen werden", hat Allendes geliebter Großvater Augustin Llona einmal zu ihr gesagt. Diese Äußerung war der Anlass dafür, dass Allende im Jahre 1981, nachdem sie erfahren hatte, dass ihr Großvater zu Hause in Chile im Sterben lag, einen Brief an ihn zu schreiben begann, der schließlich 500 Seiten umfasste und zu ihrem ersten Roman wurde: *Das Geisterhaus* (deutsch 1984).

Ein Jahrzehnt später begann Allende – als Reaktion auf eine Familientragödie – einen ähnlichen Brief. Er hatte ursprünglich Paulas Leben retten sollen, anstatt ihren Tod zu beklagen. Allendes Erinnerungen jedoch enden im Geiste der Worte ihres Großvaters: *Paula* würde einer Mutter dabei helfen, sich zu erinnern: um die Vergangenheit, um Paula niemals zu vergessen. „‚Sich erinnern' heißt auf Spanisch *recordar*", merkte Allende im Jahre 1995 an „– was wörtlich übersetzt so viel bedeutet wie ‚etwas noch einmal im Herzen bewegen'. Also ist das Herz der Sitz der Erinnerung und nicht der Kopf."[2]

Noch Anfang 1992 hatte Allende – ausgestattet mit einem Kämpferherzen voller Liebe – gehofft, dass Mutterliebe den Sieg über Krankheit und Tod davontragen könne. Sie war fest davon überzeugt gewesen, dass Paula aus dem Koma aufwachen würde – der Zustand der meisten Porphyrie-Patienten verbessert sich nach etwa einem Monat –, aber ihre Tochter hatte infolge einer Fehldiagnose schwere Gehirnschäden erlitten. Isabel Allende wollte Paula nicht der Pflege des Krankenhauspersonals in Madrid überlassen und ging das Wagnis ein, Paula nach San Rafael in Kalifornien fliegen zu lassen. Ihr dortiges Haus wurde Paulas letzte Ruhestätte – und für Allende ein weiteres „Geisterhaus". Als ihr zweites Enkelkind und ein weiteres Kind eines ihrer Kinder aus zweiter Ehe kurz nach Paulas Tod in diesem Haus geboren wurden, da erlebte Allende ihr Haus stärker denn je als ein Zuhause für wandernde Seelen. „Manchmal, wenn ich allein bin, sitze ich im Zimmer meiner Tochter und kann spüren, dass sie da ist", sagte Allende 1993. „Dieses Haus steckt auf wunderbare Weise voller Leben."[3]

*

Paula starb kurz nachdem Allende ihren vierten Roman *Der unendliche Plan* geschrieben hatte. Das Buch basiert auf der Lebensgeschichte ihres Ehemannes (des Rechtsanwalts William Gordon aus San Francisco) und dessen Vater, der als fanatischer Wanderprediger umherzog und aus dessen strengen religiösen Traktaten der dreißiger Jahre Allende ihren Titel entlehnt hat. Früher, so Allende, habe sie die Meinung ihres Helden Gregory Reeves geteilt: „Es gibt keinen unendlichen Plan, nur den Hickhack des Lebens."[4] Nach dem Tod ihrer Tochter und nachdem sie *Paula* geschrieben hat, glaubt Allende jedoch, dass es – wenn schon keinen großen Plan – so doch etwas wie ein „persönliches Schicksal" gibt. Aber da wir in unserem Alltag befangen sind, erhaschen wir Menschen nur selten einen Blick davon. Allende nimmt sich selbst davon nicht aus. In *Paula* sagt sie: „Ich habe neunundvierzig Jahre in Hast verbracht, ständig in Aktion und im Kampf, hinter Zielen her, an die ich mich nicht mehr erinnere, etwas Namenloses verfolgend, das immer wieder weiter vor mir war. Jetzt bin ich gezwungen, stillzuhalten und zu schweigen; soviel ich auch renne, komme ich doch nirgendwohin, wenn ich schreie, hört mich niemand. Du hast mir Ruhe verschafft, damit ich meinen Weg durch diese Welt überprüfe …"[5]

Das folgende Interview wurde am 24. Mai 1995 geführt, nur wenige Tage nachdem Isabel Allende von einer anstrengenden, turbulenten Lesereise durch zwölf Städte nach Hause gekommen war, auf der sie *Paula* vorgestellt hatte. Im Gespräch denkt sie über ihren bisherigen Weg nach, mutig und offen. Radikal und unnachgiebig hinterfragt sie sich selbst, spricht über die Dämonen, die sie umtreiben: ihre Wut, ihr Getriebensein, ihren Perfektionismus. „Ich werde nie wieder der Mensch sein, der ich war", schreibt Allende in *Paula*. Das Interview spürt ihrer neuentdeckten Spiritualität und ihrem neuen Selbstverständnis nach, den Unterschieden zwischen der früheren Allende und der Frau, die sie gerade wird: vor und nach Paula.

Isabel Allende fühlt sich strengen ethischen Prinzipien und Werten verpflichtet. Sie gibt im Interview offen zu, dass sie sich manchmal wie eine Gefangene ihres starren, unnachgiebigen Gewissens fühlt. Sie erklärt, wie dessen gebieterische Forderungen ihre Arbeit beeinflusst haben – diese internalisierten „kritischen Stimmen" der Autorität, wie sie sie nennt, die immer von neuem nachfragen. Diese Stimmen, die sie auf ihre Erziehung zurückführt, speziell auf die Erziehung durch ihren Großvater, haben ihr zu außergewöhnlicher Selbstdisziplin, Fleiß, Produktivität, Selbstkontrolle und Professionalität verholfen. Aber daneben verdankt sie ihnen auch ihren ausgeprägten Perfektionismus bei der Arbeit wie im alltäglichen Leben, der sie quält.

Die Auseinandersetzung mit Paulas Tod hat Isabel Allende erkennen lassen, dass auch sie selbst sterblich ist – und sie hat das

Nachdenken über andere, weniger grundlegende Aspekte des Lebens angestoßen. Erfolg ist kein Garant für innere Gelassenheit: Allende erlebt diese Offenbarung als Rückkehr aus dem Exil der Selbstentfremdung. Nach Paulas Tod erlebt sie sich als weniger zielorientiert; sie versucht, sich mehr zu entspannen und das Leben einfach zu genießen. Sie bemüht sich, emotionale Distanz abzubauen und Nähe zuzulassen. Stärker als bisher fühlt sie sich im Frieden mit sich selbst und mit der Tatsache, dass Paula nicht mehr am Leben ist. Isabel Allende erkennt an, dass das Leben – und nicht nur die Literatur – sich auf wundersame Weise entfaltet. Auch wenn es keinen „unendlichen Plan" gibt, so sind Paulas Leben und Sterben doch Teil eines Wunders – des Wunders von Werden und Vergehen.

*

Jetzt, wo Sie nach Ihrer Lesereise [für Paula*] wieder zu Hause sind und sich von neuem an Ihre Arbeit machen, haben Sie den Eindruck, dass Ihre Leidenschaft für das Schreiben und das Leben zurückkommen?*
Das kann ich noch nicht so genau sagen. Ich habe gerade erst wieder angefangen [zu arbeiten]. Es kann sein, dass ich nie wieder ein Buch schreiben werde.

Sie haben einmal gesagt: „Eine Karriere als Schriftsteller ist wie eine langjährige Ehe: Es besteht die Gefahr, dass die Leidenschaft verloren geht."
Ja, aber was ich damit eigentlich sagen wollte, ist, dass ich jetzt viel kritischer mir selbst gegenüber bin als früher. Aber eine Schriftsteller-Karriere ist insofern wie eine lange Ehe, als man nach einer Weile die Schwächen zu erkennen beginnt. Und man verliert die Leidenschaft. Ich sehe jetzt die Schwachpunkte in meiner eigenen Arbeit.

Mit der Literatur ist es wie mit einem Liebhaber: Ich gebe mich dem Werk eines anderen Schriftstellers hin und lasse dann los. Ich möchte, dass mir die Geschichte erzählt wird. Aber wenn ich schreibe, dann muss ich die Geschichte selbst erzählen.

Aber Sie glauben auch, dass der Leser Ihnen eine Menge zurückgibt.
Auf jeden Fall. Von Hause aus bin ich ja Journalistin. Und ich glaube, ein Buch ist kein Kunstwerk, sondern eine Möglichkeit, mit Menschen zu kommunizieren. Es ist, wie wenn man an einem abgeschiedenen Ort Liebe macht. Man ist allein mit dem Leser. Und der Leser gibt der Geschichte ihre andere Hälfte. Es ist nicht mehr die Geschichte des Autors, sondern es kommt zu einer gemeinsamen Erfahrung im Akt des Lesens.

Inwiefern sind Sie „kritischer" Ihrem eigenen Werk gegenüber geworden? Welche „Schwachpunkte" sind Ihnen aufgefallen?
Ich bemühe mich zum Beispiel jetzt viel stärker, mich präzise auszudrücken. Ich beschäftige mich so sehr mit Fragen des Stils und der Wortwahl, dass manchmal die kritische Stimme in mir die Oberhand gewinnt. Sie versucht den kreativen Prozess zu kontrollieren. Ich dagegen möchte diesen Prozess einfach fließen lassen. Ich möchte ihn einfach ablaufen lassen und ihn nicht mit der Stimme der Kritikerin in mir unterbrechen. Die Kreativität fließen zu lassen bedeutet, die Geschichtenerzählerin ihre Geschichte erzählen zu lassen und nicht gewissermaßen einen Schritt zurückzutreten und von außen all die Fehler zu sehen.

Ich habe also ein stärkeres kritisches Bewusstsein, was meine eigene Arbeit angeht. Die kritische Stimme in mir ist immer lauter geworden. Es fällt mir inzwischen sehr schwer, diese Stimme zu dämpfen oder sie zum Schweigen zu bringen. Ich habe mir selbst schon immer sehr viel abverlangt. Und darum höre ich diese kritische Stimme so laut wie nie zuvor.

Machen Sie sich Sorgen darüber, dass Ihre Lesereisen oder Ihre gelegentlichen Kontakte zur akademischen Welt den kreativen Prozess beeinträchtigen könnten, indem Sie dadurch noch selbstkritischer werden? Fürchten Sie, dass Sie das Schreiben dadurch mehr „theoretisch" angehen und dementsprechend befangener sein könnten?
Nein. Ich habe nicht das Gefühl, dass die Kontakte zu Verlagen oder Universitäten es mir schwerer machen, die kritische Stim-

me in mir abzustellen – weil ich eigentlich im Grunde sehr wenig mit beiden zu tun habe.

Ich habe keine Stelle an einer Universität. Und ich habe nur dann etwas mit Verlagen zu tun, wenn meine Bücher erscheinen. Ich treffe mich noch nicht einmal mit anderen Schriftstellern.

Es geht also gar nicht darum, was die Verlagswelt oder die Kritiker für ein Urteil abgeben. Ich habe auch keine Angst davor, dass ich meine Arbeit kompromittieren könnte, indem ich auf Kritik reagiere. Die kritischen Stimmen gehen hauptsächlich von mir selbst aus, von der Art, wie ich bin. Ich habe immer schon sehr viel von mir verlangt, und diese Tendenz verstärkt sich in gewisser Hinsicht noch, wenn ich etwas Gutes zustande gebracht und großen Erfolg damit habe, weil ich dann immer noch mehr von mir verlange. Beim nächsten Mal möchte ich dann alles noch besser machen.

Das alles geht also von mir selbst aus. Trotz allem, was ich über das Loslassen-Lernen gesagt habe, nachdem ich *Paula* fertig geschrieben hatte, kämpfe ich immer noch mit dieser kritischen Stimme in mir. Sie hat mit meinem Drang nach Erfolg zu tun und damit, wie ich immer höhere Ansprüche an mich selbst stelle.

Diese kritische Stimme in mir mischt sich ständig ein! Sie scheint ununterbrochen zu verlangen, dass ich ein bestimmtes Niveau erreiche. Sie besteht darauf. Oder sie unterbricht den kreativen Fluss meiner Energie, indem sie auf bestimmte Mängel oder Unstimmigkeiten hinweist.

Ich muss lernen loszulassen. Ich muss lernen, beim Schreiben einfach in der Welt zu leben, die ich erschaffe. Und wenn ich mich in dieser Welt aufhalte, die ich selbst erschaffe, dann bin ich frei und das Schreiben fließt.

Woher, glauben Sie, kommt diese kritische Stimme?
Das hat mit meiner Erziehung zu tun. Und mit meiner Beziehung zu meinem Großvater. Ich bin mit all seinen Redensarten über harte Arbeit und Lebenskampf und ernsthaftes Bemühen und Fleiß aufgewachsen. Ich wuchs in einer Umgebung auf, in der es keine Spiele gab, keine Musik, keinen Spaß. Es war eine vollkommen von Männern dominierte Familie, in der ausschließlich die Arbeit etwas zählte.

Also hat Ihre Erziehung dazu beigetragen, dass Sie so produktive Arbeitsgewohnheiten entwickelt haben, aber sie hat Ihnen gleichzeitig auch eine puritanische, sogar tyrannische Stimme der Autorität mitgegeben, die es Ihnen nicht gerade leicht macht, sich zu entspannen.

Also, ich habe inzwischen erkannt, dass meine Erziehung die Quelle meines Erfolges ist, aber gleichzeitig möchte ich auch mehr Distanz zu den Prinzipien meiner Erziehung gewinnen. Ich möchte lernen, nicht mehr so viel Verantwortung zu übernehmen und meinen Drang nach Unabhängigkeit ein Stück weit zu bremsen. Beides hängt mit meinem Widerwillen zusammen, jemand anders zu vertrauen. Meine Mutter kann das immer noch nicht verstehen. Sie hält viel auf die alten Werte. Für sie ist das, was zum Erfolg führt, immer noch das Wichtigste. „Willst du etwa nicht erfolgreich sein?" fragt sie mich. Das ist ihre Einstellung.

Sehen Sie, die Redensarten meines Großvaters haben sich mir so stark eingeprägt. Er war in meinen ersten zehn Lebensjahren wesentlich für meine Erziehung verantwortlich. Er hat mir ständig gepredigt: „Vertraue niemandem", „Erwarte von anderen nicht, was du nicht von dir selbst oder deiner Familie erwarten könntest", „Sei auf der Hut", „Sei vorsichtig, wenn du Menschen begegnest, die anscheinend nur das Beste wollen", „Lass dich nicht hereinlegen". Vor allem aber hat er mir eingebläut: „Verlass Dich ausschließlich auf dich selbst und auf deine Familie."

Durch diese Redensarten habe ich gelernt zu glauben, dass Liebe immer an Bedingungen geknüpft ist. Das heißt, niemand hat jemals zu mir gesagt: „Ich möchte nur, dass du glücklich bist." Die Botschaft lautete stattdessen: „Wir wollen, dass Du großen Erfolg hast. Wir wollen, dass du etwas leistest."

Also wurde ich ein Leistungsmensch, ein ausgesprochener Leistungsmensch, und ich wollte Erfolg haben. Und die Sprüche meines Großvaters waren ja gar nicht schlecht. Aber sie können eben auch einen negativen Einfluss haben, und das hatten sie auf mich als Kind. Ich habe mein ganzes Leben lang versucht, mich von ihnen zu befreien. In letzter Zeit habe ich mir das Ziel gesetzt, loslassen zu lernen und die Dinge einfach fließen zu lassen. Aber ich habe schon immer sehr strenge Maßstäbe an mich selbst angelegt und versucht, sie zu erfüllen. Ich war schon immer eine Perfektionistin.

Ich wollte immer sehr viel leisten. Und darum finde ich es wirklich schwierig, loszulassen und mich einfach nur am Leben zu freuen.

Aber man kann solche komplexen Dinge nicht einfach in ein Schema von „gut" oder „böse" pressen. Die Wahrheit liegt in der Mitte. Damit will ich sagen, dass diese Redensarten aus mir auch einen sehr selbstgenügsamen Menschen gemacht haben. Ich verlasse mich in Krisenzeiten auf mich selbst. Glücklicherweise weiß ich, wie ich mir selbst helfen kann, wie ich selbst die Dinge in die Hand nehmen und meine Situation ändern kann. Also haben mich die Redensarten auch zu einem sehr unabhängigen Menschen gemacht.

Aber, um das noch einmal zu sagen, diese Unabhängigkeit hat auch ihre Schattenseiten. Ich wurde als Kind nie gefragt, welche Beschäftigungen und Dinge mich glücklich machen könnten. Damals haben die Menschen nicht in diesen Kategorien gedacht. Es ist sehr amerikanisch, so zu fragen. Das ist genau das, was ich jetzt meine Enkelkinder frage. Ich frage sie: „Was wird euch glücklich machen?" Und nicht, was wird euch erfolgreich machen oder was wird euch in die Lage versetzen, andere zu beeindrucken. Sondern einfach: Wie könnt ihr glücklich sein?

Also haben die Redensarten meines Großvaters teilweise dazu beigetragen, dass ich so harte Forderungen an mich selbst stelle, aber sie haben auch zu meinen Erfolgen beigetragen und zu meiner Stärke und Unverwüstlichkeit.

Könnten die Stimmen auch dafür verantwortlich sein, dass Sie so intensiv an Ihren Büchern arbeiten – und vielleicht sogar auch für die Leidenschaftlichkeit, mit der Sie arbeiten?
Bestimmt – aber wenn die Stimmen zu laut werden, dann ersticken sie die Leidenschaft.

Ich mache mir aber nicht nur Sorgen wegen der kritischen Stimmen; ich sorge mich vielmehr auch darüber, dass ich vielleicht nicht mehr so originelle Ideen habe. Und das ist bestimmt eine Herausforderung, der sich jeder langjährige Schriftsteller gegenübersieht. Die Gefahr besteht darin, dass man als Schriftsteller nach einer gewissen Zeit die Freude am Schreiben verliert. So geht es mir manchmal.

Nach einer gewissen Zeit geht die Leidenschaft aus den Wochen der ersten Verliebtheit auf andere Dinge über. Ich habe *Paula* mit solch großer Leidenschaft geschrieben, weil ich so sehr gelitten habe.

So bin ich. Wenn ich eine Geschichte lese, dann kann ich über alle Schwächen des Buches hinwegsehen, solange ein Schriftsteller seine Geschichte mit Leidenschaft erzählt. Eine Geschichte erscheint mir nicht deshalb besser, dass sie präziser ist oder besser konstruiert. Wenn sie keine Seele hat, kein Herz, dann ist sie nicht gut. Das ist auch der Grund, wieso ich glaube, dass meine gegenwärtige, eher theoretisch-kritische Orientierung nicht ausreicht, um den Verlust an Leidenschaft in meiner Arbeit wettzumachen. Manche Schriftsteller legen größeren Wert auf das Handwerkliche des Schreibens – andere nicht. Ich nicht. Für mich geht es nicht darum, eine neue Form der Beziehung – zu meiner Arbeit oder zu anderen Menschen – zu finden, die nicht mehr in der Leidenschaft begründet ist. Der einzige Weg für mich, um weiterhin schreiben oder eine Beziehung weiterhin aufrechterhalten zu können, besteht darin, dass die Leidenschaft erhalten bleibt. Denn die Leidenschaft ist das, was die Dinge am Leben erhält; das, was die lebenswichtige Verbindung aufrechterhält.

Aber nachdem Sie Paula *geschrieben haben, geht es jetzt vielleicht eher darum, einen neuen Rhythmus für Ihr Leben zu finden.*

Das stimmt; man muss lernen, sich zu entspannen. Wenn man nicht seinen eigenen Rhythmus findet und erkennt, dass es so etwas wie Ebbe und Flut gibt, könnte man fälschlicherweise glauben, dass die Fähigkeit und Leidenschaft zu schreiben verloren gegangen sind. Und das für immer.

Aber was ich eigentlich sagen will, ist: ganz gleich ob die Leidenschaft zurückkommt oder nicht – ich bin keine Schriftstellerin, die die Leidenschaft durch etwas anderes ersetzen könnte, und das gilt für mein Schreiben wie für mein Leben. Es gibt andere Schriftsteller oder andere Beziehungspartner, die eine neue Motivation oder eine neue Energiequelle finden können; andere Möglichkeiten, eine Ehe zu führen oder Schriftsteller zu sein. Aber ich bin eine Schriftstellerin und eine Partnerin, die Leidenschaft braucht. Für mich geht es darum, die Leidenschaft am Leben zu erhalten; es geht darum, eine Möglichkeit zu finden, sie immer wieder neu zu spüren. Vielleicht muss ich das anders probieren, als ich es früher getan habe. Aber ohne die Leidenschaft würden meine persönlichen Beziehungen wie auch meine Arbeit absterben.

In welchen Stadien des Schreibens sind Sie besonders von Leidenschaft gepackt? Wenn Sie die Charaktere erschaffen? Wenn Sie die Geschichte erzählen?

Vor allem, wenn ich die Geschichte erzähle. Ich habe das Gefühl, dass Geschichten eine Verbindung zur Welt herstellen. Es gibt nur einige wenige Mythen und Geschichten, aber wir können sie immer wieder neu erzählen, und dann wirken sie wieder originell und neu.

In unserer Psyche sind wir alle Teil der gleichen Geschichte. Das ist der Grund, wieso das Geschichtenerzählen so wichtig ist: Dadurch sind wir mit dem Ganzen verbunden. Wir wissen dann, dass wir Teil einer größeren Geschichte sind, die sich weiter entwickelt, und dass die Sprache, die wir alle benutzen, das Netz ist, das die Verbindung herstellt. Wenn wir das erkennen, dann erkennen wir auch, dass wir keine Individuen sind – es ist, als ob das Ich verschwindet und ich mich öffne und an allem und jedem teilhabe. Und die Geschichte hält uns zusammen. Wir sind alle auf der Suche, auf der Suche nach einer Verbindung – nach einem Zuhause.

Vielleicht wird Ihr neuer Rhythmus zum Teil darin bestehen, dass Sie sich in stärkerem Maße der nicht-fiktionalen Literatur zuwenden? Sie haben als Journalistin zu schreiben begonnen, nicht als Romanautorin. Planen Sie nach dem Erfolg von Paula, *weitere nicht-fiktionale Bücher zu schreiben?*

Eines Tages werde ich vielleicht wieder zur nicht-fiktionalen Literatur zurückkehren. Aber mir macht die schöne Literatur viel mehr Spaß. Ich möchte mich nicht damit auseinandersetzen müssen, die Kriterien der genauen Wiedergabe zu erfüllen. Ich möchte in der Lage sein, mir meine eigene Welt zu erschaffen und sie so auszustatten, wie es mir gefällt. Darum liebe ich die schöne Literatur, weil sie es mir erlaubt, meiner Fantasie freien Lauf zu lassen, ohne irgendwelche Grenzen, innerhalb derer ich mich bewegen müsste, wenn es darum ginge, die Fakten korrekt wiederzugeben.

Das war genau der Grund, weshalb Sie während Ihrer Zeit als Berichterstatterin in Chile so enttäuscht waren vom Journalismus.
Genau. Ich hasse es wirklich, von Fakten eingeschränkt zu werden! Bis ich *Paula* geschrieben habe, hatte ich nie das Bedürfnis, nicht-fiktionale Bücher zu schreiben. Ich bin viel zu fantasievoll. Ich stelle mir immer unterschiedliche Ebenen vor. Deshalb siedle ich meine Geschichten auch nie an wirklichen Orten an und benutze auch keine geschichtlichen Daten – ich müsste dann so furchtbar genau arbeiten.

Aber bei *Paula* hat es mir nichts ausgemacht, so genau zu arbeiten, weil es kein Roman ist und weil die Umstände ganz besondere waren. Dennoch gibt es Passagen, die sich wie Halluzinationen lesen. Ich habe in einem Krankenhaus angefangen, das Buch zu schreiben. Ich schrieb 190 Briefe, die meisten davon an meine Mutter. Und Ernesto [Paulas Ehemann] gab mir die Liebesbriefe, die Paula ihm geschrieben hatte. Dieses Material bildete die Grundlage für den ersten Entwurf. Für den zweiten Entwurf benutzte ich einige Briefe, die Ernesto an Paula geschrieben hatte. Aber eigentlich habe ich sehr wenig überarbeitet, nachdem ich den ersten Entwurf geschrieben hatte. Wenn man keinen Roman schreibt, sondern etwas Nicht-Fiktionales, dann liegen die Dinge einfach ausgebreitet vor einem.

Aber paradoxerweise erscheint in Ihren Romanen doch auch auf gewisse Weise so Vieles als „gegeben". Sie entlehnen doch sehr viele Details für den Handlungsstrang, für Ihre Charaktere, ihre Schauplätze und Leitmotive aus der Geschichte und aus dem Zeitgeschehen.
Das stimmt. Aber als Journalistin habe ich zu erklären versucht, *was* sich ereignete. Als Schriftstellerin und Geschichtenerzählerin ist es meine Aufgabe zu erklären, *warum* sich etwas ereignete – und *das* ist dann die eigentliche Geschichte.

Ich finde meine Geschichten in den Erfahrungen der Menschen. Alle meine Geschichten haben sich zugetragen oder werden sich zutragen. Sie sind der allgemeinen menschlichen Erfahrung entnommen. Achtzig Prozent meiner Kurzgeschichtensammlung [*Geschichten der Eva Luna*] beruhen auf Zeitungsberichten.

Zum Beispiel blieb im Jahre 1985 ein dreizehnjähriges Mädchen in Kolumbien in einer Schlammgrube stecken. Sie starb einen langsamen, qualvollen Tod. Ich habe dies im venezolanischen Fernsehen gesehen. Fernsehkameras haben alles gefilmt, aber niemand hat sie gerettet. Dann habe ich darüber eine Geschichte geschrieben [„Aus Erde sind wir gemacht" in den *Geschichten der Eva Luna*]. Ich glaube, dass ich eigentlich gar nichts „erfinde". Ich erzähle lediglich die Geschichten der Leute. Ich habe ein sehr gutes Gedächtnis, was Geschichten angeht. Ich kann mich nie an Gesichter oder Plätze erinnern, aber dafür sehr gut an Geschichten. Die Handlung der Geschichte bekomme ich von anderen, und dann arbeite ich an den Details.

Ich glaube, meine wichtigste Aufgabe besteht darin, die Geschichte glaubhaft zu machen – egal, wie verrückt sie erscheinen mag. Zum Beispiel schildere ich Rosa [im *Geisterhaus*] als eine Frau mit grünem Haar. Und die Leser akzeptieren das. Meine Familie glaubte, dass unser Onkel Nicolás mit seinen Flügeln über die Anden geflogen ist. Und so habe ich das weiter ausgesponnen [im *Geisterhaus*]: Ich habe Onkel Nicolás zu einem Erfinder gemacht, der unterschiedliche Vorrichtungen zum Fliegen besitzt.

Je merkwürdiger die Geschichte im wirklichen Leben ist, desto besser. Ich hasse Normalität! Ich möchte mit schrägen Vögeln zusammen sein! Aus ihren Erfahrungen stammen meine Geschichten.

Sie haben zum Beispiel die Handlung für Der unendliche Plan *aus dem Leben Ihres Ehemannes und seiner Familie entnommen.*

Ja. Als ich meinen Mann kennen lernte, erzählte er mir viel von Berkeley in den sechziger Jahren. Aber ich habe das alles nicht erlebt. So sehr ich mich auch bemühe, so viel wie möglich darüber herauszufinden, so werde ich es doch nie ganz nachempfinden können. Oder den Vietnam-Krieg. Das steckt alles in *Der unendliche Plan*, aber ich habe damals nicht hier in den Vereinigten Staaten gelebt und habe das also nicht am eigenen Leibe erfahren. Ich kann die Demütigung, die Millionen von Amerikanern erlebt haben, nicht wirklich nachempfinden.

Hat diese Distanz zu den Ereignissen nicht auch positive Seiten?
Ja, weil es gut für einen Schriftsteller ist, „außen vor", am Rand des Geschehens zu sein. Ich hätte nicht über Chile schreiben können, wenn ich in Chile geblieben wäre. Die Distanz, sowohl die geografische wie die zeitliche, erleichtert manches. Dasselbe gilt für kulturelle Unterschiede, wie in *Der unendliche Plan*. Mein Mann hat versucht, ein Buch über die Dinge zu schreiben, mit denen ich mich auch im Roman auseinandersetze, aber er konnte nicht.

Ich konnte das tun, weil ich Distanz dazu hatte und weil ich wieder zur Journalistin wurde. Ich habe ein Interview mit meinem Ehemann und einer Freundin namens Tabra geführt. Sie ist eine Perle. Ich habe all die Orte besucht, ich habe „Recherchen" über Kalifornien angestellt: Es gibt dort tatsächlich einen Mann, der eine Religion erfunden hat, die sich „Der unendliche Plan" nennt.

Also gibt es den „unendlichen Plan" tatsächlich?!
Ja. Heiraten Sie, und Sie kriegen die Geschichte! [Wir lachen.] Nein, die Wahrheit ist, dass ich eine Aufenthaltserlaubnis für die USA brauchte! [Wir lachen.] Nein, die *wirkliche* Wahrheit ist, dass ich damals diesen Gringo, einen Rechtsanwalt, in San Francisco traf – der letzte heterosexuelle Mann in San Francisco – und ich hatte schon zu lange enthaltsam gelebt – ungefähr zwei Wochen! [Wir lachen] Und so haben wir folgende Abmachung getroffen: Ich bekam seine Geschichte, und er bekam mich dafür.

Also, nein, ich glaube nicht, dass es einen „unendlichen Plan" gibt. Aber ich glaube an das persönliche Schicksal. Die Karten werden ausgegeben, und die Karten tragen Zeichen. Aber es gibt keinen genauen Plan, wie sie ausgespielt werden müssen. Was können wir also tun? Wir können nur die Karten so gut wie möglich ausspielen.

„Außen vor" sein, „vom Rand des Geschehens aus" beobachten – da stellt sich die Frage nach dem Exil, das eine große Bedeutung in Ihrem Leben hat, von Ihrer Kindheit bis in Ihr Erwachsenenleben. Was Sie sagen, klingt so, als habe der Schriftsteller im Exil besondere Möglichkeiten, um sich eine Welt zu erschaffen, die sozusagen zu seinem geistigen Zuhause wird.

Das Exil ist besser für den Schriftsteller, glaube ich. Nicht für sein Leben, aber für seine Arbeit – es ist am besten für seine Arbeit, wenn er sich mit einer Situation auseinandersetzen muss, die er nicht versteht und durch seine Arbeit erklären muss.

Ich wäre vermutlich gar nicht in der Lage zu schreiben, wenn ich ein sicheres, durchgeplantes Leben geführt hätte! Ich hatte ein abenteuerliches Leben: Ich habe einen Umsturz erlebt, ein Militärregime, drei Revolutionen und den Tod eines Kindes. Manche Schriftsteller würden dies vielleicht als Hindernis betrachten, weil sie ein stabileres und friedlicheres Leben brauchen, damit eine entspannte Atmosphäre entsteht, in der ihre kreativen Welten verschmelzen können. Das ist ja auch verständlich. Aber irgendwie haben all die Aufregung und das Durcheinander in meinem Leben und meine Rolle als Beobachterin und Exilautorin meine kreativen Fähigkeiten positiv beeinflusst.

Glauben Sie, dass ein Schriftsteller gottähnliche Fähigkeiten besitzt, um eine Welt zu erschaffen?

Als Schriftstellerin fühle ich mich wie Gott: Ich schaffe die Geschichte. Der Akt der Schöpfung ist ein gottähnlicher Akt. Und doch bin ich nicht befähigt, meine Charaktere sich auf eine bestimmte Weise verhalten oder auch nur bestimmte Dinge sagen zu lassen, die ich persönlich gut finde. Es ist, als ob die Charaktere einen eigenen Willen besäßen. Als ob sie ihr eigenes Leben lebten, das ich einfach nur beobachte; es ist, als ob ich bloß ein Radiogerät wäre und die Stimmen *höre* und sie dann einfach aufzeichne. Und die Charaktere haben wirklich ihren eigenen Willen insofern, als sie eine unabhängige Existenz führen. Ich kann der Geschichte zu einer Stimme verhelfen, aber ich kann sie nicht verändern oder manipulieren, so dass die Charaktere Dinge sagen oder tun, die sie niemals sagen oder tun würden.

Also besteht meine Aufgabe darin, wirklich ganz genau zuzuhören und ganz genau zu beobachten. Genau zuzuhören, so dass eine Welt entstehen kann. Ich möchte empfänglich genug sein, um die feinsten Vibrationen in dieser erschaffenen Welt zu spüren. Ich möchte alles wissen, was sich dort zuträgt. Gerade deshalb, weil die meisten Charaktere in meinen Romanen nicht aus einem Stück gemacht sind. Sie sind Menschen, die ich gekannt habe, oder sie setzen sich aus Menschen aus meinem Bekanntenkreis zusammen, und die Geschichten habe ich aus Ereignissen gewonnen, die sich wirklich zugetragen haben, oder sie sind dem Leben von Menschen entnommen, die ich gekannt habe.

Und so glaube ich, dass mein Leben selbst das Material bereitgestellt hat, aus dem heraus meine fiktionalen Welten entstanden sind. Hätte ich dieses Leben nicht gelebt, so wäre ich nicht in der Lage, diese fiktionalen Welten zu erschaffen. Womöglich wäre ich gar keine Schriftstellerin geworden. Zumindest keine Romanschriftstellerin.

14. „Ich erinnere mich an Gefühle, und ich erinnere mich an Augenblicke“

Interview mit Virginia Invernizzi

Isabel Allende gab mir das folgende Interview am 29. Juni 1995 in Sausalito, Kalifornien. Mein Interesse an Allende als Schriftstellerin geht zurück ins Jahr 1986, als sie die Universität von Virginia besuchte, wo ich gerade an meiner Doktorarbeit über lateinamerikanische Literatur schrieb. Man hatte Isabel Allende eingeladen, ein kurzes, dreiwöchiges Seminar über „Creative Writing“, also „kreatives Schreiben“ zu leiten, und ich schrieb mich für den Kurs ein. Es war interessant, in einer kleinen Gruppe mit Isabel Allende zu arbeiten, aber das Seminar wurde noch mehr zu einer faszinierenden Erfahrung dadurch, dass Isabel Allendes Tochter Paula ihre Mutter bei der Leitung des Kurses unterstützte.

Paula studierte seinerzeit an der Universität von Virginia Psychologie. Wir alle lernten sie gut kennen, und schon bald war sie ein zusätzliches Mitglied der Gruppe.

Im Laufe dieser inspirierenden drei Wochen arbeiteten wir zusammen mit Isabel Allende, der Schriftstellerin; Isabel Allende, der Lehrerin, der Mutter und der Freundin, zu der sie sehr bald wurde. Es war eine einzigartige Erfahrung, die nur einer Hand voll Studenten zuteil wurde.

In diesen drei Wochen haben wir geschrieben, gelesen, gelacht, gespielt – und wir haben die Frau kennengelernt, die schnell zur meistgelesenen Autorin in Lateinamerika wurde. Mein eigenes Interesse an Allendes Arbeit wurde durch ihre außergewöhnliche Beliebtheit ausgelöst (kein anderer weiblicher Autor aus Lateinamerika hat so große Anerkennung erhalten), und ich habe seither versucht, dem Phänomen ihrer einzigartigen Popularität in einigen meiner eigenen Arbeiten nachzugehen.

Nachdem Isabel Allende *Paula* geschrieben hatte, wollte ich sie interviewen. Allende hat zahlreiche Interviews gegeben. Wie John Rodden und ich im Laufe unserer Recherchen feststellten, gab es eine ganze Reihe von Fragen, die noch nicht gestellt worden waren und die Teil des vorliegenden Buches sein sollten.

Ich flog nach San Francisco und traf mich mit Isabel Allende in ihrem anheimelnden, hübsch eingerichteten Büro in Sausalito. Auf dem Weg dorthin fiel mir wieder ein, dass sie Blumen liebte, und ich bat den Taxifahrer, an einem Blumenladen anzuhalten. Ich kaufte einen Strauß großer gelber Lilien. Als ich sie Isabel bei meiner Ankunft überreichte, umarmte und küsste sie mich auf typisch lateinamerikanische Weise, forderte mich auf, es mir gemütlich zu machen, und eilte aus dem Zimmer. Ein paar Minuten später kam sie mit fünf Callas zurück, die sie in ihrem eigenen Garten abgeschnitten hatte und die sie jetzt zusammen mit den gelben Lilien wunderschön in einer Vase arrangierte. Die weißen Callas brachten die Schönheit der gelben Lilien ganz besonders gut zur Geltung. Ich sah zu, wie Isabel Allende die Vase auf einen Tisch stellte, und plötzlich kam mir der Gedanke, wie sehr ihr alltägliches Leben ihrer Kunst ähnelte. Während ich die schönen gelben und weißen Blumen in der Vase betrachtete, ging mir durch den Kopf, dass Isabel Allende genau diesen Effekt auch in ihren Werken erreicht: Sie verwandelt die alltägliche Realität in Magie, sie schmückt sie aus. Sie nimmt die einfachen gelben Lilien und bietet dem Leser den um so viel schöneren Kontrast von Gelb und Weiß.

Im Folgenden ist das Gespräch abgedruckt, das ich an diesem Junimorgen 1995 mit Isabel Allende geführt habe. Wenn Sie möchten, stellen Sie sich beim Lesen eine freundliche, warmherzige Frau vor, die äußerst konzentriert über ihr Leben und ihre Kunst spricht.

*

Nachdem ich Paula *gelesen hatte, ging es mir so, dass ich sehr gern mehr über die Teile Ihres Lebens erfahren wollte, von denen Sie in dem Buch erzählen.*

Sie sind Akademikerin und interessieren sich für Literatur und das Schreiben als solches, aber die meisten Menschen tun das nicht. Und ich bin kein so furchtbar interessantes Thema. Ich dachte, es steht zu viel über mich selbst in dem Buch.

Nun, ich würde zum Beispiel gern mehr wissen über das Kind Isabel Allende. Ich würde gern mehr über die alltäglichen Dinge in Ihrem Leben erfahren.

Das ist das Problem bei Erinnerungen, jedenfalls bei meinen Erinnerungen. Ich erinnere mich an die Höhepunkte und an die sehr dunklen Augenblicke, aber von den Grauschattierungen dazwischen, vom alltäglichen Einerlei, ist mir nur sehr wenig im Gedächtnis geblieben. Diese Dinge scheinen immer mehr zu verblassen. Ich kann Ihnen ein bisschen über mein Aussehen und meine Persönlichkeit erzählen. Ich war ein ziemlich klein gewachsenes Kind. Ich war die Kleinste in der Klasse und die Kleinste in der Schule. Ich war extrem empfindlich. Ständig war ich wegen irgendetwas verletzt; auch die soziale Ungerechtigkeit in dem Haus, in dem ich lebte, verletzte mich. Ein hungriger Hund, ein hungriger Bettler auf der Straße, all diese Dinge taten mir weh. All das verursachte mir ständigen Schmerz. Als Kind las ich sehr gern. Ich war ein widerspenstiges Kind, könnte man sagen. Später wurde daraus eine Art Zorn, und wenn ich einen Therapeuten gehabt hätte, wie das bei Kindern heutzutage häufig der Fall ist, wäre es wohl anders gewesen. Ich bin zum Schreiben gekommen, weil meine Kindheit nicht glücklich war. Darin hat alles seine Wurzeln, in der Angst, der Unsicherheit und der Einsamkeit der Kindheit.

Ihr Buch vermittelt den Eindruck, dass Sie ein sehr fröhlicher Mensch sind. Wenn man Ihnen begegnet, hat man das Gefühl, eine glückliche Frau vor sich zu haben.
Ich *bin* jetzt auch eine glückliche Frau.

Was hat diese Veränderung bewirkt? Was hat aus dem widerspenstigen, unglücklichen Kind von einst die zufriedene Frau von heute gemacht?
Ich denke, es ist hauptsächlich die Tatsache, dass ich selbst über mein Leben bestimmt habe. Ich wollte schon sehr früh selbst bestimmen; schon als Kind gefiel es mir nicht, abhängig zu sein. Ich wollte kein Opfer sein, ich wollte nicht so sein, wie die meisten Frauen in meiner Familie es in der Zeit meiner Jugend waren. Ich brauchte das Gefühl, die Macht über mein eigenes Leben zu haben.

Ein Teil des Buches hat mich ganz besonders erstaunt. Könnten Sie etwas zu Ihrer Begegnung mit der Hellseherin in Buenos Aires sagen, die Ihnen prophezeit hat, dass eines Ihrer Kinder in der ganzen Welt bekannt werden würde? Sie erwähnen es, und rückblickend wissen wir, was für eine furchtbare Prophezeiung das war. Sie sagen in Ihrem Buch nichts darüber, was Sie damals davon hielten.

Die Hellseherin in Buenos Aires, María Teresa Juárez, prophezeite mir mehrere Dinge. Sie sagte, dass es in meinem Land über viele Jahre ein schlimmes Blutvergießen geben würde. Sie sagte, ich würde wie gelähmt sein, außerstande, etwas zu tun; sie sagte auch, meine einzige Berufung sei die Literatur und dass eines meiner Kinder in der ganzen Welt bekannt werden würde. Daraufhin nahm meine Mutter zwei Fotografien aus der Tasche, eine von Paula und eine von Nicolás (meinem Sohn) und legte sie mit der Bildseite nach unten auf den Tisch. María Teresa hatte die Gesichter nicht gesehen. Sie legte eine Hand auf jedes Foto und sagte: „Dieses Kind", und dann drehte sie das Foto um, und es war Paula. Es wurde zu einem häufig wiederholten Scherz in der Familie, dass Paula das Genie bei uns sei und dass sie weltbekannt werden würde. Das war lange vor der Zeit, als ich Schriftstellerin wurde. Und als ich das Buch schrieb, schrieb ich an Paula und dachte, dass Paula nicht sterben könne, weil sie die Prophezeiung nicht erfüllt hatte. Sie hatte noch nicht getan, wozu sie in die Welt gekommen war. Nach der Veröffentlichung des Buches sagten viele Leute, dass Paula vielleicht durch das Buch berühmt werden würde.

Und wie denken Sie heute über diese Prophezeiung?

Heute habe ich Angst. Das sage ich auch in dem Buch. Ich denke oft, dass das, was ich schreibe, wahr wird, und zwar auf eine verdrehte, merkwürdige Weise. Darum muss ich sehr vorsichtig sein mit dem, was ich schreibe.

Glauben Sie, dass Sie aus diesem Grund eine Art spiritueller Verantwortung haben?

Ich empfinde in gewisser Weise Verantwortung, aber gleichzeitig ist die Versuchung zu schreiben stärker als dieses Gefühl.

Verspüren Sie je den Wunsch, etwas zu ändern, damit etwas Gutes geschieht?

Ja, aber am Ende kann ich es dann doch nicht. Manchmal möchte ich ein Happy-End für eine Geschichte, und ich habe das abergläubische Gefühl, wenn ich ein Happy-End schreibe, würde den Menschen, die mir als Inspiration für die Geschichte gedient haben, etwas Gutes widerfahren. Aber ich kann es nicht. Meine Berufung als Schriftstellerin ist stärker als alles andere; und das kritische Auge des Schriftstellers trägt den Sieg davon. Ich will Ihnen ein Beispiel geben, das zwar nichts mit einem guten Ende zu tun hat, das aber mit diesem Punkt zusammenhängt: Als ich *Paula* schrieb und später, als ich eine Veröffentlichung des Buches erwog, sagte meine Mutter, ich müsse gewisse Dinge herausnehmen, die zu viel über meine eigene Person verraten. „Du willst dich doch bestimmt nicht so bloßstellen", sagte sie, „du brauchst in dem Buch nicht zu sein, wie du bist. Du kannst dich ein bisschen besser dastehen lassen." Ich war aus Eitelkeit versucht, mich möglichst positiv darzustellen und eine Art Legende über mich selbst zu schaffen. Aber das kritische Auge der Schriftstellerin behielt die Oberhand, und ich sagte: „Nein, so bleibt es, denn so *muss* es sein."

War das das „kritische Auge", oder war es Ihre eigene Bescheidenheit?
Nein, ich denke, es ist das Auge des Schriftstellers, das Auge des Geschichtenerzählers, das nach der Geschichte sucht. Wenn ich in der Geschichte schlecht dastehe, aber die Geschichte als solche gut ist, dann will ich die Geschichte. Meine Mutter hat mich zum Beispiel gefragt, warum ich die Episode mit dem Fischer erzähle. „Es wirft ein schlechtes Licht auf dich", sagte sie, „und die Episode ist nicht wichtig." Aber für mich als Schriftstellerin *ist* sie wichtig, denn sie ist die Erklärung für all die verführten Kinder in meinen Werken. Ich finde, es ist eine gute Geschichte. Es ist eine Geschichte, die man aus dem Buch herausnehmen könnte, und sie würde auch für sich allein funktionieren. Also siegte mein schriftstellerischer Blick. Ich wollte einfach die Geschichte; es kümmerte mich nicht, ob sie ein schlechtes Licht auf mich warf.

Sie sagen, Sie glauben an das Schicksal. Wie ist das genau: Glauben Sie an das Schicksal oder an die Vorsehung? „Schicksal"

meint, dass die Menschheit keinen freien Willen hat, während „Vorsehung" eine Existenz bedeutet, die den freien Willen einschließt. Sie sprechen in Paula *oft von Schicksal, und mir stellte sich dabei immer wieder die Frage, wie oder ob überhaupt Sie den Begriff „Schicksal" gegen den der „Vorsehung" abgrenzen.*
Ich habe das Gefühl, dass wir alle eine Reihe von Karten bekommen, damit wir das Spiel spielen können, und oft sind die Karten markiert. Und Sie, der Spieler, können Ihre Karten gut ausspielen oder schlecht. Aber das Spiel hat seine Grenzen. Die Tatsache, dass Sie eine Frau sind oder ein Mann, dass Sie sich an dem einen Ort oder dem anderen, in der einen Zeit oder in der anderen befinden, dass Sie einer bestimmten Rasse angehören; die Frage, ob Sie in den Genuss von Schulbildung kommen oder nicht, all diese Dinge bestimmen Ihr Leben. So viel ist vorherbestimmt. Das ist Schicksal. Nun, in meinem Schicksal, in meinen markierten Karten stand geschrieben, dass ich ein Kind verlieren würde, und zwar auf schrecklichste Art und Weise. Das wurde mir zugewiesen. Darüber hatte ich keine Kontrolle. Ich kann jedoch auf verschiedene Art und Weise darauf reagieren. Ich kann Selbstmord begehen, oder ich kann ein Buch schreiben. Das war meine Entscheidung. Aber die Tatsache, dass Paula sterben würde und dass ich es nicht verhindern konnte, das war eine Karte, die das Schicksal mir zugeteilt hat.

Dann ist für Sie also Vorsehung unmittelbar mit Schicksal verbunden. Einige Dinge im Leben bekommt man zugeteilt. Trotzdem haben Sie den freien Willen, so zu reagieren, wie es in Ihren Kräften steht.
Ja, und man kann immer die Dämonen austreiben und die Engel beschwören, man kann Schmerz in etwas anderes verwandeln und ein schöpferisches Leben führen. Sie können aus all dem Chaos, das man Ihnen zuteilt, etwas Gutes schaffen. Aber das Rohmaterial, das bekommen Sie vom Schicksal in die Hand, und damit tun Sie dann, was Sie tun können.

Haben Sie Ihr Leben so faszinierend gestaltet, oder ist es Ihnen in den Schoß gefallen? Wurde es Ihnen zugeteilt oder haben Sie es selbst geschaffen?

In einem Buch wie *Paula*, einem autobiografischen Buch, redet man nur über die Dinge, die von Bedeutung sind, über die guten und die schlechten Dinge, die das eigene Leben bestimmt haben. Es klingt immer faszinierend, weil man es wie eine Geschichte erzählt und die Dinge besonders hervorhebt, die man für wichtig hält. Und das wird immer eine wunderbare Seifenoper abgeben. Das Leben jedes Menschen könnte wie eine Seifenoper aussehen, wenn Sie nur die richtigen Teile daraus erzählen. Also weiß ich nicht, ob ich mein Leben wie einen Roman gelebt habe oder ob es ein ganz normales Leben war, eine ganz banale Existenz. Aber da ich mich nur an gewisse Dinge erinnere, sieht es faszinierend aus. Ich habe schließlich zweiundfünfzig Jahre gelebt, und dieses Buch hat nur 360 Seiten. Es gibt eine Menge Grautöne dazwischen, lange Etappen, in denen gar nichts war! [Sie lacht.]

Wenn Sie eine Autobiografie schreiben würden, wie würde sie sich von dem unterscheiden, was Sie in Paula über sich selbst geschrieben haben?
Ich würde nie eine Autobiografie schreiben, weil mich das nicht interessiert. In einer Autobiografie würde es nur um berühmte Namen gehen, um Daten, um Preise, die ich erhalten habe. Natürlich würde es auch um Augenblicke der Niederlage und des Scheiterns gehen, um Augenblicke des Erfolgs und um die wunderbaren Dinge, die mir widerfahren sind. Mit anderen Worten, ich würde die Welt wissen lassen, wie wichtig mein Leben gewesen ist. Das interessiert mich nicht. Ich fände es langweilig.

Nachdem ich Paula *gelesen und das Interview gehört hatte, das Sie vor kurzer Zeit im Radio gegeben haben, hatte ich das Gefühl, dass ich als Frau viel von Ihnen und Ihrer Erfahrung lernen könnte. Ich hatte das Gefühl, dass Sie mich auf eine besondere Weise ansprechen. Ich hatte das Gefühl, dass Sie sehr viel, vor allem in spiritueller Hinsicht, aus Ihrer sehr schweren Erfahrung gelernt haben und dass Sie jetzt für andere Frauen ein großes Vorbild sind. Sie haben dazugelernt; jetzt lassen Sie Ihren Leser daran teilhaben. Würden Sie etwas Ähnliches nicht auch in einer Autobiografie tun?*

Das Problem bei einer Autobiografie wäre, dass ich mich an nichts erinnere. Ich nehme an, wenn ich meine Unterlagen durchsehen würde, würde das meinem Gedächtnis auf die Sprünge helfen, aber im Grunde erinnere ich mich nicht an viel. Ich erinnere mich an Gefühle. Ich erinnere mich an die Augenblicke in meinem Leben, von denen ich in *Paula* bereits erzählt habe; die Augenblicke, die mich zu dem Menschen gemacht haben, der ich heute bin. Die Ziele, die Leistungen, diese Dinge haben mich nicht zu dem gemacht, was ich bin.

Am Anfang von Paula *sagen Sie, das Buch sei teils Fiktion, teils Tatsachenbericht. Wird Ihr Leser jemals erfahren, welche Teile in welche Kategorie fallen?*

Nein – denn ich weiß es auch nicht. Ich bin überzeugt davon, dass alles wahr ist. Aber ich sage Ihnen etwas: Meine Mutter beispielsweise meint, dass meine Kindheit keineswegs unglücklich gewesen sei. Und ich sage zu ihr: „Mutter, aber so hat es mein Herz in Erinnerung." Das spanische Wort für „sich erinnern", *recordar*, bedeutet, noch einmal durch das eigene Herz zu gehen, *volver a pasar por el corazón*, und genau das ist für mich Erinnerung. Es ist etwas, das durch das Herz, nicht durch den Verstand gefiltert wird. Und auch wenn meine Mutter denkt, dass meine Kindheit viel besser war, als ich sie in Erinnerung habe, so ist meine Kindheit in meiner Geschichte, in der Geschichte meines Lebens, eine schreckliche Phase, eine Zeit der Dunkelheit und des Schmerzes. Ich würde nicht eine Minute dieser Kindheit noch einmal durchleben wollen. Und das ist es, woran mein Herz sich erinnert. Was also Fiktion ist und was nicht, kann ich nicht sagen. Vielleicht war mein Unglücklichsein Fiktion, aber so habe ich es in Erinnerung behalten, daher ist es für mich real.

Es steckt auch Fiktion in der Tatsache, dass ich so viele Dinge ausgelassen habe, die passiert sind, weil sie mich nicht interessieren. Zum Beispiel habe ich die Tatsache unerwähnt gelassen, dass ich vier Stiefgeschwister hatte, dass ich eine Stiefschwester hatte, die mit uns zusammenlebte. Sie spielte keine Rolle in meinem Leben und tut es noch heute nicht. Also erwähne ich sie nicht. Andererseits sind Menschen, die vielleicht vollkommen unwichtig erscheinen, gerade das nicht. Ich erwähne in dem Buch die kleine Rolle, die einer meiner Onkel in meinem Leben spielte. Und warum tue ich das? Weil mein Herz sich an ihn erinnert. In meiner Erinnerung ist er wichtig.

Es ist also sehr relativ, was Fiktion ist und was nicht. Ich denke, dass alle Tatsachen in dem Buch wahr sind.

Für mich ist Paula *ursprünglich eine Verflechtung von einem Leben, nämlich Ihrem, und einem Tod, nämlich Paulas. Aber zum Ende hin wurde mir als Leserin klar, dass es da in Wirklichkeit um zwei Tode ging. Es ging um Paulas körperlichen Tod, um ein Geist zu werden, wie Sie es am Ende ausdrücken, und es ging um den Tod Ihres alten Ich, um zu einem neuen Menschen zu werden, einem spirituelleren Menschen.*

Ich denke, da könnten Sie Recht haben, aber ich würde es gern anders ausdrücken. Ich würde es gern so sehen, dass Paula in ein anderes Stadium ihres Lebens hineingeboren wird, und ich werde in ein anderes Stadium meines Lebens hineingeboren. Ich habe nicht das Gefühl, dass es in meinem Falle wie ein Sterben war, und es fällt mir schwer, es in Paulas Fall als ein Sterben anzusehen, denn der Tod ist endgültig. Ich habe immer noch alles in mir, was ich früher war, und in vieler Hinsicht lebt Paula in meinem Gedächtnis nicht nur als der Geist, der sie heute ist, sondern als alles, was sie zuvor war. Es ist schwer zu erklären, aber es ist ein Gefühl der Kontinuität, es ist nicht das Gefühl, dass da etwas zu Ende gegangen ist. Es ist einfach ein Übergang in eine andere Form. Ich bin im Wesentlichen der gleiche Mensch, der ich früher war, aber etwas hat sich verändert. Ich trage noch immer das Kind in mir, das ich war, die junge Frau, die ich war, all die Aspekte, die die Ursprünge des Menschen waren, der ich heute bin.

Die Kritiker sprechen wiederholt von der kreisförmigen Struktur Ihrer Werke … Sie haben oft über diesen Ausdruck „kreisförmige Struktur" geredet und gesagt, wie unpassend oder wie abschreckend das in Ihren Ohren klingt … [sie lacht] Hingegen sagen Sie ausdrücklich, Sie hätten bei einigen Ihrer Geschichten das Ende geträumt und bei anderen Geschichten hätten die Geister es Ihnen zugetragen. Was für ein Gefühl ist das, wenn die Kriti-

ker diese sehr spirituelle Seite Ihres Schreibens mit solchen Etiketten versehen?
Es ist ihr Job! [Sie lacht.] Und es scheint ein sehr respektabler Job zu sein! Für mich ist das in Ordnung, aber ich versuche, nicht darauf hereinzufallen. Ich möchte vermeiden, am Ende nur noch für diese Kritiker zu schreiben, wie es einige Schriftsteller tun, die Zuflucht unter den großen Regenschirmen der Stiftungen und Universitäten nehmen. Sie schreiben für diese Leute und für andere Leute innerhalb dieses kleinen Zirkels. Und das ist es nicht, was ich mit meiner Literatur oder mit meinem Leben erreichen möchte.

Sie sagten in der Vergangenheit, dass Sie schreiben, weil Sie schreiben müssen. In Paula *sagen Sie: „Jedes Wort ist wie eine Wunde." Und in Interviews über* Paula *erwähnen Sie, dass Sie Ihrer eigenen Arbeit gegenüber bei diesem Buch viel kritischer waren als sonst. Können Sie in diesem Zusammenhang etwas über die Entstehung von* Paula *sagen?*
Ich sagte, jedes Wort sei wie eine Wunde, weil ich mir so sehr wünsche, ich hätte dieses Buch nie geschrieben. Ich wünschte, die Umstände, unter denen ich dieses Buch schrieb, wären nie eingetreten. Ich würde alles geben, das ich bin, und alles, was ich habe, um Paula zurückzubekommen. Das Buch half mir zu trauern und zu überleben. Wort für Wort und Träne um Träne bin ich jeden Schritt in diesem schrecklichen Jahr noch einmal gegangen. Und indem ich das tat, habe ich jeden Schritt meines Lebens noch einmal getan. Ich konnte auf den Seiten dieses Buches alles zusammenfügen, auf eine Weise, die es mir ermöglichte, schließlich ein Licht am Ende eines sehr dunklen Tunnels zu sehen.

Ich kam jeden Morgen hierher. Ich habe das Buch hier geschrieben. Hm, nein, den ersten Teil habe ich im Krankenhaus geschrieben, aber als ich beschloss, das alles noch einmal neu aufzuzeichnen, da sah ich das Buch als etwas, das ich meinem Sohn und meinen Enkelkindern hinterlassen würde. Mein Sohn ist nämlich ebenfalls auf Porphyrie getestet worden, mit positivem Befund. Was die Enkelkinder betrifft, wissen wir noch nicht Bescheid, weil die Untersuchungen erst in der Pubertät gemacht werden können. Also wollte ich dieses Buch für sie schreiben. Und ich kam jeden Morgen hierher und setzte mich an diesen Tisch. Manchmal kam

Celia, meine Schwiegertochter, ebenfalls her – nein, sie kam sehr oft und fand mich weinend vor. Und sie umarmte mich dann und versuchte, mich vor dem Schmerz des Schreibens zu bewahren. Und es war sehr schwer für mich, ihr zu erklären, dass es notwendig war; diese Wunde war notwendig. Ich mußte den Schmerz noch einmal durchleben. Und auch wenn es eine schmerzliche Erfahrung war, war es doch auch eine freudige Erfahrung, denn ich ... ich ... tat etwas. Ich klebte nicht in meinem Schmerz fest, ich war nicht gelähmt. Ich bewegte mich durch den Schmerz.

Und die Kritikerin in mir war am Ende auch da, als ich das Manuskript durchlas und feststellte, dass es ein absolut ungewöhnliches Buch war; dass es zu viel von mir selbst verriet und dass es niemanden interessieren würde. Ich dachte auch, es sei vielleicht zu sentimental, und ich habe immer Angst vor Abgedroschenheit. Dieses Buch ist sehr emotional, und es ist immer schwierig, die Grenze zwischen „emotional" und „sentimental" zu ziehen. Jetzt weiß ich, wo die Grenze liegt. Die Grenzlinie verläuft zwischen den Geschlechtern. Wenn eine Frau schreibt, ist es sentimental, wenn ein Mann schreibt, ist es emotional. Am Ende hatte ich also auch ein kritisches Auge auf das Buch, aber während des Schreibens selbst war es einfach purer Schmerz, eine Huldigung an das Schreiben. Es war eine Huldigung der Tatsache, dass ich dieses wunderbare Werkzeug hatte, mit dessen Hilfe ich die Grenzen des Schmerzes definieren konnte. Ich sagte: „Das bin ich, das ist mein Leben. Das ist Paula in mir, das ist Paula in meinem Leben."

Die meisten Menschen machen diese schreckliche Erfahrung durch (denn es ist nicht ungewöhnlich, ein Kind zu verlieren – es passiert andauernd), und sie müssen sie ohne das Werkzeug durchleben, das ich besaß. Sie machen das durch, ohne die Möglichkeit zu haben, den Schmerz auszutreiben, ohne die Katharsis des Schreibens. Sie haben weder die Zeit noch die Stille dazu. Sie haben nicht die Möglichkeit innezuhalten und zu trauern und sich zu erinnern. Die Leute sagen einem: „Du musst darüber hinwegkommen. Das Leben muss weitergehen. Du hast noch andere Kinder." Man soll nicht in der Trauer, in der Liebe verweilen. Ich konnte genau das tun, von dem es heißt, dass man es nicht tun soll; ich konnte innehalten. Ein ganzes Jahr lang habe ich innegehalten und geweint, so viel ich wollte, und geschrieben, so viel ich wollte.

Sie schreiben in Paula *„Tal vez la etapa de la literatura ya se cumplío" [„Vielleicht ist das Zeitalter der Literatur bereits vorbei"]. Schreiben Sie noch? Denn mit dieser Bemerkung ist ja mitgesagt, dass Sie nicht mehr schreiben wollen.*

Ich habe am 8. Januar mit dem Schreiben begonnen, aber ich bin noch nicht weit gekommen, weil ich mit Post überhäuft werde. Von überall auf der Welt schreiben mir Menschen zu diesem Buch. Neben all der Post habe ich Interviews gegeben, die in Europa und in den Vereinigten Staaten erscheinen sollen. Die Werbung für das Buch hat drei Monate gekostet. Aber ich hoffe, dass ich ab dem 15. Juni frei sein werde und genügend Muße habe, um mich so weit zurückzuziehen, wie ich es für das Schreiben brauche. Und wir werden sehen, ob es funktioniert. Ich fühle mich vollkommen ausgetrocknet. Ich habe keine Geschichte in mir. Aber es kommt oft vor, dass ich nicht einmal weiß, dass ich mit einer neuen Geschichte schwanger gehe. Und nur Zeit und Schweigen geben mir die Möglichkeit, das Kind zu spüren, das sich in mir bewegt – und dann beginnen die Stimmen zu sprechen.

Sie schreiben in Paula *auch: „No quiero seguir viva y morir por dentro. Si he de continuar en este mundo debo engañar los años que me faltan" [„Ich möchte nicht weiter leben und innerlich sterben. Wenn ich in dieser Welt weitermachen soll, muss ich die Jahre ergreifen, die vor mir liegen."] Mit anderen Worten, Sie sagen, dass Sie nicht körperlich lebendig, aber gleichzeitig innerlich tot sein wollen. Diese Worte sprechen sicher viele Leser an, die eine ähnliche Erfahrung durchgemacht haben wie Sie. Wollten Sie das, was Sie gelernt haben, mit Ihrem Leser teilen und sich gleichzeitig durch das Schreiben selbst befreien? Haben Sie je daran gedacht, dass das Ihren Lesern helfen würde?*

Ich habe diese Worte geschrieben, als Paula noch lebte, wenn auch ziemlich gegen Ende ihres Lebens. Ich redete mir ihr. Ich wusste damals schon, dass sie dabei war zu gehen. Aber es ist die Art von Gespräch, die wir mit Paula geführt hätten. Wir haben ständig über diese Dinge geredet. Wir haben oft über das Alter geredet. Meine Mutter, Paula und ich haben immer wieder darüber geredet, dass zwischen jeder Generation bei uns zwanzig Jahre lagen. Meine Mutter bereitete den Weg, und ich folgte. So konnte Paula in uns beiden sich selbst sehen, mit vierzig, mit sechzig.

Ich sprach oft mit Paula darüber, wie die Dinge sich in meinem Alter anfühlten, und sie erzählte mir, wie sie ihr Alter empfand, denn der Mensch neigt zur Vergesslichkeit. Außerdem ändern sich die Dinge von Generation zu Generation. Ich habe oft mit ihr darüber gesprochen, wie es ist, eine Fünfzigjährige zu sein; wir haben über all die spirituellen Veränderungen geredet, die mit den körperlichen Veränderungen einhergehen. Und das hat sie sehr interessiert, denn wir haben in diesen Gesprächen viel über Spiritualität geredet.

Paula war ein sehr spiritueller Mensch. Sie war ein religiöser Mensch, der sich im Rahmen der katholischen Kirche auf eine endlose Suche nach Gott gemacht hatte. Und ich war auf eine ganz andere Weise spirituell veranlagt. Ich habe immer an anderen Orten gesucht.

Haben Sie das Gefühl, dass Ihre Suche nach Spiritualität abseits einer etablierten Religion und Paulas Suche innerhalb der Religion etwas mit dem Altersunterschied zu tun hatten?

Ich glaube, dass Paula sich zu guter Letzt vom Katholizismus abgewandt hätte. Aber das ist nur ein Gefühl. Paula hatte das verzweifelte Bedürfnis, an etwas zu glauben, aber die Antworten, die sie in der katholischen Kirche bekam, haben sie nicht zufriedengestellt. Sie sagte manchmal: „Mama, es muss doch Menschen geben, die verstehen und die Teil des Geistes sind. Ich möchte einer dieser Menschen sein. Ich will nicht das Dogma. Ich will das, worum es eigentlich geht. Wie kann ich zur Wahrheit gelangen?“ Und sie studierte Theologie, und sie suchte nach der Wahrheit. Und ich sagte dann zu ihr: „Selbst im innersten Wesen des heutigen Dogmas muss man mit einem Akt des Glaubens anfangen, man muss an das glauben, was die Basis dieser Religion darstellt.“ Sie war, was das betraf, hin und her gerissen. Es fiel ihr sehr schwer, manche Aspekte des Dogmas zu überwinden.

In dem gleichen Konflikt befand ich mich, als ich sechzehn war. Aber ich hatte keinen Zweifel daran, dass es richtig war, mich von der katholischen Religion abzuwenden, denn ich war kein religiöser Mensch, und ich hatte nicht die Bedürfnisse, die

Paula hatte. Heute habe ich diese Bedürfnisse, aber Paula hat viel früher angefangen.

Sie hatten diese spirituellen Bedürfnisse also früher nicht?
Nun ja, doch, schon, und das zeigt sich in all meinen Werken. Aber meine spirituellen Bedürfnisse waren in der Vergangenheit viel weniger ausgeprägt als jetzt. Und ich hatte ein viel weniger ausgeprägtes spirituelles Bewusstsein als heute.

Sie lassen sich vom Leben nicht unterkriegen. Sie malen, Sie malen das Leben in verschiedenen Farben, Sie schmücken es aus. Was treibt Sie dazu, alles so zu sehen? Geschieht das mühelos? Fällt es Ihnen schwer, das Leben so zu sehen?
Ich denke, es ist eine Art Körperchemie. Manche Menschen sind depressiv. Ich kenne viele solche Menschen, weil Depression bei uns in der Familie liegt, und diese Menschen sehen alles in düsteren Farben. Sie bleiben am Boden und neigen dazu, ständig unglücklich zu sein. Und aufgrund meiner Körperchemie habe ich eine unglaubliche Menge Energie in mir, und ich bin sehr gesund. Deswegen neige ich dazu, die Dinge in leuchtenden Farben zu sehen. Aber ich vergleiche mein Leben zum Beispiel mit dem meiner Mutter. Meine Mutter ist ein depressiver Mensch, sehr depressiv. Und obwohl sie sehr kreativ ist, obwohl sie einen gut ausgeprägten Sinn für Humor hat und sich oft ohne Hilfe aus der Depression befreien kann, ist sie trotzdem depressiv, und sie kommt aus einer depressiven Familie. Warum ich nicht so bin, weiß ich nicht, denn auch meine Brüder neigen zu Depressionen. Ich bin überzeugt davon, es hat etwas mit meinem Stoffwechsel zu tun.

Ist es dann vielleicht eine bewusste Entscheidung Ihrerseits, die Dinge aus einer fröhlichen, positiven Perspektive zu sehen?
Nein, es ist in meinem Körper. Ich kann auch alles essen, ich kann überall schlafen, und ich bin nie müde. Wenn ich meine fünfwöchigen Lesereisen mache, gehe ich überall hin. Manchmal habe ich Begleiter, aber die gehen mir regelmäßig aus, weil sie einfach nicht mit mir Schritt halten können. Ich verfüge über enorme Energie, und das ermöglicht es mir, die Welt in leuchten-

den Farben zu sehen und Dinge zu tun, zu denen die meisten Menschen keine Zeit haben. Ich höre einfach nicht auf.

In Paula *erwähnen Sie, dass eine Frau Sie mit den gesellschaftlichen Regeln in Venezuela vertraut gemacht hat. Sie kannten die gesellschaftlichen Regeln in Chile, hatten aber keine Ahnung, dass Sie in Venezuela so anders waren. Das macht mich neugierig. Was hat sie Ihnen erzählt?*
O ja! Chile ist ein melancholisches Land, das aus baskischen und kastilischen Einwanderern besteht, und dann sind da noch unsere Indianer, die sehr düstere Menschen waren, in gewisser Weise sehr traurige Menschen. Chile ist ein Land, in dem die Natur, das Wetter und die Rasse den Charakter eines Menschen festlegen. Wir leben praktisch auf einer Insel. Wir sind vom Rest der Welt getrennt durch die Anden, den Pazifischen Ozean und die große Wüste im Norden. Im Süden kommt nur noch die Antarktis. Wir betrachten uns selbst immer mit einem Gefühl der Scham, der Verlegenheit. Wir tanzen nicht, wir singen nicht, wir tragen unauffällige Farben. Wenn eine Frau schön ist, verbirgt sie es. Wir tragen kein Make-up. Alle Chileninnen (die im Allgemeinen sehr schön sind) sehen gleich aus, weil sie sich gleich kleiden, und die Art, wie sie sich halten, ist extrem zurückhaltend. Venezuela dagegen ist ein Karibikland und besteht aus Einwanderern. Das Land erlebte damals, als ich dort hinging, gerade eine Art spontaner Euphorie. Alle Rassen haben sich dort gemischt, und das Resultat ist ein wunderschönes Volk. Die Frauen gewinnen alle Schönheitswettbewerbe auf der Welt; aus Venezuela kommen die auffallendsten Schönheiten. Und sie verstehen sich darauf, ihre Schönheit zur Geltung zu bringen; wenn man Busen hat, drückt man ihn hoch, wenn man Hüften hat, betont man sie. Die Frauen tragen hohe Absätze und zeigen ihre Beine. In Chile tun sie das nicht. Venezolanerinnen tanzen und scherzen und haben Zeit für alles, weil sie nie pünktlich sind. Für sie ist das Leben lang und schön. Es ist sehr warm dort, und niemand möchte sich mit irgendwelchen Förmlichkeiten herumschlagen. Es ist zum Beispiel niemandem peinlich, wenn man zu viel trinkt, oder wenn man in einem Flugzeug oder bei einer Party laut ist. Extravagant zu sein gilt als absolut akzeptabel. In Venezuela sind die Menschen sehr freundlich; sie sagen

niemals nein. In Chile sind wir sehr präzise und legalistisch. Wenn wir etwas nicht tun können, machen wir sehr klar, dass wir nicht verfügbar sind. In Venezuela überwiegt die Freundlichkeit, und die Leute wollen einem ein gutes Gefühl geben, also sagen sie niemals „nein", sie sagen vielleicht „morgen". Und wenn man die Regeln nicht kennt, kommt man morgen zurück und übermorgen. Also muss man diese Regeln lernen. Von alledem einmal abgesehen war Venezuela zu der Zeit, als wir dort lebten, ein sehr korruptes Land, und daran waren wir nicht gewöhnt. Also musste ich viele gesellschaftliche Regeln lernen, und ich habe viele, viele Jahre dafür gebraucht.

Einmal abgesehen von der Korruption, wann sind Sie Venezolanerin geworden?
[Sie lacht.] Ich habe in Venezuela gelernt, das Leben unbefangen zu genießen. In Chile ist man über mich schockiert.

Aber Sie waren schon früher schockierend.
Ich war schon früher schockierend, ja. Aber aus anderen Gründen. Ich war schockierend, weil ich sehr zwanglos war, sehr rebellisch. Meine Mutter sagt, ich hätte nicht viel Respekt vor gesellschaftlichen Regeln, nicht einmal jetzt, in meinem Alter. Ich fahre zum Beispiel nach Chile und besuche meine Mutter, und sie ist sehr glücklich, mich zu sehen, aber sie hat auch Angst, dass ich im Fernsehen etwas Schreckliches sagen könnte. Also denke ich, dass sie erleichtert ist, wenn ich wieder abreise [sie lacht], denn sie sagt, ich hätte keinen Respekt, ich hätte keine Skrupel, die schrecklichsten Dinge von mir zu geben. Nun ja, genau das habe ich früher getan, aber heute ist alles durchmischt mit der Freude am Leben. Wenn ich glücklich bin und Erfolg habe, ist es mir nicht peinlich, das zu sagen. In Chile gibt man nie zu, dass man Erfolg hat. Man sagt: „Es geht so, es ist so la la." Und das nur, weil man nicht den Eindruck erwecken möchte, man sei arrogant oder snobistisch, ein Angeber oder Emporkömmling. Oh, was für eine grässliche Vorstellung! [Sie lacht.] Ich komme aus einer Familie, in der einige sehr wohlhabend sind. Und bei Partys zum Beispiel trugen alle Frauen Schwarz und weiße Perlen, weil alles, was darüber hinausging, Angeberei gewesen wäre. Das hat sich

dann aber während der Militärdiktatur geändert, denn die Frauen der Militärs haben angegeben. [Sie lacht.]

Aber jetzt kehren wir sicher zur Nüchternheit der Vergangenheit zurück, die als Inbegriff des Schicklichen galt.

Lassen Sie uns über die Filme reden, die auf der Grundlage Ihrer Bücher gemacht wurden. Ich weiß, dass Von Liebe und Schatten *erst vor kurzem verfilmt wurde. Ist der Film bereits in den Kinos? Ist er gut aufgenommen worden?*
Er ist in Italien, Argentinien, Brasilien und einigen anderen Ländern in den Kinos. Er ist recht erfolgreich. Aber das heißt nicht, dass er auch in den Vereinigten Staaten Erfolg haben wird.

War der Film Das Geisterhaus *erfolgreich?*
O ja, sehr. Der Film hatte fast überall Erfolg, außer in den Vereinigten Staaten.

Mir hat er nicht sehr viel gesagt.
Ich fand ihn herrlich.

Er schien mir nicht viel mit ihrem Buch zu tun zu haben.
Aber es war ein guter Film. Wir reden hier nicht über eine Interpretation des Buchs. Wir reden über einen Film. Das ist eine andere Form. Nehmen wir zum Beispiel die Theaterstücke, die auf dem *Geisterhaus* beruhen, oder die Geschichten von *Eva Luna.* Das sind exzellente Theaterstücke, und sie haben nichts mit meinen Büchern zu tun. Ich beurteile sie nicht im Hinblick auf meine Bücher, mich interessiert die Frage, wie sie für sich genommen dastehen. In Island hat man aus *Eva Luna* ein Musical gemacht, in dem alle Figuren blond sind. Das ist ihre Interpretation eines Buches, das ich geschrieben habe. Ich weiß nicht, ob sie auch nur im Entferntesten begreifen, was ich im Sinn hatte, aber es ist Ihre Interpretation, und für sich genommen ist das Musical wunderbar. Es hat den Zuschauern sehr gefallen. Es gibt auch ein Theaterstück auf der Basis des *Geisterhauses,* das in London aufgeführt wurde. Es war acht Stunden lang! Das Ensemble bestand aus 150 Leuten. Für das Publikum hat das funktioniert. Ich habe nicht das Gefühl, dass das Stück eine Interpretation meines Buches ist, aber das ist

mein Problem. Erfolg hat nichts mit dem Buch zu tun. Der Erfolg des Stückes hat mit der Tatsache zu tun, dass es als Theaterstück funktionierte, obwohl es so lang war.

Es gab noch ein Theaterstück auf der Basis der *Geschichten der Eva Luna,* das in Denver aufgeführt wurde. Sie haben einzelne Stücke aus all den Geschichten ausgewählt und auf der Bühne eine Art Nebel erzeugt, der sich durch sämtliche Geschichten zieht. Dieser Nebel hält das Stück zusammen. Sie haben das Ganze neu erschaffen. Ich habe nur wenig Dialog in meinen Büchern, und sie haben die gesamten Dialoge geschaffen, und es hatte nichts mit meinem Buch zu tun oder mit den Geschichten. Es ist ein großartiges Stück, und die Leute waren begeistert. Also, genauso stehe ich zu dem Film.

Bei der Verfilmung Ihres Romans Von Liebe und Schatten *hat eine Frau Regie geführt. Haben Sie das Gefühl, dass sich das in besonderer Weise auf den Film auswirkt? Ich meine, glauben Sie, dass der Film dadurch näher an den Kern Ihres Buches herankommt, an das, was Sie übermitteln wollten?*

Ich glaube, die Tatsache, dass eine Frau Regie geführt hat, hatte tatsächlich eine besondere Wirkung. In dem Buch ist die Hauptfigur eine Frau. In dem Film jedoch spielt der Mann die Hauptrolle, Francisco. Er wird von Antonio Banderas dargestellt und hat meiner Meinung nach eine bessere Rolle als die weibliche Hauptfigur. Aber die Tatsache, dass eine Frau Regie geführt hat, bedeutet, dass all die romantischen und erotischen Teile des Films wunderbar verfilmt wurden. Außerdem hat sie die Motivation hinter jeder Figur verstanden. Und obwohl der Film wie ein Thriller wirkt, weil er sehr spannend ist, ist es nicht die Art Thriller, bei der ein Mann Regie geführt haben könnte. Der Film wurde mit einer ausgesprochen weiblichen Intuition gedreht.

Sie sprachen davon, dass das, was Sie schreiben, sehr persönlich sein muss, dass es Sie in irgendeiner Weise verändern muss. Es ist ziemlich offensichtlich, dass Das Geisterhaus *und* Paula *dazu beigetragen haben, Sie zu verändern, aber wie sieht das bei Ihren anderen Büchern aus? Könnten Sie etwas dazu sagen, auf welche Weise eines Ihrer anderen Bücher Sie verändert hat?*

Nehmen wir zum Beispiel *Von Liebe und Schatten.* Bevor ich dieses Buch schrieb, war ich voller Hass auf die Militärs. Ich wollte sie alle umbringen. Ich konnte die Militärs absolut nicht verstehen, und ich war wütend über alles, wofür sie standen, über alles, was sie taten. Ich bin immer noch wütend. Aber im Laufe meiner Recherchen für das Buch habe ich mit vielen Opfern des Terrors gesprochen.

Ich habe mit Menschen gesprochen, die gefoltert oder vergewaltigt worden waren, mit Menschen, die ihre Kinder verloren hatten, ihre Enkelkinder, ihre Ehemänner oder ihre Ehefrauen. Ich habe niemanden je sagen hören: „Ich möchte den Folterer foltern", „Ich möchte den Vergewaltiger vergewaltigen", „Ich werde den Mörder ermorden". Je mehr ein Mensch leidet, umso mehr Mitgefühl entwickelt er und umso klarer wird ihm, dass man Gewalt nicht immer weiter treiben darf; man muss ihr ein Ende machen. Strafe ist nicht das Ziel; das Ziel ist es, die Wahrheit in Erfahrung zu bringen. Und der Heilungsprozess liegt in der Suche nach der Wahrheit, nicht in einer Fortsetzung der Gewalt.

Das habe ich bei diesem Buch gelernt. Ich habe gelernt, wie die Militärs denken, was ihre Motivation ist. Ich habe viel über diese Menschen gelernt, die sich alle gleich kleiden, die sich mit lächerlichen Medaillen schmücken und Waffen wie Spielzeuge benutzen. Ich habe etwas über diese Menschen gelernt, die für Zerstörung und Tod ausgebildet werden. Was geht in ihren Köpfen vor? Wie dreht man sie um? Oder ist das etwas, das wir alle in uns tragen? Ist das ein Teil der menschlichen Natur? Das Schreiben zwang mich, dem nachzugehen, zu recherchieren, zu interviewen, zu versuchen, die Dinge zu verstehen; es zwang mich, mein Herz dieser Erfahrung zu öffnen. Und im Laufe dieses Prozesses habe ich die Wut in etwas anderes verwandelt. Ich glaube immer noch, dass wir das Militär beseitigen müssen, aber ich verstehe jetzt die Menschen, die ein Teil des Militärs sind. Ich verstehe ihre Motivation. Jedes meiner Bücher bedeutet für mich die Auseinandersetzung mit einem Thema, das mit einem sehr starken Gefühl in mir verbunden ist, einem Gefühl, das ich austreiben muss.

Sie haben einmal gesagt, dass ein Buch für Sie kein Kunstwerk ist, sondern eine Möglichkeit, mit Menschen zu kommunizieren. Sie haben auch gesagt, dass Sie Leidenschaft brauchen, um schreiben zu können. Was für eine Leidenschaft ist das?
Mein Leser ist mein Vertrauter, mein Freund. Ich habe etwas, das ich mit ihm teile. Vor kurzem – gestern, um genau zu sein –, besuchte mich eine chilenische Freundin. Sie verbrachte drei Tage bei mir. Nach drei Tagen konnte ich Spanisch wieder mit meinem früheren Akzent sprechen. Wir haben geredet wie Papageien, wie wir auf Spanisch sagen. Wir haben über Dinge gesprochen, über die wir uns seit Jahren nicht mehr unterhalten hatten, wir haben Geschichten und Gefühle miteinander geteilt, Tränen und Lachen. Es war ein wahrer Gefühlsüberschwang. Das ist es, was ich mit meinem Leser teile, dieser Bereich, den ich gestern mit Patricia geteilt habe. Es war sehr vertraulich: alle Barrieren brachen ein und mit ihnen alle Strategien zum Selbstschutz. Man gibt sich einfach dem Reiz hin, dem anderen etwas zu erzählen, und der andere genießt es zuzuhören. Genau das ist für mich Lesen und Schreiben. Es ist ein Bereich, in dem wir uns mit absolutem Vertrauen begegnen. Wir ergeben uns einfach, wir akzeptieren. Als Leser und als Schriftsteller akzeptieren wir beim Schreiben die unglaublichsten Dinge. Im Prozess des Lesens lassen wir all die Dinge hinter uns, an die wir uns klammern, um ein Gefühl der Sicherheit zu haben, und wir lassen uns einfach treiben in dem, was wir „Schreiben" nennen.

Mir scheint, dass Ihre Leser genau das spüren und dass sie Ihre Bücher deshalb so sehr mögen. Sie dürfen alles loslassen. Und das bringt uns zu einer anderen Frage. Es gibt zwar heutzutage viele lateinamerikanische Schriftstellerinnen, die veröffentlicht werden, aber viele Leute würden sagen, dass Sie es sind, die im Rampenlicht stehen. Sie sind wahrscheinlich die bekannteste von all diesen Autorinnen, vor allem in den nicht spanischsprachigen Ländern. Sie sind auch viel mehr übersetzt worden als andere lateinamerikanische Autorinnen. Was glauben Sie, woran das liegt? Was macht für den Leser die Anziehungskraft Ihrer Bücher aus?

Ich hatte sehr gute Verleger. Außerdem glaube ich, die Tatsache, dass ich mein Leben lang viel gereist bin, verschafft mir eine Art überregionale Sichtweise. Die lateinamerikanische Literatur ist oft sehr „regionalistisch", wie wir es nennen, also sehr stark verwurzelt in und durchtränkt mit den Traditionen einer Region. Und es ist nicht nur die Tatsache, dass wir eine andere Art haben, das Spanische zu sprechen und zu schreiben, die unsere Literatur sehr regional macht, wir sind auch in unseren jeweiligen Ländern und in unserer jeweiligen Umgebung sehr isoliert. Manchmal ist es dem Autor möglich, sein Dorf zu beschreiben, und dieses Dorf wird zu einer Welt. Das ist eine große Leistung. Vor allem wenn man der Welt nie ausgesetzt war. Wenn man der Welt ausgesetzt war, kann man über ein Dorf wie Agua Santa reden (das ich für meine Arbeit erfunden habe), und es wird die Welt. Aber das liegt daran, dass man der Welt ausgesetzt war. Und in meinem Fall ist es glücklicherweise so gewesen; ich scheine nirgendwo Wurzeln zu haben. Ich war mein Leben lang Ausländerin.

Lassen Sie mich für meine nächste Frage etwas weiter ausholen. Wie Sie wissen, gilt Faulkner als ein wichtiger Vorläufer von García Márquez, und García Márquez gilt als ein wichtiger literarischer Vorläufer von Ihnen. Lassen Sie uns außerdem an Emersons Worte denken: „Poesie wird aus Poesie geboren" und an Borges' Bemerkung, dass wir, wenn wir Don Quijote *lesen, im Grunde lediglich* Tivant le Blanc *und* Amadis de Gaula *neu lesen. Mit anderen Worten, alle Literatur entspringt vorangegangener Literatur. In diesem Sinne – wie viel von García Márquez' Einfluss auf Ihre Arbeiten ist Ihrer Meinung nach auf die Tatsache zurückzuführen, dass Sie beide Journalisten waren, bevor Sie Schriftsteller wurden?*

Ich denke, es hat viel mehr mit der Tatsache zu tun, dass wir beide von unseren Großeltern großgezogen wurden. Er erzählt die Geschichten, die seine Großmutter ihm erzählt hat, und ich tue das Gleiche. Außerdem dürfen Sie nicht vergessen, dass die meisten lateinamerikanischen Schriftsteller Journalisten gewesen sind. Bei vielen von uns hat also unsere journalistische Vergangenheit die Art, wie wir schreiben, wie wir die Dinge sehen, entscheidend geprägt.

In Ihren Werken sieht es manchmal so aus, als würden Ihre weiblichen Figuren, die einen Platz ganz für sich oder ihr eigenes Ich finden müssen, diese Dinge im Wasser oder jedenfalls in der Nähe des Wassers finden. Bei einer anderen chilenische Schriftstellerin, María Luisa Bombal, die ebenfalls Frauenwelten erschafft, stellt das Wasser gleichfalls eine Zuflucht dar. Hat sie irgendeinen Einfluss auf Ihre Arbeit gehabt?
Ich glaube nicht. Ich habe María Luisa erst sehr spät gelesen. Für mich hat das, wovon Sie sprechen, eigentlich mehr mit Wald, mit Schmutz und mit dem Land zu tun. In meinem wirklichen Leben hat es etwas damit zu tun, durch den Wald zu gehen und sich zwischen den Bäumen zu verstecken. In Augenblicken größten Schmerzes hat es etwas damit zu tun, dass man Schmutz isst. Und ich kann sagen warum. Es ist etwas anderes als bei der Figur in *Hundert Jahre Einsamkeit,* die das Haus aus Lehmziegeln aufisst. Ich brauche lediglich das Gefühl von Schmutz auf meinem Gesicht, um ein Teil des Landes, ein Teil der Erde zu werden.

Erst kürzlich hat ein Kritiker bemerkt, dass Nerudas Vermächtnis in Ihren Arbeiten unverkennbar sei. Können Sie dazu etwas sagen? Inwiefern hat Neruda Ihre Arbeiten beeinflusst, und wo, glauben Sie, ist dieser Einfluss am deutlichsten?
Ich weiß nicht, wo er am deutlichsten ist. Aber ich bin den größten Teil meines Lebens auf Reisen gewesen, und ich glaube, dass einige von Nerudas Gedichten meine Vorstellung von meinem eigenen Land entscheidend geprägt haben. Er definiert das Land für mich. In gewisser Hinsicht erschafft er meine Erinnerung an Chile; es ist eine Nerudasche Erinnerung. Und das ist wichtig. Neruda hat etwas an sich, das meiner Meinung nach einen großen Einfluss auf meine literarische Arbeit ausübt. Neruda ist ein Poet der Sinne. Er spricht über die Beschaffenheit von etwas, über Geruch, Farbe, darüber, wie Dinge sich anfühlen. Wenn man die Dinge nicht nur mit den Augen wahrnimmt, sondern mit allen Sinnen und mit Hilfe von Intuition und Erinnerung, mit seinem Instinkt, dann sieht man Nerudas Welt. Wenn ich schreibe, versuche ich, mir eine Szene oder eine Person mit allen Sinnen vorzustellen. Und wenn ich das nicht tue, sehe ich die betreffende Szene oder

die Person eindimensional. Ihr fehlt dann die Nerudasche Herangehensweise an die Welt, diese Annäherung durch alle Sinne.

Sie sind eine Schriftstellerin, die sehr stark an den spirituellen Aspekt des Lebens glaubt. Ich frage mich daher, wie reagieren Sie auf die Arbeiten von jemandem wie, sagen wir, Borges, wie reagieren Sie, wenn Sie auf den Skeptizismus treffen, auf den Mangel an Antworten, auf die viel kältere und rationalere Methode, Antworten zu suchen oder Fragen zu stellen?

Das kommt auf den Schriftsteller an. Mich fasziniert Borges. Er schafft eine intellektuelle Welt, die man mit ihm zusammen erkunden möchte. Manchmal wiederum langweile ich mich nur. Mich interessieren die kleinen Geschichten und die kleinen Leben nicht. Ich habe nichts übrig für minimalistische Literatur oder für sichere Literatur. Literatur, die von sicheren Leben und sicheren Orten redet. Ich habe gerade ein Buch gelesen (und ich werde nicht sagen, welches), das mir überhaupt nicht gefallen hat. In diesem Buch ist alles vollkommen sicher. Nichts geschieht im Leben der Figuren. Alles bleibt, wie es ist, abgesehen von einer leichten Gesinnungsänderung vielleicht. Es gibt keine Verbindung zur Außenwelt. Es gibt keinen kollektiven Herzschlag. Die Figuren sind von der Welt getrennte Individuen. Wenn alles auf die Erfahrung eines Individuums bezogen ist, wenn man nicht das Gefühl hat, dass eine Person ein Teil eines Ganzen ist, dann langweile ich mich. Ich höre gern den epischen Herzschlag der Welt und des Lebens. Ich möchte ihn auch in einem Film wiederfinden, in einem Theaterstück, in einem Buch, und ich möchte ihn in meinen eigenen Arbeiten haben.

Im „San José Museum of Modern Art" habe ich kürzlich eine Ausstellung mit dem Titel „La frontera" gesehen. Es war das erste Mal, dass ich vor einem Kunstwerk in Tränen ausgebrochen bin. Ich bin immer bewegt von Kunst, aber niemals so sehr, dass ich weine. Es handelte sich nicht um ein Meisterwerk. Ich stand nicht vor einem El Greco. Es handelte sich um eine Sammlung von Fotografien von illegalen Einwanderern, die den Fluss überqueren. Und Sie sehen einen Autoreifen und Menschen, die sich an diesen Reifen klammern. Es sind Bilder, die immer die gleichen Leute zeigen, unter anderem Kinder, die an diesem Reifen hängen. Und an der

Decke hingen fünfzig Plastiktüten, durchsichtige Plastiktüten, in denen schmutziges Wasser aus dem Fluss war, und in jeder Tüte waren kleine Babyschuhe. Also, diese Fähigkeit zu künstlerischem Ausdruck, die Fähigkeit, sich auf ein einziges Bild zu konzentrieren (einen einzigen Satz manchmal) und in ihm den kollektiven Schmerz zu zeigen oder eine bestimmte Zeit, einen Raum, ein Volk, ein Ereignis – genau darum geht es bei jeder Kunst, und danach suche ich, wenn ich ein Buch lese.

1974 haben Sie einige der Artikel veröffentlicht, die Sie für eine Zeitschrift geschrieben haben. Diese Zeitschrift hieß zufällig ebenfalls Paula, *und Sie haben die Artikel zu einem Buch zusammengefasst, das den Titel* Civilice a su troglodyta [Zähme das Biest in dir] *trägt. Ein Kritiker hat kürzlich gesagt, dieses Buch verhindere, dass Ihre übrigen Arbeiten ernst genommen würden. Inwieweit hat Ihre Arbeit für dieses Magazin Ihre spätere literarische Arbeit beeinflusst, und wenn Sie noch einmal in das Jahr 1974 zurückgehen könnten, würden Sie die Veröffentlichung dieser Artikel noch einmal überdenken?*
Zunächst einmal hat dieser Kritiker oder diese Kritikerin für sich allein gesprochen. Meine Arbeit wird überall auf der Welt ernst genommen, sei es innerhalb akademischer Zirkel oder außerhalb. Außerdem habe ich 1974 nicht als Schriftstellerin geschrieben. Der Verleger, der die Zeitschrift *Paula* herausgab, hat mich gebeten, alle diese Artikel zusammenzustellen und sie zu veröffentlichen. Noch einmal würde ich das nicht tun. Ich bin ungezählte Male gebeten worden, meine Artikel noch einmal durchzusehen und sie als eine Sammlung zu veröffentlichen. Ich werde es nicht tun.

Und warum nicht?
Weil ich denke, dass sie einen gewissen Charme hatten, der untrennbar mit der Zeit verbunden ist, in der sie geschrieben wurden. Man kann sie weder aus dem Kontext lösen noch aus der Zeit, zu der sie geschrieben wurden.

Pablo Neruda sagte in Bezug auf das, was sie selbst „la cursilería" oder Kitsch nannten: „Quien huye del mal gusto cae en el

hielo." Das heißt: „Er, der vor schlechtem Geschmack flieht, rutscht auf dem Eis aus". Können Sie sich im Zusammenhang Ihres Denken und Ihres Schreibens dazu äußern, können Sie etwas über die Gültigkeit dieser Worte für Sie als Schriftstellerin sagen?
Ein bisschen Kitsch macht mir keine Angst. Ich denke, er ist manchmal unvermeidlich. Man kann über Dinge wie die Liebe nicht reden, ohne ein bisschen kitschig zu sein. Und wer bestimmt eigentlich, was Kitsch ist? Die Männer! Die Männer bestimmen es, nicht die Frauen. Nein, ich habe keine Angst vor ein wenig Kitsch, aber natürlich gibt es da eine Grenze; und ich bin sehr vorsichtig. Ich bin heute vorsichtiger als zu Beginn meiner schriftstellerischen Arbeit, weil ich mir dessen damals nicht so bewusst war, wie ich es heute bin. Ich schreibe überhaupt bewusster als früher. Ich achte auf Kitsch, so wie ich darauf achte, keine Adjektive zu wiederholen, so wie ich auf die Länge eines Satzes achte. Ich betrachte Kitsch als etwas, das man in homöopathischen Dosen einsetzen sollte.

In den meisten Ihrer Romane scheint es, als hätten Sie den Wunsch nach einem guten, positiven Ende. Wir als Leser erleben zusammen mit Ihnen Geheimnisvolles, Abenteuerliches und Romantisches, und wir wissen, dass am Ende die vertraute Ordnung wiederhergestellt werden wird. Warum, glauben Sie, geben Sie uns in einer Zeit, da viele Schriftsteller einen gegenteiligen Eindruck vermitteln, nämlich den Eindruck von Chaos, trotz allem das Gefühl, dass sich am Ende alles zusammenfinden wird, dass die Ordnung wiederhergestellt werden wird?
Das weiß ich nicht. Ich habe dieses Gefühl nicht, was das Ende meiner Bücher betrifft. Im Gegenteil, ich habe das Gefühl, dass das Ende meist unerwartet ist. Ich hätte gern ein Happy-End. Ich hätte gern, dass die beiden älteren Leute, die tanzen und die nicht verbal kommunizieren konnten, weil sie nicht dieselbe Sprache sprechen, ihre letzten Jahre zusammen verbringen. Aber so geschieht es nicht. Sie verschwindet, sie verwandelt sich in Spitze, sie verwandelt sich in Nebel, und sie ist zu guter Letzt nur eine Erinnerung in seinem Kopf.[1] Es gibt da also eine Wiederherstellung der Ordnung, wie Sie es ausdrücken, aber auf eine verzerrte Art und Weise.

Oder: Eine Frau wurde vergewaltigt und fünfzig Jahre lang in einem Keller gefangen gehalten, und am Ende wird sie gerettet. Sie kehrt in die Welt zurück, und der Mann wird bestraft und ins Gefängnis geschickt. Aber sie fühlt sich auf eine unheimliche Weise zu diesem Mann hingezogen, und sie geht in das Gefängnis, wo er sich jetzt befindet, und sie gibt ihm zu essen und hält ihn am Leben.[2] Es gibt also immer noch etwas, das mich fesselt, und ich lege das nicht fest. Wenn ich die Geschichte schreibe, denke ich nicht in diesen Kategorien. In meiner Vorstellung endet die Geschichte, als die Frau aus ihrem Gefängnis entlassen wird und der Mann in sein Gefängnis geht. Das ist für mich das Ende der Geschichte. Ich weiß nicht, was passiert, wenn ein weiterer Satz auftaucht und die Geschichte weitergeht. Die Geschichte erschafft sich in gewisser Weise selbst.

Bei *Eva Luna* ist das sehr offensichtlich. Ich bringe die beiden Liebenden endlich zusammen, und sie schlafen miteinander, und es ist ein wunderbarer Tag, und die Glocken läuten, und alles ist perfekt. Das war das Ende des Romans. An der Stelle bin ich ins Bett gegangen. Aber mitten in der Nacht wurde ich wach, und ich hatte das Gefühl, dass es nicht das Ende des Romans sei, und ich musste aufstehen und sechs Zeilen dazuschreiben. Und in diesen Zeilen steht, dass es vielleicht überhaupt nicht so war. Wo ich das her hatte? [Sie lacht.] Ich weiß es nicht! Ich habe einfach keine Ahnung. Ich habe das Gefühl, dass es innerhalb dieser Wiederherstellung der Ordnung, wie Sie es ausdrücken, einen gewissen Raum für Mehrdeutigkeit gibt.

In meinem Leben passiert mir das ständig. Ich möchte, dass ein gewisses Ereignis eintritt, und dann passiert etwas ganz anderes. Am Ende ist es sogar besser so. Wenn ich zurückblicke, ist es besser so.

Die Art, wie Ihr Werk aufgenommen wird, ist, glaube ich, mit das Faszinierendste. Einige Kritiker lieben und preisen Ihre Bücher, andere verreißen sie. Sie selbst haben gesagt, dass Eva Luna *die schlechtesten Kritiken bekommen habe, die je ein Buch in der Geschichte der Literatur bekommen hat. Was ist da los?*

Eva Luna ist in *The New York Times Book Review* schrecklich besprochen worden. Geschrieben hatte die Rezension ein Mann, der Spezialist für Baseball ist. Er hatte Lateinamerika durchreist, und daher dachten die Leute bei der Zeitung, er würde auch mit lateinamerikanischer Literatur fertig werden. Er hat das Buch offensichtlich nicht verstanden und eine schreckliche Kritik geschrieben. Trotzdem stand das Buch auf der Bestsellerliste. Und es ist auch heute noch ziemlich erfolgreich. Aber es hat eine schlechte Kritik bekommen.

Warum so etwas passiert, weiß ich einfach nicht. Ich zerbreche mir darüber nicht den Kopf. Ich mache mir keine Gedanken darüber, wie das Buch wohl ankommen wird. Ich denke nur darüber nach, wie ich es anbieten werde. Jedes Buch ist ein Angebot, und wie das Angebot angenommen wird, das ist nicht meine Sache.

Eine letzte Frage. Nehmen wir einmal an, Sie stünden vor den zwölf Himmelstüren und müssten, um eingelassen zu werden, das vorweisen, was Sie für Ihre größte Leistung in diesem Leben halten. Was würde das sein?
Mutter zu sein.

Nicht ein Buch?
Nein, das ist in einem übergeordneten Sinne nicht wichtig. In ein paar Jahren werden die Leute sich vielleicht nicht mehr an mich erinnern, mich nicht mehr lesen. Aber die Erinnerungen meiner Kinder und meiner Enkelkinder und meine Liebe zu ihnen, die sind wichtig für mich, die sind es, die mich in meinen Augen als Person definieren. Sie rechtfertigen meine Existenz.

Anhang

Quellenverzeichnis

Isabel Allende: Piratin, Geisterbeschwörerin und Feministin (Interview mit Marjorie Agosín)
Aus: Imagine 1, No. 2 (Winter 1984), 42–56

Chiles Troubadourin (Interview mit Magdalena García Pinto)
Aus: Magdalena García Pinto: Women Writers of Latin America: Intimate Histories, Austin (University of Texas Press, 1991), 21–42

Die Frau hinter den Geschichten (Interview mit Douglas Foster)
Der Abdruck erfolgt mit freundlicher Genehmigung von Mother Jones Magazine (Nov./Dec. 1998), © 1998, Foundation for National Progress

Frauengeschichten, meine Geschichten (Interview mit Virginia Invernizzi und Melissa Pope, Universität von Virginia)
Aus: Letras-femeninas 15, nos. 1–2 (Spring/Fall 1989), 119–125

Schreiben aus Verantwortung (Interview mit John Rodden)
Aus: The Kenyon Review. New Series, Winter 1991, Vol. XIII, No.1

Erzählen aus Leidenschaft (Interview mit Elyse Crystall, Jill Kuhnheim und Mary Layoun)
Aus: Contemporary Literature, Vol. 33, No. 4 (Winter 1992). © 1992. Reprinted by permission of the University of Wisconsin Press.

Liebe und Tränen (Interview mit Ignacio Carríon)
Aus: El País Semanal, No. 145 (28. Nov. 1993), 48–59

„Es gibt etwas Magisches beim Geschichtenerzählen" (Interview mit Jan Goggans)
Aus: Writing on the Edge 6, No. 1 (1994), 127–142

Schreiben aus dem Bauch heraus (Interview mit Michael Toms)
Aus: Common Boundary, May/June 1994, 16–23

Schmerz in Kunst verwandeln (Interview mit Jennifer Benjamin und Sally Engelfried)
Aus: 510: East Bay Arts and Culture Magazine, No. 3 (December 1994), 18–19, 48–50

Nach Paula ist alles anders (Interview mit John Rodden)
Englische Erstveröffentlichung in: John Rodden (ed.): Conversations with Isabel Allende, Austin (University of Texas Press) 1999, 409–420.

„Ich überlasse meine Bücher ihrem Schicksal" (Interview mit John Rodden)
Englische Erstveröffentlichung in: John Rodden (ed.): Conversations with Isabel Allende, Austin (University of Texas Press) 1999, 421–426.

Die Schriftstellerin im Exil und ihre Suche nach einem Zuhause (Interview mit John Rodden)
Englische Erstveröffentlichung in: John Rodden (ed.): Conversations with Isabel Allende, Austin (University of Texas Press) 1999, 427–438.

„Ich erinnere mich an Gefühle, und ich erinnere mich an Augenblicke“ (Interview mit Virginia Invernizzi)
Englische Erstveröffentlichung in: John Rodden (ed.): Conversations with Isabel Allende, Austin (University of Texas Press) 1999, 439–462.

Zur Auswahl der Interviews

Die in diesem Band enthaltenen Interviews sind ursprünglich in wissenschaftlichen Sammelwerken und Zeitschriften, im Rahmen von Buchbesprechungen, intellektuellen oder populären Zeitschriften erschienen. Sie wurden – zusammen mit einer Reihe anderer Interviews – zum ersten Mal in gesammelter Form vorgelegt in dem 1999 bei der University of Texas Press erschienenen Band „Conversations with Isabel Allende". Während diese umfangreiche Aufgabe auch auf die Interessen einer akademisch geprägten Leserschaft eingeht – etwa in der Diskussion von Fragen der Übersetzung der Werke Allendes ins Amerikanische – und darüber hinaus die spezifischen Belange des nordamerikanischen Publikums berücksichtigt – etwa wenn es um die Rezeption von Allendes Büchern in den USA geht –, wurde die Auswahl der Interviews für den vorliegenden Band im Hinblick auf Isabel Allendes wirkliches Publikum vorgenommen: den allgemein interessierten Leser. Er erfährt in den Gesprächen gleichermaßen etwas über das Leben Isabel Allendes wie über die Entstehung ihrer Bücher; darüber, wie sie sich selbst und ihr Schreiben sieht und wie sie etwa über Feminismus und Religiosität denkt, über ihr Leben in den USA und die Demokratisierung in Chile, ihrem Heimatland, die die Militärherrschaft Pinochets abgelöst hat.

Die amerikanische Ausgabe der Gespräche mit Isabel Allende enthielt vier Interviews, die bis dahin noch nie veröffentlicht worden waren. Sie wurden in den vorliegenden Band übernommen. Drei davon habe ich im April und Mai 1995 geführt, eines führte Virginia Invernizzi im Juni 1995. Weder in der amerikanischen noch in der deutschen Ausgabe enthalten sind dagegen jene Interviews, die in Massenblättern erschienen sind: Sie befassen sich gewöhnlich mit den gleichen Themen wie die in den literarischen und literaturwissenschaftlichen Zeitschriften erschienenen Gespräche – allerdings mit weniger Tiefgang.

Besonderes Gewicht wurde in der vorliegenden Sammlung auf Allendes wechselndes Bild in der Öffentlichkeit gelegt. Die Interviews lassen das literarische Ansehen erkennen, das sie nicht nur in ganz Amerika und Spanien, sondern auch in Deutschland und dem übrigen Westeuropa genießt.

Die Interviews sind chronologisch nach dem Zeitpunkt ihrer Veröffentlichung angeordnet. Was uns in diesem Buch interessiert, ist weniger das Leben der Frau als die Rolle ihrer Interviews für das steigende literarische Ansehen der Autorin. Nicht die biografischen Ereignisse in Allendes Lebensgeschichte in ihrer Rohform, sondern die Ereignisse in ihrer „Interviewgeschichte", die für die Geschichte ihres „Ansehens" von Belang sind, verlangen hier unsere Aufmerksamkeit. Viele biografische Ereignisse wurden erst lange nach den tatsächlichen Geschehnissen Bestandteil ihrer „Interviewgeschichte".

Die Interviews sind für diesen Band ausgewählt worden, um entweder die Meilensteine entlang Allendes Interviewgeschichte erkennbar werden zu lassen, oder um ein Schlaglicht auf die verschiedenen Gesichter oder Personen zu werfen, die Allende im Zuge der Interviews ihren Lesern präsentiert, oder um die Aufmerksamkeit (so weit nötig) auf bestimmte häufig wiederkehrende Metaphern und Fragen zu lenken, die zu Allendes literarischem Ansehen beigetragen haben.

Alle bereits zuvor veröffentlichten Gespräche sind ungekürzt aufgenommen. Die Quelle der Erstveröffentlichung jedes Interviews ist im Quellenverzeichnis aufgeführt; das genaue Datum, zu dem das Gespräch geführt wurde, wird ebenfalls angegeben, sofern es bekannt ist. Bei ihrer Erstveröffentlichung standen vielen der Interviews kurze einleitende Bemerkungen voran. Diese wurden ebenfalls mit in das vorliegende Buch aufgenommen, sofern sie wichtige biografische Daten oder brauchbare Informationen dazu enthalten, unter welchen Umständen das jeweilige Gespräch geführt wurde.

Die Einleitung wurde für die deutsche Ausgabe gemäß der neu getroffenen Auswahl überarbeitet; die Zeittafel wurde aktualisiert.

Zeittafel

1942 Isabel Allende wird am 2. August in Lima, Peru, als Tochter von Tomás Allende (einem chilenischen Diplomaten) und Francisca Llona Barros Allende geboren.

1945 Isabel Allendes Eltern lassen sich scheiden. Obwohl ihr Vater jeden Kontakt zu seiner Exfrau und den Kindern abbricht, wird Isabel Allende seiner Familie weiterhin verbunden bleiben, so auch seinem Vetter zweiten Grades, Salvador Allende Gossens, der ihr Patenonkel ist und den ihre Familie liebevoll „Onkel" nennt. Sie wird von ihrer Mutter in deren Elternhaus in Santiago großgezogen.

1953–1958 Isabel Allendes Mutter heiratet erneut. Isabel Allendes Stiefvater, der Diplomat Ramón Huidobro, den sie „Tío Ramón", „Onkel Ramón" nennt, wird ins Ausland versetzt, und Isabel Allende lebt in Bolivien, Europa und im Libanon. Sie besucht eine private Mädchenschule in Beirut.

1958 Nachdem es im Libanon als Folge der Suez-Krise im Juli zu politischen Unruhen kommt, wird Isabel Allende nach Hause geschickt, um ihre Schulausbildung in Chile zu beenden. Sie erwirbt ihren Abschluss an einer privaten High School in Santiago.
Sie begegnet Miguel Frías, ihrem späteren Ehemann, der an der Universität von Chile Ingenieurwissenschaften studiert.

1959–1965 Isabel Allende arbeitet als Sekretärin in der Food and Agricultural Organization (FAO) in der Niederlassung der Vereinten Nationen in Santiago.

1962 Am 8. September heiratet Isabel Allende Miguel Frías, der inzwischen Ingenieur ist.

1963 Am 22. Oktober wird Tochter Paula geboren.

1964–1965 Isabel Allende lebt mit Mann und Tochter in Belgien und in der Schweiz.

1966 Isabel Allende kehrt mit ihrer Familie nach Chile zurück. Sohn Nicolás wird geboren.

1967–1974 Isabel Allende arbeitet als Journalistin und Redakteurin bei der in Santiago erscheinenden Zeitschrift *Paula.* Sie schreibt eine Kolumne mit dem Titel „Los impertinentes".

1969–1974 Isabel Allende schreibt regelmäßig für *Mampato,* eine Kinderzeitschrift in Santiago.

1970 Nach drei erfolglosen Präsidentschaftskandidaturen wird Salvador Allende im September Präsident von Chile. Er ist das erste frei gewählte marxistische Staatsoberhaupt der Welt und verdankt seinen Triumph einer linken Koalition, die sich *Unidad Popular* nennt und 36,2 Prozent der Stimmen auf sich vereinigen kann. Da ihm Politiker der Opposition misstrauen, fordert der chilenische Kongress ihn auf, seine Verfassungstreue zu beeiden. Erst danach kann er sein Amt antreten. Isabel Allendes Stiefvater wird von Salvador Allende zum Botschafter in Argentinien ernannt.

1970–1975 Isabel Allende ist fest angestellte Interviewerin bei *Canal 13/Canal 7,* einem Fernsehsender in Santiago.

1971 Isabel Allendes Theaterstück, *El embajador* [Der Botschafter], wird in Santiago aufgeführt.

1972 Isabel Allende isst mit dem chilenischen Dichter Pablo Neruda zu Mittag, der ihre Bitte um ein Interview ablehnt und ihr stattdessen nahelegt, sich vom Verfassen nicht-fiktionaler Texte auf das Romaneschreiben zu verlegen.

1973 Am 11. September stürmen Armeetruppen auf Befehl von General Augusto Pinochet Ugarte den *Palacio de La Moneda* (den Palast des Präsidenten), das Heim des Präsidenten Salvador Allende, der angeblich lieber Selbstmord beging, als die Macht an die Militärjunta abzutreten. Am 23. September stirbt Pablo Neruda.

1974 Lord Cochran (Santiago) veröffentlicht unter dem Titel *Civilice a su troglodita* [„Zähme das Biest in dir"] eine Sammlung von Isabel Allendes Kolumnen. (Neruda hatte Allende zwei Jahre zuvor den Vorschlag gemacht, ihre besten Kolumnen zu sammeln und zu veröffentlichen.) Die Zeitschrift *Paula* entlässt Isabel Allende aus politischen Gründen.

1975 Aus Sorge, dass ihre Unterstützung der Opposition gegen das Pinochet-Regime sie und ihre Familie in Gefahr bringen könnte, verlässt Isabel Allende Chile, legal und mit einem Pass ausgestattet. Sie geht nach Caracas in Venezuela. Ihr Mann und ihre beiden Kinder folgen einige Wochen später nach.

1975–1987 Isabel Allende lebt in Caracas, Venezuela.

1976–1983 Isabel Allende schreibt eine wöchentliche Kolumne für *El Nacional,* eine Zeitung in Caracas.

1978 Isabel Allende trennt sich vorübergehend von Miguel Frías und lebt drei Monate in Spanien. In der Nähe des chilenischen Dorfs Lonquén außerhalb von Santiago werden in zwei stillgelegten Bergwerken fünfzehn Leichen entdeckt. Dieses Ereignis bildet später den Ausgangspunkt für Isabel Allendes zweiten Roman, *De amor y de sombra* (Von Liebe und Schatten).

1979–1982 Isabel Allende übernimmt Verwaltungsarbeiten im Colegio Marroco, einer Schule in Caracas.

1981 Isabel Allende erhält die Nachricht, dass ihr neunundneunzig Jahre alter Großvater, Augustín Llona, im Sterben liegt. Am 8. Januar beginnt sie einen Brief an ihn, aus dem später *La casa de los espíritus* (Das Geisterhaus) erwächst, ihr erster Roman.

1982 *La casa de los espíritus* wird in Spanien von Plaza y Janés (Barcelona) veröffentlicht.

1984 *La gorda de porcelana* [„Die dicke Porzellanfrau"], ein Jugendbuch, wird in Spanien von Alfuguara (Madrid) veröffentlicht. Plaza y Janés in Spanien veröffentlicht *De amor y de sombra.* Die französische Ausgabe von *La casa de los espíritus* wird in 1984 Paris mit dem Preis „Grand Roman d'Evasion" ausgezeichnet.

1985 Nachdem *Das Geisterhaus* in Frankreich in 400 000 Mal und in Deutschland mehr als eine Million Mal verkauft wurde und in den Jahren 1982–1985 in den Niederlanden, Spanien und Lateinamerika auf den Bestsellerlisten stand, erscheint es beim New Yorker Verlag Knopf auch in englischer Sprache. Der „Book of the Month"-Club wählt es zum Hauptvorschlagsband. Isabel Allende ist während des Frühjahrssemesters als Gastprofessorin an der Montclair State University im US-Bundesstaat New Jersey tätig.

1986–1987 Isabel Allende verbringt mehrfach kurze Zeit an der Universität von Virginia, um ihre Tochter Paula zu besuchen (die dort „Community Psychology" studiert, ein Fachbereich der Psychologie, der auf Belange der Sozialfürsorge ausgerichtet ist) und Seminare an der Abteilung für Spanisch zu geben.

1986 *Das Geisterhaus* wird für den „Quality Paperback Book Club New Voice Award" nominiert.

1987 Isabel Allende lässt sich von Miguel Frías scheiden. Im September bringt Plaza y Janés in Spanien *Eva Luna* heraus, Isabel Allendes dritten Roman. *Von Liebe und Schatten* erscheint in englischer Sprache bei Knopf, in der Übersetzung von Margaret Sayers Peden, und wird für den Buchpreis der *Los Angeles Times* nominiert. Im Oktober lernt Isabel Allende William Gordon kennen, einen zweimal geschiedenen Anwalt aus San Francisco; im Dezember siedelt sie nach San Rafael (Kalifornien) über.

1988 Isabel Allende ist während des Frühjahrssemesters am Barnard College in New York City tätig. Am 17. Juli heiratet Isabel Allende William Gordon und wird amerikanische Staatsbürgerin. Während des Herbstsemesters ist Isabel Allende Gastdozentin an der Universität von Virginia. *Eva Luna* erscheint bei Knopf und wird vom *Library Journal* als eines der besten Bücher des Jahres 1988 gewählt. Pinochet hebt im August den Notstand auf und erlaubt 500 Exilchilenen die Rückkehr nach Chile. Isabel Allende fährt zum ersten Mal seit 1975 zu einem Besuch nach Chile; Pinochet verliert am 5. Oktober die Volksabstimmung, durch die seine Amtszeit als Präsident bis 1997 verlängert werden sollte.

1989 In Spanien bringt Plaza y Janés *Cuentos de Eva Luna* (Geschichten der Eva Luna) heraus. Allendes auf Englisch verfasster Essay „Writing as an Act of Hope" [„Schreiben als Akt der Hoffnung"] erscheint in *Paths of Resistance,* hrsg. von William Zinsser (New York: Houghton Mifflin). Isabel Allende ist während des Frühjahrssemesters Gastdozentin für Kreatives Schreiben an der Universität von Kalifornien in Berkeley.

1990 Bei den Wahlen im März wird in Chile die Demokratie wiederhergestellt. Gewinner der Wahl ist Patricio Aylwin von den Christdemokraten, der eine Regierungskoalition aus Mitte und Linken bildet.

1991 Bei Atheneum erscheinen *The Stories of Eva Luna* auf Englisch. Am 6. Dezember wird Isabel Allendes Tochter Paula in Madrid ins Krankenhaus eingeliefert; am 8. Dezember fällt sie in ein Koma, aus dem sie nie wieder erwacht. Im Dezember wird auf der Buchmesse in Santiago *El plan infinito* (Der unendliche Plan, Barcelona: Plaza y Janés) vorgestellt.

1992 Paula stirbt am 8. Dezember in Isabel Allendes Haus in San Rafael, auf den Tag genau ein Jahr nachdem sie ins Koma gefallen war.

1993 Bei HarperCollins erscheint *The Infinite Plan* (Der unendliche Plan). Im August wird *Das Geisterhaus* für die Londoner Bühne bearbeitet. Am 22. Oktober erlebt die Verfilmung in München ihre Welturaufführung. Produzent ist der Münchner Bernd Eichinger; der Däne und Oskargewinner Bille August *(Pelle, der Eroberer)* hat Regie geführt. Der Film kostet fünfundzwanzig Millionen Dollar, zur Besetzung gehören

Meryl Streep, Glenn Close, Jeremy Irons, Winona Ryder, Antonio Banderas und Vanessa Redgrave. Im Dezember steht der Film an der Spitze der deutschen Filmhitliste.

1994 Am 14. Januar wird *Das Geisterhaus* mit dem Bayrischen Filmpreis ausgezeichnet. Am 15. März überreicht Präsident Patricio Aylwin Isabel Allende in Santiago den Gabriela-Mistral-Preis, Chiles höchste kulturelle Auszeichnung. *Eva Luna* wird (unter dem Titel *Stories)* für die Bühne bearbeitet und hat am 25. März in Denver Premiere. Im Oktober bringt eine argentinisch-spanische Koproduktion *Von Liebe und Schatten* auf die Leinwand; Regie führt Betty Kaplan, eine Amerikanerin, die in Caracas aufgewachsen ist. Im Dezember erscheint *Paula* auf Spanisch. Bis Ende des Jahres sind von Isabel Allendes Bücher schätzungsweise zehn Millionen Exemplare in siebenundzwanzig Sprachen verkauft worden.

1995 Im Januar erscheint *Paula* in Deutschland und in den Niederlanden (in beiden Sprachen in der ersten Auflage mit dem Untertitel „Ein Roman") und steigt in beiden Ländern auf den ersten Platz in den Bestsellerlisten für fiktionale Werke. In der Übersetzung von Margaret Sayers Peden erscheint *Paula* im April auf Englisch bei HarperCollins und gelangt unverzüglich auf den achten Platz der Bestsellerliste der *New York Times.* In Großbritannien produziert BBC 1 im September *Listen Paula,* eine vieldiskutierte Sondersendung über Isabel Allende, Paula und die Geschichte der Familie Allende. Isabel Allende richtet die Paula-Stipendien ein, die an Studenten der Universität von San Jose und der „Canal Community Alliance" vergeben werden.

1996 Im Januar wird Isabel Allende in Los Angeles als „Autorin des Jahres" geehrt; am 16. Januar ruft die Stadt den „Isabel-Allende-Tag" aus. Finanziert wird der Preis von dem multikulturellen Literaturprogramm „Read about me", einer nationalen Initiative öffentlicher Bibliotheken, die das Interesse an Literatur fördern und zum gegenseitigen Verständnis verschiedener Ethnien beitragen soll. Isabel Allende gründet die Isabel-Allende-Stiftung. Im Juni erhält sie in Chicago den angesehenen Harold-Washington-Literaturpreis. Der Preis ist eine Auszeichnung für „die kreative Verwendung des geschriebenen Wortes, um Themen des modernen Lebens anzusprechen". Isabel Allende ist die erste lateinamerikanische Autorin, die diesen Preis erhält. Im Juli kommt der Film zu *Von Liebe und Schatten* in die Kinos, mit Antonio Banderas in der Hauptrolle.

1997 *Aphrodite* erscheint, ein ironisches, illustriertes nicht-fiktionales Buch über Sex und Essen; es wird im November von Plaza y Janés (Barcelona) herausgebracht. Die Rezepte basieren auf humorvollen Anekdoten über Aphrodisiaka, wie zum Beispiel die penisförmige Pasta, die

„wächst, wenn sie gekocht wird". Allendes normalerweise sehr zurückhaltende Mutter steuert chilenische Rezepte bei, denen nachgesagt wird, dass sie die sexuelle Leistungsfähigkeit steigern.

1998 Im April bringt HarperFlamingo die englische Ausgabe von *Aphrodite* heraus. Im Oktober richtet Isabel Allende den Porphyrie-Forschungspreis ein, der Forschungen zum Thema Porphyrie unterstützt, jener seltenen Stoffwechselkrankheit, an der Allendes Tochter Paula starb. Gleichfalls im Oktober wird Allende der fünfte Dorothy-and-Lilian-Gish-Preis überreicht. Der Preis, der für herausragende künstlerische Leistungen vergeben wird, ist mit 200 000 Dollar dotiert.

1999 *Daughter of Fortune* (*Hija de La Fortuna*, deutsch *Fortunas Tochter*), Isabel Allendes erster Roman nach acht Jahren, erscheint im Oktober auf Englisch bei HarperFlamingo. Bis zum Jahresende kommen Übersetzungen in die anderen bedeutenderen europäischen Sprachen heraus. Das Buch erklimmt in Deutschland sowie einigen anderen europäischen und lateinamerikanischen Ländern die Bestsellerlisten.

2000 Am 17. Februar erklärt Oprah Winfrey, die TV-Talkmasterin, *Daughter of Fortune* zum „Buch des Monats" März für „Oprah's Book Club". Innerhalb von acht Stunden danach erreicht Allendes Roman den Spitzenplatz der Verkaufsliste von Amazon.com, und auf Isabel Allendes Website werden mehr als 500 000 Besucher gezählt.

Anmerkungen

Anmerkungen zur Einleitung

1 *Paula*, Frankfurt a.M. (Suhrkamp) 1998 (stb 2840), übersetzt von Lieselotte Kolanoske, S. 268.

2 *Eva Luna*, Frankfurt a.M. (Suhrkamp), 1999 (stb 2982), übersetzt von Lieselotte Kolanoske, S. 319. Diese Mahnung hätte natürlich auch von Allende selbst stammen können, und es verdient hier Beachtung, wie sehr Allendes Gefühle denen ihrer Romanfiguren ähneln. Wenn sie für die Medien porträtiert wird spricht sie vielfach mit der Stimme ihrer Figuren, zitiert wörtlich deren Bemerkungen als eigene, um ihre eigenen Vorstellungen oder ihre Gemütsverfassung zu erklären – Bemerkungen, die von den Interviewern oft in Unkenntnis ihrer Herkunft zitiert werden.

3 Es müssen also nicht nur wir Leser für Allendes Bereitschaft, Interviews „auf sich zu nehmen", dankbar sein, sondern Allende ihrerseits schuldet den vielen Männern und Frauen, die sie interviewt hat, Dank für die Schärfung ihres Verständnisses für das, was geschieht, und für die Vervollkommnung ihrer Fähigkeit, in sich schlüssige Figuren zu

schaffen. Allende hat einmal angemerkt, dass die Figur des Rolf Carlé (in *Eva Luna*) den Sohn eines SS-Offiziers zum Vorbild hatte, den sie einmal in Hamburg interviewte; und vor allem bei ihren Recherchen zu Teilen von *Der unendliche Plan* hat Allende anerkannt, was sie den von ihr Interviewten verdankt. Der Wichtigste von ihnen war ihr eigener Ehemann, der als Modell für die Hauptfigur des Romans, Gregory Reeves, diente.
Angesichts von Allendes beruflicher Vergangenheit nur allzu verständlicher Weise wird das Thema „Interview" in Interviews mit ihr gelegentlich angesprochen. Ihre Gesprächspartner fragen sie gern, wie sie sich denn nunmehr fühle, da sie antworten müsse und nicht mehr ihrerseits die Fragen stelle. Und manchmal gewinnt man auch den Eindruck, als gehe sie sehr spielerisch mit den Interviews um, schmücke manchmal etwas aus oder erfinde neue Episoden, probiere neue Figuren aus – so, wie es auch Jorge Luis Borges zu tun pflegte.

4 Farhat Iftekharuddin: „Writing to Exorcise the Demons", in: John Rodden (ed.): *Conversations with Isabel Allende* (Austin: University of Texas Press, 1999), pp. 351–364, p. 363.

5 Iftekharuddin, ebd., p. 361.

6 Als ein Interviewer Allende allerdings einmal vorschlug, ihre Interviews seien dann „vielleicht eine Art Geschichtenerzählen für Leser, die sich für literarische Interviews interessieren", antwortete Allende ihm: „Sollen sie doch Romane lesen." (Nr. 6)
Seltsamerweise hält Allende aber daran fest, dass Interviews selbst – vor allem literarische Interviews – für sie von geringem Interesse seien. Als man ihr in einem Interview sagte, sie entwickle sich als Interviewpartnerin zu einem „Bestseller", beharrte sie darauf, dass sie selbst „niemals literarische Interviews lese." Sie ist nur zu journalistischen Zwecken am Interview interessiert – um Informationen zu sammeln als Bausteine für ihre Romanwelten: „Mich interessiert nicht, was andere Schriftsteller zu sagen haben, sondern nur, was sie schreiben."
Allerdings erkennt Allende an, dass viele Menschen sich ebenso sehr für das interessieren, was sie sagt, wie für das, was sie schreibt, und dass ihre Offenheit ihren Gesprächspartnern gegenüber manchmal zu unerwarteten Ergebnissen führt. Beispielsweise erzählt Allende die folgende komische Geschichte: Vor nicht allzu langer Zeit kam, hier in diesem Land, nach einer Lesung ein Mann zu mir, der sagte, er sei Arzt, und er sagte, er hätte mehrere Interviews mit mir gehört und verschiedene andere Interviews gelesen, er hätte mich im Radio sprechen hören und jetzt bei dieser Lesung, und er sei überzeugt davon, dass mit mir etwas nicht stimme. Dass mir die Grenze zwischen Realität und Fantasie fehle; dass die Psychologie einen Namen dafür habe und dass ich einen Therapeuten aufsuchen solle!

Sie ihrerseits, meinte Allende, bliebe lieber „krank", als „geheilt" zu werden – denn sonst hätte sie ja keine Neurose mehr, aus der sie schreiben könne. (Nr. 6)

7 Jean W. Ross: „Speaking Up", in: Rodden (ed.): *Conversations with Isabel Allende,* a.a.O., pp. 95–102, p. 96.

8 Allende in einem Interview von 1991 (Nr. 6): „Ich erfinde mein Leben immer wieder neu, und daher stelle ich fest, dass ich in verschiedenen Interviews verschiedene Geschichten über das gleiche Thema erzähle. Mein Mann sagt, ich hätte zwanzig Versionen darüber, wie wir uns kennen gelernt haben, und ich bin überzeugt davon, dass alle zwanzig Versionen wahr sind! Seine Version ist nicht wahr! Daher kann ich Ihnen nicht sagen, ob diese Geschichten exakt der Wirklichkeit entsprechen oder nicht. Auch mein Leben ist Fiktion." Bis 1994 (Nr. 8) waren noch einige Versionen dazugekommen: „Ich habe fünfzig Versionen darüber, wie ich meinen Mann, Willie, kennen gelernt habe. Er sagt, sie wären alle wahr."

9 *Paula,* a.a.O.

10 Iftekharuddin, a.a.O., p. 360.

11 *Eva Luna,* a.a.O., S. 39.

12 Helen Zuber und Swantje Strieder: „Ja, diese Wochen waren fürchterlich", *Der Spiegel,* 1986, Nr. 45, 182–90. Alexander Colema: „Reconciliation among the Ruins", *New York Times Book Review,* May 12, 1985, 1.

13 Agosín ist darüber hinaus Menschenrechtsaktivistin und Romanautorin. Ihre bekanntesten Werke sind die beiden Erzählungssammlungen *Happiness* (1993) und *Woman in Disguise* (1996). Die in Chile geborene, in den USA erzogene deutsch-jüdische Schriftstellerin wird mitunter zusammen mit Allende als lateinamerikanische „magische Feministin" eingestuft – zusammen mit Autorinnen wie der Puerto-Ricanerin Rosario Ferre und der Argentinierin Luisa Valenzuela.

14 Linda Levine und Jo Anne Engelbert: „The World Is Full of Stories", in: Rodden (ed.): *Conversations with Isabel Allende,* a.a.O., pp. 43–48, p. 44, p. 46.

15 Michael Moody: „On Shadows and Love", in: Rodden (ed.): *Conversations with Isabel Allende,* a.a.O., pp. 49–62, p. 59.

16 Shannon Jones and Bill Prillaman: „Of Hunger, Hope, and Democracy", in: Rodden (ed.): *Conversations with Isabel Allende,* a.a.O., pp. 63–70, p. 69.

17 Patricia Hart: „The Stories of Eva Luna", *The Nation,* March 11, 1991, 316.

18 Und solche Heldenverehrung provozierte gelegentlich linksgerichtete Kritiker; einer von ihnen nannte die *Geschichten der Eva Luna* „die populistischen Wunschträume einer bürgerlichen lateinamerikanischen

Linken, die krampfhaft versucht, durch die Literatur eine verlorene Verbindung mit der exotischen Eingeborenenkultur wieder zu beleben, die sie nicht ganz aufrichtig als ihre eigene beansprucht."(Daniel Haris: „The Stories of Eva Luna", *Boston Review* 16, no. 2 (April 1991): 28).

19 Allendes Vater, Tomás Allende, der seine Familie verließ, als Isabel ein Kleinkind war, war in Wirklichkeit der Cousin von Salvador Allende. Isabel Allende ist also eigentlich eine Nichte zweiten Grades von Salvador Allende, der auch ihr Taufpate war und sie als *pater familias* des Allende-Clans 1962 als Braut zum Altar führte. Allende hat mir jedoch persönlich mitgeteilt (6. Mai 1998), dass sie und ihre Angehörigen Salvador Allende stets als ihren „Onkel" betrachtet hätten.

20 Ein paar Jahre später zeigte sie sich sichtlich frustriert von der Beschuldigung von Kritikern, *Das Geisterhaus* sei nachgemacht, ein bloßes Plagiat von *Hundert Jahre Einsamkeit*, in dem sie García Márquez' Macondo in ihr namenloses, halb mythisches und „halb vergessenes Land am Ende der Welt" versetzt habe.
Nach dieser Einschätzung hat Allende bei ihrer Familienchronik García Márquez imitiert, bis hin zu den Techniken des magischen Realismus und selbst seinen Figuren, mit Rosa der Schönen nach Remedios dem Schönen, Clara nach Ursula, Nicolás und Esteban nach Jose Arcadio Buendía, Blanca nach Amaranta und Tío Marcos nach Melquíades. Wie Allendes Verteidiger festgestellt haben, berücksichtigen solche Verdikte allerdings nicht die feministische Perspektive – das, was Patricia Hart Allendes „magischen Feminismus" genannt hat – und die journalistische Sensibilität, die *Das Geisterhaus* durchziehen. Allende betont auch, dass sie historische Dokumente oder Reportagen für den Hintergrund ihrer Romane benutzt. Máximo Pacheco Gómez' Buch *Lonquén* (1980), die Zusammenfassung einer von unabhängiger Seite durchgeführten Untersuchung über das Verschwinden von fünfzehn Chilenen in dem Dorf Lonquén, diente ihr beispielsweise als Quelle für *Von Liebe und Schatten* (siehe Nr. 2).

21 Jones and Prillaman, a.a.O.

22 Allende diskutiert die Bedeutung des 8. Januar in *Paula* (S. 381, 411f.) und auch in den Interviews Nr. 8, 9 und 11 in diesem Band.

23 Elizabeth Mehren: „Allende Weaves Novels of Private Pain, Public Passion", *Los Angeles Times*, February 10, 1988.

24 Vgl. z. B. Alan Ryan: „Scheherazade in Chile", *Washington Post Book World*, October 9, 1988, 1–2.

25 In gewisser Hinsicht läutete diese Erforschung eine neue Runde der Legendenbildung ein: sie verschaffte Isabel Allende, der Geschichtenerzählerin, die Möglichkeit, sich in einer anderen Form der Selbst-Mystifizierung zu üben. Wie sie zum Abschluss eines Interviews im Jahre 1988 sagte: „Als ich *Eva Luna* schrieb, stellte ich mir vor, wie die Welt

sein könnte, wenn ich mich selbst akzeptieren würde – und wenn ich lieben und selbst geliebt werden würde. Ich stellte mir vor, wie das Eva Luna passierte, und dann passierte es mir – ein Jahr später."
Worauf der Interviewer trocken bemerkte: „Bitte seien Sie sehr vorsichtig mit dem, was Sie als Nächstes schreiben."(Nr. 3)

26 Wie sie in einem im April 1988 an der University of Virginia gehaltenen Vortrag mit dem Titel „Warum ich schreibe" erklärte: „Ich schreibe über die Dinge, die mir am Herzen liegen: Armut, Ungleichheit und die sozialen Probleme gehören zur Politik, und das ist es, worüber ich schreibe ... Ich kann nicht im Elfenbeinturm schreiben, weit entfernt von allem, was in der wirklichen Welt geschieht, und von der Realität meines Kontinents. Deshalb drängt sich die Politik einfach auf, ob ich will oder nicht."
Die Sprache, das soziale Engagement, der Wille, Zeugnis abzulegen, und selbst das Widerstreben des Künstlers, sich politisch festzulegen, erinnern an George Orwells berühmten Essay gleichen Titels. (Allende veröffentlichte die Rede später unter dem Titel „Das Schreiben als ein Akt der Hoffnung", in: *Paths of Resistance: The Art and Craft of the Political Novel*, ed. William Zinsser [New York, 1989], 39–63.) Sie arbeitete weiter an diesem Thema in einem 1994 veröffentlichten Interview: „Ich habe das Gefühl, eine Mission zu haben. Ich gehöre zu der niedrigsten der niedrigen Gesellschaftsklassen in diesem Land. Ich bin eine Frau, und ich stamme aus Lateinamerika. Aber ich habe eine Plattform, um auf Englisch über meine Kultur zu sprechen." (Nr. 7)

27 Marilyn Berlin Snell, „The Shaman and the Infidel", in: John Rodden (ed.), *Conversations with Isabel Allende*, a.a.O., pp. 237–246, p. 245.

28 Im Gegensatz zu ihrem reinen literarischen Gewissen empfindet sie durchaus Reue angesichts einiger Schwierigkeiten in ihrem persönlichen Leben, d. h. angesichts des Scheiterns ihrer ersten Ehe und ihrer Entscheidung, sich von ihrem Mann scheiden zu lassen: „Es gab keinen Grund, ihn nicht zu lieben, er verdiente es, dass man ihn liebte, aber wissen Sie, Liebe hat eben keine Regeln."(Nr. 3)
Diese Bemerkungen von 1988 – Allende äußert sich hier zum ersten Mal in einem Interview, das veröffentlicht wurde, zu Miguel Friás – stößt uns auf den Widerspruch, dass sie öffentlich einen Mythos ihrer selbst kultiviert, zugleich aber auf ihrer Privatsphäre beharrt. Sie hält sich in der Öffentlichkeit zurück und hat kaum Umgang mit anderen Schriftstellern, geschweige denn mit der Prominenz Kaliforniens; einige Bereiche ihres Privatlebens schirmt sie hermetisch von den Blicken der Öffentlichkeit ab.

29 Iftekharuddin, a.a.O., p. 360.

30 Jacqueline Cruz, Jacqueline Mitchell, Silvia Pellarolo, und Javier Ran-

gel: „A Sniper Between Cultures", in: Rodden (ed.): *Conversations with Isabel Allende,* a.a.O., pp. 203–222, p. 214/215.

31 Ebd., p.204.

32 Mehren, a.a.O.

33 Juan Andrés Piña: „The ‚Uncontrollable' Rebel", in: Rodden (ed.): *Conversations with Isabel Allende,* a.a.O., p. 167–200, p. 174.

34 John Brosnahan: „Transforming Stories, Writing Reality", in: Rodden (ed.): *Conversations with Isabel Allende,* a.a.O., p. 159–166, p. 165.

35 *Paula,* a.a.O., S. 124.

36 Iftekharuddin, a.a.O., p. 363.

37 Pilar Alvarez-Rubio: „An Orgy of the Senses", in: Rodden (ed.): *Conversations with Isabel Allende,* a.a.O., p. 365–378.

38 Solche Bemerkungen mögen dem skeptischen oder kritischen, wissenschaftlich orientierten Leser nach einem verwässerten New-Age-Mystizismus klingen. Aber Allendes bekennender Ton ist sowohl glaubwürdig als auch charismatisch, gerade weil sie den Schmerz durchlebt hat – den Verlust eines Kindes –, der die Menschen tief bewegt. Ich habe erlebt, wie die Menschen von Allendes dramatischem Auftritt an der University of Texas im April 1995 tief berührt waren. Viele der zwölfhundert Zuhörer fingen angesichts Allendes emotionaler Ehrlichkeit abwechselnd an zu weinen und zu lachen, während sie Themen ansprach, die vom Sterben und vom Karma bis hin zur nicht-kausalen „Gleichzeitigkeit" von Ereignissen reichten – Themen, die von Literaten in der Öffentlichkeit nur selten behandelt werden, vor allem nicht im akademischen Umfeld.

39 Piña, a.a.O., p. 189.

40 Margot Hornblower: „Paula", *Time,* July 10, 1995, 65.

41 *Eva Luna,* a.a.O., S. 61.

42 *Der unendliche Plan,* Frankfurt a.M. (Suhrkamp) 1997 (stb 2742), übersetzt von Lieselotte Kolanoske, S. 20.

43 Alvarez-Rubio, a.a.O., p. 374.

44 *Der unendliche Plan,* a.a.O., S. 459, 457.

45 Piña, a.a.O., p. 194.

46 Ebd., p. 195.

47 Alvarez-Rubio, a.a.O., p. 375.

48 Allende interviewte ihren Ehemann offiziell und inoffiziell, ebenso wie andere Personen (vor allem einen Vietnam-Veteranen), deren Geschichten ihre Erzählung zu bereichern versprachen. Sie wurde wieder zur Journalistin – aber nun mit einem wesentlichen Unterschied: Ihre Fähigkeiten als Reporterin wurden nicht nur erneut in den Dienst der Entfaltung fiktionaler Welten gestellt, sondern sie stützte sich jetzt auch auf die Interviews, um Figuren zu entwerfen, um eine kulturelle Vertrautheit mit amerikanischer Geschichte zu erlangen und große Wissenslücken zu stopfen (beispielsweise befragte sie mehrere Personen zu Themen wie

der kalifornischen Gegenkultur und der pazifistischen Protestbewegung der sechziger Jahre).

49 Iftekharuddin, a.a.O., p. 354.

50 Piña, a.a.O., p. 198.

51 Iftekharuddin, a.a.O., p. 358.

52 Gunhild Kübler hielt *Das Geisterhaus* für „eine uninspirierte Verfilmung". Siehe *„Von allen Geistern verlassen. Das Geisterhaus von Bille August nach Isabel Allende"*, *Neue Zürcher Zeitung*, 5. November 1993. Hans Günther Pflaum verwarf den Film als „eher bieder". Vgl. „Aufwendig", *Die Woche*, 21. Oktober 1993. Hans Schifferle hielt die Klischeehaftigkeit der Figuren fest, wollte allerdings das Prädikat der „hinreißenden Schnulze" als Lob verstanden wissen. Siehe „Es war einmal in Chile", *Süddeutsche Zeitung*, 21. Oktober 1993. Die Leinwandfassung von *Von Liebe und Schatten* erfuhr eine freundlichere deutsche Kritik. Siehe z. B. Bodo Fruendt: „Das chilenische Trauerspiel", *Süddeutsche Zeitung*, 5. Oktober 1994.

53 William A. Davis: „The Magic Realism of Isabel Allende", *The Boston Globe*, April 14, 1991, A40.

54 Hans Jürgen Schmitt: „Selbstporträt unter dem Namen der Tochter", *Süddeutsche Zeitung*, 12. Mai 1995. Alfred Starkmann: „*Paula*: Ein Hymnus an das Leben", *Focus Magazin*, 20. März 1995. Joachim Kronsbein: „Tante mit Flügeln", *Der Spiegel*, 10. April 1995.

55 Zillah Bahar: Review of *Aphrodite*, *The San Francisco Examiner*, May 20, 1998, 13.

56 Diane Carman: „Recipe of Sensuality Focuses on the Physical", *Denver Post*, April 5, 1998, F5.

57 Die meisten deutschen Rezensenten richteten ihr Augenmerk nicht auf die biografische Bedeutung des Buches. Stattdessen sahen sie in *Aphrodite* eine Marketingstrategie am Werk und bei Allende einen unbekümmerten Wechsel des Erzähltempos. *Der Spiegel* beispielsweise interpretierte *Aphrodite* als exotisches lateinamerikanisches Kochbuch für ein literarisches Publikum und „reife Jahrgänge". Deshalb sei es auch (laut *Spiegel*) bei Allendes literarisch anspruchsvollem deutschen Hausverlag (Suhrkamp) erschienen. „Pflaume, Frivol", *Der Spiegel*, 2. Februar 1998.

58 Claudia Dreifus: „On Erotic Recipes, Love and Grief, Writing, and Life", *Ms.* March/April 1998, 39–40.

59 Das Genre ist jedenfalls in Lateinamerika nicht unbekannt (obwohl es gewöhnlich mit Fiktion in Verbindung gebracht wird). Das bekannteste Beispiel ist Laura Esquivels *Schäumend wie heiße Schokolade*, erschienen 1992.

60 Fred Kaplan: „Angel of Gluttony and Lust", *The Boston Globe*, 1 April 1998, D1.

61 Dreifus: „On Erotic Recipes", 39.

62 Grace Bradberry: „A Woman of Spirit", *The Times* (London), 8 January 2000.

63 Ebd.

64 Ebd.

65 Robert Con Davis-Undiano: „Daughter of Fortune", *Hispanic*, January 2000. Peter Donaldson: „Daughter of Fortune", *New Statesman*, 13 December 1999.

66 Jeannine Yeomans: „Author Thanks Oprah for Amazon Boost", *San Francisco Chronicle*, 12 May 2000.

67 Bradberry, a.a.O.

Anmerkungen zum Interview 1

1 Aus: *Discurso Literario* 2, Nr. 1 (1984), S. 67–71.

2 Ebd., S. 68.

3 *Das Geisterhaus*, Frankfurt a. M. (Suhrkamp) 1984, übersetzt von Anneliese Botond, S. 444.

4 *Das Geisterhaus*, a.a.O.

Anmerkungen zum Interview 2

1 Isabel Allende wurde zwischenzeitlich von Miguel Frías geschieden. Sie hat erneut geheiratet und lebt inzwischen in den Vereinigten Staaten.

Anmerkungen zum Interview 8

1 Jan Goggans lehrt an der University of California, Davis.

Anmerkungen zum Interview 9

1 Michael Toms ist Mitbegründer des „New Dimensions Radic", Lektor für Übersetzungen beim Verlag HarperSanFrancisco und Autor des Buches „At the Leading Edge". Das Interview ist einem Transkript des „New Dimensions"-Programms 2384, das in den USA über öffentliche Radiostationen ausgestrahlt wird, entnommen. Copyright © 1993. New Dimensions Foundation, P.O. Box 410510, San Francisco, CA 94141. All rights reserved.

2 WASP = White Anglo Saxon Protestant, weiße angelsächsische Protestanten (Anm. d. Ü.).

3 Die Hauptfigur in *Der unendliche Plan.*

Anmerkungen zum Interview 11

1 *Paula,* S. 18.
2 Ebd., S. 339.

Anmerkungen zum Interview 12

1 Magda Bogin
2 Peden
3 Bille August
4 *Das Geisterhaus.*

Anmerkungen zum Interview 13

1 E. Jane Dickson: Death and Dancing Sugar Bowls. In: *The Independent* (London), 23. September 1995, S. 6.
2 Mike Bygrave: My Country, My Child, My Passion. In: *Sunday Telegraph,* 10. September 1995, S. 3.
3 Margaria Fichtner: Latin Vision in U.S.: Passionate Author Brings Dreams to America. In: *Arizona Republic,* 7. Juni 1993, C1.
4 *Der unendliche Plan,* a.a.O., S. 457.
5 *Paula,* a.a.O., S. 240.

Anmerkungen zum Interview 14

1 „Klein-Heidelberg".
2 „Wenn du an mein Herz rührtest".

Dank

Dieses Buch ging aus von Gesprächen mit Virginia Invernizzi über Allende als faszinierende Geschichtenerzählerin hinter ihren Geschichten. Unsere Neugier wurde noch dadurch gesteigert, dass wir Isabel Allende im Rahmen ihrer Gastprofessur an der Universität von Virginia seit Mitte der achtziger Jahre persönlich kennen lernten. Das Gefühl, dass Isabel Allende „unsere" Schriftstellerin war, eine Art Ehrenmitglied der Universität, bestand umso mehr, als auch ihre Tochter Paula Frías in dieser Zeit an unserer Universität Psychologie studierte.

Dank schulde ich in erster Linie Isabel Allende. Sie hat einen Teil der Zeit, die sie dem Schreiben widmet, darauf verwendet, eine Reihe von Gesprächen für dieses Buch mit uns zu führen und ein gewinnendes Vorwort zu schreiben.

Mein tief empfundener Dank geht darüber hinaus an Virginia Invernizzi, meine *compañera* aus Virginia-Zeiten. Sie hat an Isabel Allendes Seminaren teilgenommen; sie war persönlich bekannt mit Allendes Tochter Paula und schrieb ihre Dissertation über Allendes Erzähltechniken. Virginia hat Isabel Allende um ein Vorwort für dieses Buch gebeten; sie hat ihr weitreichendes Wissen eingesetzt, um einige der Interviews auf ihre sachliche Richtigkeit hin zu überprüfen, und sie hat eines der neu hinzugekommenen Interviews mit Allende geführt.

Ein letzter, besonderer Dank gilt meiner Familie. Ich bin meinen Eltern dankbar für ihr ruhiges Vertrauen in mich und für ihre dauerhafte Liebe. Last but not least bin ich Pablo Dank schuldig, meinem *hermano*. Er ist so etwas wie der romantische Balkon im Rodden'schen Geisterhaus: Poet, Feuerwehrmann, Bergsteiger ... Pablo hat nicht nur die einzelnen Kapitel dieses Buches mit dem Gespür des Künstlers für Nuancen gelesen; er hat mir darüber hinaus auch einen Zugang zur lateinamerikanischen Kultur verschafft.

Ihm widme ich dieses Buch.

John Rodden

Das aus dem vorliegenden Buch entstehende Autorenhonorar wird an drei Stiftungen weitergeleitet, die Isabel Allende zum Andenken an ihrer Tochter gegründet hat: die 1995 eingerichteten „Paula Scholarships", die 1996 gegründete Isabel-Allende-Stiftung, die sich Belangen der Ausbildung widmet und der Isabel Allende unmittelbar vorsteht, und den Porphyrie-Forschungspreis, der für Forschungen zur Porphyrie verliehen wird, jener seltenen Stoffwechselerkrankung, an der Paula starb.